편지

편지

나와 인연 맺은 쉰다섯 분의 서간

최정호

열화당

Wahrheit ist, was uns verbindet

Basel 19. 12. 1966

Karl Jaspers

Wahrheit ist, was uns verbindet. —Karl Jaspers

참된 것은 우리를 맺어 준다. —카를 야스퍼스

1966년 12월 19일 스위스 바젤의 사저私邸로 야스퍼스 선생을
두 차례 찾아뵈었을 때 내 방명록의 첫 장에 적어 주신 글이다.

이 책은 방일영문화재단으로부터 일부 지원을 받아 저술·출판되었습니다.

책을 펴내며

이 책은 지난 반세기 동안 내가 받은 사사로운 편지들 가운데서 이미 작고한 분들의 글만을 골라 엮은 것이다. 고비를 정리해 보니 서찰을 보내 주신 고인故人들이 백 분을 헤아리게 되나, 그 가운데서 여기에는 쉰다섯 분의 서찰만을 골라 본 것이다. 순서는 필자들의 생년순으로 정리했다. 그러다 보니 19세기의 1880년대에 태어나신 분부터 20세기의 1950년대 생에 이르기까지 두 세대에 걸친 다양한 분들의 글이 자리를 같이하게 됐다. 더러는 서른 통, 마흔 통의 편지를 적어 보낸 분들도 있으나, 이 책에는 한 분의 글이 열 통 이상은 넘지 않도록 추려냈다.

몇 편의 예외를 제외하곤 거의 다 친필의 서찰들이다. 오늘날 갈수록 희귀해져 가는 육필 서찰의 뜻과 값진 모습을 살려 보기 위해 모든 서간의 활자화活字化와 함께 원본을 곁들였다. 그러다 보니 출판 비용이 만만치 않아 엄두를 내지 못하고 있던 차에 방일영문화재단의 도움을 얻어 책을 상재上梓할 수 있게 됐다. 재단의 여러 분들께 먼저 감사를 드린다.

그리고 이번에도 책의 내용을 사전에 꼼꼼히 읽고 여러 가지 귀중한 충언을 해 주신 허영환許英桓 박사(미술사학자)와 김형국金炯國 박사(서울대학교 명예교수)에게 심심한 사의를 표한다. 이 책을 이토록 세심하게 편집하여 꾸며내 준 열화당悅話堂의 이기웅李起雄 대표와 조윤형趙尹衡 실장, 그리고 편집실의 여러 분들에게도 마음속에서 고마움의 뜻을 전한다.

2017년 6월
최정호崔禎鎬

차례

서론 緒論

편지, 사라져 가는 전통문화?

최정호

"빛나는 눈길은 마음을 즐겁게 하고
좋은 소식은 온몸에 윤기를 준다."
─「잠언箴言」(15장 30절)에서

"집에서 온 편지는 만금萬金만큼 소중하네."
─ 두보杜甫의 시「춘망春望」에서

1

편지는 인간문화의 훌륭한 소산이요, 문명사회에 널리 일반화된 기록문화의 보고이다. 특히 그것은 우리나라가 세계에 내놓을 수 있는 자랑스러운 전통문화의 유산이기도 하다.

편지는 사람과 사람 사이를 이어 주는 다정한 커뮤니케이션의 수단이고, 먼 곳에 떨어져 있는 사람들을 서로 연결해 주는 텔레커뮤니케이션의 가장 오래된 수단이기도 하다. 편지는 어쩌면 인류 최초의 문학 장르일지도 모른다. 동서양을 막론하고 편지는 사사로운 문안, 하장賀狀, 사장謝狀, 위장慰狀 등 평상적인 기별의 구실만이 아니라 철학적 학문적 정치적 담론을 펼친 포럼의 구실도 해 왔다. 편지는 서양에선 성경의 가장 빈번한 문장 양식이 되고도 있다.

편지가 그러나 왜 '유산'이란 말인가. 왜 과거의 문화유산이란 말인가. 편지가 이제는 죽어 가고 있는 것일까.

지난 20세기 말에 세계 커뮤니케이션의 현황과 미래를 분석 전망한 유네스코의 한 보고서[1]를 보면, 비행기의 속도가 빨라질수록 우편의 속도는 늦어지고 있다. 그보다도 더욱 안타깝고 아이러니한 사실은, 오늘날 우편물의 양이 늘어날수록 그와 반비례해서 편지의 수는 줄어들고 있다는 것이다.

사실, 날이면 날마다 집으로 사무실로 배달되는 우편물은 폭증하고 있다. 그러나 안내문, 초대장, 상품광고, 기업의 사보 따위처럼 손에 들자마자 곧 휴지통에 던져 버리는 인쇄물들이 대부분이다. 보낸 사람도 내 얼굴을 모르고 나도 보낸 사람의 얼굴을 모르는 우편물, 그 점에선 발신자와 수신자의 이름이 적혀 있기는 하나 그것은 필경 익명성匿名性의 우편물이다.

휴지통이 종점이 되는, 그러한 익명의 인쇄된 우편물 속에서, 이따금 발신인도 나를 알고 나도 발신인을 아는 육필로 적은 편지를 발견하면 얼마나 반가운지…. 그러한 편지가 지금은 점점 줄어들고 사라져 가고 있는 것이다.

물론 편지가 사라져 가고 있는 데에는 여러 원인이 있을 수 있겠다. 그 가운데서도 특히 각종 유선 무선의 통신기기의 발달과 그 대중적 보급은 아마도 가장 결정적인 계기가 되었으리라고 짐작된다. 편지를 어렵사리 써서 그것을 부치러 가는 수고가 이제는 편리한 전화 한 통화나 간편한 인터넷 메일로 금방 끝나 버리니, 굳이 힘 드는 편지를 쓰려고 할 사람이 많을 수 없을 것이다.

전화가 물론 간편하기는 하다. 그러나 앞에 든 유네스코 보고서에서도 지적하고 있는 것처럼 "편지 쓰는 습관이 줄어들면서 많은 사람들은 자신을 글로 표현하는 능력이 감소되고, 그것이 또한 문화적 손실이라는 것"[2]도 우리는 깊이 생각해 보아야 할 것이다.

전화에 밀려, 그리고 더욱 최근엔 스마트폰에 밀려 편지가 뒷걸음질치고 있는 것이다. 유럽 사상사思想史에 밝은 피터 게이Peter Gay도 어느 책에서 "19세기 지식인들은 전화와 메모첩의 시대에 살고 있는 우리가 생각할 수 없을 정도로 자유분방한 상상력을 동원해서 편지를 썼다"[3]고 부러워하고 있다. 그것이 물론 일반적인 사실이라 하더라도, 우리보다 전화가 먼저 개발되고 앞서 보급되었던 유럽에선 그렇다 해서 우리처럼 편지를 팽개쳐 버리고 전화 일변도로 기울어 버리지는 않고 있는 듯하다. 모든 도시마다, 그리고 거리의 키오스크(신문 가판대)마다 그림엽서들이 즐비하고, 그것들을 그네들은 잘도 사서 잘도 적고 잘도 주고받곤 한다. 뿐만 아니라 통신 사업을 아직도 연방정부의 체신부가 관장하고 있던 지난 세기 말까지 독일의 공중전화통 지붕 위에는 커다란 글씨로 "편지 좀 쓰세요!Schreib mal!"라는 표어판이 붙어 있기도 했다.

2

짧은 사연을 적는 그림엽서만이 아니다. 유럽 사람들은 아직도 곧잘 긴 편지를 쓰곤 한다. 나는 젊은 시절 유럽에서 유학하던 무렵부터 서간집書簡集에 관심이 있어 신간新刊이건 고서古書건 여유가 생기는 대로 그런 유의 책자들을 모아 보았다. 그 조촐한 컬렉션의 출발이 오십여 년 전 하이델베르크의 고서점에서 구한 헤세Hermann Hesse(1877-1962)와 롤랑Romain Rolland(1866-1944)의 왕복서간집이다. 1915년에서 1938년까지, 그러니까 제일차세계대전의 와중에서부터 제이차세계대전 발발 전야에 이르기까지, 다 같이 반전주의자요 둘 다 노벨문학상을 수상한 독일과 프랑스의 두 작가가 이십여 년에 걸쳐 주고받은 이 서간집은, 헤세가 곧잘 수채로 그리는 따뜻한 컬러의 풍경화도 여러 장 곁들여 있는 미장본美裝本이다.

하이델베르크의 고서점에는 내가 고등학교 시절에 애독했던 17세기 프랑스의 서간 필자로 유명한 세비녜 후작侯爵 부인Marie de Rabutin-Chantal, Marquise de Sévigné(1626-1696)의 서간집도 있었다. 그러나 열다섯 권에 이르는 그녀의 베이지색 가죽 제본의 호화판 서한 전집은 당시 가난한 유학생으로선 엄두도 낼 수 없는 비싼 값임에 놀랐다.

기왕에 그 이름이 나왔으니 여기서 잠깐 세비녜 서간집에 관한 얘기를 해 두고자 한다. 17세기 프랑스 고전주의 문학의 보고寶庫로 알려진 세비녜 부인의 방대한 문집은 그 전부가 사사로운 편지이다. 이십오 세의 젊은 나이에 과수가 된 뒤 칠십 세까지 독신으로 수壽를 누린 그녀가 쓴 편지의 수는 어림잡아 천칠백여 통에 이른다. 그 중 약 육백여 통은 사라졌으나 남아 있는 서간만도 천백이십여 통이나 된다. 파리의 갈리마르Gallimard 출판사가 간행하고 있는 권위있는 정본定本 전집 '플레야드 장서Bibliothèque de la Pleiade'의 17세기 목록을 보면 데카르트R. Descartes 전집이나 파스칼B. Pascal 전집 또는 코르네유P. Corneille 전집도 낱권이 천오백 페이지에서 이천 페이지를 헤아리는 단 한 권에 수록되고 있고, 다작多作의 작가 라신J. B. Racine이나 몰리에르J.-B. Molière도 두 권에 전 작품이 수록돼 있는 데 비해, 오직 세비녜 전집만은 세 권을 차지하고 있다. 그녀가 써서 남긴 편지의 엄청난 양을 짐작하고도 남음이 있을 것이다.

세비녜 부인의 이 방대한 양의 글들은 그 모두가 원래 남에게 보이기 위해서 쓴 문학작품이 아니라 사사로운 편지들이요, 특히 그 대부분이 홀로된 어머니가 시집간 제 딸인 그리냥 백작 부인Comtesse Françoise Marguerite de Grignan에게 보낸 내간內簡들이다. 그럼에도 불구하고 넘치는 글 재주와 흥미진진한 서신 내용 때문에 이 편지들은 그녀의 생전에도 이미 복사되어 여러 사람들이 널리 돌려 읽었다고 전해진다. 세비녜 부인은 '서간 작가'로 일컬어지게 되었고, 유럽에선 그녀로 해서 편지가 문학의 독자적인 하나의 장르genre sui generis가 되었다고 평가된다.[4]

사실 세계 문학사나 사상사에 이름이 오르는 많은 작가들이나 학자들의 전집류를 보면 마지막 한 권이나 두 권은 으레 서간집으로 엮고 있는 경우가 많다. 사사로운 편지는 바로 사사로운 것이기 때문에 오히려 한 작가나 한 학자 또는 어떤 정치나 공직에 있는 사람들의 내면 혹은 그 사람됨의 전모를 이해하는 데 도움을 주는 귀한 자료가 될 수 있는 것이다. 나 개인적으로 그러한 서간집으로 간직하고 있는 것으론 발레리Paul Valéry와 친구 지드André Gide의 왕복서간, 릴케Rainer Maria Rilke와 연상의 여인 살로메Lou Andreas-Salomé와의 왕복서간, 그리고 현대에 와선 철학자 하이데거Martin Heidegger와 야스퍼스Karl Jaspers 사이에 1920년부터 1963년에 이르는, 그러니까 바이마르 공화국 시대에서부터 히틀러의 제삼제국을 거쳐 전후戰後 서독의 연방공화국 시대에 이르기까지의 왕복서간집 등이 있다. 그 밖에도 20세기 독일철학을 대표하는 하이데거와 야스퍼스 두 사람이, 다 같이 왕년의 제자였던 유태인 여학생으로 그 뒤 미국에 망명해서 세계적인 정치철학자가 된 한나 아렌트Hannah Arendt 여사와 주고받은 왕복서간집을 저마다 내놓고 있는 것도 흥미롭게 여겨 지니고 있다.

먼 얘기만이 아니다. 제이차세계대전 이후 우리가 살고 있는 현대에 와서도 달라진 것은 없다. 전자 통신기기의 비약적인 발달에도 불구하고, 아니 오히려 문서를 기록 보존하는 기기의 보급으로 유럽 선진국에선 더 많은 편지들을 주고받고, 더 많은, 더 두꺼운 서간집들이 쏟아져 나오고 있다. 근래에 독일에서 나온 몇 권의 보기만을 들어 본다면, 1945년의 패전 독일에서 첫 노벨문학상을 탄 뵐Heinrich Böll(1917-1985)이 옛 소련에서 추방된 망명 러시아 문인 코펠레브Lew Kopelew(1912-1997)와 1962년부터 1982년까지 이십 년 동안 주고받은 이백삼십오 통의 서간집, 노벨평화상을 탄 서독 수상 브란트Willy Brandt(1913-1992)와 노벨문학상을 탄 작가 그라스Günter Grass(1927-2015) 사이에 1964년부터 1992년, 브란트 생애의 마지막 해까지 이십팔 년 동안 오고 간 이백팔십여 통의 서간집, 그리고 가장 최근에는 둘 다 독일 사민당 출신의 수상이자 평생의 라이벌이었던 브란트와 슈미트Helmut Schmidt(1918-2015)의 1958년부터 1992년까지 삼십사 년에 걸쳐 주고받은 칠백십여 통의 서간집 등이 있다. 해설과 주석 등을 곁들인 브란트-그라스 서간집은 무려 천이백삼십 페이지, 브란트-슈미트 서간집도 천백 페이지를 헤아리는 매우 두꺼운 책들이다.

일본의 경우를 한 가지만 소개해 본다. 이십여 년 전에 일본의 한 여자 친구가 자기의 애인을 철학자의 아들이요 시인이라고 나에게 소개해 주었다. 일본의 철학자라면 나는 젊은 시절에 미키 기요시三木清(1897-1945)를 좋아했다고 얘기했더니, 한 여성을 사이에 두고 미키와 삼각관계에 빠졌던 대학 친구가 그 여성의 마음에 들어 그 사이에 태어난 외아들이 나라고 일본 시인은 자기소개를 했다. 그 미키의 라이벌이었다는 철학자가, 나도 학생시절에 애독한 책의 저자인 다니카와 데쓰조谷川徹三(1895-1989)요, 내가 만난 그 아들은 우리나라에도 근래 여러 권의 시집이 번역되어 나온 다니카와 슌타로谷川俊太郎이다. 슌타로는 구십사 세의 수를 누린 아버지의 타계 후, 젊은 시절의 아버지와 어머니가 이 년 동안(1921년부터 1923년까지) 주고받은 오백여 통의 편지를 모아 『어머니의 연문戀文』이라는 제목의 아름다운 책으로 엮어 세상에 내놓았다. 거기에는 부록으로 아내 다키코多喜子가 남편에게 그로부터 삼십 년 후에 띄운 편지와 함께 구십 세의 노철학자가 먼저 간 아내를 위해 쓴 백열두 행의 장시長詩 「진혼곡」도 수록돼 있어 감동을 주고 있다.

3

일단 편지, 서간 문학에 관해서 얘기를 꺼내 놓는다면 우리는 그러나 프랑스나 독일, 아니 도대체 유럽이나 서양의 사례를 앞세울 필요가 없다. 또 그래서도 안 될 것이다. 서양에 훨씬 앞서 동양에는 종이가 있었고, 우리에게도 종이와 제지술이 있었다. 그리고 서양보다는 읽고 쓰는 우리들의 문자 생활이 또한 훨씬 널리 퍼지고, 그리고 크게 앞서 있었다. 우리나라 서간문화의 가장 오래된 유산의 하나가 신라시대의 최치원崔致遠(857-?)이 당唐나라에서 쓴 수많은 서간문으로, 그건 천백여 년 전의 옛날로 거슬러 올라간다. 그 뒤에도 11세기엔 고려시대 천태종天台宗의 개조開祖인 의천義天의 『대각국사문집大覺國師文集』 및 『대각국사

외집大覺國師外集』에는 의천의 서간書, 狀, 疏뿐만 아니라, 의천이 다른 사람으로부터 받은 서간까지 수삼십 통이 보존돼 있다.

더욱이 국가의 통치철학으로 유학儒學을 숭상한 조선시대에는 이루 헤아릴 수도 없이 많은 사대부士大夫들의 문집들 속에 이루 헤아릴 수도 없이 많은 서간들이 기록 보존되고 있어 새삼 그를 거론하는 것이 부질없어 보인다. 그래도 굳이 한 보기를 든다면, 가령 조선시대의 거유巨儒 퇴계退溪 이황李滉(1501-1570)이 이십육 세나 손아래인 고봉高峯 기대승奇大升(1527-1572)과 십이 년 동안에 걸쳐 주고받은 백 편을 훨씬 넘는 서간들을 들 수 있겠다. 그 가운데서도 성리학의 사단칠정론四端七情論을 둘러싸고 두 사람 사이에 팔 년 동안 오고 간 서간문은 세대와 직위를 초월한 두 선비 사이에 이뤄진 조선시대의 으뜸가는 철학적 담론의 포럼으로서 평가되고 있다.[5]

일반적으로 우리나라 옛 선비들의 무릇 문집류文集類를 보면 그 상당 부분이 간찰簡札들이다. 문집 목차에서 서독류書牘類로 분류해서 묶은 글들이 평상 생활의 실용 서간이라면, 주소류奏疏類로 편집된 글들은 나라의 정사에 관한 의견을 조정에 적어 올린 상소문上疏文들이다. 주소류의 서간은 그 격식에 따라 다시 소疏, 차箚, 계啓, 의議 등으로 세분되어 문집에 수록되기도 한다.

우리나라의 옛 선비들이 나라를 바로잡아 보려는 우국충정에서 주상主上에게 바른 말로 직언하고 때로는 군왕君王과 조정의 중신重臣들을 매섭게 질책하기조차 했던, 기개와 소신의 대문장으로 엮어진 수많은 상소문들, 나는 이 상소문들을 우리나라 문학사, 언론사, 정치사의 미개간未開墾의 보고라 여기고 있다.

언필칭 문민文民 민주주의라 떠벌리고 있는 요즈음 세상에서 제도적 언론기관의 전문직 신문인이나 방송인조차 국민이 선출한 시한부 대통령의 비정批政이나 더욱이 그 자제들의 비리 일탈행위에 대해서도 말을 조심하고 아끼고 있다. 이것이 아직도 우리나라의 제도적으로 보장되고 있는 언론 자유의 현주소이다. 그에 비긴다면 조선왕조 시대에 사헌부司憲府 사간원司諫院의 언관言官들이, 그리고 그보다도 벼슬일랑 아예 하지 않고 산림에 묻혀 살던 재야의 유림儒林들이 국정의 시무時務에 관하여 당당히 소신을 밝혀 주상에게 간쟁諫諍을 서슴지 않던 비판정신과 그를 표출한 용기는 오늘의 직업적 언론인들이 배워 마땅한 우리 선비문화의 소중한 유산이 아닌가 생각된다.

서양의 의회Parliament 제도는 어원적으로 말parler을 지껄이는 전당, '말'로 나라의 정사를 의논하는 포럼이다. 그것은 그렇기에 시끄러운 곳이다. 그에 비해서 우리나라의 상소제도는 '글'로써 나라의 정사를 논의했던 포럼이다. 그것은 그렇기에 조용한, 소리 없는 한국적인 '의회' 제도라 할 수 있다. 비록 소리는 없으나 그 보이지 않는 의사당에 빗발친 서간 형식의 언론은 뜨겁게 열이 올라 있었고, 그 언론의 비판성은 그 질과 양에서 예전 서양의 어느 나라 의회의 그것에 비해서도 조금도 손색이 없었다. 이러한 얘기를 독일의 마인츠 대학에서 비교언어학을 가르치고 있던 친구 괴링Heinz Göhring 교수에게 해 주었더니, 그 뒤에 그는 친구들과 엮어낸 책 속에서 한국의 상소제도를 설명하면서 '글의 의사당'이란 뜻으로 '스크라이브멘트scribement'라는 조어造語를 만들어 준 일이 있다.[6]

4

편지를 쓰고 띄우고 받고, 그리고 편지를 간직한다는 것은 동서양을 막론하고 문명국의 일상이요 관행이다. 예전에 편지를 적는 지필연묵紙筆硯墨은 문방사우文房四友 또는 문방사보文房四寶라 일컫고 있어 기품 높은 선비들도 그를 위해서는 다소 맑은 취향의 사치를 꺼리지 않았던 듯싶다.

글을 적고 그림을 그린 우리 종이 한지韓紙는 닥나무 껍질의 섬유를 우리 고유의 제조법으로 만든 것으로, 일명 '저지楮紙'라고도 일컫는다. 한지의 품질은 특히 그 보존 가치에서 빼어나 '지령천년紙齡千年'이란 말도 널리 회자되고 있다. 하지만 한지는 천 년을 넘어 천이삼백 년의 긴 역사적 세월을 버티고 이겨내면서 이따금 현대에 사는 우리들 눈앞에 '잠자는 숲속의 미녀'처럼 그 모습을 드러내서 세상을 놀라게 하곤 한다. 불국사佛國寺 석가탑釋迦塔에서 나온 서기 8세기의 인쇄 권자卷子『무구정광대다라니경無垢淨光大陀羅尼經』이 그런 보기이다. 통일신라시대의 백추지白硾紙는 "다른 어떤 종이와도 비교할 수 없을 만큼 훌륭한 종이로, 중국에서까지 천하제일이라 평판이 나서 소중히 여겼다"고 일본의 제지 역사 이야기 요시스케八木吉輔는 적고 있다.[7]

고려시대에는 '세백광활細白光滑(섬세하고 희고 빛이 나고 매끄럽다)'하다는 고려지高麗紙의 소문이 역시 송宋나라, 원元나라의 수입 수요를 크게 일으켰다. 특히 중국 서화의 거장인 송宋의 미불米芾, 명明의 동기창董其昌도 고려지를 즐겨 쓰며 그를 상찬했다고 알려지고 있다.

조선시대에 들어와서도 뛰어난 한지는 사대외교事大外交의 필수품처럼 되어 각종 조공지朝貢紙를 제지하느라 피폐한 농가와 제지업소에 이만저만 큰 부담이 아니었던 모양이다. 그 밖에 붓, 먹, 벼루의 명품을 향한 옛 사람들의 기호와 욕망의 실상에 관해서는 그 현물들을 보여 주는 수집 소장가들의 귀한 자료들을 통해서 문외한들도 어림짐작을 해 볼 수 있게 되었다.[8]

그러나 위와 같이 글을 쓰기 위한 문방의 기초 도구보다도 바로 서간과 직접 관련된 것으로선 '고비'가 있다. 일명 '서팔書朳'이라고도 일컫는 이 목기는 문서나 편지, 시전詩箋 같은 것을 꽂아 두기 위해 가벼운 (오동나무) 판자나 대나무 등으로 만들어서 방 안의 기둥이나 문갑 위에 걸어 둔 일종의 벽걸이이다. 중국, 일본 등에서도 볼 수 없고 우리나라에만 특

1. 추사체秋史體를 만들어낸
조선의 명필이자 대실학자인
김정희金正喜(1786-1856)의 간찰.
편저자 소장.(위)

2. 조선시대 시서화詩書畫의
삼절三絕이라 일컫던
표암豹菴 강세황姜世晃(1713-1791)의
간찰. 편저자 소장.(아래)

두 간찰 모두 오른쪽에 봉투가
곁들여 있다.

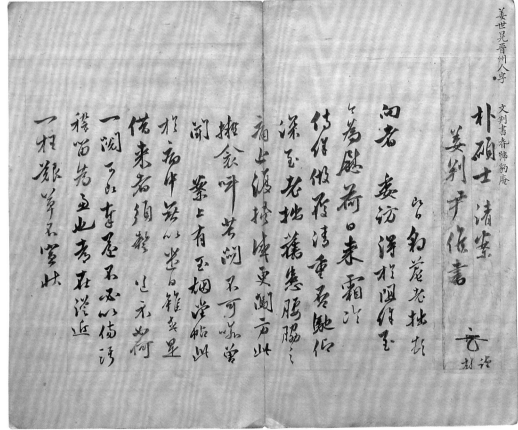

유한 것으로 알려지고 있다. 날씬하면서도 기품에 무게가 있고 단순하면서도 장식적인 아름다움이 돋보이는 이 고비를 나는 우리나라의 전통적인 목기 가운데서도 일품逸品이라 여기고 사랑하고 있다.

고비가 있다는 것은 서간이 있었다는 것이고, 서간을 잘 간직하고 있었다는 것의 산 징표다. 그렇게 우리들의 선대先代에서는 서간을 잘 간직해 왔기 때문에 퇴계나 율곡栗谷(이이李珥), 원교圓嶠(이광사李匡師)나 표암豹菴(강세황姜世晃) 또는 다산茶山(정약용丁若鏞)이나 추사秋史(김정희金正喜) 등의 수많은 값진 유묵遺墨들을 오늘날 전해 받아 감상할 수가 있게 된 것이다.(도판 1, 2)

서간문화와 관련해서 다소 놀라운 사실을 알게 됐다. 평생 동안 우리나라 제지기술의 발전을 위해 몸 바쳐 온 종이 박사 조형균曺亨均 씨에 의하면 미국의 제지사가製紙史家 다드 헌터Dard Hunter는 세계의 제지 관계 사적을 두루 답사하여 수집한 자료를 모아 종이박물관Dard Hunter Paper Museum을 설립했다. 그 박물관의 안내 책자가 다음과 같이 밝히고 있다는 것이다. "한민족은 아마도 원료에 물을 들여 색지를 만든 최초의 기술자들이며, 또한 역사상 처음으로 봉투를 만들어 썼다. 이 두 가지 중요한 발명에서 한국인은 중국인의 발명적 천재성을 앞지른 것으로 안다"[9]는 것이다.

그리고 보면 옛 편지의 원본들을 모아 책으로 엮어낸 우리나라 '간독첩簡牘帖'들을 보면 대부분의 경우 편지와 함께 수신인, 발신인의 성명을 명기한 봉투가 함께 수록되어 있는 것을 흔히 보게 된다.

5

인쇄문화에 있어서만이 아니라 서간문화에 있어서도 우리들의 선대는 세계에서 앞서갔던 문명인이었다. 그럼에도 불구하고 이제 우리는 어느 사이에 편지를 잘 쓰지도, 잘 간직하지도 않는 파락호破落戶가 되어 가는 것만 같아 안타깝다. 물론 거기에는 그럴싸한 변명도 있고 납득할 만한 설명도 있다. 말인즉, 일제 식민지 치하를 살아오고 군부 독재의 정보정치 속에서 살아오느라 기록을 남기면 위험부담이 컸기 때문에 편지 따위는 소각시켜 버리지 않으면 안 되었다는 것이다. 십분 이해할 수는 있는 얘기이다.

그러나 이러한 변명과 설명이 전혀 힘을 잃어버린 경우를 만나게 됐다. 언젠가 텔레비전의 위성방송을 통해서 히틀러의 나치 독일 시대에 아우슈비츠 수용소에서 젊은 폴란드인을 대신하여 스스로 죽음을 택한 가톨릭 성자聖者 막시밀리안 콜베Maximilian Kolbe(1894-1941) 신부의 다큐멘터리 영화를 본 일이 있다. 거기에는 그가 생전에 '죽음의 수용소'에서 외부로 보낸 편지가 천여 통이고 그 가운데 육백여 통은 지금 누군가가 보존하고 있다는 해설이 있었다.[10] 얼마 전에는 온 가족이 아우슈비츠의 수용소에서 사라진 암스테르담

3. 1920년대 후반 경성제국대학
철학과에 입학할 무렵의
청년 박종홍朴鍾鴻의 한문 서찰.
편저자 소장.

의 유태인 소녀 안네 프랑크Anne Frank의 아버지가 제이차세계대전 초기에 쓴 편지 여러 통
이 미국에서 발견됐다는 외신을 본 일도 있다. 그렇다면 나치 독일의 게슈타포(비밀경찰)
감시가 일제시대의 총독부 경찰이나 우리나라 군사정권 시대의 정보부 감시보다는 엉성
하고 관대했다고 보아야 할 것인가. 과연 그렇다고 우리인들 말할 수가 있을까.

먼 이야기가 아니라 가까운 이야기를 좀 해 보아야겠다. 20세기 한국 현대철학의 거목
열암洌巖 박종홍朴鍾鴻 선생은 내 대학시절의 은사이다. 선생이 타계한 후 나는 선생의 유고
遺稿들을 정리하여 전집을 편찬하는 일에 참여한 일이 있다. 그때 나와 편집 동료들은 전집
의 마지막 한 권쯤은 선생의 서간집으로 꾸며 보려고 기획했다. 열암 선생은 학자, 철학자
의 삶 못지않게 초등학교에서부터 시작하여 중고등학교, 전문학교, 대학교에 이르기까지
각급 학교에서 제자를 길러낸 교사, 교육자로서도 반세기 동안을 살아오신 우리 시대의 큰
스승이었다. 선생은 명문장이자 또 명필이셨다. 일제강점기에 이화여자전문학교 강단에
서셨던 선생은 제이차세계대전 말기에 학교가 폐쇄되자 댁에 칩거하시게 됐다. 그 한가로
운 시간을 활용해서 선생은 이원구李元龜의 『심성록心性錄』, 퇴계의 『경서석의經書釋義』 등 다
섯 권의 한서漢書를 붓으로 복사하신 일이 있다. 기념사업재단에서 이를 상하 두 권으로 엮
어낸 『열암 박종홍 필사본』을 보면 과연 칠백 면에 이르는 필사본의 마지막 장의 마지막 한
자까지 흐트러짐 없는 정자正字로만 적어내신 선생의 정성에 고개가 절로 수그려진다. 선
생께 출판사나 잡지사에서 원고 청탁을 드리면 열 장이건 백 장이건 역시 마지막 한 자까
지 정자로만 적으실 뿐 흘려 쓰시는 일이 없었다. 제자들에게 써 보내신 서찰의 경우도 마
찬가지였다.

한번은 어느 제자가 서울 시내의 어느 고서상古書商에서 귀한 물건을 발굴해 와 복사해서
여럿이 나눠 가진 일이 있다. 1920년대 후반, 열암 선생이 경성제대京城帝大 입시에 합격한
직후의 이십대 무렵에 쓰신 한문 서찰이었다.(도판 3) 그 붓글씨체가 아름다워 누군가가
소장해 둔 것을 서화 가게에 내놓은 것이다. 나는 같은 서울 하늘 밑에 살면서도 선생의 글
월을 두 통이나 받은 일이 있다. 그러니 반세기 동안에 선생의 글을 받은 친지들이나 제자
들이 오죽 많으랴. 그를 한데 모으면 충분히 전집의 한 권은 꾸밀 수 있게 되리라 생각했던
것이다. 우선 선생의 서찰을 지녔을 만한 분들의 주소를 파악하는 것부터 착수했다. 그래

서 선생이 교단에 서셨던 각급 학교의 많은 동문 및 문하생 들의 주소와 성명을 천여 분 확
보했다. 그분들 한 분 한 분에게 전집의 간행 계획을 알리고 선생의 서찰을 간직하고 있으
면 원본이나 사본을 편집자에게 빌려 주십사 하고 당부드렸다. 반년을 기다렸으나 결과는
비감할 정도로 옹색했다. 겨우 여덟 분이 보내온 열두 통의 서찰이 전부였던 것이다.[11]

6

이와는 전혀 다른 사례, 우리를 뿌듯하게 해 주는 경우도 물론 없는 것은 아니다. 우리나라
정치 지도자 중에서도 적어도 세 분은 많은 편지를 썼고 뛰어난 서간문의 필자들이었다.

　동서양의 학식과 교양을 두루 갖춘 초대 대통령 이승만李承晚 박사는 한문과 영문으로 많
은 서간을 쓰고, 영문의 경우 타자까지 직접 쳤다는 사실은 알려져 있다. 우리말, 한문, 영
어에 다 능통한 이승만 박사의 서간집은 방대하다. 국문 및 한문 또는 국한문 혼용의 동양
문자란 뜻에서『이승만 동문 서한집李承晚 東文 書翰集』전3권(현대한국학연구소 자료총서 9)
에 수록된 육백예순여섯 통의 서신 가운데 적어도 백열여섯 통은 이승만 박사가 쓴 서찰이

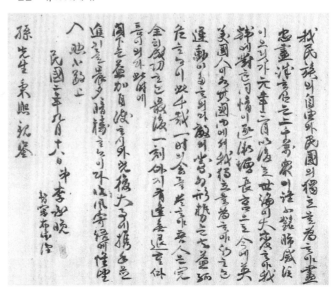

4-5. 1919년 임시정부의
이승만李承晚 박사가'대한민국 대통령' 명의로
일본의 다이쇼덴노 大正天皇 에게
보낸 영문 서한(왼쪽)과
민국民國 20년(1938) 이승만李承晚 박사가
삼일운동의 삼십삼인 대표
손병희孫秉熙 선생에게 보낸 서찰(오른쪽).
『이승만과 나라 세우기』(광복 50주년,
조선일보 창간 75주년 특별기획전 도록,
조선일보사, 1995)에서.

6. 1975년 11월 3일,
박정희朴正熙 대통령이
병상의 박종홍朴鍾鴻 선생에게
보낸 위문 간찰.
열암洌巖 선생 유족 제공.

다. 동문보다 더 많은 기록을 서문西文으로 남긴 이승만 박사의 서간은 역시 영문이 많다. 같은 연구소에서 간행한 영문 서간집(*The Syngman Rhee Correspondence in English, 1904-1948*) 전5권에 수록된 총 이천구백쉰네 통의 서신 가운데 사백쉰다섯 통이 이 박사가 쓴 편지이다.(도판 4, 5)

박정희朴正熙 대통령도 정사로 다망한 청와대에서 많은 서간을 친필로 적어 여러 사람에게 보냈다. 나는 열암 전집을 편찬하면서 병석에 누워 계신 박종홍 선생에게 박정희 대통령이 적어 보낸 위로의 문병 서간 원본을 본 일이 있다.(도판 6) 당시 같은 신문사에서 논설위원으로 일했던 작가 고故 서기원徐基源 씨에게 그 서간을 보여 주었더니 낱말 하나하나를 골라 쓴, 짧지만 명문장이란 평이었다. 이 밖에도 박 대통령 정부에서 요직에 있던 사람들이 오다가다 박 대통령의 친필 서간을 공개한 경우를 미디어를 통해서 이따금 접해 볼 때마다 1960년대에서 1970년대까지 정치·경제·사회·군사 등 국사國事의 모든 분야를 직접 챙기고 있었던 이른바 '개발 독재'자가 어떻게 틈을 내어 그 많은 친필 서찰들을 적어 보낼

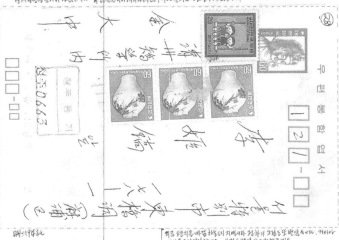

7. 이희호李姬鎬 여사에게 보낸
김대중金大中 대통령의 옥중 편지.
『옥중서신 1: 김대중이 이희호에게』
(시대의 창, 2009)에서.

수 있었는지 자못 놀랍기도 하다.

과문한 탓인지 몰라도 현재까지 알려진 박 대통령의 친필 서간으로 그래도 큰 덩어리는 지난 2009년에 우리나라 전자산업 육성의 대부라고 알려진 재미在美 과학자 김완희金玩熙 박사가 국가기록원에 기증한 1960-1970년대에 박 대통령과 주고받은 서간이 아닌가 짐작한다. 그 밖에도 한두 통에서 네댓 통의 친필 서찰이 전시회나 신문, 잡지에 더러 소개되곤 했다. 한국 현대사에서 박정희 시대의 의미와 비중을 고려한다면 보다 더 알찬 서간 전집이 권위있는 곳에서 수집 정리 간행돼 마땅하리라 생각된다.

역대 대통령 가운데서 아마도 단기간에 가장 많은 편지를 쓴 분은 김대중金大中 대통령이 아닌가 싶다. 그리고 그 기록은 앞으로도 쉽게 갱신되기는 어려울 것으로 보인다. 김 대통령의 편지는 그 대부분이 망명생활 또는 수감생활 중에 씌어진 것이기 때문에 앞으로 우리나라 정치사나 정치 지도자의 생애에 그러한 불행한 사례가 반복되지는 않을 것이고 또 그래서도 안 될 것이다. 『옥중서신』이란 제호로 출판된 이 서간집은 제1권이 '김대중이 이희호에게', 제2권은 '이희호가 김대중에게' 쓴 편지로 돼 있다.

부인 이희호李姬鎬 여사가 보낸 제2권에는 삼백여든 통의 편지가 수록돼 있고, 망명객 그리고 영어圖圖의 몸으로 김대중 대통령이 적은 제1권에는 백두 통으로 이뤄져 있으나 이 숫자는 좀 달리 보아야 될 것이다. 왜냐하면 가령 어느 한 통의 편지 안에는 부인 이희호 여사만이 아니라 세 아들과 자부에게까지 각각 적은 편지들을 모은 것이기 때문에 그것들을 따로따로 셈한다면 편지의 총수總數는 이삼백 통은 너끈히 넘을 것으로 짐작된다. 더욱 놀라운 것은 편지 한 통의 길이이다. 봉합 엽서에 깨알같이 작은 글씨로 쓴 어떤 편지 한 통에는 이만여 자(!)가 적혀 있는 것도 있다.(도판 7) 이백 자 원고지로 백 장 분량이며, 책으로 인쇄돼 나와서도 편지 한 통이 스물다섯 페이지에 이르고 있기도 하다.

김대중, 이희호의『옥중서신』1, 2권은 이미 영어, 일어, 중국어, 스페인어 등으로 각각 번역돼서 외국에도 널리 소개되고 있다. 20세기 한국의 커다란 성취인 산업화는 전 세계에 상품, 정보, 서비스, 관광 등을 통해 밖으로 나가 가시적으로 알려지고 있다. 그러나 그에 못지않게 우리 시대의 위대한 성취라 할 수 있는 한국의 민주화는 이를 알릴 매체가 좀 궁색하다. 그러한 형편에 김 전 대통령 내외의 옥중 서간은 한국 민주화의 고난에 찬 역정을 '서간문학'을 통해 생생하게 실감할 수 있도록 증언해 주는 우리 현대사의 귀중한 자료가 되리라 여겨진다.

'자유의 영역'인 미래에 대해서는 개인이나 공동체 집단이 얼마든지 다른 구상, 다른 경륜을 가질 수 있고, 가져서 좋고, 그래서 미래를 놓고서는 얼마든지 다퉈서 좋다. 그러나 '사실의 영역'인 과거에 관해서는, 하나의 공동체는 그 인식과 평가를 공유하는 것이 마땅하고 그럴수록 좋을 것이다. 불행히도 우리의 경우에는 그러한 과거의 인식과 평가, 특히 우리 현대사의 인식과 평가가 지나치다 하리만큼 분열돼 있고 대립되고 있다. 더욱 불행한 것은 우리 겨레의 현대사에 대한 인식과 평가가 남북 사이에만 갈라져 있는 것이 아니라 남남 사이에도 극명하게 갈라져 있다는 사실이다. 서로가 공유하는 부분보다는 대립하고 있는 대목들이 많다는 얘기다. 그것은 무엇보다도 우리나라 국가 지도자에 대한 평가에 있어서도 전면 긍정과 전면 부정의 두 진영이 극한적으로 대립되는 양상을 보이고 있다는 사실에서 두드러지게 드러난다.

같은 사람을 놓고 어느 한쪽에선 절대선絶對善인 양 신격화하고 있는가 하면 다른 한편에선 절대악絶對惡인 것처럼 악마시하고 있다. 특히 앞에 든 세 대통령에 대한 인식과 평가에 있어서도 그 이견과 대립은 극에 달하고 있는 듯싶다. 그러나 어쩌다 이들 정치 지도자의 서간들을 펼쳐 보면 그들 역시 천사도 아니요 악마도 아닌 하나의 인간이란 것을 깨닫게 된다. 그 '인간'을 가깝게 실감할 수 있는 기회를 제공해 주는 것이 어떤 면에서는 서간이 되지 않을까 생각해 본다. 박정희 대통령, 김대중 대통령을 전면 부정하는 인사들도 그분들의 서신들을 보고 나면 조금은 두 사람에 대한 견해가 달라지지 않을까 기대해 보는 것이다.

7

원래 서간문화의 선진국이었던 우리가 당대에 와서는 편지를 잘 쓰지도, 잘 간수하지도 않고 있다. 안타까운 일이요, 부끄러운 일이다. 바로 그러한 아쉬움이 이 책을 엮어내기로 한 동기이다.

자기가 쓴 글도 아니요, 남이 쓴 글을 함부로 남 앞에 내보인다는 것은 핀잔받아 마땅한 무례한 일이 될지 모른다. 그런데도 이렇게 무모한 짓을 하게 된 데에는 나름대로 어떤 소망이 없을 수 없다. 우리도 앞으로는 좀 더 자주 편지를 쓰고 자기가 받은 편지는 좀 더 소중하게 간직해 주었으면 하는 소망이 그것이다.

사사로운 편지를 일반에게 공개한다는 것, 굳이 변명을 하자면 그것은 편지가 갖는 이중적인 본성, 어떤 면에선 편지의 변증법적인 본성 때문에 그럴 수도 있지 않을까 하고 생각해 본다.

위에서 소개한 세비녜 부인의 경우, 프랑스에선 이미 17세기부터 사사로운 편지를 베끼기까지 해서 여러 사람들이 돌려 보곤 했다는 사례가 전해지고 있다. 작가들이나 학자들과 같은 수많은 문인들의 전집에는 으레 사사로운 서간이 수록돼서 공개된다. 우리나라에서도 조선시대의 옛 서찰들을 모아 엮은 많은 간독첩簡牘帖이 나와 있다.(도판 8) 그것들은 서화상書畵商에서 거래도 되고 여러 도서관에 소장되어 일반에 공개되고도 있다. 이처럼 예나 지금이나, 그리고 저쪽에서나 이쪽에서나 사사로운 편지가 은밀하게 숨겨져 있지 못하고 세상의 햇빛을 보고 나오는 것은, 본시 그럴 수밖에 없는 것이 편지의 운명이라고 할 수 있겠다.

편지는 바로 글월이기 때문이다. 편지는 글로 적은 말이다. 말을 한다는 것이 이미 안에 숨은 사람의 마음을 밖으로 내보내는 것이다. 사람의 사사로운 생각, 주관主觀은 일단 말을 하거나 글을 쓰게 되면 그건 이미 남 앞에 스스로의 마음을 열어 놓는 것, 객관客觀이 된다. 말은 마음의 나들이요, 글은 생각의 바깥출입이다. 그렇기에 짐멜Georg Simmel은 "글로 적는다는 것은 모든 비밀 유지와는 반대되는 특성을 지닌다"는 말로 편지에 관한 사회학적 논의를 시작하고 있다. "글로 씌어진 것은 비밀이 간직된다는 모든 보장을 단념하고 객관적인 존재가 된다"[12]는 것이다.

물론 편지만이 아니라 인간의 모든 표현 행위는 "주관적인 것의 객관화"라고 할 수 있겠고, 그러한 객관화가 그를 통해 공공성을 얻게 된다는 것은 진부한 진리라 할 것이다. 다만 편지가 다른 글, 다른 문서와 다른 점은, 원래 편지는 한 사람의 수신인, 불특정 다수의 공공의 독자가 아니라 사사로운 한 개인 독자를 상대로 쓰였다는 것이다. 거기에 편지가 갖는 묘미가 있는지도 모른다. 요컨대 편지는 글이라는 '객관적'인 수단을 통해서 극히 사사로운 '주관적' 소통을 지향한다는 점에서 조금은 이율배반적이요, 그 본성에서 모순되는

8. 조선시대 선비들의 간찰을 모아
책으로 엮은 간독집(簡牘集).
편저자 소장.

양면성을 지닌다고 할 수 있겠다.

이러한 편지의 본성에 대해서 나는 오래전에 다음과 같이 적어 본 일이 있다.

"편지가 글에 의한 설득 커뮤니케이션의 '원형'이라 함은 편지가 그 본질에 있어 대타적
對他的인 것이기 때문이다. 이 점에 있어 편지는 자기 자신을 위해서 적는 대자적對自的인 '일
기'나 '노트'와는 근본적으로 구별된다.

편지는 '남'에게 쓰는 글이다. 편지의 출발에는 '타자에의 의지', 곧 '관계에의 의지'가 있
다. 다른 사람과 나와의 사이를 트기 위해서, 그 사이를 발전시키기 위해서 편지를 쓴다. 따
라서 편지는 '독백monologue'이 아니라 '대화dialogue'의 원리에 의해서 씌어진다.

(…) 편지는 나와 너와의 사이에 주고받는 것이기 때문에 본시 사사로운 것이요, 그래서
편지는 봉함封緘하여 부친다. 따라서 사사로운 통신private communication으로서의 편지에는 그
문체에도 이른바 밀도 짙은 개인적 성격personalism이 스며 있다. 편지의 문체가 익명의 공중,
수많은 제3자를 향해서 쓰는 글에 비해서 주관적인, 경험적인, 감각적인 언어를 보다 많이
구사하는 것도 이 때문이다. 이 점에서 편지는 객관적이고 추상적인 논리를 주로 내세우는
논문과는 절로 구별된다.

편지는 그러나 타자를 지향하고 관계를 의지하는 그 기본 동기에서 이미 나 혼자만의 음
풍영월은 벗어나고 있다. 그렇기에 단순히 자기 자신의 실존적인 체험에 침잠, 침몰해서
주관적인 영탄만을 되뇐다는 것은 있어야 될 편지의 스타일이라 할 수는 없다.

(…) 편지가 바람에 날리는 순간적인 언어 ―'말'이 아니라 기록되고 보존되는 언어―
'글'에 의해서 씌어진다는 것은 편지의 언어가 다시 읽고, 고쳐 읽고 깊이 생각해 보는 숙독

과 성찰에 견딜 수 있는 이치를 갖춘 언어이기를 요구하고 있다. (…) 거기에는 경험의 주관적인 진실과 함께 논리의 객관적인 진실이 곁들여 있지 아니하면 안 된다. (…) 이 경우 편지는 다만 발신인과 수신인 사이의 활성적인 역할 교체라는 그의 관행 형식에 있어 변증법적일 뿐만 아니라 경험적인 것과 논리적인 것, 감각적인 것과 추상적인 것, 주관적인 것과 객관적인 것, 또는 개별적인 것과 일반적인 것의 종합을 지향하는 스타일이라고 하는 또 다른 차원에서도 매우 변증법적이라고 할 수 있다."[13]

개별적인 것과 일반적인 것의 종합이라고 하면 뭐 대단한 변증법적 논리를 휘둘러 대는 것처럼 들릴지 모른다. 하지만 그것은 우리들 평소의 삶에서 흔히 만나게 되는 일상적인 체험이라고 할 수 있다. 가장 사사로운 고백이 그 주인공을 모르는 수많은 일반 사람들의 공감을 불러일으키는 경우가 바로 그러한 사례이다.

이 책은 이미 작고한 분들의 글월만을 골라 추려 엮은 것이다. 책을 엮은 사람은 지난날 어떤 관직이나 공직에도 있어 본 일이 없고 대학이나 언론계에서도 무슨 요직 같은 것은 맡아 본 일 없이 평생을 그저 책이나 뒤지고 살아온 한 서생書生이다. 그렇기 때문에 그가 받은 글들도 사사로운 영역을 크게 벗어나 일반의 흥미를 돋울 만한 것들은 없다. 그러나 그런대로 이 책을 엮으면서 오래된 서찰을 꺼내 가신 이들의 글을 눈앞에 보니 참으로 "말은 마음의 소리요, 글은 마음의 그림言心聲也 書心畫也"이란 말과 같이, "글월을 보면서 사람의 얼굴을 마주 보는 듯하다辭若對面"[14]는 감회를 누를 길 없다. 돌이켜 보면 글을 주신 분들은 그 유서에서 보여 주듯이 하나같이 고매한 인품의 스승이요 선배들이며 덕이 큰 친구들이었음을 사무치게 깨닫게 된다. 그럴수록 나에게는 과분한 그런 분들을 생전에 제대로 섬기지 못하고 챙기지도 못했던 스스로의 나태함에 쥐구멍이라도 찾고 싶은 회한이 앞선다. 쏜살처럼 빠른 세월의 흐름 속에서 잠시나마 소중한 시간을 짬내서 나에게 이 책에 실린 글들을 적어 보내 주신 고인 한 분 한 분께 새삼 감사함 속에 문득 정겨운 마음이 일게 된다.

이런 책을 펴낸다는 것이 무슨 뜻이 있을까. 편지를 쓰고 받고 간직한다는 것은 우리들의 삶에서 선대로부터 이어 온 오랜 관습이요 전통이다. 그리고 그것은 오늘날에 와서도 그를 이어 가는 것이 그런대로 나쁘지는 않겠구나 하는 것을, 만일 사람들이 이 책을 통해서 이해해 준다면 책을 펴낸 사람으로선 더할 나위 없는 큰 기쁨이요 그저 고마울 따름이다.

주註

1. Sean McBride et al., *Many Voices, One World: Toward a New More Just, and More Effective World Information and Communication Order*, Paris: Unesco, 1980, p.54.

2. Sean McBride et al., op. cit.

3. Peter Gay, *The Dilemma of Democratic Socialism: Eduard Bernstein's Challenge to Marx*, New York: Columbia University Press, 1983, p.187.

4. 세비녜 부인의 서간에 관한 국내 참고서로는, 안 포레 카틀리에, 자클린 리슈탱슈타인, 장 마리 브뤼장, 프랑수아 그 룰리에의 『세비녜』(장진영 옮김, 창해, 2001)가 있고, 그 밖에 유예진의 『프루스트가 사랑한 작가들』(현암사, 2012) 이 있다. 이 책의 첫 장이 「세비녜 부인」 편(pp.18-41)이고, 책의 말미 '부록'에는 세비녜 부인의 편지 세 통이 번역 소개돼 있다.

5. 이황-기대승 서간집을 번역한 소개서로 『퇴계와 고봉, 편지를 쓰다』(김영두 옮김, 소나무, 2003)가 있다.

6. J. Albrecht · H. W. Drescher · H. Göhring · N. Salinikow (Hrsg.), *Translation und Interkulturelle Kommunikation*, Frankfurt/M, Bern, New York, Paris: Lang, Peter Frankfurt, 1987, p.384.

7. 한국정신문화연구원 편, 『한국민족문화대백과사전』 20, 1991, p.758에서 재인용.

8. 권도홍, 『문방청완文房淸玩―벼루, 먹, 붓, 종이』, 대원사, 2006.

9. 조형균 논문 · 논설집 간행회 편, 『종이 30년』, 1987, p.78. 다드 헌터 종이박물관에 관해서는 『종이역사박물관』(계 성제지그룹, 2001) p.24 참조.

10. Peter Maximilian Kolbe, *Briefe von 1915-1941*, München: Kafeke, 1981.

11. 『박종홍 전집 제7권―수필, 서한 기타』, 형설출판사, 1980, pp.399-410.

12. Georg Simmel, *Aufsätze und Abhandlungen 1901-1908*, Band II, Suhrkamp, 1993.

13. 최정호, 『사랑한다는 것―소인消印 없는 편지』, 일지사, 1980.

14. 유협의 『문심조룡文心雕龍』 중 제25장 「서기書記」.

일러두기

· 편지 내용은 원문 그대로 수록함을 원칙으로 삼았으나,
  명백한 오자誤字로 보이는 것은 바로잡았고, 현행 맞춤법 및
  외래어표기법에 따랐으며, 한글 표기를 위주로 하고
  필요한 단어에 한자漢字를 병기倂記했다.
· 원문에 외국어가 노출되어 표기된 경우, 해당 언어의 발음 표기대로,
  또는 적절한 번역으로 바꾸어 표기하였다.
· 주註는 해당 단어나 구절 옆 괄호 안에, 또는 편지 하단에 ' * ' 표로
  원문과 구분되도록 달았다.
· 편지 내용 중 일부가 분실된 경우, 또는 사생활과 관련되어
  밝히기 힘든 경우 등에는 '중략'으로 처리했다.

화전 華箋

고인故人이 된 쉰다섯 분의 편지

프랭크 윌리엄 스코필드 Frank William Schofield, 1889-1970

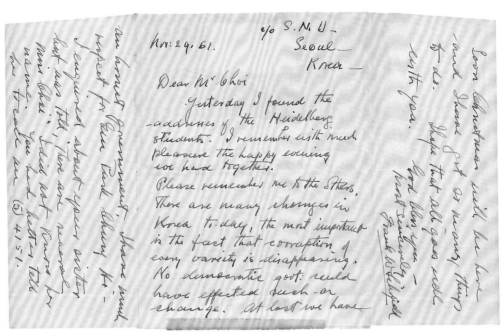

1-1

1-2

1-[한국, 서울대학교 1961. 11. 29.]

친애하는 미스터 최
어제 하이델베르크 대학생들의 주소를 찾았습니다. 그곳에서 자리를 같이했던 행복한 저녁을 떠올립니다.

다른 분들에게도 내 얘기를 전해 주세요. 지금 서울은 많은 변화가 일어나고 있습니다. 가장 중요한 사실은 갖가지 부패가 사라지고 있다는 것입니다.

어떤 민주정부도 일찍이 그처럼 변화에 영향을 미치지 못했습니다. 우리는 드디어 성실한 정부를 갖게 된 것이지요. 나는 박정희朴正熙 장군을 매우 존경합니다.

나는 당신의 누이에 대해서 알아봤으나 '미스 최'란 성은 여럿이 있다 하는군요. 나는 그녀의 이름을 몰랐습니다. 그보다는 그녀가 나에게 전화(5-4151)를 걸도록 하는 게 낫겠지요.

머지않아 크리스마스입니다. 나도 할 일이 많아졌군요. 모든 일이 잘 되기를 바랍니다. 하느님의 축복이 있기를.

프랭크 W. 스코필드

에밀 도비파트 Emil Dovifat, 1890-1969

PROFESSOR DR. EMIL DOVIFAT   Berlin-Zehlendorf, den 1.2.1962
BERLIN-ZEHLENDORF
CHARLOTTENBURGER STR. 2
FERNRUF 84 57 18

Herrn
Chungho C h o e
H e i d e l b e r g
Seminarstraße 2

Sehr geehrter Herr Chungho Choe!

Vielen Dank für Ihren Brief vom 25.1.1962. Sicher würden
Sie an der Freien Universität Berlin eine Reihe von Lehrern
und Fächern finden, die für Ihre Studien in Deutschland und
für die praktische Nutzung in Ihrer Heimat wertvoll wären.
Bitte, wenden Sie sich an die Immatrikulationsstelle der
Freien Universität Berlin, Berlin-Dahlem, Boltzmannstraße 3,
und melden Sie sich für das Sommersemester 1962 an.

Da ich selbst seit dem vorigen Jahr emeritiert bin, leite
ich nicht mehr das Institut für Publizistik. Ich gebe aber
Ihren Brief dorthin weiter. Sicher könnten Sie auch dort
Ihre Studien fortführen. Ich selbst halte als Emeritus über
Fachgebiete Vorlesungen. Auch an diesen Vorlesungen könnten
Sie, wenn Sie immatrikuliert sind, selbstverständlich teil-
nehmen. Ihren Brief gebe ich an das Institut für Publizistik
weiter. Es würde mich freuen, wenn Sie Ihre Studien in Berlin
aufnehmen könnten.

Mit freundlichen Grüssen
Ihr

1—[베를린 1962. 2. 1.]

친애하는 최정호 씨

1962년 1월 25일자 서신 감사합니다. 물론 베를린자유대학에는 당신의 독일에서의 공부와 고국에서의 실무에 도움이 될 일련의 교수와 교과 과목들을 찾을 수 있을 것입니다. 그러니 베를린-달렘, 볼츠만 거리 3번지에 있는 베를린자유대학의 입학사무실에 연락해서 1962년 여름학기에 등록을 하세요.

나는 지난해에 명예퇴직을 했기 때문에 더 이상 언론연구소를 책임 맡고 있지 않습니다. 당신의 서신은 연구소에 전달해 두었으니 당신은 그곳에서 공부를 계속할 수 있을 것입니다. 나는 명예교수로서 전공 분야의 강의를 맡게 됩니다. 당연히 내 강의도 당신이 입학 등록을 하게 되면 들을 수 있습니다. 당신의 서신을 언론연구소에 전달했으니 베를린에서 공부할 수 있게 된다면 기쁘겠습니다.

인사를 나누며.

도비파트

프리츠 에버하르트 Fritz Eberhard, 1896-1982

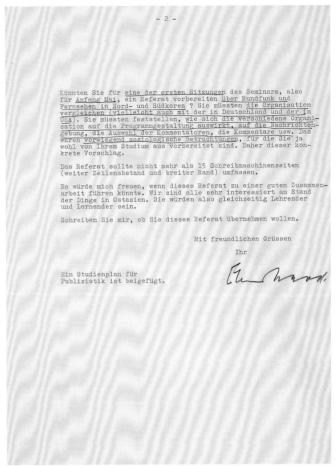

1–[베를린 1962. 1. 29.]

친애하는 미스터 최

1월 25일자 문의 서신 고마워요. 입학 원서는 베를린자유대학 본부, 외국학생처(베를린-달렘, 볼츠만 거리 4번지)에 제출하세요. 외국인의 입학을 위한 전제 조건은

1. 독일의 대학 입학 자격에 해당하는 학업을 이수한 증서.(당신의 경우는 이미 인증됨)
2. 대학 입학 이전에 치른 어학시험을 통한 충분한 독일어학 실력 증명서.(당신의 경우는 전혀 문제가 없을 듯)
3. 최소 만 십팔 세 이상.

원서는 되도록 빨리 제출하도록 하고, 1962년 여름학기 등록 기간은 2월 1일부터 28일까지입니다.

언론학을 전공으로 하고 정치학을 부전공으로 하는 것은 가능하나, 다만 역사학이나 어문학 분야에서 한 과목을 부전공 과목으로 선택해야 한다는 것이 필요한 전제조건입니다.

하이델베르크대학에서 세 학기 동안 이수한 수업을 언론학 전공 수업으로 계산하는 문제는 대학의 학장이 결정합니다. 그러나 아마도 해당 연구소의 동의로 관대히 처리될 것이라 예상됩니다.

여름학기의 공부를 위해 바로 하나의 제안을 하지요.

이수한 학기의 인증에 동의하기 위해선 내가 당신을 알아야 하므로, 그를 위해서는 다음과 같은 좋은 기회가 있겠습니다. 나는 오는 여름학기에 참가자를 선발해서 매주 수요일 10시부터 12시까지 '라디오와 텔레비전의 조직 형태'에 관한 상급 세미나를 개설합니다.

5월 초 세미나의 첫 모임의 토의를 위해서 남북한의 라디오와 텔레비전에 관한 리포트를 준비해 올 수 있겠습니까? 남북한의 조직체계를 비교하면서 아마도 독일과 미국의 그것과도 비교해야 할 것입니다. 서로 상이한 조직체계가 방송의 프로그램 편성에, 그리고 뉴스 보도와 논평 및 논평자의 선정 등에 어떤 영향을 미치고 있는지 밝혀 봐야 될 것입니다. 그것은 주로 사회학적인 고찰이 될 것입니다. 그를 위한 준비는 이미 공부가 되어 있으리라 믿기 때문에 이렇게 구체적인 제안을 하는 것입니다.

리포트는 타자 용지로 열다섯 페이지가 넘지 않도록 정리하세요.

이 리포트가 우리들의 좋은 공동학습의 계기가 되면 기쁘겠습니다. 우리 모두는 동아시아의 문제에 대해 매우 큰 관심을 갖고 있습니다. 그러므로 당신은 배우는 사람이자 동시에 가르치는 사람이 될 것입니다.

이 리포트를 맡아 줄 것인지 회신해 주세요.

인사를 나누며.

에버하르트

언론학과의 강의 계획서를 동봉합니다.

FREIE UNIVERSITÄT BERLIN
Institut für Publizistik

BERLIN-DAHLEM, DEN 20.2.62
IHNESTRASSE 20 · HENRY FORD BAU
TELEFON: 76 52 61, App.: 361
Unser Zeichen Ebh/Mü
Ihr Zeichen

Prof. Dr. F. Eberhard

Herrn
Chungo C h o e
Heidelberg
Seminarstr. 2

Sehr geehrter Herr Choe !

Hiermit lade ich Sie ein, an meinem Doktorandenseminar
im Sommersemester 1962 teilzunehmen. Es findet Montag,
19 bis 21 Uhr, vierzehntägig, im Arbeitsraum des Instituts
statt.

Erste Sitzung: Montag, 14. Mai 1962.

Im Doktorandenseminar ist über den Stand der Arbeiten zu
berichten. Voraussetzung für die Teilnahme ist, dass wir
ein Thema vereinbart haben oder vor Beginn des Seminars
vereinbaren.

Mit freundlichen Grüssen
Ihr

(Eberhard)

FREIE UNIVERSITÄT BERLIN
Institut für Publizistik

BERLIN-DAHLEM, DEN 19.7.62
IHNESTRASSE 20 · HENRY FORD BAU
TELEFON: 76 52 61, App.: 361
Unser Zeichen Ebh/Mü
Ihr Zeichen

Prof. Dr. F. Eberhard

Herrn
Chungho C h o e
Berlin-Wannsee
Otto Erich-Str. 8
b./Reichwein

Lieber Herr Choe !

Weil ich Sie wohl vor Montag nicht sehe, hier kurz
folgendes:

Mit Herr Heinrich G. Merkel, dem Herausgeber der Nürnberger
Nachrichten in Nürnberg, habe ich gestern verabredet, dass
Sie Ende Juli für 1 bis 1 1/2 Monate an seine Zeitung als
Ferienvolontär kommen können. Er bezahlt Ihnen die Reise
nach Nürnberg und zurück und wird Ihnen für den Monat vor-
aussichtlich 500,-- DM Vergütung geben. Herr Merkel wird
Ihnen bei Beschaffung eines Zimmers behilflich sein. Näheres
mündlich.

Schreiben Sie ihm, wenn Sie wollen, möglichst bald, wann
Sie genau kommen möchten.

Die "Nürnberger Nachrichten" haben etwa 200 000 Auflage .
Das ist gerade eine Zeitung von der Grösse, von der Sie
für Ihre Heimat etwas werden lernen können.

Mit den besten Grüssen
Ihr

(Eberhard)

2

3

2-[베를린 1962. 2. 20.]

친애하는 미스터 최
1962년 여름학기의 내 박사학위 과정 세미나에 참석하도록 초청합니다.
세미나는 목요일 19시부터 21시까지 연구소의 연습실에서 있게 됩니다.
첫 모임은 1962년 5월 14일 목요일.
박사학위 과정 세미나에서는 논문 작성 상황에 관한 보고를 합니다. 참석
할 수 있는 전제조건은 학위논문의 테마에 관해서 합의가 되었거나 혹은
학기 시작 전에 합의해야 한다는 것입니다.
인사를 나누며.

에버하르트

3-[1962. 7. 19.]

친애하는 미스터 최
우리가 월요일 전에는 만날 수 없을 듯하니 간단히 몇 자 적습니다.
뉘른베르크에서 발행되는 신문 『뉘른베르거 나흐리히텐Nürnberger

Nachrichten』지의 발행인 하인리히 메르켈Heinrich G. Merkel 씨와 나는 어저께,
당신이 7월 말부터 한 달 내지 한 달 반 동안 그의 신문사에 방학기간 수습
기자로 일하는 것으로 합의를 보았습니다. 그를 위해 베를린-뉘른베르크
왕복 여비와 매월 오백 마르크가 보수로 지급될 것입니다. 메르켈 씨는 숙
소를 마련하는 데도 도와줄 것입니다. 더 자세한 것은 추후 구두로.
뜻이 있다면 그에게 정확히 언제 가고 싶은지 되도록 빨리 편지로 알려 주
세요.
『뉘른베르거 나흐리히텐』지는 발행 부수가 약 이십만 부. 당신이 고국에
서 일할 경우 배우기에 딱 알맞은 규모의 신문입니다.
인사를 나누며.

에버하르트

4-[베를린 1968. 5. 27.]

친애하는 미스터 최
어머님의 친상親喪에 심심한 조의를 표합니다.
물론 우리가 다시 만날 수 없었던 것은 유감스럽습니다. 나 또한 당신과

neue Telefon-Nummer: 7690 3361
(Durchwählverkehr)

FREIE UNIVERSITÄT BERLIN
Institut für Publizistik

Prof. Dr. F. Eberhard
1 BERLIN 33, IHNESTRASSE 26

BERLIN-DAHLEM, DEN 27.5.68
TELEFON: 76.52.61, App. :
Unser Zeichen Prof.Ebh/MU
Ihr Zeichen

Herrn
Chungho C h o e
The Hankook Ilbo
14, Choonghak-Dong
Seoul / Korea

Lieber Herr Choe !

Zunächst mein herzlichstes Beileid zum Tode Ihrer
Frau Mutter.

Es tut mir natürlich leid, dass ich Sie nicht mehr gesehen
habe. Auch ich hätte gern persönlich von Ihnen Abschied
genommen.
Nun darf ich Ihnen mit diesem Brief alle guten Wünsche für
die Arbeit in Ihrer Heimat aussprechen. Wenn Herr Blombach
auf irgendwelche Schwierigkeiten stösst, kann er sich
natürlich an mich oder das Sekretariat des Instituts wenden.
Sie wissen ja wohl selbst, dass binnen einem Jahr die Disser-
tation gedruckt vorliegen muss.
Wenn Sie einmal wieder nach Deutschland und nach Berlin
kommen, wird es mich freuen, Sie zu sehen.

Bis dahin alle guten Wünsche

Ihr

(Eberhard)

4

Prof. Dr. FRITZ EBERHARD
Staatssekretär a. D.

Institut für Publizistik der Freien Universität Berlin
1 BERLIN 33
HAGENSTRASSE 56
TEL. 825 30 05 / APP. 81
FU-INTERN 4380

Privatadresse:
1 BERLIN 20
AHRENSHOOPER ZEILE 17
TEL. 901 42 95

Verehrte, liebe Gratulanten!

Zu meinem 85. Geburtstag haben viele meiner gedacht.
Allen in persönlichen Briefen zu danken, ist mir
nicht möglich. Doch sei jedem gesagt: Alle guten
Worte haben mir gut getan. Die mannigfachen Hinwei-
se, ich sei ein unbequemer Zeitgenosse, haben mich
besonders gefreut. Als solcher hoffe ich, der Demo-
kratie in Deutschland noch ein wenig dienlich sein
zu können.

In besonderer Dankbarkeit gegenüber den Beteiligten
darf ich das Rezept weitergeben, wie ein Mann mit
85 Jahren noch verhältnismäßig aktiv sein kann:
gute Frau, gute Ärztin, regelmäßig Nachmittags-
schlaf und vor allem: Umgang mit jungen Menschen.

Alle guten Wünsche werden mir Verpflichtung sein,
so lange wie möglich weiterzuarbeiten. Unser Grund-
gesetz - es ist nicht schlecht, darf ich auch als
Mitverfasser wohl sagen - kann sich nicht selber
verteidigen. Das müssen wir tun. Ich will weiter
dazu helfen.

Mit herzlichem Dank und Gruß

Der Gruß aus der Ferne war mir eine
besondere Freude

Fritz Eberhard,
24, 11, 81.

5

친히 작별을 했으면 했었습니다.

이젠 당신이 고국에서 하는 일에 성취가 있기를 이 편지로써 축원합니다.

만일 (당신의 친구) 블롬바흐Blombach 씨가 어떤 어려움이 있다면 언제든지 나에게나 연구소의 비서실에 찾아와도 됩니다. 잘 알다시피 학위논문은 일 년 안에 인쇄해서 제출해야 됩니다.

만일 언젠가 다시 독일에, 그리고 베를린에 오게 된다면 재회를 기뻐하겠습니다.

그때까지 만사형통을 빕니다.

에버하르트

5-[베를린 1981. 11. 24.]

친애하는 하객들에게

나의 여든다섯번째 생일을 많은 사람들이 축하해 주었습니다. 모든 분들에게 일일이 감사의 글을 적어 올리고는 싶으나 그럴 수는 없는 형편입니다. 그러나 나에 대한 모든 축하의 말들은 나를 감동시켰다는 것을 한 분한 분께 말씀드리고 싶군요. 그중에서도 특히 나를 기쁘게 해 준 건 내가

한 사람의 '귀찮은 동시대인'이라고 지적해 준 여러 사람들의 말이었습니다.

바로 그같은 '귀찮은 동시대인'으로서 나는 아직도 더 독일의 민주주의를 위해 이바지할 수 있기를 희망하고 있습니다. 나를 생각해 준 하객들에 대한 지극히 고마운 생각에서 나는, 팔십오 세나 나이를 먹은 사람이 어떻게 아직도 활동을 계속할 수 있는지 그 처방을 전해 드릴까 합니다.

그것은 좋은 아내를 맞을 것, 좋은 의사를 찾을 것, 규칙적인 낮잠을 잘 것, 그리고 무엇보다도 젊은 사람들과의 교제를 가질 것, 바로 이것입니다.

나에게 보낸 모든 축원은 나의 힘이 다할 때까지 계속 일을 하라는 책무로 받아들일 것입니다.

우리나라의 기본법(*독일 헌법)은 나 자신 그를 같이 기초한 (*제헌의원의) 한 사람으로 나쁘지 않다고 말해서 좋을 줄 압니다. 그러나 헌법은 스스로 지켜지는 것은 아닙니다. 우리들이 그것을 지켜야 합니다. 헌법을 위해 나는 계속 도우려 하고 있습니다.

심심한 감사와 인사를 드리며.

먼 곳에서 날아온 축하 인사는 나에게 특별한 기쁨을 안겨 주었습니다.

에버하르트

Wien, 6. August 1965.

Sehr geschätzter, lieber Herr Chungho Choe!

Ihr Brief hat schon auf mich gewartet, als ich nach einiger Zeit wieder nach Wien zurückkam. Ich danke Ihnen von ganzem Herzen für Ihre so warm empfundenen Worte. Es überrascht mich sehr, dass die Männer Ihres Alters so gut über Syngman Rhee denken. Sein Lebensideal war die Unabhängigkeit seines Landes, dafür hat er gekämpft, gelitten, Enttäuschungen ohnmächtig hinnehmen müssen. Als er endlich am Ziel war, war er alt geworden. Vielleicht lag darin die Ursache, dass man ihn abselbst daran gedacht, dass es damit ihm den schwersten, südlichen Schlag versetzt hat? Bestimmt hat diese Tat den Koreanern noch keinen Segen gebracht. Verzeihen meine Bitterkeit. Syngman ist nicht der erste, dem ein solches Los zu Teil wurde. Wenn Sie, wie Marc Antonius, in der Biographie, die Sie schreiben wollen, Syngman rein

1-1

erstrahlen lassen, so mögen Sie viel Erfolg und keine Schwierigkeiten haben.
Ich wünsche Ihnen überhaupt ein erfolgreiches Leben, werden Sie eine Zierde Ihres Landes.
Nochmals innigen Dank für Ihre herzlichen Worte. Ich freue mich darüber, wenn auch der Anlass traurig war.
Leben Sie recht wohl!
Herzlichst grüßen Sie
Ihre
Franz Glas u. Barbara Donner.

1-2

1-[빈 1965. 8. 6.]

친애하는 최정호 씨
당신의 편지는 내가 빈에 다시 돌아올 때까지 한동안 나를 기다려야 했군요. 온정이 넘치는 조문弔問의 말에 마음속에서부터 감사를 올립니다. 당신 나이의 한국 사람들이 이 박사(*이승만)를 그처럼 추도한 사실은 나를 놀라게 하고 있습니다. 이 박사 평생의 이상은 조국의 독립이었습니다. 독립을 위해 그는 투쟁하며 고생을 참았으며, 이따금은 무력하게 환멸의 비애도 겪었습니다. 마침내 그가 인생의 목적지에 도달했을 때, 그는 이미 늙은 사람이었습니다.
아마도 여기에 사람들이 그를 내몬 원인이 있었겠지요. 그러나 사람들이 그로 인해 이 박사에게 가장 심각한 치명적인 일격을 가했다는 사실을 한국은 기억하는지요? 분명한 것은 그 일격이 아직 한국 사람들에게 아무 축복도 가져오지 않았다는 사실입니다.

나의 신랄한 독설을 용서해 주십시오. 그런 비통한 운명에 처한 것은 이 박사가 처음은 아닙니다. 만일 당신이 마르쿠스 안토니우스Marcus Antonius처럼 이 박사를 그의 전기傳記에 순수한 빛으로 밝혀 준다면 많은 성과를 거둘 것이며 아무 어려움이 없을 것입니다.
당신의 삶에 성취가 있기를, 그리고 나라의 영예가 되기를 기원합니다. 다시 한번 따뜻한 말에 감사드립니다. 비록 슬픈 사연 때문이기는 했지만 반가웠습니다.
평안히 계시기를.
심심한 인사말을 올립니다.

프란츠 그라스*와 바르바라 도너

* 도너 여사의 동거인으로, 옛 교사 시절의 동료였다.

25. Sept. 1965.

Sehr verehrter Herr C. Choe!

Es tut mir leid, Ihnen mitteilen zu
müssen, daß eine Zusammenkunft
zwischen Ihnen und meiner Schwester
endgültig ~~nicht~~ gescheitert ist. Wir
haben uns sehr bemüht, und das
Äußerste versucht, meine Schwester zu
bewegen, Ihre Wünsche zu verstehen und
zu erfüllen. Es war leider erfolglos.
Ich bitte Sie, auch das Verhalten meiner
Schwester zu verstehen:
Es tut uns sehr leid und wir bedauern es
aufrichtig, daß Sie viel Anstrengungen
gemacht und soviel Zeit aufgewendet
haben und keinen Erfolg gehabt haben.
Behalten Sie uns trotzdem in guter
Erinnerung, lieber Herr Choe.
Mit den besten Wünschen und Grüßen
verbleibe ich Ihre

Barbara Donner.

2-[빈 1965. 9. 25.]

최 선생
유감스러운 일이지만 알려 드릴 수밖에 없네요. 내 여동생(*프란체스카)
과 당신의 만남은 결국 성사될 수 없게 되었습니다. 우리는 애를 많이 썼
어요. 당신의 소원을 이해하고 풀어 주도록 여동생을 움직여 보려고 온갖
짓을 다 했거든요. 그러나 아무 소용없었습니다. 내 여동생의 그러한 태도
에 대해서도 당신이 이해해 주시기 빕니다.

안됐어요. 당신이 그 많은 애를 쓰고 그 많은 시간을 쏟고도 일을 성사시
키지 못한 것을 우리는 진정으로 유감스럽게 생각합니다. 그럼에도 불구
하고, 최 선생, 부디 우리를 좋은 기억 속에 간직하고 계시길 당부 드리며
간곡한 인사를 올립니다.

바르바라 도너

유형기 柳瀅基, 1897-1989

1-[옥스퍼드 1962. 5. 15.]

최 선생 귀하

5월에 베를린으로 가신다는 소식 간접으로 들었습니다. 늘 생각은 있으면서도 확실한 주소를 알 때까지 기다린다고 이렇게 늦어져서 미안합니다. 객고客苦가 얼마 하십니까? 베를린에는 분명 재미를 붙이실 곳으로 생각하니 적이 안심은 됩니다마는. 그간 댁 소식도 늘 들으시구요. 벌써 논문 테마 얘기가 나왔다면 퍽 진척된 모양이니 치하합니다. 속히 마치고 돌아와 장가도 들고 일도 해야지요.

여기 온 후로도 하이델베르크 생각 많이 합니다. 그 아름다운 경치, 좋은 젊은 친구들이 늘 그립습니다. 여기는 산 하나 없는 평야에 수백 년 된 고옥古屋, 고목古木뿐이구요, 대학교 내에 서른세 개 대학에 십여 기관이 있다는데 십여만 산다는 시市가 전부가 학교 건물들뿐이고 그 사이에 틈틈이 은행, 상점들이 끼어 있을 정도입니다.

간 토요(*지난 토요일)엔 여기 있는 삼인三人이 동반 케임브리지 대학엘 갔었는데 역시 아름다운 도시였습니다. 네카르에 비할 수는 없으나 잔잔한 소천小川이 있어 남녀 학생 뱃놀이가 겨울만 제하고는 언제나 유행이구요, 그러나 그건 다 젊은이들의 노릇이니까 구경이나 할 정도입니다.

6월 5일 여기 떠나 6월 8일 글래스고에서 비행기로 향미向美합니다. 여름 나서 겨울에 귀국 예정입니다.

객지에서 건강에 주의하며 좋은 공부해 속히 성공해 가지고 돌아오십시오.

이만 줄입니다.

5월 15일
유생柳生 배拜

신봉조 辛鳳祚, 1900-1992

崔 槇鎬 敎授 님 께

새 해에 萬福을 받으시고 뜻하시는

모든 일이 順調롭게 成就 하시기를

祈願 합니다.

마침 近者에 祥明師範大學의

大學院長 인 方貞福 敎授 가

'対話와 人間關係' 라는 敎育에

關 한 책을 썼읍니다. 平素에

崔敎授 님에 対하여 그에게 이야기

한 일이 있었읍니다.

여기 그 책 한 권을 人便으로

1-1

보냅니다. 時間이 계신 따대

보아주시기 바랍니다.

宅內가 두루 늘 平安하시기

다시 빕니다.

1981. 01. 07日

辛鳳祚 드림

지난 해 봄에 金相浹 總長 의

近著 "知性 과 野性" 에 対 한 東亞

日報 의 書評 은 참 名文 이었읍니다.

참 깊은 感銘 을 받었었읍니다.

다시 感謝 한 말씀을 드립 니다.

1-2

1-[서울 1981. 1. 7.]

최정호 교수님께

새해에 만복을 받으시고 뜻하시는 모든 일이 순조롭게 성취되시기를 기원합니다.

마침 근자에 상명사범대학의 대학원장인 방정복方貞福 교수가 『대화와 인간관계』라는 교육에 관한 책을 썼습니다. 평소에 최 교수님에 대하여 그에게 이야기한 일이 있었습니다.

여기 그 책 한 권을 인편으로 보냅니다. 시간이 계신 때 보아 주시기 바랍니다.

댁내가 두루 늘 평안하시길 다시 빕니다.

1981. 01 . 07(일)

신봉조 드림

지난해 봄에 김상협金相浹 총장의 신저 『지성과 야성』에 대한 『동아일보』의 서평은 참 명문이었습니다. 참 깊은 감명을 받았었습니다. 다시 감사한 말씀을 드립니다.

한스 하인츠 슈투켄슈미트 Hans-Heinz Stuckenschmidt, 1901-1988

H. H. STUCKENSCHMIDT
em. o. Prof., Dr. phil. h. c.

WINKLERSTRASSE 22
1000 BERLIN 33
TEL. 825 63 43

24. August 1981

Sehr geehrter Herr Kollege Professor Choe,

vielen Dank für Ihren Brief vom 1. August und das schöne Buch, dessen Bilder mir so vertraut sind. Sie haben das "Theatrum Mundi" ebenso an Ort und Stelle kennen gelernt wie ich.

Leider kann ich Ihre Bitte nicht erfüllen. Das Manuskript meiner Dankrede für den Johann Heinrich Merck-Preis ist unauffindbar. Durch die Erkrankung meiner geliebten Frau 1980 (sie ist unheilbar geisteskrank und lebt in einem Pflegeheim) sind viele Gegenstände in dieser Wohnung verloren gegangen oder zerstört worden, darunter auch Kopien von Aufsätzen und Vorträgen.

Ich wäre natürlich sehr glücklich, wenn Arbeiten von mir in koreanischer Sprache erscheinen würden. Vielleicht käme ein Abschnitt aus einem meiner Bücher dafür in Betracht. Ich werde am 1. November achzig Jahre alt, hoffe aber noch einige Zeit weiter schreiben zu können.

Mit nochmaligem Dank und vielen Grüßen

Ihr ergebener

HH Stuckenschmidt

1

1-[베를린 1981. 8. 24.]

친애하는 동료, 최 교수님
보내 주신 8월 1일자 편지와 책 감사합니다. 그 책의 그림들은 내게도 익숙한 것들입니다. 당신도 나와 같이 '세계의 무대'를 현장에서 체험해 왔군요.
부탁하신 청을 들어 드릴 수 없어 안됐습니다. 요한 하인리히 메르크 상을 수상한 나의 답례 연설문 원고를 찾을 수가 없습니다. 1980년 사랑하는 아내의 발병으로 (그녀는 불치의 정신병으로 요양원에 있습니다) 집안에 있는 많은 물건들이 —그 가운데엔 많은 논문이나 강연 원고들도 함께— 사라지거나 결딴이 나 버렸습니다. 물론 내 논문이 한국어로 번역이 된다면 아주 좋았을 걸 그랬습니다. 어쩌면 내 저서들 가운데 일부가 고려의 대상이 되었으면 하기도 합니다. 나는 오는 11월 1일 만 팔십 세가 됩니다. 그래도 앞으로 얼마 동안은 계속 글을 쓸 수 있기를 바라고 있습니다.
다시 한번 감사와 인사를 드립니다.

H. H. 슈투켄슈미트

이재훈 李載燻, 1902-1985

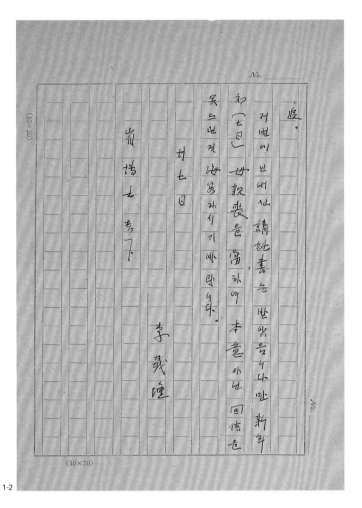

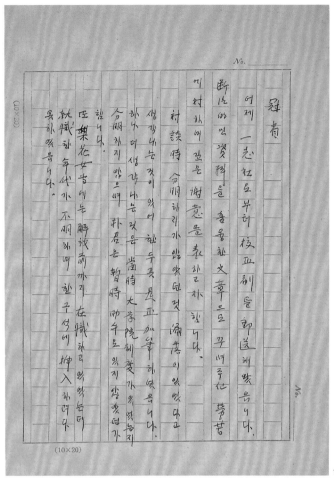

1-[서울 1976. 12. 27.]

관생冠省.

어제 일지사—志社로부터 교정쇄를 우송해 왔습니다. 단편적인 자료를 훌륭한 문장으로 꾸며 주신 노고에 대하여 깊은 사의를 표하고자 합니다.

대담 시 분명하지가 않았던 것, 누락이 있었다고 생각나는 것이 있어 한두 곳 시정, 가필하였습니다. 하나 더 생각나는 것은 당시 대학원 제도가 있었는지 분명하지 않으며, 박 군은 잠시 조수로 있지 않았던가 합니다.

또 이화여전梨花女專에는 해방 전까지 재직하고 있었는데 취직한 연대가 불명하여 한구석에 삽입하려다 못 하였습니다.

추道

저번에 보내신 청탁서는 받았습니다만 신년 초(7일) 모친상을 당하여 본의 아닌 회신을 못 드린 것 해량하시기 바랍니다.

27일

이재훈

최 박사 귀하

박종홍 朴鍾鴻, 1903-1976

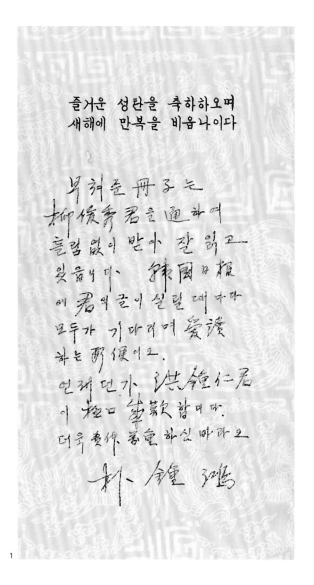

1 즐거운 성탄을 축하하오며
새해에 만복을 비옵나이다

부쳐 준 冊子는
柳俊秀君을 通하여
틀림없이 받아 잘 읽고
있읍니다. 韓國日報
에 君의 글이 실릴 때마다
모두가 기다리며 愛讀
하는 形便이오.
언제던가 洪鍾仁君
이 極口 讚歎합니다.
더욱 貴體 萬重하신 바라오.
朴鍾鴻

2 崔禎鎬博士
新綠이 새롭습니다.
同封한 "神學硏究" 구경하시오
나에게 關心을 가진분이 글을 썼읍니다.
나自身은 張日祚라는 사람을 모르는데,
延大大學院 出身으로서 韓國神學大學
에서 講義를 擔當하고 있는것 같으오.
내가 하고 싶으면서도 참고 있는 말은
나 대신 해준 대목이 더러 있읍니다.
同時에 더욱 精進하며 自重하여야되겠
다고 느껴집니다.
高堂의 淸福을 빕니다.
1971年 5月 1日
朴鍾鴻

1—[서울 1965. 12.]

부쳐 준 책자는 유준수柳俊秀 군을 통하여 틀림없이 받아 잘 읽고 있습니다.『한국일보』에 군의 글이 실릴 때마다 모두가 기다리며 애독하는 형편이오.
언제던가 홍종인洪鍾仁 군이 극구 감탄합디다.
더욱 귀체만중貴體萬重하심 바라오.

박종홍

2—[서울 1971. 5. 1.]

최정호 박사
신록이 새롭습니다.
동봉한 「신학 연구」 구경하시오. 나에게 관심을 가진 분이 글을 썼습니다. 나 자신은 장일조張日祚라는 사람을 모르는데, 연대 대학원 출신으로서 한국신학대학에서 강의를 담당하고 있는 것 같으오. 내가 하고 싶으면서도 참고 있는 말을 나 대신 해 준 대목이 더러 있습니다. 동시에 더욱 정진하며 자중하여야 되겠다고 느껴집니다.
고당高堂의 청복淸福을 빕니다.

1971년 5월 1일
박종홍

正初에는 失禮가 많았읍니다.

産母와 어린 애기가 順調롭고 또 充實한가요? 나는 거의 完快되었소. 惠念之澤인 줄 아오.

原稿「韓國의 길」을 別紙 同封합니다. 舊稿에 若干 加筆한 것으로 좀더 하여야 할 말이 있은 直하나 그리고 짜임새가 未備한 것을 느끼면서 그대로 보내오니 笑領하시고 英譯은 英字新聞 關係者에게 신세를 지도록 周旋해 주면 적절히 추려서 짤막게 大作의 內容을 紹介하면 되지 않을까요. 連絡이 必要하면 自宅 72-2487로 電話를 하여 주시오. 不備禮.

一月十六日 朴鍾鴻

崔禎鎬 貴下

3-[서울 1970. 1. 16.]

정초에는 실례가 많았습니다.
산모와 어린 애기가 순조롭고 또 충실한가요? 나는 거의 완쾌되었소. 혜념지택惠念之澤인 줄 아오.
원고「한국의 길」을 별지 동봉합니다. 구고旧稿에 약간 가필한 것으로 좀더 하여야 할 말이 있음 직하나 그리고 짜임새가 미비한 것을 느끼면서 그대로 보내오니 소령笑領하시고 영역英譯은 영자신문 관계자에게 신세를 지도록 주선해 주면 감사하겠습니다. 적당히 추려서 짧게 대체大体의 내용을 소개하면 되지 않을까요. 연락이 필요하면 자택 72-2487로 전화를 하여 주시오. 불비례不備禮.

1월 16일 박종홍

최정호 귀하

홍종인 洪鍾仁, 1903-1998

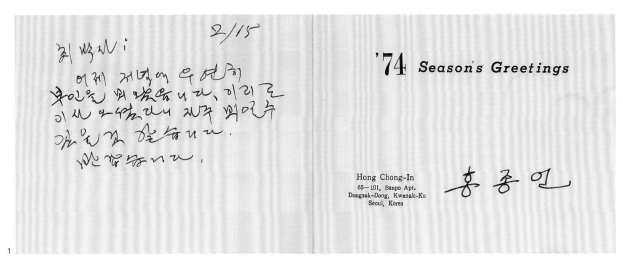

2-4. 손수 그린 그림으로 만들어 보낸 홍종인 선생의 카드들.

1-[서울 1974. 2. 15.]

최 박사!

어제 저녁에 우연히 부인을 뵈었습니다. 이리로 이사 오셨다니 자주 뵐 수
있을 것 같습니다. 반갑습니다.

홍종인

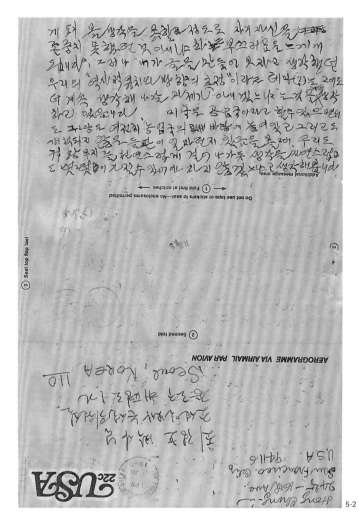

5-1

5-2

5-[샌프란시스코 1980. 7. 28.]

최 박사님

대단히 부끄럽고 또 대단히 죄송스럽습니다. 모처럼 약속을 해 놓고도 원고를 보내 드리지 못하고 서울을 떠났고 또 그 후 이렇다 할 소식을 곧 전하지 못한 것을 지금 무어라고 변명키 어렵습니다.

하기는 출발(17일) 전에 꼭 보내 드리려던 원고를 대개 마무리 짓게 됐다고 생각하고 좀 손질을 하려고 했더니, 글 내용의 테두리가 잘 잡히지 않았고 또 하고자 했던 이야기가 속이 빈 것이 아니냐고 스스로 크게 실망을 느끼고 다시 고쳐 보려고 하다가 손이 아니 돌아가서 그대로 부실을 범하고 서울을 떠났던 것입니다.

그 후 일본서 한 사흘을 지내고 미국에 오기까지 내 무책임을 탓하면서 약 사십 매 써 놓았던 글을 다시 뜯어 고쳐 보려고 머릿속으로 계속 생각해 보았습니다. 그동안 몸도 고단하고 정신력도 피곤을 느끼면서도, 그러나 미국의 광활한 신문의 세계를 약간 살펴볼 때 그동안 써 놓았던 글에 대한 불만을 더욱 느끼지 않을 수 없었습니다. 자신의 무지와 무능을 스스로 탓

하지 않을 수 없었습니다.

문제는 그동안 우리들은(아니 나 자신) 너무도 옹졸스럽고 몽롱한 가운데서 생각의 날개를 자연스럽게 펴 볼 생각을 못 할 정도로 자기 자신을 존중치 못했던 것 아니냐 하는 부끄러움을 느끼게 됩니다. 그러나 내가 글을 만들어 보자고 생각했던 우리의 '역사적 위치와 방향의 측정'이라는 테마(?)는 그대로 더 계속 생각해 나갈 과제가 아니겠느냐는 것을 계속 생각하고 있습니다.

미국은 공업국이라고 할 수 있으면서도 그 땅은 여전히 농업국의 바탕에 놓여 있고 그러고도 개척되지 않은 들판이 얼마든지 있음을 볼 때, 우리도 저 황무지를 천연스럽게 걸어 나가듯 생각을 자연스럽고도 떳떳이 가질 수 있어야 하지 않겠느냐고 생각해 봅니다.

내일 이곳을 떠나 덴버로 거쳐 다시 어느 산속으로 한 일주일 다녀 보고 캐나다로 갔다가 내달 20일경에 다시 이곳으로 올 생각입니다. 그동안에 무언가 다시 생각해 볼 작정입니다.

이응로 李應魯, 1904-1989

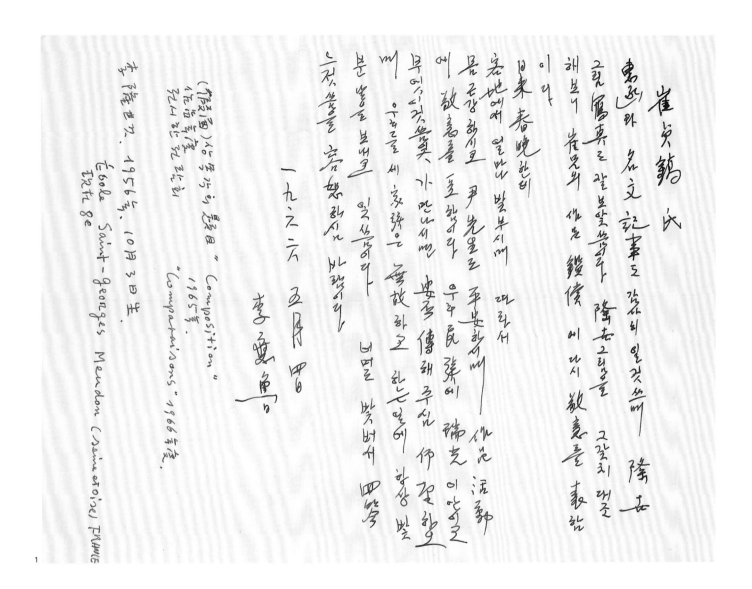

1

1-[파리 1966. 5. 4.]

최정호 씨
혜함惠函과 명문名文 기사도 감사히 읽었으며 융세隆世(*이응로 화백의 아들) 그림 사진도 잘 보았습니다. 융세 그림을 그같이(*파울 클레의 연필화와) 대조해 보니 최 형의 작품 감상에 다시 경의를 표합니다.
일래日來 춘만春晩한데 객지에서 얼마나 바쁘시며, 따라서 몸 건강하시오.

윤 선생(*윤이상)도 평안하시며 작품 활동에 경의를 표합니다. 우리 민족에 서광瑞光이 아니고 무엇이겠습니까. 만나시면 안부 전해 주심 앙망하오며 우리들 세 가족은 무고하고 하는 일에 항상 바쁜 날을 보내고 있습니다. 너무도 바빠서 회답 늦었음을 용서하심 바랍니다.

1966년 5월 4일
이응로

崔貞鎬 氏 貴下

日来 初春에 貴體萬旺 하시오며 今息兄弟도
充実 합니까 貴賢婦人께서 보내주신 아기들의 寫真을
보고 영롱한 구슬같은 아름다운 모습이라 크게 기뻤읍니다.
얼마나 기쁜날을 보내십니까.

나도 가족들 다리고 別故없으며 항상 새로운 創作에
기쁜 날을 보내고 있읍니다. 요즈음은 洋탄자를 비롯하여
彫刻 版画 陶磁 等 여러가지 일을 하고 있는데 好評을
듣고 있읍니다. 다음 巴里 旅行時에는 많은 創作을 보여
드릴수 있읍니다.

이번 보내는 投稿는 대강 짐작 하실줄 믿습니다만
참된 創作의 뜻을 말함으로서 後輩들 및 이러한 일을
하고 있는 사람 스스로의 깨달음을 勸하고 싶은 생각
에서 이오니 貴紙에 發表 하여 주시기 바라오며

가끔 소식 전하여 주시면 반갑게 받겠읍니다.
계절 변하는 이때에 건강 하시기 바라오며
이만 줄입니다.
又3. 二月九日
巴里 에서 李應魯

2−[파리 1973. 2. 9.]

최정호 씨 귀하

일래日來 초춘初春에 귀체만왕貴體萬旺하시오며 영식令息 형제도 충실합니까. 귀 현부인賢婦人께서 보내 주신 아기들의 사진을 보고 영롱한 구슬 같은 아름다운 모습이라 크게 기뻤습니다. 얼마나 기쁜 날을 보내십니까.

나도 가족들 데리고 별고 없으며 항상 새로운 창작에 기쁜 날을 보내고 있습니다. 요즈음은 양탄자를 비롯하여 조각, 판화, 도자 등 여러 가지 일을 하고 있는데 호평을 듣고 있습니다. 다음 파리 여행 시에는 많은 창작을 보여 드릴 수 있습니다.

이번 보내는 투고投稿는 대강 짐작하실 줄 믿습니다만 참된 창작의 뜻을 말함으로써 후배들 및 이러한 일을 하고 있는 사람 스스로의 깨달음을 권하고 싶은 생각에서이오니 귀지貴紙에 발표하여 주시기 바라오며 가끔 소식 전하여 주시면 반갑게 받겠습니다.

계절 변하는 이때에 건강하시기 바라오며 이만 줄입니다.

73년 2월 9일
파리에서 이응로

3-1

3-[파리 1973. 1. 15.]

최정호 씨 귀하
73년 1월 15일 이응로
수차 혜함惠函은 감사히 받았으나 항상 바쁜 시간을 보내느라고 회답이 늦어서 미안합니다. 그간 우리들이 좋아하던 윤지현尹知賢 씨와 결혼을 하시고 두 아이까지 두었다니 더욱 기쁘오며, 재롱하는 아기들 사진이라도 보고 싶습니다. 그간 언론계에서 크게 활동하시는 소식은 풍편에 들었으나, 항상 나를 잊지 않으시고 귀한 책에 나의 그림으로 표지를 장정裝幀해 주신다니 더욱 감사합니다. 모자라는 점, 조금도 사념思念 마시고 말씀하여

주시면 더욱 감사하겠으며, 고료稿料는 전前 중앙주간中央週刊(*『주간중앙』을 가리키는 듯함)으로 알았던바 많이 달라졌습니다. 그러나 국내 사정을 짐작하기로 이곳에 매매되는 값을 요구하기는 어려우나 최소한 백이십 불씩만 주셨으면 합니다. 그렇더라도 작품대作品代로서는 사분의 일에 해당됩니다. 지불 방법은 앞으로 국내에서 사용처가 있는 대로 때때로 미리 알리겠으나, 1월분은 미화 백 불을 주朱 특파원이 가져 오셔서 잘 받았으니 안심하시기 바라오며, 2월분은 내가 학생들의 교재로 사용하는 전주제全州製 화선지가 필요하와 부탁 드리오니 바쁘시더라도 지물상紙物商에 가셔서 특제 화선지 이천오백 매만 사시되 일일이 내용을 조사하여서 지질紙質이 똑같은 것으로 사시게 하시고, 포장도 이천오백 매를 한 덩어리로

50

우리 隆世로 인저 늠되젓한 흥춘이 레멋쓰께 중부크잘차어 환성우듬으로
진급하고 萬佛호름로쓰는흥후가 敎內外에서 우둠 하께 그림은 누가보듣 大家
티 배품라 갓지 발전라로 잇슫이다 앞흐로 [圖] 이곳에서 發表라라라께 하나보내
드리르라 하겟쓱이다/ 그러고 冊 나오는대로 항공편으로 즉시오는
보씨주세며 다음 表紙畫에 크게 했라가리 것쓰니 사렴 하여주심
바라노이라/ 오늘도 敎授時間이 잇매어 분先없이 두어자 적사오니
惠容하심 바랍이라/

이애내 李愛內, 1908-1996

1-1

1-[서울 1965. 6. 25.]

최 선생

오래간만입니다. 그간 객지에서 안녕하신지요?

많이 멋지게 변하셨겠군요.

가끔 『한국일보』를 통하여 최 선생의 재미있는 기사를 빼놓지 않고 반갑게 읽고 있지요. 다방면으로 재능과 역량이 풍부한 최 선생은 우리 한국에 기대되는 훌륭한 존재라고 믿어지며 누구나가 기다리고 있습니다.

벌써 그곳에 간 지가 거의 오 년이나 될 거죠?…

그간 고생도 많았겠지만 귀한 것을 많이 얻어 얼마나 좋습니까. 공부도 많이 하고 여행도 많이 하였으니 말이죠. 하하…. 또 연애도 사랑도 없지는 않았겠지요?

멋진 철학가고, 음악가에 못지않은 음악 애호가시고, 하여튼 멋진 분이라고 오늘도 이숙훈李熟薰 씨와 만나 말했지요.

평동 우리 집에서 노래를 부르고 스키야키를 먹던 생각이 나는군요.

늘 생각은 있었으나 편지도 한 장 못 하고 있다가 이제 부탁이 생기니 부득이 염치없이 펜을 들었지요. 널리 양해하여 주리라고 믿을 뿐이지요.

이번에 이화여고를 졸업하게 되는 외동딸(18세)을 백림伯林(*베를린)으로 음악 공부를 보내려 하는데 수고를 좀 해 주셔야겠어요. 국립음악대학에 입학할 수 있게 하는 것이 목적이지요.

우선 대학에 들어가려면 그곳에 음악고등학교 같은 것이 있다면 한 일 년은 그곳에 다니면서 언어를 배우고 음악을 더 배워 준비를 해야겠지요. 그리고 아직 어려서 혼자 하숙시키기는 위험하므로 기숙사에 넣었으면 좋은데(언어도 속히 배울 수 있게) 그런 기관이 있는지요?

제일 먼저는 입학허가서를 얻어 보내 주실 수 있을까요? 힘 좀 써 주세요. 그런데 윤이상尹伊桑 씨도 백림에 있다는데 그분과도 좀 의논해서 공부 갈 수 있는 방법을 알려 주면 감사하겠어요. 또 그곳에 내 제자였던 김선자 씨(숙대 음악대학 교수로 있던)가 백림에 있는 자기 남편(숙대 독어 교수였던)이 백림음악대학 입학허가서를 얻어 보내 작년 여름에 그곳에 갔는데, 그 후 소식을 모르고 주소도 몰라서 따로 편지도 못 하니, 이분도 좀 만나서 의논해 주면 도와줄 분이니 학교에 들어갈 수 있게 힘을 좀 써 주기 바라며 자세히 알아봐 주시면 고맙겠어요.

그리고 학비 보내는 루트를 이곳에서도 알아보는 중이지만 그것도 교환하는 좋은 길을 아시면 알려 주시기 바랍니다. 우리 딸은, 이름은 '안정서', 서울서 이미 콩쿠르에 일등 한 일도 있고 시향市響, 케이비에스KBS 교향악단과 협연한 일도 있고 또 재능도 있어 그곳 가서 잘 배우면 한 구실을 할 것 같으니, 한국에 한 여성 피아니스트를 만드는 뜻에서 최 선생이 적극 힘을 써 주는 데 좌우되는 것이라 믿으니 아낌없이 힘을 써 줄 줄 믿고 있겠어요. 연주한 녹음테이프를 보낼 수도 있으나 시간이 걸리오니 우선 급한 수속만을 먼저 해 주시기 바랍니다. 바쁘시겠지만 가능한 한 빨리 답을 기다리겠습니다.

내내 건강하시기 바라며 이만 줄입니다.

1965년 6월 25일
이애내

윤이상 씨, 김선자 씨(두 내외)에게 안부 전해 주기 바랍니다.

January 28, 1981

Dear Professor Ch'oe:

The August 1980 issue of KOREA JOURNAL has come into my hands -- and I am quite excited about your article in it. You have done a remarkably good job on a subject that has very much needed to be developed. Please allow me both to congratulate you and to thank you for a fine contribution.

The subject of your article is of unusual interest to me for several reasons. My career has been an intermingling of Korea (as advisor to President Rhee and as author of some half dozen books and multiple articles on Korea) and Speech (as Professor at Penn State and author of many textbooks in Speech).

In 1957 I brought these two interests together by publishing in Seoul a small textbook, EFFECTIVE SPEECH FOR DEMOCRATIC LIVING, which the Ministry of Education issued in both Korean and English for use as a textbook in Middle Schools. I understand that it continued to be used for at least ten years. No doubt you can find a copy in your University library or elsewhere. It was my great hope that democracy might be furthered in Korea by introducing into the curriculum a course in speech -- for reasons made clear in your article. Dr. Tai Si Chung was much interested and did his best to establish Speech in the schools. Dr. Cha Bae Keun (Seoul National U. - Television) has written several textbooks in radio-TV and related subjects and has tried to arouse interest in Speech courses. I hope you are in touch with them.

Probably you do not know of my book, COMMUNICATION AND CULTURE IN ANCIENT INDIA AND CHINA (Syracuse University Press, 1970) which I hope you will have your library order ($12.00) and which I am sure you will find of interest -- for my approach, in analyzing the rhetoric implicit in the classic periods of India and China, is almost identical with yours.

It seems to me possible that you may even wish to translate my book into Korean -- with your own article and perhaps additional historical material you may prepare to be included in it -- as a vehicle for making the distinctive Asian Rhetoric available in Korea. In any event, I am very hopeful that your work will be greatly supported and encouraged and that you will continue in it.

Dr. Kim Kyu-taik, the new President of the International Cultural Society of Korea, is my good friend and I would be glad if you would show him this letter and seek for ways in which the tremendous influence of his Society might be utilized to further the kinds of study exemplified in your article. Of course he was the publisher of the KOREA JOURNAL when your article was published.

Incidentally, the proverbs you cite on page 46 are pure Taoism -- and yet both Lao-Tzu and Chuang-Tze also recognized the wisdom of using right words in right ways, as I try to make clear in my above-cited book. It would be a pleasure to be in communication with you and, again, I am hopeful that your interest in Asian (Korean) rhetoric may always continue.

With cordial regards,

Robert T. Oliver

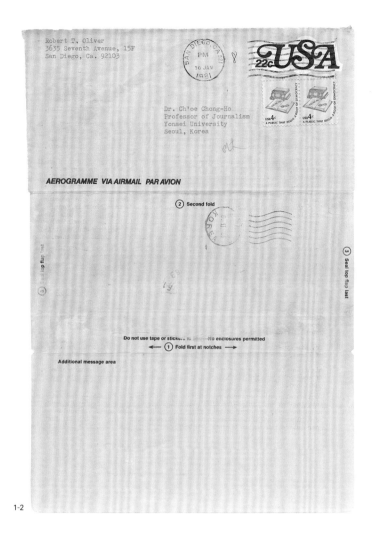

1-[샌디에이고 1981. 1. 28.]

친애하는 최 교수

『코리아 저널』1980년 8월호가 내 손에 들어왔습니다─나는 거기에 실린 당신의 논문에 아주 감동했습니다. 당신은 그 주제에 대해서 주목할 만한 논의를 했으며, 그것은 앞으로 더욱 발전시켜야 할 것입니다. 이 좋은 글이 실린 것에 대해 당신에게 축하와 감사를 드리고자 합니다.

그 논문의 주제가 내게 비상한 흥미를 끈 것은 다음과 같은 몇 가지 이유에서입니다. 내 삶의 이력이 '한국'과 '스피치speech'로 뒤엉켜 있기 때문입니다. 한국이라 함은 내가 이승만 대통령의 고문이자 한국에 관한 대여섯 권의 책과 수많은 기사의 저자란 뜻에서요, 스피치라 함은 내가 스피치에 관한 수많은 책의 저자이자 펜실베이니아대학의 스피치 교수란 뜻에서입니다.

이 두 관심사가 1957년 나로 하여금 서울에서 『민주주의를 위한 효과적인 스피치Effective Speech for Democratic Living』라는 조촐한 교재를 발행하도록 했습니다. 문교부는 이것을 중학교 교재용으로 한국어와 영어로 출판하게 했습니다. 그 교재는 적어도 십 년 동안 사용된 것으로 나는 알고 있습니다. 물론 그 교재는 당신의 대학 도서관이나 다른 곳에서 틀림없이 찾아볼 수 있을 것입니다. 내 큰 소망은 한국에서 대학의 교과목에 스피치에 관한 강좌가 도입됨으로써 한국에서의 민주주의가 진전되었으면 하는 것입니다. 그 이유를 당신의 논문은 분명하게 밝혀 놓았습니다. 정태시鄭泰時 박사는 이 문제에 큰 관심이 있으며 학교에 스피치 과목을 두게 하는 데 최선을 다하고 있습니다. 차배근車培根 박사(서울대학교-텔레비전)는 라디오와 티브이TV 및 관련된 주제에 관한 교재들을 집필했으며 스피치 과목에 대한 관심을 불러일으키려 노력하고 있습니다. 그들과 접촉해 보시기 바랍니다.

아마도 『고대 인도와 중국의 커뮤니케이션과 문화Communication and Culture in Ancient India and China』(시러큐스대학 출판부, 1970)란 내 저서를 모르고 계신 모양이지요. 그 책은 아마 당신의 대학 도서관에 주문해 보실 수 있을 것입니다.(12달러) 그 책에서의 내 접근방식은 당신의 흥미를 끌 것으로 나는 확신합니다. 인도와 중국의 고전적 시대에 있었던 레토릭rhetoric을 분석하는 내 접근방식은 거의 당신의 그것과 동일하기 때문입니다.

어쩌면 당신이 내 저서를 한국어로 번역하기를 원할 수도 있다고 생각됩니다. 거기에 당신의 논문과, 책에 포함되도록 준비된 역사적 자료를 추가한다면, 그 책은 한국에서 입수할 수 있는 독특한 아시아의 레토릭을 매개하는 전달수단이 될 수도 있겠지요. 어떻든 당신의 작업은 큰 지원을 얻고 고무될 것이며, 그 일을 계속할 것으로 나는 기대합니다. 한국국제문화협회의 신임 이사장 김규택金圭澤 박사는 내 좋은 친구이니, 그에게 이 편지를 보여 주면서 당신의 논문이 예시한 것과 같은 종류의 연구를 촉진하는 데에 그의 협회가 갖는 엄청난 영향력을 이용할 수 있는 길을 모색해 본다면 좋겠군요. 물론 김 박사는 당신의 논문이 실린 『코리아 저널』의 발행인이었습니다.

덧붙여 얘기하자면, 사십육 페이지에 당신이 인용한 잠언은 순수한 도교입니다. 그러나 노자老子나 장자莊子나 다 같이 바른 말을 바르게 상용하는 지혜를 인정하고 있었다는 것을 나는 위에 든 저서에서 분명히 밝히려고 시도했습니다. 당신과 계속 연락이 있었으면 좋겠고, 아시아(한국)의 레토릭에 관한 당신의 관심이 항상 지속되기를 다시 한번 희망합니다.

경구敬具.

로버트 올리버

빌리 브란트 Willy Brandt, 1913-1992

WILLY BRANDT

BUNDESHAUS
5300 BONN 1
TEL. 16-2758/2759

Herrn
Prof. Dr. Chungho Choe
College of Social Sciences
Yonsei University

Seoul - Korea

25. Februar 1991

Sehr geehrter Herr Professor Chungho Choe,

für Ihre Mühe, einige meiner Beiträge ins Koreanische zu
übertragen, möchte ich Ihnen herzlich danken. Ich wünsche
Ihren wissenschaftlichen Vierteljahresheften "Sasang" eine
weite Verbreitung und Ihnen persönlich viel Erfolg.

Mit freundlichen Grüßen

1

1-[본 1991. 2. 25.]

친애하는 최정호 교수
내 몇 편의 글들을 한국어로 번역해 준 데 대해 귀하에게 심심한 사의를
표합니다. 학술 계간지 『사상』이 널리 보급되고 귀하에게도 많은 성취 있
기를 축원합니다.
인사를 나누며.

빌리 브란트

김대산 金大山, 1914-1998

1-[익산, 원불교 종법실 1967. 11. 12.]

내서來書 반가웠으며, 유학 중 건강한 몸으로 학업에 충실한다니 심축하는 바이다.

너의 소식은 관호寬鎬를 통해 종종 전문傳聞했으나 기간其間 네가 장성하여 사社와 언론계의 촉망을 받으며 학업 대성大成에 노력하고 있으니 반가우며 기대되는 바 크다.

요사이 너의 모친께서 심장병으로 치료 중이시니 염려되는구나.

관호의 장래 문제는 교단教團의 지향과 그 방법을 진지하게 논의한 바에 깊이 감사하는 바이다. 신교육을 받아 언론계에 활약하는 너는 자유를 무엇보다 생명화함을 의심치 않는다. 한 인간이 장성하여 교육과 인간 체험을 통해 이지理智를 각득覺得하고 슬기로써 갈 길을 재며 정당한 일에 자유로운 자기를 구현시켜 사상적 생활로 전 생애를 바치려 할 때는, 부모 형제와 스승도 그 길을 막을 수 없는 일이 아닌가 생각이 된다. 관호를 인격 정도로 평가할 때 이지에 입각해 정사正邪, 공사公私, 선악善惡 시비 등 분명히 판단하여 정의를 세워 나갈 수 있는 능력을 배양했다고 보며, 또 그런 대인격大人格 형성에 기대되는 바 크다.

그러나 교단에서나 나나 가족들은 최선을 다하여 유익된 길을 밟아 크게 이바지할 수 있는 기회와 여건을 조성해 주어야 할 것이다. 그러니 앞으로 본인의 의사도 더 참작하고 네가 노력하는 유학의 길을 두고 선택토록 권하고 노력해 보자. 그러나 어디까지나 본인의 의사가 문제일 것 같다. 국내에서는 세계종교사상에 없었던 '육대 종교(기독교, 원불교, 불교, 천도교, 천주교, 유교) 협의회'가 발족해 이 년간 서로 넘나들고 있다. 여기에 우리 원불교圓佛教가 세계성世界性에 입각한 대종교로 지목되어 활동하고 있다.

그러니 무엇보다 언론의 펜이 문제되고 그 활동의 아쉬움을 크게 느끼고 있는데, 네가 이 방면에 종사하고 있으니 앞으로 원불교의 언론 책임을 맡아 음양으로 협조되어 갈 것을 기대하는 바이다.

귀국 시까지 아무쪼록 몸 성히 어려움을 잘 넘기고 대성할 것을 심원心願한다.

대산 합장

2-[익산, 원불교 종법실 1968. 3. 12.]

정호 전前

신문지상에 너의 박사학위 수여 기록의 보도에 접하고 나의 마음 매우 기뻤으며 원축遠祝하였다.

네가 박사가 되었다는 것보다 너의 정성스러운 적공積功의 노력에 더욱 찬의讚意를 보내고 감사 아니할 수 없는 것이다. 또한 한국 청년들의 슬기가 타국에서 서광을 비칠 때마다 나는 이 나라의 장래가 한층 희망적이고 밝기만 하여 기대하는 바 크다. 너에게 말해 둘 것은 너는 한국에 제한된 인격이 안 되도록 더욱 울과 상대를 트고 넘어서 세계를 향한 지식인이 되고 사상가되길 부탁하며 또한 그렇게 기대하고 축원하는 바이다. 그 길은 영靈·육肉이 쌍전雙全하고 이理·사事가 병행하며 과학과 정신문명이 발전하는 도덕사업일 것이라 나는 생각하는 바이다. 너도 이 면에 선구자가 되기 위해 그간 학업을 계속하였겠지만 앞으로는 더욱 도덕의 사우師友와 학문의 사우를 잃지 말고 대박사大博士, 영생 박사 될 것을 또 한 번

말해 두는 바이다.

너의 동생은 갈수록 장래가 촉망되고 있다.

내가 평소 생각한 바 있는 글귀를 써 보내니 참고하여 보기 바란다.

名大實小(명대실소)면 後無可觀(후무가관)이며
最後勝利(최후승리)는 實力爲上(실력위상)이니라*

外虛內實(외허내실)하고
外貧內富(외빈내부)하라

* "이름만 크고 실이 작으면 뒤에 가히 볼 것이 없고, 최후의 승리는 실력이 위이다"라는 뜻으로, 이름보다 내실을 갖추고 힘써 실력을 쌓도록 당부한 내용이다. 원불교 제2대 종법사인 정산鼎山 종사宗師가 대산 종사에게 준 글로, 어록집 『정산종사법어』 「경륜편 33」에 전한다.

김준형 金俊炯, 1914-2008

崔禎鎬 教授님!

안녕하십니까?

1993. 2. 16 日字 朝鮮日報 5面 「목포의눈물…」 題下 칼럼을 접하고 떼부를 찌르는 內容임을 自覺하고 紙面을 通해 人事드립니다.

本人은 1942년 日帝下에서 이곳 목포에 純粹한 民族資本으로 陶磁器 工場을 設立하여 半世紀동안 오직 陶磁器만을 製造해온 (株)杏南社 會長입니다.

50여년의 工史와 더불어 그후 社勢擴張과 增設을 위한 뜻으로 木浦地域 工團造成과 地域發展에 미력하나마 힘을 쏟기도 하였습니다.

그러나 敎授님께서 지적하셨다시피 木浦發展은 遲〃함은 물론 鄕土人의 勞力만으로는 限界에 到達함을 감히 認識하면서 敎授님의 玉筆에 讚辭를 보냅니다.

崔敎授님!

後日 이곳 목포를 다시 訪問하실 機会가 있으면 当社를 찾아주시기 期待하며 敎授님의 健康과 幸運을 빌겠습니다.

안녕히 계십시오.

1993. 2. 17

金俊炯 拜上

1

1-[목포 1993. 2. 17.]

최정호 교수님!

안녕하십니까?

1993년 2월 16일자 『조선일보』 5면 「목포의 눈물…」 제하 칼럼을 접하고 폐부를 찌르는 내용임을 자각하고 지면을 통해 인사드립니다.

본인은 1942년 일제하에서 이곳 목포에 순수한 민족자본으로 도자기 공장을 설립하여 반세기 동안 오직 도자기만을 제조해 온 (주)행남사杏南社 회장입니다.

오십여 년의 역사와 더불어 그 후 사세 확장과 증설을 위한 뜻으로 목포 지역 공단 조성과 지역 발전에 미력하나마 힘을 쏟기도 하였습니다.

그러나 교수님께서 지적하셨다시피 목포 발전은 지지遲遲함은 물론 항토 인의 노력만으로는 한계에 도달함을 감히 인식하면서 교수님의 옥필玉筆에 찬사를 보냅니다.

최 교수님!

후일 이곳 목포를 다시 방문하실 기회가 있으시면 당사當社를 찾아 주시기 기대하며 교수님의 건강과 행운을 빌겠습니다.

안녕히 계십시오.

1993. 2. 17.
김준형 배상

박용구 朴容九, 1914-2016

1-[서울 1986. 4. 8.]

보내 주신 『산다는 것의 명인名人』 고맙습니다.
숲속의 고독한 호랑이처럼(갑인생甲寅生이 돼서 그런지도 모르지요) 살아
온 내가 늙어 가면서 주위에 자기를 이해하는 뛰어난 두뇌들과 함께 있다
는 행복감은 정말 무엇과도 바꿀 수 없습니다.
같은 연배 중에 누가 이런 행복감을 가져 본 사람이 있겠어요?
오는 11일 뵙겠습니다.

4월 8일
박용구 백白

최정호 교수 앞

2-[서울 2004. 1. 9.]

최정호 박사 앞

고구려전展을 보며 「봄의 제전祭典」(*스트라빈스키가 작곡한 발레 음악)
을 들었다는 데는 놀랐소이다. 나는 겨우 "쏴아" 하는 함성 같은 소리를 들
었을 정도였거든요. 고구려는 젊어서 참살당했다는 견해에도 공감합니
다.
지금 다시 중공中共이 소수민족의 종속국從屬國 정도로 '축소 지향'에 편승
하려는 계략에는 못난 후손을 둔 고구려의 비극을 느낄 뿐입니다.
고구려 벽화의 그 분방한 곡선의 향연은, 곡선은 마침내 원이 되고 원은
끝이 없기에 위대한 철학적 향연인데 말입니다.
망둥이들이 날뛰는 우리 현실에서는 그나마 원효元曉를 옳게 깨우쳐 준 것
만으로도 최 박사의 『한국의 문화유산』은 소중한 저술로 받아들여집니
다. 고맙소이다.

'04년 1월 9일 구십 수壽 박용구

장기영 張基榮, 1916-1977

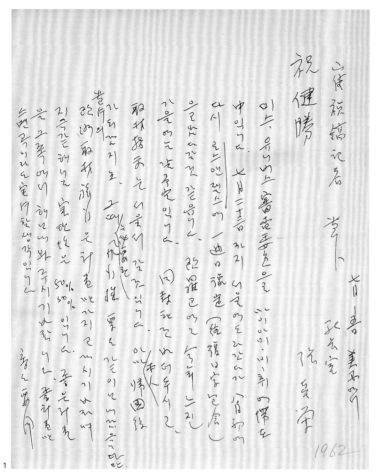

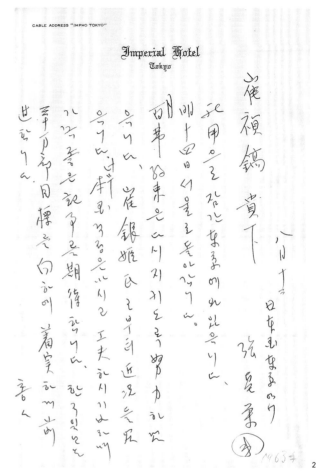

1-[로스앤젤레스 1963. 7. 15.]

최정호 기자 귀하

　　　　　　　　　7월 15일 미국에서 사장실
　　　　　　　　　　　　　　　장기영

축 건승

미스 유니버스 심사위원으로 마이애미 비치에 체재 중입니다. 7월 23일 까지 서울에 돌아갔다가 8월 초에 다시 로스앤젤레스에 일주일 예정(왕복일자 포함)으로 왔다 갈 것 같습니다. 구라파에도 금년 늦은 가을에는 갈 예정입니다. 동봉한 것 받아 두시고, 취재 지시는 서울서 갈 것입니다. 아마 본인 귀국 후가 되겠지요. 그때는 필요한 비행기 표도 같이 보내겠습니다만 귀행의 구주歐洲 취재 여행은 계획만 가지고 계시기 바라며 지금 같아서는 실현성은 50퍼센트 50퍼센트입니다. 좋은 계획을 그쪽에서 해보내 봐 주시기 바랍니다. 좋은 계획만 서면 꼭이라도 실행할 생각입니다. 총총 요용要用.

2-[도쿄 1964. 8. 12.]

최정호 귀하

　　　　　　　　8월 12일 일본국 도쿄에서
　　　　　　　　　　　　　　　장기영

사용社用으로 잠깐 도쿄에 와 있습니다. 명明 14일 서울로 돌아갑니다. 월 백 불 약속은 다시 지키도록 노력하겠습니다. 최은희崔銀姬 씨로부터 근황 들었습니다. 너무 본국 걱정은 마시고 공부하시기 바라며 가끔 좋은 기사를 기대합니다. 『한국일보』는 삼십만 부 목표를 향하여 착실하게 전진합니다.

총총.

수록필자 소개

프랭크 윌리엄 스코필드

영국의 의학자, 선교사로, 한국 이름은 석호필石好必(또는 石虎弼)이다. 1916년 한국에 와서 세브란스의학전문학교 교수로 있다가 삼일운동이 일어나자 교수직을 포기하고 이 운동에 적극 협력하며 일제의 만행을 글과 사진으로 세계의 각지에 알렸다. 일제의 강압으로 1920년 강제출국당한 뒤엔 캐나다의 대학에서 교수 생활을 하다가 1958년 대한민국 정부수립 십 주년 경축식에 초청되어 한국에 왔다. 당시 신문사 편집기자로 일하던 나는 그의 방한訪韓 기사를 넘겨받고 기사 본문에도 없는「삼일운동의 제34인」이란 제목을 붙여 주었다.(아래의『한국일보』, 1958년 8월 21일자 3면 사진 참조) 그로부터 삼 년 후인 1961년 가을, 스코필드 박사는 서독 하이델베르크를 방문하여 한국 학생들을 찾았다. 당시 마침 그곳에서 유학하던 나는 두 친구와 함께 스코필드 박사를 만나서 "실은 내가 삼 년 전에 박사에게 '삼일운동의 제34인'이란 칭호를 붙였다"라는 말을 전했더니 무척 반가워 하셨다.(요즈음에도 이따금 신문이나 방송에서 스코필드 박사 얘기가 나올 때면 으레 '삼일운동의 제34인'이란 말이 나오는 걸 보곤 나도 내심 기뻐하고 있다) 본문에 올린 간찰은 하이델베르크 방문 후 다시 한국으로 돌아간 스코필드 박사가 그해 11월 서울대학교 영빈관에 머무실 때 보내 주신 글이다.

스코필드 박사의 방한을 맞아 그를 "삼일운동의 제34인"으로 제題한 1958년 8월 21일자 『한국일보』3면 기사.

에밀 도비파트

도비파트 교수는 독일 신문학의 남상濫觴으로 알려져 있다. 1924년 베를린의 독일신문학연구소Deutsches Institut für Zeitungswissenschaft의 창립에 참여한 그는 1928년에 그 연구소의 소장이 되었고, 그에 앞서 1926년엔 베를린대학의 신문학 및 언론학 교수가 되었다. 독일에 최초의 여론조사연구소를 창립한 뇔레 노이만Elisabeth Noelle-Neumann 교수 등의 제자를 길러냈다. 제이차세계대전 후에는 소련 점령 치하의 동베를린에서 벗어나 1948년 베를린자유대학의 창립에 동참하여 언론학 연구소장 및 교수로 활약했다. 내가 하이델베르크 대학에서 베를린자유대학으로 전학하려 했을 때엔 연구소장 직을 사임하고 명예교수가 된 뒤였다. 그러나 그는 나의 전학 문의 서한을 후임자에게 넘기면서 한 낯선 외국인 유학생에게도 친절한 답신을 보내 주었다.

프리츠 에버하르트

원래 드레스덴의 귀족 가문 출신인 에버하르트 교수의 본명은 헬무트 폰 라우셴플라트Hellmuth von Rauschenplat이다. 그러나 그는 대학 졸업 후 1920년대부터 국제사회주의전투동맹ISK에 참여하고 독일 사회민주당에도 가입하면서 정치 및 언론계에서 활동했다. 1933년 히틀러 집권 후 체포령이 떨어지자 지하로 잠입하면서 귀족 작위를 버리고 프리츠 에버하르트로 개명했다. 제이차세계대전 중에는 영국에 망명해서 저항운동에 동참, 종전 후 귀국해서는 독일연방공화국(서독)의 제헌 국회의원에 피선되었다. 그 뒤 남독 방송사Süddeutscher Rundfunk의 사장으로 재직하다가 1961년부터 1968년까지 도비파트 교수의 후임으로 베를린자유대학 언론학연구소 소장 및 교수로 있으면서 나의 독토르파터Doktorvater(학위논문 지도교수)가 되어 주었다. 그 밖에도, 재학 중에는 교수의 추천으로 동양미술품의 애호가이자 수집가인 뉘른베르크 신문사 발행인의 초청을 받아 그의 신문사에서 여름방학 동안 인턴사원으로 일할 수 있는 경험을 얻기도 했다.(최정호,『사람을 그리다―동시대인의 초상과 담론』, 시그마북스, 2009, pp.39-42 참조)

바르바라 도너

대한민국 초대 대통령 이승만李承晩 박사의 영부인인 프란체스카Francesca Donner Rhee 여사에게는 두 언니가 있었다. 로버트 올리버Robert T. Oliver 박사가 쓴 이 대통령의 공식 전기(Syngman Rhee: The Man Behind the Myth, New York., 1954)에 적힌 것과는 달리 프란체스카 여사는 딸 삼형제의 맏이가 아니라 막내요, 바르바라 여사는 바로 위의 둘째 언니로, 멀리 시집간 막내 동생과는 '대한민국의 퍼스트레이디'가 되기 이전이나 이후에나 가장 자주 편지를 주고받은 유일한 피붙이였던 듯하다. 나는 1965년 오스트리아 중립화 독립 십 주년 기념축전 때 빈에 가서 그녀를 알게 된 후, 두어 달 후 하와이에서 이 전 대통령이 돌아가시고 다시 몇 달 후 프란체스카 여사가 삼십여 년 만에 귀향할 무렵까지 바르바라 여사와 편지를 주고받았다. 본문의 첫 편지는 이승만 전 대통령의 타계 소식을 듣고 미망인의 친정 언니 바르바라 도너 여사에게 보낸 조문弔問의 글에 대한 답장이다. 당시 이 글이『한국일보』지면에 소개되자, 하와이에서 해방 후 한국 행정 및 관료 제도의 역사를 독특한 발전형 시관론時觀論, time orientation에

빈 시절의 젊은 프란체스카 여사(가운데)와
모친(왼쪽), 둘째 언니 바르바라 도너
여사(오른쪽).(위)
젊은 시절의 바르바라 도너 여사.(아래)

입각해 분석해서 *KOREA: Time, Change and Administration*을 집필하고 있던 이한빈李漢彬 박사는, 내게 보낸 도너 여사의 이승만 박사에 관한 언급 내용을 그대로 자신의 저서에 인용하였다.(『사람을 그리다』, pp.737-760 참조)

유형기

유형기 감리교 목사는 한국 기독교계의 선각이자 원로이다. 평안북도 영변 출신으로, 배재학당, 숭실학교, 일본 아오야마학원青山學院을 거쳐 이미 1920년대 초반에 미국에 유학하여, 오하이오 웨슬리언대학을 거쳐 다시 보스턴대학, 하버드대학 대학원을 졸업했다. 1927년 귀국 후 감리교 총리원에서 종교교육 사업에 종사하였고, 광복 후엔 재건된 감리교신학 대학교 교장에 취임하였다. 1951년엔 전시 피란지에서 감리교회 수장인 감독bishop으로 피선되어 칠 년간 재직하였다. 광복 후 중학교에 입학하여 첫 신입생이 된 우리 세대에게 유형기 목사는 무엇보다도 해방 공간에서 처음으로 우리 말로 나온 『신생 영한사전』의 저자로 유명했다. 미군정 치하에서 영어 학습 수요가 폭발했던 당시 유일한 영어사전이던 『신생 영한사전』은 자연 전국적인 베스트셀러가 되었고, 정부 수립 후에도 오래도록 스테디셀러 자리를 유지했다. 유 감독이 은퇴한 후 1960년대 초 뜻밖에 '육순의 노老유학생'으로 하이델베르크 대학가에 나타나셔서 거의 일 년 동안 가까이 뵐 수 있었던 것은 내겐 하나의 행운이었다. 유 감독은 당

시 은퇴 후의 여생 동안, 가능하다면 새로운 우리 말로 성경을 번역했으면 하는 큰 뜻을 품고 계셨던 듯하다. 성경의 모국어 번역에는 어디서나 마르틴 루터의 독일어 번역이 귀감이 되고 있어, 미국 유학시절에 그를 읽어본 유 감목은 다시 독일어 공부를 해 볼까 해서 하이델베르크에 오셨다고 들었다.(유형기 목사에 관한 자상한 얘기는 나의 책 『우리가 살아온 20세기―최정호 교수의 현대사 산책』1, 미래 M&B, 1999, pp.197-203 참조)

신봉조

강원도 정선 출신의 신봉조 선생을 빼고 한국의 여성교육을 얘기하기는 어려울 것이다. "한평생을 오직 이화梨花만을 위해 사셨다"(박대선朴大善 전 연세대 총장)는 이야기처럼, 그는 1938년부터 정년퇴임하는 1961년까지 이십여 년 동안 줄곧 이화여자고등학교 교장으로 있었고, 1953년 전란 중의 피란 수도에서 임원식林元植과 함께 이화예술고등학교를 설립한 후 두 학교의 교장을 겸임하였다. 정년퇴임 후에도 이화학원 이사장, 서울예술학원 명예이사장, 상명학원 이사장 등으로 여성교육, 사학교육을 위해 헌신하였다. 나하고는 일면식도 없었으나, 언젠가 고려대학교 김상협金相浹 총장의 신간 저서 『지성과 야성』에 관한 내 서평이 신문에 실리자 뜻밖에 전화를 주셨다. "연세대 교수가 고려대 교수를 위해 그런 서평을 쓴다는 것은 아름다운 일이다"라고 칭찬하시면서, 그 뒤 사귐을 열어 주셨다.

한스 하인츠 슈투켄슈미트

20세기가 열리면서 독일과 프랑스의 국경 도시 스트라스부르에서 태어난 그는 당대 독일을 대표하는 음악학자이자 음악평론가이다. 프랑스의 '육인조Group des six'와 모리스 라벨Maurice Ravel에서부터 독오악파獨墺樂派의 아르놀트 쇤베르크Arnold Schönberg, 보리스 블라허Boris Blacher에 이르기까지 현대 유럽의 전위음악을 가장 먼저, 가장 잘 이해하고 해석하고 소개하였다. 십구 세에 첫 평론을 발표한 이후 나치 시대에 집필을 금압당한 기간을 제외하곤 근 육십 년 동안 유럽의 유력지有力紙에 비평가로 건필을 휘둘렀다. 특히 1956년부터 1987년까지 삼십일 년 동안 독일의 대표적인 권위지 『프랑크푸르터 알게마이네Frankfurter Allgemeine』의 음악비평가로 타계 일 년 전까지 집필하였고, 그와 함께 1948년부터 1967년까지 베를린 이공종합대학TU Berlin의 음악학 교수로도 명성을 떨쳤다. 나는 베를린 체재 중엔 그의 신문 비평의 열렬한 애독자였으며, 베를린을 떠나온 후에는 그의 저서의 부지런한 독자로 있다. 내 글 「공작이 알아듣는 노래」(최정호, 『예술과 정치』, 시그마프레스, 2005, pp.293-296)는 슈투켄슈미트 부부에 관해서, 특히 공작새도 알아듣고 반응을 했다는 왕년의 소프라노 가수, 그러나 말년엔 남편의 서재를 온통 뒤집어 놓는 몹쓸 병에 걸렸다는 마고트 부인에 관해서 쓴 글이다.

이재훈

이재훈 선생은 나의 은사 박종홍朴鍾鴻 선생, 함석헌咸錫憲 선생과 평양고등보통학교의 동기 동창이다. 일본 리쿄대학立教大學에서 철학을 전공하고 귀국 후 이화여자전문학교 등의 강단에 섰다. 1933년 그의 주도로 한국 최초의 전문학술지 『철학』이 창간되었는데, 그가 시국사건으로 일본 경찰에 구금될 때까지 세 권이 발간되었다. 광복 후엔 계성여자중학교 교

63

장, 휘문중고등학교 교장, 서울대학교 미술대학 교수, 공군사관학교 교수 등을 역임하였다. 내가 박종홍 선생이 돌아가신 직후 은사의 언행록을 남기기 위해 고인의 친지 및 제자 육십여 명의 글을 모아『스승의 길』이란 제목의 책을 엮어낼 즈음, 이재훈 선생은 노환으로 그 책에 집필은 어려우시다 해서 직접 찾아뵙고 구술해 주신 것을 받아 정리한 것이 「만학晚學, 만혼晚婚, 만성晚成의 대기大器」란 글이다.(최정호 편,『스승의 길─박종홍 박사를 회상한다』, 일지사, 1977, pp.34-40 참조)

박종홍

아호는 열암洌巖. 평양 출신으로, 경성제국대학교 철학과 및 동 대학원을 졸업했다. 20세기 한국철학을 정초定礎한 큰 석학이다. 서양의 고대철학에서부터 현대의 실존철학과 분석철학에 이르기까지, 한국의 유교사상사에서부터 불교사상사에 이르기까지 두루 원전을 섭렵하며 한국철학의 넓고 깊은 터전을 닦아 놓았다. 뿐만 아니라 선생은 초등학교에서부터 중고등학교를 거쳐, 전문학교, 대학교 대학원에 이르기까지 우리나라의 각급 학교에서 후학들을 가르치시는 등 일생을 교육자로서 일관하신 큰 스승이셨다. 서울대학교 문리과대학 시절의 은사이신 선생은, 졸업 후에도 학문보다 더욱 넓은 인생을 살아가는 데 있어 나에겐 언제나 모셔야 될 마음의 사표師表로 간직되고 있다.

첫번째 편지: 스탈린 이후 소련 공산주의 이념의 사상적 기초가 되는 철학이론을 근본적으로 분석 비판하기 위해 1965년 가을 선생이 소련 과학아카데미 철학연구소에서 발간한『마르크스주의 철학의 기초Grundlagen der Marxistischen Philosophie』등 최신 문헌을 구하신다는 전갈을 듣고 당시 서베를린에 살고 있던 내가 동베를린에 가서 그 서적을 구입해 인편에 보내 드렸다. 선생의 저서『한국의 사상적 방향』(1968)에 수록된 논문「공산주의 철학비판」이 그 소산이다. 선생은 이 저서가 출간되자 자필로 서명하신 책을 보내 주셨다.

두번째 편지: 1970년 가을, 선생이 박정희朴正熙 대통령의 교육문화 담당 특별보좌관으로 청와대에 들어가신다는 보도는 대학가와 문화계에 큰 충격으로 받아들여졌다. 그것은 한국 지성사知性史에 범상치 않은 수수께끼

1972년 3월, 옛 학술원(경복궁 석조전) 앞에서 만나 뵌 박종홍 선생(오른쪽).

를 던진 하나의 이벤트라 해도 과언이 아니었다. 그 무렵 한국미래학회에서는 '학자와 국가'라는 주제로 세미나를 준비하면서 주일대사를 지낸 하버드대학의 라이샤워E. O. Reischauer 교수와 함께 선생을 모시기로 했으나 성사되지 못했다. 그로부터 얼마 후 나는 뜻하지 않게 한 권의 잡지와 함께 선생의 이 글을 받게 됐다. 거기에는 장일조張日祚 교수의 논문「박종홍 철학에 있어서의 인간의 연구」란 논문이 실려 있었다.

세번째 편지: 1970년 정초, 혜화동의 선생 댁으로 세배를 갔을 때 한국미래학회에서 창간을 준비하고 있는 학회지『미래를 묻는다』에 권두卷頭 논문을 청탁드렸더니 원고와 함께 보내 주신 하서下書이다. 선생은 1968년 한국미래학회 창립에도 참여해 주신, 학회의 유일한 명예회원이시기도 했다.

홍종인

평양 출신으로, 20세기의 거의 전 기간을 장수하신 선생은 '홍박'이란 애칭으로 불리며 신문인, 산악인으로 일생을 산 한국 언론계의 거인이었다. 박종홍 선생과는 동향에 동년배였으나 평양고등보통학교는 일 년 후배이다. 그것도 삼학년 재학 중 삼일운동에 가담하여 퇴학당하자 오산학교로 편입해서 졸업했다. 1925년『시대일보』의 평양지국 기자로 언론계에 발을 들여놓은 뒤, 1929년『조선일보』로 옮긴 후 사회부장, 정경부장, 편집국장, 주필, 부사장을 거쳐 1963년 회장직을 물러날 때까지 언론인 생활의 대부분을 그곳에서 보냈다. 1957년 한국신문방송편집인협회 창립을 주도하여 초대와 3대 운영위원장을 맡았다. 평생을 언론인으로 언론 자유의 수호를 위해 선봉에 섰던 그가 타계하자 신문방송인협회장이 치러졌고, 일 주기엔 추모 문집『대기자 홍박』이 출간되기도 했다. 말년엔 미국에 간 가족과 떨어져 서울 강남에 살던 나와 가까운 이웃이 되면서 자주 뵙게 되었다. 선생의 아파트 거실은 손수 빚은 도자기, 수많은 스케치 그림에 여러 병의 가양주家釀酒가 '독수공방 노인'의 아틀리에처럼 어지러웠다. 박종홍 선생처럼 '홍박'도 평생토록 화필을 들고 다녔다. 해마다 보내 주신 연하장도 그 소산이다. 동네 테니스 코트에 이따금 정구 복장을 갖춰 입고 라켓도 들고 나오시긴 했지만 공을 치시는 건 구경 못 했다. 대신 그곳에서 운동하는 아무 젊은이나 붙잡고 "도대체 공을 치는 그 자세가 뭐야!" 하고 시비하시곤 했다. 그걸 볼 때마다 나는 아고라(시장)에서 만나는 젊은이들하고 곧잘 논쟁을 벌였다는 '홍박의 우상' 소크라테스를 연상하고 그것이 혹시 홍 선생의 대단하신 장수에도 기여하지 않았나 생각해 봤다.

이응로

호는 고암顧菴. 충청남도 홍천 출생으로, 1923년 해강海岡 김규진金圭鎭 화백의 문하생이 되었다. 다음 해「선전鮮展」(「조선미술전람회」)에 출품한 〈묵죽墨竹〉이 입선하였다. 일제시대에 한동안 전주에서 도립극장의 영화 간판을 그리며 우리 집 사랑방에도 들렀다는 비화를, 파리에서 해후한 첫날 고암은 내게 해 주었다. 그렇게 모은 돈으로 서른이 넘은 만학의 나이에 일본으로 건너가 마쓰바야시 케이게쓰松林桂月에게 사사하여 서양화 기법도 배우게 된다. 1938년「선전」에서는 이왕직상李王職賞을 수상했고, 광복 후 단구미술원檀丘美術院을 설립하고, 홍익대학교 주임교수도 지

냈다. 1950년대 말 주한독일공사 헤르츠R. Hertz 박사의 주선으로 독일 여러 도시에서 순회 전시회를 하고, 귀국길에 파리에 들러 그냥 무작정 주저앉았다. 갖은 고생 끝에 프랑스 파케티P. Facchetti 화상畵商의 인정을 받아 콜라주 전을 열었으며, 그를 계기로 화랑과 정식 계약하고 이후 유럽, 일본 화단에서 수많은 전시회를 가졌다. 동베를린 사건에 연루돼 옥고를 치른 뒤 1983년 프랑스로 귀화했다. 2007년 대전에 이응로미술관이, 2012년엔 대전고암미술재단이 설립되었다.(『사람을 그리다』, pp.579-592에 수록된 「고암 이응로」 참조)

이애내

미국 하와이 출생. 목사인 부친을 따라 한국에 돌아와 김영환金永煥에게 피아노를 배웠다. 숙명여자고등학교를 졸업한 후 일본 고베음악학교神戶音樂學校와 독일 베를린국립대학에서 피아노를 전공했다. 1939년 귀국 후 오 년간 이화여자전문학교 교수로 재직하면서 왕성한 독주 및 연주회 활동을 펼쳤다. 숙명여자대학교 음악대학을 설립해 초대 학장을 역임했다. 1949년 와병臥病하면서 연주 활동을 중단한 뒤에는 후진 양성에 진력하여, 정진우鄭鎭宇, 신수정申秀貞, 장혜원張惠園 등의 저명한 제자를 길러냈다. 나는 독일로 유학 가기 전 1950년대 말 한동안 이 선생 댁에 자주 초대받아 식사와 차를 대접받고 피아노 레슨 현장도 구경할 기회를 얻었다. 거동이 불편했던 이 선생의 편지는 구술한 것을 누가 대필한 듯하다.

로버트 올리버

미국 펜실베이니아 대학의 수사학 및 국제언론학 교수로, 이승만 대통령의 오랜 조력자이자 정치적 고문으로서 앞서 소개한 이 대통령의 공식 전기의 저자이기도 하다.(p.62 바르바라 도너 소개글 참조) 비교언론학 및 수사학 분야에 오십 권이 넘는 저서를 간행하였다. 특히 아시아의 수사학 및 언론 연구에 선구적인 업적을 남겼다. 미지의 한국 교수에게 보내 준 올리버 박사의 이 글은, 『코리아 저널Korea Journal』(1980년 8월호)에 번역 전재된 내 글 「말의 문화, 글의 문화」를 흥미 있게 읽었다며 보내 준 일종의 '독자 편지'라고 할 수 있다. 문장은 높이 치되 언변은 가볍게 보았다는 '숭문눌언崇文訥言'의 동북아 문화권의 전통적인 언론관에 관한 내 평소의 생각을 지지하고 격려해 준, 내겐 과분한 저명인사의 고마운 독자 편지라고나 할 것인지….

빌리 브란트

독일 북부의 한자Hansa 도시 뤼베크 출신으로, 베를린 장벽 구축 당시 위기의 분단도시 시장으로서 동서냉전의 최전선에서 소비에트 제국주의와 대결한 서독 사회민주주의 지도자이다. 1969년 제이차세계대전 후 최초의 사민당 출신 수상에 선임됨으로써 독일 제2공화국에서 처음으로 정권 교체를 성취하였다. 동서독뿐만 아니라 동서 유럽의 긴장 완화에 크게 기여한 그의 동방정책Ostpolitik으로 1972년 노벨평화상을 수상했다. 1989년 늦가을 베를린 장벽이 무너지기 직전에 한국을 방문하기도 했던 브란트는, 베를린 시장 시절부터 시작해서 나에게 세 차례에 걸친 인터뷰에 응해 주었다. 1990년 '이데올로기의 미래'를 특집으로 다룬 계간 『사상思想』지에 나는 브란트의 세 편의 논문을 추려서 「민주사회주의—어제와 내

베를린 장벽이 무너지기 직전인 1989년 9월, 당시 서독 수도 본의 연방의회 의원 사무실에서 만난 빌리 브란트 전 수상.

일」이라는 제하에 번역 소개한 일이 있다. 브란트의 서장書狀은 그에 대한 감사의 편지이다.(『사람을 그리다』, pp.89-109, pp.161-191 참조)

김대산

전라북도 진안 출신의 대산 종사는 내 외종숙이다. 소태산少太山 대종사, 정산鼎山 종사에 이어 원불교 제3대 종사를 지냈다. 삼십삼 년간 종사로 재임하는 동안 교서 편찬, 훈련 강화, 해외교화 강화 등에 주력하고 개교 반백 년 기념성업, 대종사 탄생 백 주년 기념성업 등을 주도하면서 세계적인 종교연합 운동을 제창하기도 했다. 탁월한 지혜와 강력한 지도력으로 교단을 이끌면서 재임 중 교세를 네다섯 배나 확장한 것으로 알려져 있다. 그래서 원불교는 "대산 종사 때에 이르러 국내 6대 종교로 발돋움하고 세계종교로서의 기초를 닦았다"는 평가도 받고 있는 모양이다. 어렸을 적에 집에선 '대거 아저씨'라고 불렀던 대산 종사는, 특히 육이오 전쟁으로 큰 어려움을 겪고 있던 우리들을 가끔 찾아와 따뜻하게 위로해 주시곤 했다.

김준형

전라남도 영광 출신의 기업인이다. 1942년 일제 치하에서 생활도자기 전문회사인 행남자기杏南瓷器를 창업하여, 1957년 순수 국내 기술로 본차이나 개발에 성공하였다. 1994년 금탑산업훈장을 수여받았다. 1993년 초, 나는 목포를 처음 방문한 후 유신 독재정권과 신군부 치하에서 수십 년 동안 홀대받던 야도野都의 너무나도 참담한 모습을 본 충격적인 소감을 글로 엮어 「목포의 눈물과 신한국」이란 제목으로 『조선일보』에 발표했다. 그러자 바로 다음 날부터 나는 유명 무명의 인사들로부터 수십 통의 독자 편지와 전화를 받게 됐다. 여기에 소개하는 김 회장의 편지도 그 기사를 읽고 보내 주신 '독자 편지'의 하나이다. 이를 계기로 김 회장은 돌아가실 때까지 삼십 년이나 어린 나를 서울에 오실 때면 자주 초대해 주셨고, 한국미래학회에도 많은 사랑과 도움을 베풀어 주셨다.

박용구

경상북도 풍기 출신으로, 광복 후 최초의 음악평론집(『음악과 현실』), 최

초의 음악교과서를 펴내는 등 두루 '최초의 역사'를 만든 박 선생은, 1966년엔 다시 한국 최초의 뮤지컬 「살짜기 옵서예」를 창작, 무대에 올리기도 했다. 도쿄 시절을 같이했던 건축가 김수근金壽根 씨가 박용구 선생을 공간사空間社에서 처음 내게 소개해 준 것으로 기억된다. 박 선생이 주재한 서울 올림픽 개폐회식 대본 작성엔 나도 참여해서, 그 초안 작성을 위해 제주도에서 며칠간 밤낮 작업을 같이한 일이 있다. 그러한 인연으로 해서 나는 이 원로 문화예술 평론가가 백이 세까지 수壽를 누릴 줄은 꿈에도 모르고 박 선생이 칠순을 맞는다 해서 1984년 『박용구 고희 기념문집』 간행을 발의하여 「고원高原의 인생, 영원한 현역」이란 일문을 헌정한 일이 있다. 선생의 첫번째 글월은 그에 대한 사장謝狀이고, 다음 글월은 1993년 「고구려 고분벽화전」을 본 감상을 주고받은 것이다.(『사람을 그리다』, pp.615-619 참조)

장기영

아호는 백상百想. 서울 출신의 은행가, 언론인, 체육인이다. 선린상업학교 졸업만의 학력으로 한국은행 조사부장을 거쳐 삼십사 세의 약관으로 한국은행 부총재를 지냈고, 조선일보사 사장을 거쳐 삼십팔 세 때인 1954년 『한국일보』를 창간하였다. 구한말의 『개화신문』, 일제시대의 『민족신문』에 이어 한국전쟁 직후 최초의 본격적인 '상업신문'을 지향한 『한국일보』는 창간 오 년 내에 국내 신문의 쌍벽을 이루는 발행부수를 과시했다. 그는 신문기자 공채 모집을 제도화하여 『한국일보』가 '기자 양성 사관학교'란 말을 듣기도 했다. '왕초'란 애칭으로 통한 그는, 뛰어난 언어감각과 문장력을 갖춘 '글의 사람'이기도 했다. 1961년 국제언론인협회IPI 국내 초대회장, 대한체육회 부회장을 거쳐, 이후 부총리 겸 경제기획원 장관, 국제올림픽위원회IOC 위원, 남북조절위원회 부위원장, 제9대 국회위원 등을 역임했다. 1955년 대학 삼학년 재학 중에 입사한 한국일보사는 내 인생의 첫 직장이었다. 그러나 기자생활에 잘 적응하지 못한 나는 두 번이나

신문사를 뛰쳐나왔고, 1958년 세번째로 '복귀'했다. 그러자 다음해엔 편집부 차장, 그 다음해엔 편집위원으로 발탁되는 등 한동안 장 사장의 촉망을 받았으나, 이듬해 사일구 혁명을 겪고 연말에 나는 독일로 떠났다. 장 사장의 두 편지는 독일 체재 중에 받은 것으로, 그 당시엔 편지보다 훨씬 많은 수십 통의 전보를 장 사장은 '특파원'이란 명색의 내 앞으로 보내 왔다.(『사람을 그리다』, pp.233-236 참조)

1968년, '라인강의 기적'의 아버지라 불리는 에어하르트 전 독일 수상(가운데)의 사저를 장기영(왼쪽) 전 부총리와 함께 방문하여.

김향안 金鄕岸, 1916-2004

1-1

1-2

1-[서울 1962. 8. 25.]

친애하는 최정호 선생!
1961년 정월, 서울미술원으로 보내 주신 봉함 엽서 글월 반가이 뵈었습니다. 즉시 답장을 드리자고 둘이서 말로만 수십 번 하고 둘이 다 게을렀습니다. 그동안 간간이 써 보내신 통신은 『한국일보』에서 읽었습니다. 지금은 많이 그곳에 익숙해지셨겠습니다. 우리 사는 주소는 마포구 상수동 160의 12. 미술원은 학교와 두 군데 일을 볼 수 없어 그만두었습니다.

1962. 8. 25. 김향안

2-[뉴욕 1989. 4. 18.]

최정호 선생
보내 주신 책과 소식 반갑게 읽었습니다. 마침 수화樹話 수상집 재판 교정을 보던 중 「파리통신 Ⅳ」를 선생의 말씀대로 보충했습니다. 일곱 밤 머무는 스케줄에서 전화를 드릴 기회를 연구했으나 이루지 못했습니다. 내년 90년에는 봄이든 가을이든 가게 될 때 꼭 연락 드리겠습니다.
늘 건승하심 빌며.

김향안

2

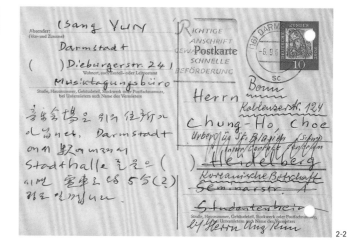

1-[함부르크 1961. 7. 27.]

최정호 씨
안녕하신지요. 엽서로 실례합니다. 그곳 하이델베르크에 아마 이기양李基陽 씨가 있다는 얘기를 들은 바 있는데 만일 동씨同氏의 주소를 아시면 저에게 알려 주시면 고맙겠습니다. 되도록 곧 알려 주셨으면 합니다.
그럼 총총 이만 실례합니다.
객중客中 늘 안녕하심을 빌며.

윤이상

2-[다름슈타트 1961. 9. 6.]

최정호 씨!
그동안 여행 다니신가 했더니 대사大使가 급송 편지로 저의 이곳의 음악회에 최 형을 같이 권유해서 오겠다는 편지를 늦게 받고 오늘에야 대사께 전보를 쳐서 최 형 표까지 여기 예약되어 있다고 알렸습니다. 만일 이 편지 받으시거든 7일 밤 7시 반부터 7시 45분 사이까지 다름슈타트의 시공관 Stadthalle(역에서 그리 멀지 않으나 아마 일찍 오셔서 길을 찾으셔야 할 겁니다)의 입구 표 받는 데서 만나 뵙기로 하겠습니다. 그런데 이 편지는 최 형께서 오신다는 가정 하에서 하는 편지인데, 글의 순서를 앞으로 돌려서 최 형이 반드시 참석해 주시기를 바랍니다. 이기양 씨도 오실 것입니다.
그럼 만나 뵙고….

윤이상

(엽서의 앞면)
Isang Yun
Darmstadt Dieburgerstr. 241
Musiktagungsbüro
음악회장은 위의 주소가 아닙니다. 다름슈타트에서 역에 내려서 시공관 Stadthalle을 물으시면 전차로 약 오 분(?) 정도일 겁니다.

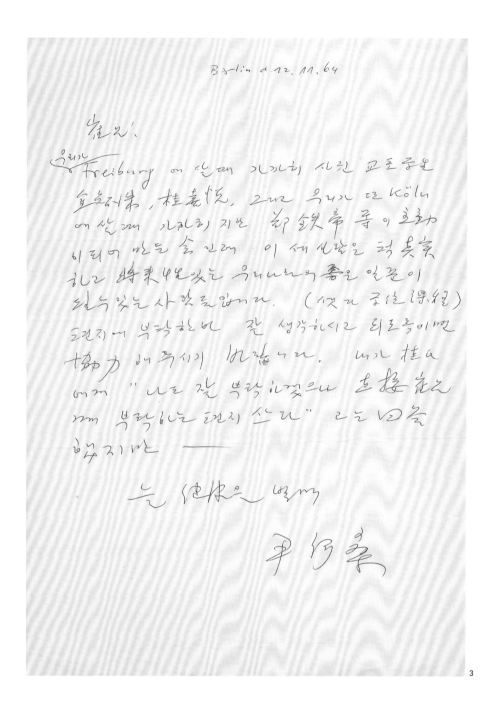

3

3─[베를린 1964. 11. 12.]

최 형!
우리가 프라이부르크에 살 때 가까이 사귄 교포 학생 김지수金知洙, 계희
열桂熹悅, 그리고 우리가 또 쾰른에 살 때 가까이 지낸 정철제鄭鐵帝 등이 주
동이 되어 만든 회슐인데 이 세 사람은 퍽 진실하고 장래성있는 우리나라

의 좋은 일꾼이 될 수 있는 사람들입니다.(셋 다 학위과정) 편지에 부탁
한 바 잘 생각하시고 되도록이면 협력해 주시기 바랍니다. 내가 계 씨에게
"나도 잘 부탁하겠으나 직접 최 형께 부탁하는 편지 쓰라"고는 회답했지
만….
늘 건강을 빌며.

윤이상

4-1

Hannover 23 Martinee 25 Oper

24 26 25 26

27

Doppelzimmer

Konzert

23

Hannover 23

20 Konzert in großer
Konzertsaal Kleiner Sender
Rundfunkhaus Rudolf-Benning
sen - Ufer

1968 45

Hannover / Königstr.
6a Fremdenheim
Schönberg

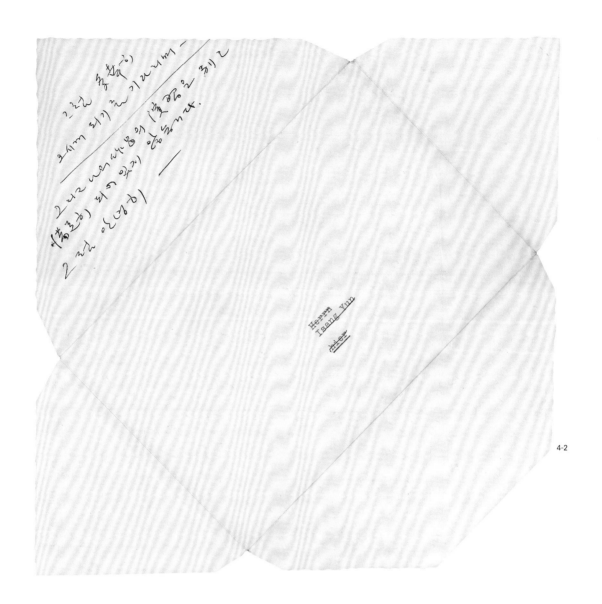

4-2

4—[하노버 1964.]

최 형!

오늘 여기 프로그램을 보내면서 몇 자 적습니다. 이 프로그램에서 보시는
바와 같이 새로운 작품들—특히 24일 날 밤은 꽤 전위적인 작품들인데 이
런 기회에 자주 접하지 못한 최 형에게 꽤 참고가 되리라 생각해서 한번
하노버로 오시기를 권하고 싶군요. 23일 오후에 여기 도착해서 24일 밤
듣고 25일 떠나셔도 좋고 25일 밤까지 보고 또 26일의 마티네Matinee(*오
전 공연)와 26일 밤의 오페라를 보고 27일 우리와 같이 자동차로 백림伯
林(*베를린)으로 돌아가실 수 있다면 더욱 좋고…. 그런데 여비 등이 문제
인데 신문사(한국일보)에서 왕복 비행기 표 값이 나올 수 있다면 여기 숙
박비 정도는 내가 같이 낼 수 있겠는데? 마침 나는 지금 이인실Doppelzimmer
에 침대 하나만 쓰고 있고 처는 이 목사 부처夫妻 곁에 있으며 23일 밤 콘서
트에만 왔다가 다시 그날 밤에 이 목사 집으로 돌아갔다가 내가 데리러 갈

때(백림 귀환 시)까지 기다리고 있을 것입니다. 음악회 표는 다 구하게 되
어 있습니다. 생각해 보시고 오실 수 있으면 23일 오후에 떠나는 비행기
로 하노버에 오셔서 방송사Rundfunkhaus에서 20시에 있는 콘서트에 찾아오
시되 콘서트는 대연주실Größer Konzestsaal이 아니고 소연주실Kleiner Sendesaal이
니 방송국(루돌프-베닝젠-우퍼Rudolf-Benningsen-Ufer)에 19시 45분까지 방
송국 입구에서 기다려 주시기 바랍니다. 나의 작품이 연주되는 밤은 23일
(목)입니다. 그리고 만일 오시게 되는 경우 23일 백림서 늦어도 오후 1시
경에 전보를 온다고만 아래의 주소로 쳐 주시면 좋겠습니다.

Hannover, Königstr. 6a Fremdenheim Schönberg로….

그럼 다행히 오시게 되기를 기다리며….

그리고 나의 작품의 연습은 별로 만족히 되어 있지 않습니다.

그럼 안녕히….

5-[베를린 1965. 8. 12.]

친애하는 최 형!

우리는 요새 집 보러 다니느라 전연全然 시간을 뺏기고 있습니다. 그런데 어제저녁은 못 만나서 안됐군요. 오는 16일 저녁에(월요일) 집에서 같이 식사하게 7시 30분쯤 우리 집으로 찾아 주시면 우리 부부가 퍽 기쁘겠습니다. 전에 전화할 필요 없이 오시기를.(만일 사고 있으면 엽서 한 장 주시고…)

그럼 건강을 빌며.

윤이상

6-[베를린 1965. 8. 13.]

친애하는 최 형!

오는 월요일(16일) 밤 7시 30분에 최 형을 우리 집에 저녁식사에 초대한 엽서 보셨지요. 그런데 그날 우리에게 지장이 있어서 날을 오는 19일 저녁으로 바꿨으면 합니다. 만일 지장 없으시면 연락 없이 그냥 동同 시각에 오시고, 그렇잖으면 엽서 한 장 일찌감치 띄워 주시기 바랍니다. 그럼 만날 날을 기다리며…

윤이상

7-[베를린 1965. 10. 3.]

최 형!

엽서 고맙습니다. 내來(월) 4일 밤 필하모니의 불레즈P. Boulez 음악회에 우리가 가기로 되어 있는데 최 형이 거기 참석케 되어 있으면 거기서 만납시다. 늘 건강을 빌며.

윤이상

8-[베를린 1965. 10. 5.]

친애하는 최 형!

파리의 어느 친구한테서 『르 몽드Le Monde』지에 나의 오페라에 대한 호평을 읽었다고 편지가 왔는데 어느 날짜인지 모르며 내가 그것을 구해 보기가 곤란하니, 미안하지만 최 형이 신문학과 열람실에 가시거든 그 기사를 날짜와 더불어 좀 베껴서 우리의 이번 소풍 때 전이면 보내 주시고, 그렇잖으면 소풍 그날 가지고 나오실 수 없겠는지? 늘 건강을 빌며.

윤이상

『르 몽드』의 일자는 9월 27일부터 10월 3일 사이 들춰 보면 있을 겁니다.

9-[프라이부르크 1966. 2. 23.]

친애하는 최 형!

편지 고맙습니다. 100마르크도 잘 받았고…. 도이체 오페라Deutsche Oper 건은 안됐군요. 또 새삼스레 조건이 붙어서…. 그 건에 관해서는 서독 외무부에서 잘 해결이 될 것으로 확신하니, 곧 최 대사와 (직접 본으로 가든지 해서) 긴밀한 제휴하에 일을 진행하시기 바랍니다. 왜냐하면 내가 들은 바에 의하면, 최 대사와 김상규 양인兩人이 외무부(서독 정부)에 가서 당무자와 용담用談 시에 모든 협조를 해서 한국 공연을 성사시키는 데 돕겠다고 확약을 받았다는 얘기 들었으니….

나는 여기서 반신선半神仙이 되어 삽니다. 옛 사람들이 모든 것 버리고 왜 산중山中을 들어갔었나를 알겠군요.

그럼 또….

건강을 빌며!

윤이상

10-[베를린 1966. 6. 19.]

친애하는 최정호 형!

그동안 여러 가지 바빠서 애석하게 한번 조용히 만나 볼 수도 없이 미국으로 여행길을 떠납니다. 전일 송별회 명목으로 모임을 가졌는데 내가 없게 된 것을 미안히 생각하며 그 모임을 위해 수고해 주신 데 퍽 감사히 생각합니다.

미국서 가능한 한 소식 보내지요.

그럼 늘 안녕히….

윤이상

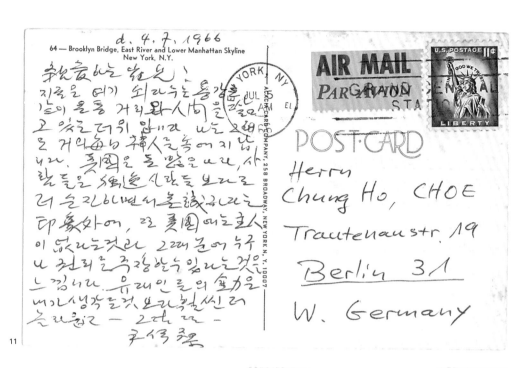

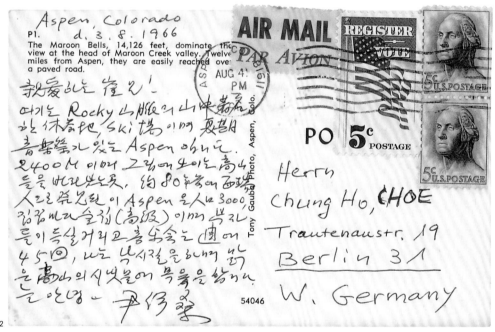

11-[뉴욕 1966. 7. 4.]

12-[애스펀 1966. 8. 3.]

친애하는 최 형

지금은 여기, 쇠 다루는 용광로같이 온통 거리와 인간을 삶고 있는 더위입니다. 나는 그래도 거의 매일 한인韓人들 속에 지냅니다. 미국은 돈 많은 나라, 사람들은 독일 사람들보다도 더 순진하면서 무식하다는 인상 외에, 또 미국에는 주인이 없다는 것과 그 때문에 누구나 권리를 주장할 수 있다는 것을 느낍니다. 유대인들의 금력金力은 내가 생각던 것보다 훨씬 더 놀라움고…. 그럼 또….

윤이상

친애하는 최 형!

여기는 로키 산맥의 산중 저명한 휴양지 스키장이며, 하기夏期 음악제가 있는 애스펀입니다. 이천사백 미터이며 그림에 보이는 고산高山들을 바라보는 곳, 약 팔십 년 전에 서서인西瑞人(*스위스인)으로 발견된 이 애스펀은 인구 삼천, 집집마다 술집(고급)이며 부자들이 득실거리고 음악회는 주週에 사오 회. 나는 낚시질을 하며 맑은 고산의 시냇물에 목욕을 합니다. 늘 안녕….

윤이상

정수창 鄭壽昌, 1919-1999

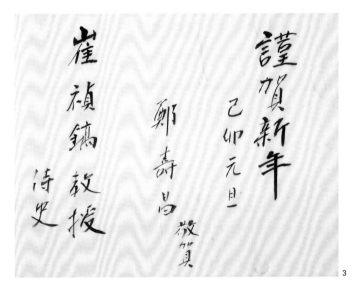

1–[서울 1996. 1. 1.]

근하신년
병자丙子 원단元旦
정수창 합장合掌
최정호 교수 시사侍史

2–[서울 1997. 1. 1.]

근하신년
정축丁丑 원단元旦
정수창 합장
최정호 교수 시사

3–[서울 1999. 1. 1.]

근하신년
기묘己卯 원단元旦
정수창 경하敬賀
최정호 교수 시사

이석희 李奭熙, 1919-2010

財団法人 大宇財団
메모 1

覚敎授 님!

逝去하신 (伯氏의)
곳느메네의 冥福을
眞心으로 祈願합니다

長兄父母라고하였으니
얼마나슬프셨습니까
衷心으로 慰勞의말을
드립니다
)Hermann Hesse를좋아하셨던
(伯氏)
나도 Hesse를너무좋아하였기)
때문에
오랜동안의 知己를
잃은것같습니다

1-1

財団法人 大宇財団
메모 2

品格가좋으며
품행가좋다는 林肯처럼
(伯氏)께서는
Gandhi 甘地처럼
周恩來, 劉小平처럼
人生의最後를 裝飾하셨으니
그인따나훌륭한
人生이었습니까
敎授님을비롯한
온 家族들께서서
많은 慰安을
받으셨을것입니다

1-2

財団法人 大宇財団
메모 3

詩한首를 적어봅니다
靑山은 나를보고
말없이살라하네
蒼空은 나를보고
티없이살라하네
貪慾도 벗어놓고
瞋恚도 벗어놓고
물처럼 바람처럼
살다가라하네

1988년3月20日
李奭熙 白

1-3

1-[서울 1988. 3. 20.]

최 교수님!
서거하신 백씨伯氏의 천상에서의 명복을 진심으로 기원합니다.
장형부모長兄父母라고 하였으니 얼마나 슬프셨습니까.
충심으로 위로의 말을 드립니다.
헤르만 헤세Hermann Hesse를 좋아하셨다는 백씨.
나도 헤세를 너무 좋아하였기 때문에 오랜 동안의 지기知己를 잃은 것 같습니다.
최후가 좋으면 만사가 좋다는 격언처럼 백씨께서는 간디M. Gandhi 수상처럼, 저우언라이周恩來, 덩샤오핑鄧小平처럼 인생의 최후를 장식하셨으니 그 얼마나 훌륭한 인생이었습니까. 교수님을 비롯한 온 유가족께서 많은 위안을 받으셨을 것입니다.
시 한 수를 적어 봅니다.

청산은 나를 보고   말없이 살라 하네
창공은 나를 보고   티 없이 살라 하네
탐욕도 벗어 놓고   진에瞋恚도 벗어 놓고
물처럼 바람처럼   살다 가라 하네

1988년 3월 20일
이석희 백白

김상협 金相浹, 1920-1995

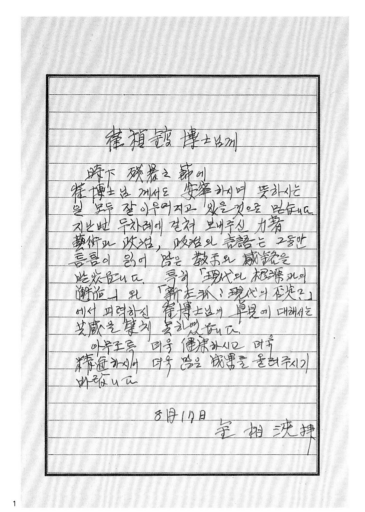

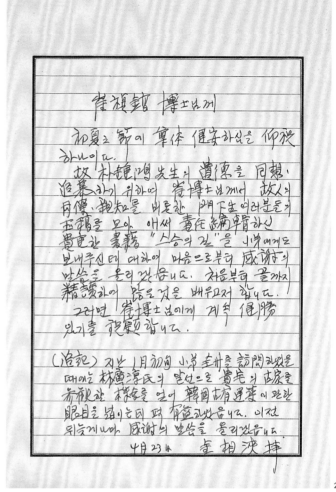

1-[서울 1977. 8. 17.]

최정호 박사님께

시하時下 잔서지절殘暑之節에 최 박사님께서도 안녕하시며 뜻하시는 일 모두 잘 이루어지고 있을 것으로 믿습니다.

지난번 두 차례에 걸쳐 보내 주신 역저力著『예술과 정치』『정치와 언어』는 그동안 틈틈이 읽어 많은 교시教示와 감명을 받았습니다. 특히 「현대와 근원과의 해후」와 「신좌파: 현대의 부정?」에서 피력하신 최 박사님의 탁견卓見에 대해서는 공감을 금치 못하였습니다.

아무쪼록 더욱 건강하시고 더욱 정진하시어 더욱 많은 성과를 올려 주시기 바랍니다.

8월 17일
김상협 배

2-[서울 1978. 4. 23.]

최정호 박사님께

초하지절初夏之節에 존체건안尊體健安하심을 앙축하나이다.

고故 박종홍朴鍾鴻 선생의 유덕遺德을 회상, 추모하기 위하여 최 박사님께서 고인의 동료, 친지를 비롯한 문하생 여러분들의 옥고를 모아 애써 책임편집하신 귀중한 서적『스승의 길』을 소제小弟에게도 보내 주신 데 대하여 마음으로부터 감사의 말씀을 올리겠습니다. 처음부터 끝까지 정독하여 많은 것을 배우고자 합니다.

그러면 최 박사님에게 계속 건승 있기를 축원합니다.

(추기) 지난 1월 초순 소제 전주를 방문하였을 때에는 임광순林廣淳 씨의 알선으로 귀댁의 고가古家를 참관할 기회를 얻어 한국 고유 건축에 관한 안목을 넓히는 데 퍽 유익하였습니다. 이 점 뒤늦게나마 감사의 말씀을 올리겠습니다.

4월 23일
김상협 배

김태길 金泰吉, 1920-2009

1-1

1-2

1-[서울 1984. 5. 12.]

최정호 교수 연우硯右

보내 주신 『아버지 독재자』 받고 사람을 만난 듯 반가웠습니다. 같은 시내에 살면서도 만나기가 쉽지 않은 요즈음의 일과 속에서 이렇게 글과 마주하게 되는 것만도 큰 기쁨입니다.

짤막짤막한 글이라 틈틈이 읽기에 아주 적합하고, 날카로운 관점과 간결한 표현이 독자의 공감을 금치 못하게 합니다. 특히 제1장에서는 하와이에서 함께 지내던 시절을 회상케 하는 글을 여러 번 대하게 되어 감회가 깊습니다. 같은 교수직에 있으면서도 생활의 폭이 좁고 단조로워 글의 소재가 궁한 사람으로서 최 박사의 넓은 견문이 부럽기도 합니다.

영부인께서도 안녕하시고 좋은 작품 계속 창작하시고 계실 줄 믿습니다. 댁내의 다복을 경축하며 감사의 뜻 전하고자 두어 줄 적고 붓을 놓습니다.

1984. 5. 12.

김태길 배상

2-[서울 1993. 8. 6.]

최정호 교수 안하案下

한동안 격조했었습니다. 미래학회를 이끌며 많은 일 하신다는 소식 신문을 통해서 알고 있었습니다만, 보내 주신 세 권의 책 받아 보고 더욱 실감하는 바가 있습니다. 한국미래학회 창립 이십오 주년을 기념하는 뜻있는 행사와 출판을 성공적으로 하게 된 것을 축하드립니다. 특히 단행본이든 잡지든 여러 사람이 힘을 모아서 책을 낸다는 것은 매우 번거로운 일인데, 큰일을 하셨습니다. 무게있는 글을 세 권 책에 모두 실린 건필과 건강도 부럽고 경하스러운 일입니다. 앞으로 글을 쓸 때도 세 권의 책 속에 담긴 지혜의 힘을 빌릴 필요에 부딪힐 경우가 많을 것입니다. 소중한 자료 보내 주신 호의에 감사드립니다.

이곳은 여전합니다. 개인생활도 그렇고 연구소 일도 별다른 변화 없이 차차 안정되어 가고 있습니다. '계간'으로 바꾸라는 충고, 그 당시는 실천에 옮기기가 좀 어려운 형편이었으나, 이제는 그런대로 자리가 잡혀 가고 있습니다. 두루 감사합니다.

삼복혹서三伏酷暑에 더욱 건강하고 귀댁의 모든 일 순조롭기 바랍니다.

1993. 8. 6.

김태길

2-1

2-2

3-1

3-2

3-[서울 1993. 12. 4.]

최정호 교수 안하
장년의 젊음을 그대로 간직하고 화갑華甲을 맞이하신 것을 진심으로 축하드립니다.
12월 14일 비슷한 시각에 서울대 호암회관에서 차인석車仁錫 교수의 화갑을 축하하는 출판기념회가 열리기로 되어 있습니다. 서울대 철학과 관계자와 그 밖의 친지 소수만이 모이기로 하였다며 참석을 부탁한 인편이 있기에 그렇게 하기로 약속을 했습니다. 수일 전의 일입니다.

최 교수의 축하 모임에도 꼭 참석하고 싶은 마음이나 장소가 멀리 떨어져서 양립兩立이 어려울 것 같습니다. 몸이 따르지 못하고 마음만으로 축하드리는 것을 해량海諒하시기 바랍니다.
더욱 옥체청안玉體淸安하시기를 기원하며.

1993. 12. 4.
김태길

崔禎鎬博士 軒

（친필 편지）

2004. 1. 7
金泰吉

4-[서울 2004. 1. 7.]

최정호 박사 귀하

연초에 전혀 예상치 않은 큰 선물을 받고 소년처럼 기뻤습니다. 『한국의 문화유산』이 역사에 남을 명저라는 것은 목차와 제1부의 일부만 읽어 보아도 짐작할 수 있었습니다. 문화유산에 대한 전문적 지식보다도 깊은 사상이 요구되는 좋은 책을 최 박사가 쓰셨습니다. 이것은 우리나라 지식 사회의 큰 경사라고 생각합니다. 끝까지 음미하며 읽겠습니다.

그동안 외면적으로는 격조했으나, 신문에 실린 최 박사의 칼럼을 눈에 뜨이는 대로 애독했으므로 자주 만났다고도 볼 수 있습니다.

『체험과 사색』을 통독하셨다는 말씀도 나에게 용기를 줍니다. '재미있게 읽었다'는 인사는 여러 번 들었으나, 개인의 수기를 우리나라 현대사와 연관시킨 분은 처음이라 더욱 기쁩니다.

새해에도 건강과 건필 여전하시기를 빕니다. 특히 문제의 핵심을 찌를 뿐 아니라 민족의 정론正論을 논리 정연하게 전개하는 최 박사의 논설은 우리 언론의 보배입니다.

2004. 1. 7.

김태길

윤덕선 尹德善, 1921-1996

翰林大學校 翰林科學院

200-702 江原道 春川市 玉泉洞 1番地　☎ (0361) 51-0981
FAX. (0361) 58-1803　　　　(0361) 58-1800~4

THE HALLYM ACADEMY OF SCIENCES, HALLYM UNIVERSITY

1 Okchon-dong, Chunchon, Kangwon-do, 200-702, Korea Tel. (0361) 51-0981
FAX. (0361) 58-1803　　　　(0361) 58-1800~4

崔 禎 鎬 教授 貴下

　보내주신 著書『물과 韓國人의 삶』을 感謝히
잘 받았습니다. 崔教授의 努力에 높이 敬意를
表합니다. 特히 崔教授가 쓴 "목포의 프롤로그"
의 글은 참으로 재미있게 읽었습니다. 많은 사
람들이 읽었으면 좋겠군요. 앞으로도 崔教授의
精進을 빌어마지 않습니다.

　대단히 感謝합니다.

1995. 1. 26

尹 德 善 拜上

1-[춘천 1995. 1. 26.]

최정호 교수 귀하
보내 주신 저서『물과 한국인의 삶』을 감사히 잘 받았습니다. 최 교수의
노력에 높이 경의를 표합니다. 특히 최 교수가 쓴「목포의 프롤로그」의 글
은 참으로 재미있게 읽었습니다. 많은 사람들이 읽었으면 좋겠군요. 앞으
로도 최 교수의 정진을 빌어 마지않습니다.
대단히 감사합니다.

1995. 1. 26.
윤덕선 배상

김원용 金元龍, 1922-1993

1-1

1-2

1-[서울 1982. 1. 1.]

계명견폐鷄鳴犬吠 일가태안一家泰安

임술壬戌 원단元旦 김원용

안병무 安炳茂, 1922-1996

1-[하이델베르크 1962.]

최 형!

전송된 엽서를 받았습니다. 하이델베르크에서 만나 뵙지 못한 것을 유감스럽게 생각합니다. 무슨 어려운 일이 생겼다니 퍽 궁금합니다. 무슨, 혹시 나라도 도울 수 있는 일인지요.

전 이곳 오기 처음부터 알게 된 가정에 와서 신세 지고 있습니다. 이곳은 좀 외진 곳이어서 지나가는 길에 들리기 불편한 곳입니다. 우선 편지라도 해 주십시오.

전 프랑크푸르트에서 국보전國寶展을 보았습니다. 구경꾼들이 끊이지 않더군요. 『프랑크푸르터 알게마이네Frankfurter Allgemeine』에는 크게 기사로 실렸던데 보셨을 테지요. 역시 한국 고려자기란 아름답고 자랑스럽더군요.

그 당시에 그만한 미美에 대한 센스와 또 기술이 있었는데 그것이 조금도 더 발전된 것은 없고, 외려 폐업 상태에 이르렀으니 참 알고도 모를 일입니다. 불상 같은 것에서 얻는 인상도 제게는 참 감명이 깊었는데, 지금은 대체 불상을 만드는 이가 있는지 몰라요. 구라파인(*유럽인)은 지금은 십자가상 같은 것을 현대화해서 한 시대를 상징하는데 동양에는 그런 일이 없는 것 같아요. 하여간 특히 우리 민족에 전승사傳承史가 없는 것이 그 민족성을 나타내나 봐요. 하여간 전시회에서 보아 가면서 어딘지 외로운 것을 느꼈습니다.

방학에는 줄곧 하이델베르크에 계신가요? 베를린 가시기 전에 한 번이라도 더 만나 뵙고 싶으나 어떻게 되려는지. 저는 이곳에서 꼭 기일期日은 정하지 않고 공부할 분위기가 지속되는 대로 있으렵니다. 밥 안 하고 불 걱정 안 해서 편안한데, 조금이라도 눈치를 봐야 할 경우가 오면 곧 떠나야지요.

여러 친구들에게도 문안합니다.

안병무 상上

83

2─[하이델베르크 1964.]

최 형!
오는 7월 중순경부터 사 일간 우리가 지난번 프랑크푸르트에서 계획했던 한국인의 모임을 프랑크푸르트에서 멀지 않은 아주 떨어진 곳, 편리한 곳에서 모이도록 결정됐습니다.(수고는 이 목사 홀로 담당)
그래 이 목사가 일부러 와 나와 장시간 대화 중 결국 다음 같은 일과!
삼 일간 정신사(한국)—(이것은 사상사라고 하게 될 테지요)
현금의 사상계의 문제성(이것은 지금의 실상을 논하는 것)
이것을 이번은 두 사람이 나누어서 발표Referat를 하기로.
이상 같은 분류로서
정치사—정치현실
경제사—그 현실
그 구체적인 제목은 논자論者에게 일임. 단 피차 중복 없도록. 그런데 이번은 되도록 여러 사람의 의견을 듣고 싶어서 여섯 명으로 따로따로 하기로. 그중에 사상계의 현황에 대해서 최 형이 좀 수고해 주었으면 하는데 해 줄 수 있겠지요. 사적史的 발표Referat는 지금 본에 철학하는 한 장년 학생이 있답니다.
식비나 집은 해결했는데, 단 여비가 문제인데, 적어서 멀리서 오는 이들에게는 되도록 해결해 볼 예정입니다. 그때 형편과 의향을 알려 주시며, 또 베를린에 몇 명 참여할 사람이 있는지도 겸해 알려 주십시오. 정원은 오십 명인데 지원자는 초과 예상!
떠날 때 뵙지도 못해 죄송합니다. 파이프도 그냥 있는데 언제 성의가 나면 싸 보내지요.
그럼 소식 곧 전해 주십시오.

안병무 상

3 — [하이델베르크 1964.]

최 형

지난번 회신에 대한 대답이 늦었습니다. 하는 일 없이 머리가 잘 돌지 않습니다.

지난번 부탁한 일은 사양 마시고 맡아 주시길 바랍니다. 잘하고 못하는 차이를 선후배로 어떻게 알아요. 화제話題의 제출이니 그쯤 아시고 시도해 보십시오.

시일은 10월 9일부터 10월 14일(14일 출발). 강사로 정한 한은 무슨 길을 열어서라도 여비는 부담하게 될 터지요. 그 외에는 힘은 쓰나 아직은 확언할 수 없어요. 하여간 꼭 왔으면 —본인 또 우리가— 하는 이의 길은 돈 때문에 막혀지진 않길 바랍니다.

그럼 10월에 만나 뵐 것을 기다립니다. 가부간 확답은 이달 내로 해 주시기 바랍니다.

이만 약필略筆합니다.

안병무 상

4─[하이델베르크 1964.]

최 형

도울 능력은 없어 슬쩍 지내 보낸 셈이 됐습니다만, 그 후 어떻게 됐는지 생각된 것은 사실인데, 비록 짧은 기간이라도 장학금이 연기됐다니 다행입니다.

어느 게 더 현명한지는 아직도 분간이 안 됩니다만, 이렇게 가장 정력적인 생生의 중간 토막을 외국에서 바치고 있는데 많은 잡념에 고민했습니다. 남과 비교해서 내 갈 길이 정해지거나 가감되는 게 아니지만 제 연배 사람들이 그동안 '약진'들 해서 밖으로 장관이요 무슨 대표요 야단들이고 안으로 지식층의 선봉에 나서서 활발히 움직이는 걸 보면 난 대체 뭘 이러고 끙끙거리나 생각이 돼요. 십 년이 가까운데 "이쯤 하면 한 바탕…" 할 만한 게 쥐어진 게 없어요. 나이로 봐서는 이젠 견습생이나 훈련 기간일 수는 없고, 연습이 아니라 '출연' 날이어야 할 텐데 아직도 마음은 '이제부터 배울 게 있다'는 식이니 이러다 피지도 못한 채 서리를 맞으려고 태어난 인생인지. 신문이나 잡지에도 제 나라 꼴을 보면 가끔 머리끝까지 흥분되며 급한 건 이거다라고 점 찍으면서도 하는 일은 그 어느 아득한 옛날에 생긴 고전을 뒤지는데 그 긴 시간을 바치었으니 수면제 없이는 잠 못 드는 것도 당연한 일이지요.

지내 놓고 보면 삶에는 연습이란 없다 하는 결론입니다. 이력저력 싫든지 좋든지 여기는 떠나 귀국해야 할 판인데, 온실에서 눈 속에 내버려지는 듯한 허기증이 입니다.

귀국은 아직 기일도 정하지는 않았습니다. 지금은 이천 년 전에서 현대로 돌아와서 그 눈으로 좀 더 보고 가나 막 바로 돌아가나 아직도 망설입니다. 적어도 오는 3월까지는 안 간다고도 생각해 보는데! 또는 12월경으로 미국을 거쳐 간다고도…. 그러니 아직은 제가 간다는 소리 전혀 않고 있고 사실상 만날 기회가 있을 겁니다. 형의 건투를 빕니다.

안병무 상

고병익 高柄翊, 1924-2004

1–[성남 2001. 6. 4.]

최정호 선생

최 선생의 편저 두 책이 송달되어 주말 휴일을 잘 재미있게 읽고 지냈습니다. 감사합니다.

소생의 책 한 권 보내 드립니다. 그리고 전에 언급되었던 『자클린과 일본인Jacqueline und die Japaner』을 마침 찾을 수 있어서 동봉합니다.

복사본이니 후에 회수하여 주시면 고맙겠습니다. 총총.

2001. 6. 4.
고병익

2–[성남 2003. 7. 7.]

하이재何異齋 최정 선생,

일전에 자전自傳의 글들에 관한 이야기를 나누었을 때 언급된 김태길金泰吉 씨의 자전 『체험과 사색』, 그리고 이마미치 도모노부今道友信 교수의 김소운金素雲 역시집譯詩集에 얽힌 회고문을 실은 책 (『단장: 공기에 띄우는 편지斷章: 空氣への手紙』)을 찾았기에 인편에 보냅니다.

천천히 보시고서 우리 아파트 수위실에 치탁置託하시면 잘 전달됩니다. 총총.

2003. 7. 7.
고병익

천관우 千寬宇, 1925-1991

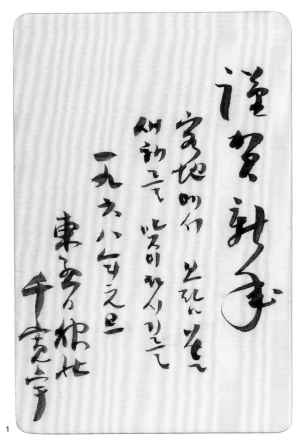

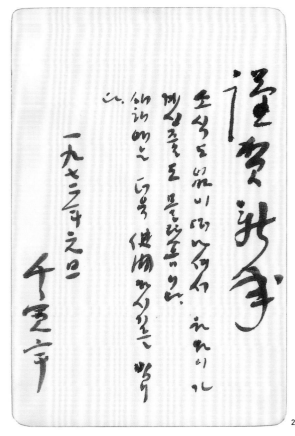

1-[서울 1968. 1. 1.]

근하신년
객지에서 보람있는 새해를 맞이하시기를.

1968년 원단元旦
동아일보사 천관우

2-[서울 1972. 1. 1.]

근하신년
소식도 없이 떠나셔서 하와이 가 계신 줄도 몰랐습니다.
새해에는 더욱 건승하시기를 빕니다.

1972년 원단
천관우

3-[서울 1974. 6. 23.]

보내 주신 『예술과 정치』 감사히 받았습니다.
문외한입니다만 틈내어 읽고 양식糧食으로 삼겠습니다.
부디 건강하시고 역작力作 계속되시길 빕니다.

6월 23일

4-[서울 1974. 8. 21.]

보내 주신 『정치와 언어』 감사히 받았습니다. 근래 특히 풍작이신 듯하여
무엇보다 기쁩니다.
부디 건강하시고 계속 정진 있으시기를 빕니다.

8/21

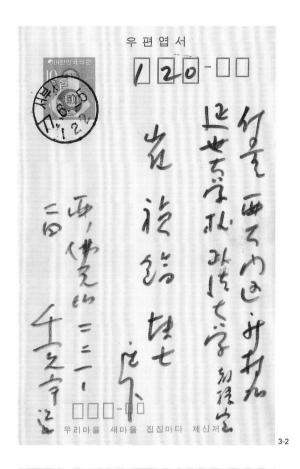

3-1

3-2

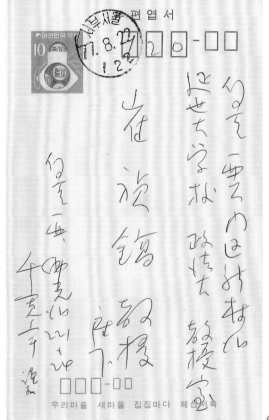

우편엽서

120-□□

우리마을 새마을 집집마다 체신저축

4-1

4-2

이우성 李佑成, 1925-2017

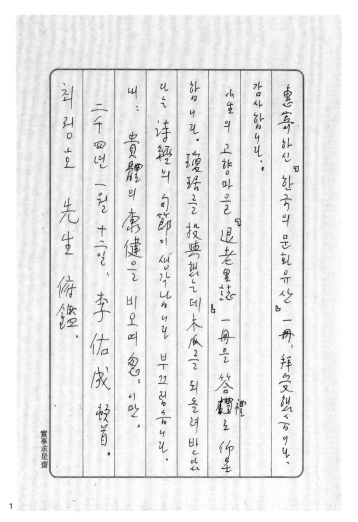

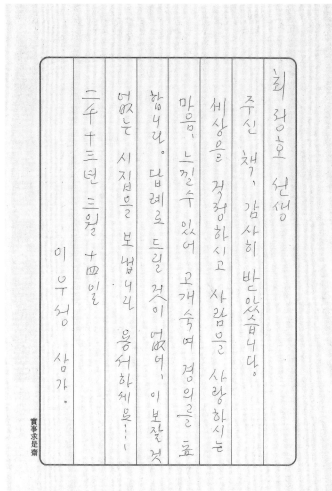

1-[고양 2004. 1. 12.]

혜기惠寄하신 『한국의 문화유산』 일책一冊 배수拜受했습니다. 감사합니다.
소생의 고향마을 『퇴로리지退老里誌』 일책을 답례로 앙정仰呈합니다.
경거瓊琚를 투여했는데 목과木瓜를 되돌려 받았다는 『시경詩經』의 구절이
생각납니다. 부끄럽습니다.
내내 귀체의 강건을 비오며 홀홀忽忽 이만.

2004년 1월 12일 이우성 돈수頓首

최정호 선생 부감俯鑑

2-[고양 2013. 3. 14.]

최정호 선생
주신 책 감사히 받았습니다.
세상을 걱정하시고 사람을 사랑하시는 마음 느낄 수 있어 고개 숙여 경의
를 표합니다.
답례로 드릴 것이 없어 이 보잘것없는 시집을 보냅니다. 용서하세요….

2013년 3월 14일

이우성 삼가

3-2

3-1

3-[고양 2009. 6. 11.]

오랫만에 귀 수적手蹟을 대하니 꿈을 꾸는 것 같았습니다.
귀저貴著 『사람을 그리다』 일책 배수拜受했습니다. 동서 인물을 광범하게 다루신 것으로, 훌륭한 현대인물사를 만들어 놓은 것으로 보여집니다. 업적을 치하합니다.
소생 팔십오 세 노령으로 그냥 세월을 보내는 중입니다. 젊은 교수, 강사들과 함께 한국 고전을 역주譯註 작업하고 있는 것이 고작입니다. 책도 여러 종 출판이 되었습니다만 비대중적 비현대적인 것이어서 그대로 쌓아두는 형편입니다. 한번 뵐 기회가 없을는지요. 이만 줄입니다. 내내 평안히….

2009년 6월 11일
제弟 이우성 삼가

최정호 선생 살피시압

이한빈 李漢彬, 1926-2004

1-1

1─[호놀룰루 1965. 11. 10.]

사랑하는 정호에게

빈과 베를린에서 보내온 편지를 읽으면서 '움직임' 속의 '아픔'을 같이 느꼈소. 그래도 우리는 움직임을 계속해야 한다고 다짐하면서.

그 편지의 두 토막과 거의 때를 같이하여 썼다고 짐작되는,『주르날 드 즈 네브Journal de Genève』에 기록된 이승만李承晚 박사에 대한 1933년의 기사와 빅토르 프란클Viktor Frankl 박사와의 대담기對談記를『한국일보』에서 읽으면서 바다를 넘어 맥박을 같이한 일이 있었소.

사실, 정호의「프란클 박사와의 대화」를 읽은 것이 10월 18일 밤이었는데, 다음 날 정오, 마침 하와이 대학 노천극장에서「로고테라피에 있어 인간의 개념The Concept of Man in Logotherapy」이라는 제목으로 동同 박사의 연설이 있는 것을 10월 19일 오전 11시 반에 도서관 입구에서 게시를 보고 알고 부랴부랴 염천하炎天下의 연설장으로 가서 유익하게 듣고 그 후『인간의 의미 탐구Man's Search for Meaning』도 한 권 사게 되었소.

빈-베를린-서울을 거쳐 호놀룰루의 문화행사Kulturangelegenheiten를 알게 된 것 부끄러울 뿐이오.

릴리 아벡Lily Abegg 여사와의 대담기도 퍽 재미있었소(편지). 나는 늘 다음의 구절을 (*이한빈 박사가 당시 집필 중인)『한국 행정의 두 연대Two Decades』속에 주석footnote으로 인용할 생각을 하고 있었소.

Lily Abegg 女史와의 *청탁*으로 *또 재미있었소*(편지).
나는 늘 다음의 句節을 "Two Decades" 속에
footnote 로 *引用할* 생각을 하고 있었소

"...Sechstausend suedkoreanische Offiziere sind in den Vereinigten
Staaten gewesen, um ihre Kenntnisse im Waffenhandwerk zu erweitern.
Dabei haben sie aber auch das Leben in einem freien westlichen Land
kennengelernt...Es haben auch sechstausend suedkoreanischen Studenten
in Amerika und Europa studiert. Aber von diesen sind nur zweitausend
nach Suedkorea zurueckgekehrt..." (Lily Abegg, "Armut und Verschwndung
in Korea," FAZ, Jun. 23, 1962.

"The Developmentilist Time & Development Entrepreneurs"
은 지금 typist pool 에 들어가 있고.
"Two Decades" 의 轉身인 "TIME, ELITE &
NATIONAL DEVELOPMENT" 는 4 Parts - 16 Chapters 의
目次를 만들어 놓고 Part One 은 "Develop. Time"
으로 채우고. Part Two on "Two Decades"를
풀어넣고. Part Three 는 "Lessons from Others".
그리고 Part IV 는 "Lessons from Self" 로
할가 구상하는 단계에 서 있소.
可及 GS 3.4月 頃까지 drafts 를 끝낼 욕심이오

"작은 나라" 는 12月 18日 경에 東西出版社 판으로
*初刊*를 보게 된다는 소식을 *傳送* 하는 데서 받았소.
— *最此最遲時日* 에 Berlin 에 *오도록 하겠소.
*最後의 *挿入*은 同封하는 "Der Schnee" 가 되겠소.
今年 初에 *路費*를 내 *보내며 그것은 *書畵體로
*만들어서 *謝禮*드렸소.* Erwin Tschudi (요새
드렸더니. 그분이 지난 10月 에 Chur 에서 있는*

"(⋯) Sechstausend südkoreanische Offiziere sind in den Vereinigten Staaten gewesen, um ihre Kenntnisse im Waffenhandwerk zu erweitern. Dabei haben sie aber auch das Leben in einem freien westlichen Land kennengelernt … Es haben auch sechstausend südkoreanische Studenten in Amerika und Europa studiert. Aber von diesen sind nur zweitausend nach Südkorea zurückgekehrt (⋯)"(Lily Abegg, "Armut und Verschwndung in Korea," FAZ, Jun. 23, 1962.)

〔*"(⋯) 육천 명의 한국 장교들이 군사 지식을 넓히기 위해 미국에 다녀왔다. 그곳에서 그들은 자유로운 서방세계의 생활도 알게 되었다. 그 무렵에 육천 명의 한국 유학생도 미국과 유럽에서 공부했다. 그러나 그 가운데서 오직 이천 명의 유학생만이 한국으로 귀국했다 (⋯)"(릴리 아벡, 「한국의 빈곤과 낭비」『프랑크푸르터 알게마이네 차이퉁』, 1962. 6. 23.)〕

「발전론적 시간과 발전형 기업가The Developmentilist Time & Development Intrepreneurs」는 지금 타이피스트 풀typist pool에 들어가 있고『한국 행정의 두 연대』의 전신轉身인『시간, 엘리트 그리고 국가발전Time, Elite & National Development』은 네 파트—열여섯 챕터의 목차를 만들어 놓고 첫번째 파트는 「발전 시간Development Time」으로 채우고, 두번째 파트에『한국 행정의 두 연대』를 풀어 넣고, 세번째 파트는 「남들이 주는 교훈Lessons from Others」, 그리고 네번째 파트는 「스스로 주는 교훈Lessons from Self」으로 할까 구상하는 단

제12回 한서협회 연차大會 때 그것을
복사해서 全會員에게 배부하고, 또 會議席上에서
낭독한뒤 다시 歸任途上의 김운철 氏便에
이곳 Hawaii에까지 전해 왔던것이오.
그래서 卽時 집으로 보냈는데, 잘하면
造版 마감 전에 冊속에 들어갔을 것이오.
지금 읽어보니 글이 틀린데가 벌써 發見되어
부끄럽기도 하지만, 그래도 그대로 Alps의 回想이
되니까, 나로서는 그대로 내놓을 생각이오.
x
내가 이미 말했는지 모르지만,
"작은 나라"는 Kinderdorf Pestalozzi Trogen
에 세워지는 Haus Arirang에 dedicate하고,
그 出版에서 나오는 net proceeds (after Tax)는
全額 그 Project에 寄附하겠다는 뜻을 벌서
Arthur Bill 氏에게 전해 놓았소.
그리고, 思想界 9月號에 "작은 나라"의 summary
를 게재하였는데, 이달 안으로 그것을 英訳하여
Bill 氏에게 보내서 同氏가 獨佛語 必要한
대로 重訳하여 瑞西內에서 適當하게
使用하라는 뜻도 전해 놓고 있소.
그 英訳도 되는 대로, 보내 드리겠소. (Air mail)
Cony 는

4

전환의 해인 금년
우연히 hotel에서 손이 간것이
이제 몇週 지나면 해를 보게 된다니
아기를 기다리는 마음으로 있소.
누구보다도 Konzeption의 경위를
정호가 잘 아니깐 産報도 제일 먼저
받아야 한것은 당연한 일이오.
x   x
明年 가을까지 現在 하는 일이 終了되기 어려운
형편이면, 또 그뒤에도 時日이 걸릴 展望이면
明年에 있다 歸國하는 Plan도 고려에 넣을것을
권하오. 만약 미국에서 나머지를 完成할
마음이 있으면 長期計劃으로 1967年 가을
또는 그 以後에는 좋은길을 연수 있겠다고
생각하오.
나는 6/13-7/15의 CAG Seminar (明年場所 Honolulu)
까지 보고 7月20日頃에 서울로 갈 豫定이오.
원식이와 선이는 "은석국민학교"에 재미를
많이 붙인것 같소. 7月에 編入했는데

계에 서 있소. 가급적 3, 4월경까지 초고drafts를 끝낼 욕심이오.

『작은 나라』는 12월 18일경에 동아출판사 판으로 출간을 보게 된다는 소식을 최근 서울에서 받았소. 한 부가 최단 시일에 베를린에 닿도록 하겠소.

최후의 삽입은 동봉하는 「데어 슈네Der Schnee」(*'눈'이라는 제목의 시)가 되겠소. 금년 초에 서서瑞西(*스위스)를 떠날 때 그것을 서화체書畵體로 만들어서 한서협회韓瑞協會 회장 에르빈 추디Erwin Tschudi 씨에게 드렸더니, 그분이 지난 10월에 쿠어Chur에서 있은 제12회 한서협회 연차대회 때 그것을 복사해서 전 회원에게 배부하고, 또 회의석상에서 낭독한 뒤 다시 귀임도상歸任途上의 정운철 씨 편에 이곳 하와이에까지 전해 왔던 것이오. 그래서 즉시 집으로 보냈는데, 잘하면 조판 마감 전에 책 속에 들어갔을 것이오. 지금 읽어 보니 글이 틀린 데가 벌써 발견되어 부끄럽기도 하지만, 그래도 그대로 알프스의 회상이 되니까, 나로서는 그대로 내놓을 생각이오. 내가 이미 말했는지 모르지만, 『작은 나라』는 트로겐의 페스탈로치 어린이마을Kinderdorf Pestalozzi Trogen에 세워지는 아리랑 하우스Haus Arirang에 헌증獻贈하고, 그 출판에서 나오는 인세 수입net proceeds(세금 공제 후after tax)은 전액 그 프로젝트에 기부하겠다는 뜻을 벌써 아르투어 빌Arthur Bill 씨에게 전해 놓았소.

그리고 『사상계』 9월호에 『작은 나라』의 요약문summary을 게재하였는데, 이달 안으로 그것을 영역英譯하여 빌 씨에게 보내서 동씨同氏가 독獨·불佛어 간 필요한 대로 중역重譯하여 서서瑞西 내에서 적당하게 사용하라는 뜻도 전해 놓고 있소. 그 영역도 되는 대로 카피를 보내 드리겠소.(항공 우편air mail)

전환의 해인 금년 우연히 호텔에서 손이 간 것이 이제 몇 주 지나면 해를 보게 된다니 아기를 기다리는 마음으로 있소. 누구보다도 구상Konzeption의 경위를 정호가 잘 아니깐 산보産報도 제일 먼저 받아야 할 것은 당연한 일이오.

명년明年 가을까지 현재 하는 일이 종료되기 어려운 형편이면, 또 그 뒤에도 시간이 걸릴 전망이면 명년에 일단 귀국하는 플랜도 고려에 넣을 것을 권하오. 만약 미국에서 나머지를 완성할 마음이 있으면 장기 계획으로 1967년 가을 또는 그 이후에는 좋은 길을 열 수 있겠다고 생각하오.

나는 6월 13일-7월 15일의 CAG 세미나(명년 장소 호놀룰루)(*비교행정학회 세미나)까지 보고 7월 20일경에 서울로 갈 예정이오. 원식이와 선이는 '은석국민학교'에 재미를 많이 붙인 것 같소. 7월에 편입했는데 선이는

9월부터 1학년 1반의 반장 노릇을 하고 있고, 원식이는 3학년 작문 시간에「나무잎」이란 시詩를 지었는데

가을의 숲속은 빨강 노랑 파랑
어떤 나무잎은 빨강 노랑
어떤 나무잎은 파랑
알록달록 여러 색깔들의 나무잎.

선생님이 그 자리에서 다른 아이들 앞에서 낭독을 시켰다는 얘긴데, 내 보기에도 이제 겨우 한국 학교에 들어간 처지로서는 서프라이징surprising하다고 생각되어, 말에 맞춰 동요童謠를 하나 작곡(생전 처음)해서 집에 보냈소.
지난 10월 28일은 마침 우리의 십 년째의 기념일anniversary(*결혼기념일)이어서, 이해에 마침 처음으로 떨어져 있게 된 것이 미안하고 미안해서「10월의 노래」라고 제題한 삼백 행의 공개되지 않을 연가戀歌를 적어 보냈소.
여름에 내가 떠난 직후부터 연대延大 땅을 사 가지고 주택 신축공사를 시작했는데 기초공사까지 해 놓고 후암동 구가舊家가 늦게 팔려, 지금 일단

중지하고 월동 후 봄에 완성하려는 스케줄이오. 그러다 보니 집사람은 결국 여름 내가 돌아갈 때까지 그 하나의 커다란 '창조Schöpfung'에 붙잡혀 이곳에 오지 못할 공산이 커졌소. 그저 위안이라면 양쪽에서 시간을 허송하지 않고 무엇을 하고 있다는 생각뿐이 그것이오. 그러니 12월 15일에는 우리의 십 년의 집(후암동 60의 10)을 떠나(이제 팔렸음) 겨울은 서교동 108의 3의 처남 유정철劉正哲 집에서 지내고, 봄에 집을 완성하여 그리로 들어갈 계획이오. 오래간만에 잠깐 집 없는 신세가 된 셈이오.
귀국 계획이 진전되면, 우리 집에도 소식을 알려 주면 퍽 반가워할 것이오.
상하常夏의 섬에서 바라볼 때 베를린은 추운 곳이니 항상 건강에 유의하고, 끝까지 대지大志를 펴기를 바라오.

마노아 밸리Manoa Valley
링컨 홀 111 연구실에서
한빈

조요한 趙要翰, 1926-2002

1

1—[서울 1998. 3. 18.]

최정호 선생께

'친구처럼' 함께 일생을 살아온 형님을 저승에 먼저 보낸 최 선생에게 삼가 애도哀悼의 뜻을 전합니다. 백씨伯氏는 가슴으로 인도주의를 신봉하면서도 골육상쟁骨肉相爭의 차디찬 현실에 부딪히면서 허무주의를 수용하였던가 봅니다. 견디기 힘든 우리의 현실을 지내 온 한 사람으로, 한 번도 대하지 못한 고인을 친밀하게 마음에 그려 봅니다. 아무튼 아름다움을 희구하면서 온몸으로 생각하면서 사셨던 형을 저승에 보낸 최 선생의 마음이 몹시 쓰라릴 것입니다. 인간은 늙으면 "태어나기 전의 세계로 돌아가는 것"이라 생각하시고, 위로받으시기 바랍니다. 나처럼 사랑하는 아내를 잃고 외로이 늙어 가는 사람들도 있지 않습니까.

최 선생, 부디 건강하시어 형님께서 생전에 못 이룬 일까지 이루시기 바랍니다.

1998년 3월 18일
조요한 배

정일영 鄭一永, 1926-2015

1-1

1—[제네바 1965. 11. 5.]

최 대형大兄 혜감惠鑑

혜신惠信 반가이 읽었습니다. 기간其間 학구學究에 많은 성과를 거두시는 듯 동경同慶입니다. 전반 왕림 시는 옳게 얘기할 결도 없어서 마음에 끼였는데 이곳에서의 연구를 계획한다 하셔서 좋은 반려伴侶가 되어 주실 것으로 기대하여 마지않습니다. 나는 그동안 오타와-비엔나-몽트뢰 출장으로 몹시 바쁘게 돌아다녔는데 연말, 연초 몇 개월간은 국제회의 오프 시즌off-season으로서 이제 들앉아 책을 펴 볼 결이 생기지 않았나 합니다마는 관리 신세라 기약 없는 일이구만요. 국제법을 하시겠다 하여 생각해 봤는데 기초이론이라 할까 문제에 대한 접근approach 방법만 체득하시면 될 줄 압니다. 한국전쟁 관계는 단편논문 이삼십 편 있을 것으로 봅니다. 빈트셰들러 D. Bindschedler 부인은 바로 나의 학위 논문을 많이 지도해 주신 분으로, 구겐하임Guggenheim 교수의 법적 파트너legal partner 고 서서瑞西(*스위스) 외무성 법무국장의 부인입니다. 스트루프Strupp 편 『국제법사전Wörterbuch』의 '한국'란 기고 시 나와 여러 번 상의한 것이 기억납니다. 주간週間 한 번 이곳 연구소Institut 강의를 맡고 있습니다.

한국전쟁과 국제법이라면 시대적으로는 50년 6월 25일-51년 11월로 한정하고, 내용적으로는 ① 유엔UN 테두리collective security 와 ② 전시 국제법 문제로 구분—전자는 유엔 헌장 해석이 주일 것이고(즉 챕터 6, 챕터 7) 거

1-2

기에 국제 경찰력International police force 문제가 일대一大 테마일 것이며, 후자는 한국전쟁의 전쟁으로서의 개념, 전투 행위 및 포로 취급 등 문제가 주가 아닐까 합니다. 최 형의 경우 이것으로 아국我國에 관련된 국제법적 문제의 개요(내지는 한국문제의 국제법적 관련성이라 함이 좋겠지요)를 구명해 보심과 아울러 이러한 특수문제 연구를 통한 국제법적 접근approach이라는 보다 더 소중한 성과를 거두게 되지 않을까 격려를 보내어 마지않습니다. 기실 우리 언론계나 학계까지도 유엔 문제, 한국전쟁에 대하여 이제껏 어떤 고정된 개념에 싸여 그 밖으로 내다보는 것이 터부taboo라는 선입감에서 아직도 헤매고 있지 않나 생각되구만요. 1950년의 세계는 이미 존재하지 않는데도….

이론(국제법)과 현실의 인터플레이interplay—상호작용 관계를 정당하게 평가appreciate해 볼 기회로서 국제법에 대한 접근approach은 현대사에는 절대적인 요소입니다.
팔레 데 나시옹Palais des Nations 도서실은 언제라도 이용할 수 있습니다. 덕택으로 나도 최 형과 우리 문제를 리뷰해 볼 기회라고 생각합니다. 허홍식許弘植 군이 끝내 학업을 이루지 못하고 파리로 옮겨 가게 되고 연구소Institut의 김광택金光澤 씨도 머잖아 영국으로 떠난다 하니 최 형 혼자가 되겠지요. 이곳으로 오실 플랜을 알려 주십시오. 나로서 무슨 도움이라도 되어 드리겠습니다.

건승을 빌면서. 정일영 배

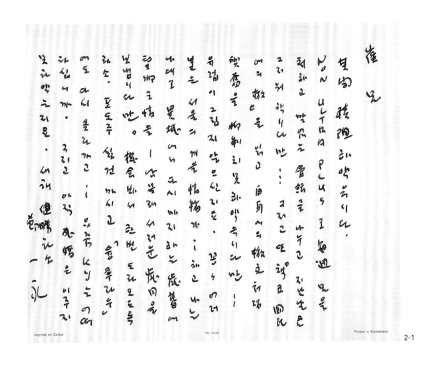

2-1

JUNGFRAU
en 1822

2-2

2-[베른 1968. 12.]

최 형

기간其間 적조積阻하였습니다.

'Non ultra plus'*로 매주 형을 대하고 말 없는 회화會話를 나누고 지난날을 그리워합니다만… 그리고 또「체코 국민에의 격檄」을 읽고 자신에의 격문처럼 흥분을 억제치 못하였습니다만… 유럽이 그립지 않으신지요. 꽁꽁 얼어붙은 서울의 겨울 정서가… 하고 나는 나대로 이역異域에서 다시 맞이하는 세모歲暮에 망향지정望鄕之情을—남몰래 서러운 세월을 보냅니다만. 기회 봐서 한번 돌아오도록 하소. 포도주 실컷 마시고 융프라우에도 다시 올라가고…. 요즘 KY(*장기영)는 어떠하십니까. 그리고 아직 결혼은 이루지 못하였는지요. 새해 건승하소.

정일영

*당시『주간 한국』에 매주 연재하던 내 유럽 공연예술기행「예藝」의 부제로, 정확한 제목은「예藝—이 이상 최고는 없다Non Plus Ultra」이다.

최석규 崔碩圭, 1926-2008

1-1

1-[파리 1958.]

철호哲鎬에게*

지난 5월에 반가운 편지 받고 곧 회답하고 싶었으나, 본래 편지를 못 쓰는 데다가 그때부터 7월까지 실험, 논문, 시험이 눈코 뜰 새 없이 연달아, 끝내 붓을 못 들고 말았다. 이제 석 달이 지나서야 붓을 잡고 보니 내 자신 아연할 뿐 뭐라고 변명할 말이 없구나.

입학허가서Admission를 동봉하니 이것 가지고 곧 수속을 시작해 주기 바란다. 소르본에선 입학허가서를 안 해 주기 때문에 여기 오는 사람은 대개 알리앙스 프랑세즈Alliance Française(*프랑스 문화원) 것으로 수속해 가지고 온다고 하더라. 물론 와선 다른 학교로 가도 아무 상관없다. 어찌되었든 오는 10월에 문교부 시험(아마 국사國史)은 쳐 두고 보아라. 이담에 외무부 시험(불어) 칠 땐, 시험관이 누구인가 봐서 이휘영李彙榮이나 오현우吳鉉雨면 나와의 관계를 알리지 않는 것이 좋을 듯하다. 그리고 될 수 있는 대로『한국일보』의 특파원으로서 올 방도를 취하여라. 장 씨(*장기영)에게 잘 교섭해서. 좀 그쪽 이야기가 진전을 보거든 다시 알려다오. 이곳 생활 실정을 자세히 알려 줄 터이니. 그리하고 스폰서Sponsor는 어떻게 되는지 (한국 사람으로도 되는지?) 그런 것도 미리 알아 두어라.

내가 파리에 온 지도 벌써 만 일 년이 되려고 하니, 그동안 나 없는 시이에

아버님은 환갑을 지내시고 너는 학교를 졸업하고 남규南圭는 해군에 입대하고 방울이는 죽고… 그동안 이곳 생활에 묻혀서 거의 과거를 잊고 살다가 이제 방학이 되어 겨우 내 자신에 돌아온 듯, 요즘은 새삼스러이 향수Homesick에 빠지는 순간이 많다.

나는 파리 온 후 별로 우리나라 사람들과 왕래 없이(식당 같은 데서 만나는 외엔) 늘 혼자 지내고 있다. 그동안 친구들도 많이 사귀고 또 기회 있는 대로 이곳 사람들의 생활 속에 같이 따라 들어가서 그들의 생활감정, 그들의 사고를 들여다보며 나 자신과 우리나라를 새 각도로 돌이켜 보기도 하고. 다른 사람들이 우리를 보는 것처럼As others see us….

서울 있을 때 흔히 구라파를 여행하고 돌아온 사람이 신문 같은 데 불란서의 실정에 대해서 쓰는 것을 그럴 듯이 읽는 나였지만, 이제 생각하니 참으로 우습기만 하다. 그보다 더한 야바위꾼charlatan은 없으니! 그들이 파리에 와서 보는 것은 파리의 명소 구경뿐…. 다시 말하면 그림엽서로 보던 것을 눈으로 본다는, 어린애라도 가질 수 있는 욕망의 만족뿐이다. 관광호텔Tourist hotel에 삼사 일 머물다 가는 그들…. 길도 모르고 말도 모르고, 불란서인과 접촉해 볼 길도 없고! 겨우 이곳에 와 있는 자기의 지인을 찾아 그에게 이런저런 이야기 들은 것을 가지고 돌아가서는 비분강개悲憤慷慨의 문장! 그러나 그뿐이 아니다. 그들에게 데이터data를 주는 이곳 우리나라 사람이란 것이 대부분은 불린시에 와 있으면서도 불린시를 못 보는 사람

1-2

들이니! 파리 사람들은 외국인에 대해서 조금도 관심이 없다. 미국 같으면 외국인이라 해서(특히나 한국인이라 해서) 우리를 많은 관심으로 대해 주고 한국에 대해서 여러 가지 묻는다든가 디너dinner나 댄싱dancing, 티tea에 청하는 등 우리를 가만두지 않는 모양인데, 이곳에선 일 년 아니라 십 년이라도 내버려 둘 뿐…. 더구나, 말도 잘 모르는 사람과 답답한 시간을 가질 흥미와 필요는 느끼지 않을 것이니! 그래서 이곳 우리나라 사람들은 우리나라 사람들끼리, 말하자면 하나의 심리적인 콜로니colony를 이루고 그 속에서 사는 셈이다. 우리말, 우리의 생활감정, 우리의 모럴moral 그대로! "불어란 여기 오면 다 되는 것." 왜냐하면 그들이 불어를 쓰는 경우란 카페나 식당에서 뭐 주문하는 말과 돈을 세는 수사數詞 정도이니까! 다만 그들은 자기들의 이곳 생활이 결국 코리아의 생활이라는 것과 프랑스의 생활의 내면을 보지도 못하고 있다는 것을 생각지 않고 있을 뿐.

가령, 네가 여기 와서 친구들을 가지게 될 때, 그것은 결코 네가 한국인이라서가 아니라 그들에게 네가 친구로서 흥미있었기 때문일 것이다.(지금 이곳 우리나라 사람들은 이 년씩 와 있으면서도 불란서인 친구 하나도 없는 것이 대부분) 그래서 너는 불란서의 내면을 깊숙이 들어가 보고 그들의 의식구조mentalité와 우리의 의식구조를 냉혹히 비평할 수 있는 눈이 되도록, 지금부터 마음의 준비를 가져 주기 바란다. 물론 나도 힘껏 도와줄 것이고.

네가 말하는 원고는 오는 크리스마스경에 보내도록 하겠다. 언어학계의 동정에 대해선 쓰고 싶지 않고(아직 학계에 논문이나 저작을 내기 전이니), 파리 온 후의 나의 생각thinking을 논문으로 하나 쓰고 싶고 그 외에 파리 생활을 통한 수필과 상송 이야기를 하나씩 쓰고 싶은데, 이 전부를 다른 필명pen name으로 내도록 해야겠다. 나는 글을 많이 쓸 수 없으니 글로만 먹고 산다는 것이 가능할지 의문이지만, 될 수 있는….**

* '철호'는 나의 아명兒名이다.
** 뒷부분의 편지는 분실되었다.

2

2―[파리 1968. 3. 9.]

철호에게

연말인가 연초엔가 편지를 보냈는데(트라우테나우 슈트라세Trautenaustr. 주소로), 아직 내 주소를 모르고 있으니 그 편지는 못 받아 본 모양이구나? 하여간 오랫동안 소식이 없어 궁금하다가 참 반가웠으며, 여전 건강히 잘 있다는 소식에다가 대망의 학위를 얻었다니 나도 기쁨은 이루 말할 수 없고, 참으로 잘했다. 시험 전 장 씨(*장기영)를 따라 다녀야 하는 등 애로가 많았음에도 불구하고 무사히 통과했으니 참 수고했다. 브라보! 축하해!Bravo, et félicitations!

귀국 전에 꼭 파리에 들러서 나도 만나고 놀다 가도록 하여라. 네 편지는 어제 오랜만에 웨버 부인Mme Weber을 만나서 받았는데, 그리 보내면 전달이 늦어지니 앞으론 내 현주소로 보내라. 그 주소는 내가 이태리에서 파리에 오기 전에 준 것인데, 그러면 지난여름에 보낸 내 카드도 못 받아 본 것이 아니냐? 나는 이곳 C.N.R.S(국립과학연구센터Centre National de la Recherche Scientifique)의 연구원으로 임명되어 불란서에 다시 왔고, 이곳 학보에 연구 발표하면서 지내고 있으며, 앞으로도 좀 더 있다가 (연대延大에서 허용하는 한) 귀국하겠다. 그러면 머지않아 파리에서 반가이 만나게 되기를 기대하며, 늘 건강에 조심하기를 부탁한다.

최석규

다나카 아키라 田中明, 1926-2010

1-1

1-2

1-[도쿄 1973. 6. 25.]

최정호 선생

『세대世代』지 6월호 감사히 받았습니다. 봉을 뜯을 때까지는 왜 이 잡지가 기증되었는지 이상스럽게 생각했습니다만, 목차를 훑어보고 선생 성함을 발견하여 기증자가 누군지 즉각 짐작할 수 있었습니다. 감사합니다. 다른 일을 모두 두고 곧 「유카다―콤플렉스」를 읽었습니다. 참으로 좋은 글을 써 주셨습니다.

'황국신민세대皇國臣民世代'가 자기 일제시대를 냉정히 응시하는 것은 필요불가결한 것이지만, 동시에 그것이 결코 쉬운 것은 아니라는 것도 상상할 수 있습니다. 생生(*소생小生)은 선생의 글을 읽는 동안 이성이 승리해 가고 있는 모습을 본 것 같습니다.

일제시대의 극복이 민족감정이란 것만으로 달성할 수 있다고 낙관하는 사람도 있는 모양입니다만, 감정은 어디까지나 매체이고 참된 주동자는 이성밖에 없다고 생生은 생각합니다.

그렇지 않으면 역사는 따분한dull 순환이 될 것입니다.(주제넘은 이야기를 늘어놓아서 죄송합니다)

그런데 서기원徐基源 씨는 신문사를 그만두셨습니까? 여기서 그런 소문을 들었습니다. 아마 여러 가지 사정이 있었으리라고 짐작하고 있는데, 만약 그것이 정말이라면 서 씨 댁 주소를 알려 주시지 않을까요. 작추昨秋 이사 하셨으니 생生은 현주소를 모릅니다.

도쿄는 여전히 정신의 핵 없는 연체동물적인 몸짓으로 움직이고 있습니다. 생生은 요통이 사라지지 않는 것을 핑계로 하고 태만한 나날을 보내 댑니다. 이런 게으름쟁이가 선생한테 금후에도 계속 좋은 글을 써 달라고 청탁하면 우스울 것인데, 아무쪼록 일제시대와 일본에 대해서 날카로운 분석을 보여 주셨으면 합니다. 오늘은 우선 감사의 말씀을 올리고 이만 그치겠습니다.

73. 6. 25.
다나카 아키라

2-1

2−[도쿄 1977. 5. 6.]

최정호 귀하

『스승의 길』 감사히 받았습니다. 오래간만에 대형大兄의 풍자風姿에 접한 것처럼 아주 반가웠습니다.

정말 오랫동안 아무 소식도 드리지 못해서 죄송합니다. 대형의 활약하시는 모양은 신문, 잡지에 실린 저서 소개 등으로 헤아려 있었습니다만, 이번의 박 박사(*박종홍) 회상문집을 보아서 더한층 감명을 받았습니다. 은사의 회상문집 편집이 맡겨진다는 것은 동문同門, 제諸 제자들의 신뢰가 없으면 도저히 이루지 못하는 일이니까요.

대형의 글을 읽으면서 여러 가지의 상념이 소용돌이 쳤습니다. 황량한 환경 속에서 철학을 '육체적으로' 원했던 체험 등등이 회상되어 명상名狀하기 어려운(*말로 표현하기 어려운) 아픔이 쑤셨습니다. 그런 시기에 박 선생 같은 사師를 만난 대형은 그래도 행복하셨습니다.

청와대에 들어가신 사師의 행동에 관해서 그 충격을 똑바로 받아내면서 거기에 선비의 길을 찾아내신 궁리의 구절도 인상 깊이 읽었습니다. 한국 지식인과 유교란 문제는 지금의 제 최대 관심사며 장차도 그러할 것입니다.

그런데 오랜 격조의 동안 제 신상에도 변화가 있었습니다. 홀아비 생활이 있던 일 년 팔 개월의 오사카 근무를 마치고 시금은 도쿄 본사의 조사연

104

2-2

2-3

구실이란 직장에 옮겨 왔습니다. 한가한 아웃사이더outsider들의 자리 때문에 제 심정에는 퍽 맞아서 정년까지 여기에 있을 수 있었으면 합니다. 다만 육체적으로 고장이 많아서 공부도 제대로 못하기 때문에 좀 초조감이 있습니다. 그래서 힘이 없는 저로서는 수 적은 한국 연구자들이 나쁜 조건 아래서 의기조상意氣阻喪(*의기저상意氣沮喪)하지 않도록 술이라도 사고 고무장담鼓舞壯談할 정도가 제격이 아닌가 하곤 합니다.

좋은 책을 보내 주셨는데 두서없는 편지로 되어 버렸습니다만, 부디 용서해 주시기 바랍니다. 내내 건강하심을 빌면서 이만 그치겠습니다.

77.5.6.

다나카 아키라 배

P.S.『사회 변동과 행정』(*이한빈 저) 같은 책은 나오지 않습니까? 제명題名만을 가르쳐 주시면 여기서 구할 수 있으니까 알려 주십시오.

崔〇鎬 先生

1

오래간만에 淸楚한 筆題의 편지에 接하여
반가웠읍니다. 그리고 「政治와 言語」 論術과
政治란 책〇卷을 갖어 잘 받았습니다.
책장을 넘기면서 先生의 溫〇이 스스로 떠오르는
듯했읍니다. 理性과 感情이란 걸코 背馳
하지 않는 것을 새삼 느끼게 했던 것입니다.
先生시 강조하신 皇〇民〇代의 문제—
저에게 있어서 그것은 코론(植民者)의

2

아들의 문제로서 念頭를 떠나지 못한 것임
니다, 이것은 어쩌다가 우리世代가 풀어야되면
자연히 解消될 문제이오지 모른다고나 생각
됩니다만 그렇다고 하더라도 우리의 문제는
우리가 죽기 전에 그렇게 배움을 지어야 하지요.
그런 생각을 하면서도 여러가지로 이야기하고
되풀이하며 한국에 가고 여러가지로 牛耳讀經 이
니다, 한국에 가고 여러가지로 실현하기가
쉬운 마음이 간절합니다만 쉽사리 실현하기가
어려운 것 같습니다. 在囊중에 신세를 졌던

3

분들이 너무 많기 때문에 서울에 가서 그
분들께 인사드리랴고 하면 적어도 二週日은
필요합니다. 그래서 지금의 형편으로서는
그만큼의 身體를 얻기가 좀 무리합니다.
오히려 先生 쪽이 外遊의 機會가 있으
신이나 이런분에 들르실 때는 꼭 연락해
주시기 바랍니다. 自宅 電話는 (九二四) 八六三〇
번입니다. (新村武는 代表 (三二三)〇三一→에
曺〇珪교수 보통 午前 十一時까지는 自宅에
이슈읍니다)

4

接受하신 책〇 秘書와 「釋흠」〇〇 日本〇
(성)三卷은 新日思에게 맡기겠읍니다.
때마침 故毒甫도氏의 「經綸과思想」가 發刊
되었기 때문에 그것도 追加했읍니다. 恭仰는
〇〇〇가 아닙니다.
「釋흠」〇〇〇의 書評은 모두 困難함
니다만 期日新聞에 揭評과 釋흠有宗院에 못이
니다(〇〇郊理當書와 釋흠有宗院에 못이
보았지만). 李홍진구의 책가이 아닙니까?
그것은 그렇고 필요하신 책은 언제나 연락

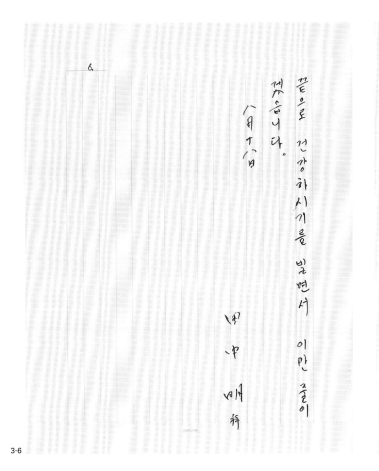

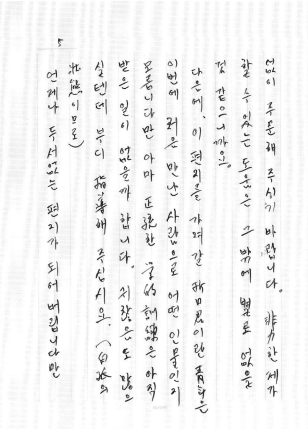

3-6

3-5

최정호 선생

오래간만에 청초한 필적의 편지에 접하여 반가웠습니다. 그리고 『정치와 언어』 『예술과 정치』란 책 두 권은 감사히 받았습니다.

책장을 넘기면서 변함없는 선생의 이성적인 글에 대했더니 선생의 온용溫雅이 스스로 떠오르는 듯했습니다. 이성과 감정이란 결코 배치하지 않는 것을 새삼 명심했던 것입니다.

선생이 강조하신 황국신민세대의 문제…. 저에게 있어서 그것은 콜론(식민자植民者)의 아들의 문제로서 염두를 떠나지 못한 것입니다. 이것은 어쩌다가 우리 세대가 죽어 버리면 자연히 해소될 문제일지 모른다고나 생각됩니다만, 그렇다고 하더라도 우리의 문제는 우리가 죽기 전에 매듭을 지어야 하지요.

그런 생각을 하면서도 여전히 우보지탄牛步之歎을 되풀이하며 나날을 보내고 있는 것이 제 꼴입니다. 한국에 가서 여러 가지로 이야기하고 싶은 마음이 간절합니다만 쉽사리 실현하기가 어려운 것 같습니다. 재한在韓 중에 신세를 졌던 분들이 너무 많기 때문에 서울에 가서 그분들께 인사 드리려고 하면 적어도 이 주일은 필요합니다. 그러나 지금의 형편으로서는 그만큼의 휴가를 얻기가 좀 무리합니다. 오히려 선생 쪽이 외유外遊의 기회가 있을 것이니 일본에 들르실 때는 꼭 연락해 주시기 바랍니다. 자택 전화는

(924) 8630번입니다. 〔신문사는 대표 (212) 0131 → 조사연구실. 보통 오전 11시까지는 자택에 있습니다.〕

주문하신 책―졸저拙著와 『한국에 있어 일본이란 무엇인가韓國にとって日本とは何か』 세 권은 오리구치折口 군에게 맡기겠습니다. 때마침 고故 모리 아리마사森有正 씨의 『경험과 사상經驗と思想』이 발간되었기 때문에 그것도 추가했습니다. 모리 씨는 인치키インチキ(*엉터리)가 아닙니다.

『한국에 있어…』의 서평은 모두 동봉합니다만 『아사히신문朝日新聞』에는 게재되지 않았습니다.(학예부 담당자와 한국 연구원에 물어보았지만) 도쿄 친구의 착각이 아닙니까?

그것은 그렇고, 필요하신 책은 언제나 염려 없이 주문해 주시기 바랍니다. 비력非力한 제가 할 수 있는 도움은 그밖에 별로 없을 것 같으니까요.

다음에 이 편지를 가져 갈 오리구치 군이란 청년은 이번에 처음 만난 사람으로 어떤 인물인지 모릅니다만, 아마 정통한 학적學的 훈련은 아직 받은 일이 없을까 합니다. 귀찮음도 많으실 텐데 부디 지도해 주십시오.(백지의 상태이므로)

언제나 두서없는 편지가 되어 버립니다만, 끝으로 건강하시기를 빌면서 이만 줄이겠습니다.

8월 18일
다나카 아키라 배

崔禎鎬 貴下

일전에는 변함없이 아름다운 글씨의
편지를, 어제는 책 四권을 각각
감사히 받았읍니다. 무언가 따뜻한
시간이 흐르는 것 같은 二일이 들었습
니다.

二月에는 오랫만에 뵐 수 있을까
하고 기대했었읍니다만 예정이 變更
되어서 섭섭합니다. 東京空港이 改田에
移轉하기 않았더라면 一泊의
旅程이라도 만나뵐 수 있었는데요.
崔선생의 상황 — 오늘은 春鬪의
交通스트라이크로 鐵道(囯、私鐵)가
거의다 스톱하고 거리는 자동차가
가득 차고 있읍니다. 신문은 大部分으로
보도 하고 있읍니다만 庶民은 이 苦痛

4-1

年中行事化한 華議에 아주 익숙
해서 靜穩합니다. 우리 직장(調査
研究室)은 取殘現揚이 아니어서 出勤
者도 거의 없기 때문에 지금 조용한
데스크에서 이 편지를 쓸 수 있습니다.

어제밤에 고려대 종불실교무를
처음으로 뵈었고 오랜만에 서울
기분을 滿喫했읍니다. 同席한 日本
人 셋 사람(이곳 소개한 震旦大
助敎授. 아주 経済研究所員. 每日
新聞記者) 모두가 서울 유학 経驗
者로, 店設이 시종 한국말로 體行
했던 것도 더한층 서울을 상기하게
했을는지 모릅니다. 10년전이라면
東京에서 이런 모임이 이루어지는 것을

4-2

사상조차 못했습니다. 조금씩이라도
무언가가 변해갈 수 있는 것 같습니다.
그것은 研究者나 記者가 앞으로 日本
新聞에서 發言기会를 가질 날을 기다
늘은 이룰지도 기대하고 있습니다.
中國의 變貌 그리고 이번의 中越
戰爭같은 事件은 여기 趣味的 文化
人들을 상당히 困惑하게 했습니다.
이런 經驗으로서 失望을 趣味의 國際
政治論이 좌좌 모습을 감춰 자기
머리로 슬슬히 事態를 인식하는
습성이 생겼으면 합니다. 그 외에
서서 진짜 理想主義가 나오면 없은
사람에게도 살아갈 보람이 생기리라오
생각이 되는데요.

歐州諸國의 關係에 관한 先生의 感想
에는

매우 깊은 印象을 받았습니다. 받은
자신 바와 같이 아시아는 더 試練을
겪어야 될는지 모릅니다. 그 중은
이미 으며라는 다은 같은 감상을 가져
습니다. 東아시아는 二〇世기 후반에
걸어들어도 여전히 華夷的 世界觀으로
부터 빠져나지 못하는 상태에 있다.
儒敎文化의 骨髓에 스며든 華夷觀이
容認하는 國際政場觀에서는
서양에서 뒤떨어지고 祝福받은 共存
樣式을 세울 것은 어려지 않을까ㅡ.
이렇게 생각하기는 했습니다. 그러면
그것을 超克할만한 사상을 어디에
구하면 좋을까 揣摩로 하는 소리가 들려요. 그런
것

쓸데없는 말씀을 늘어놓아서 죄송
합니다. 부디 건강하시기를 빕니다.

別便으로 丸山眞男著「戰中と戰
後の阿노를 보내드렸습니다. 읽어
주십시오

七〇二 四月二六日
田中 明

최정호 귀하

일전에는 변함없이 아름다운 글씨의 편지를, 어제는 책 네 권을 각각 감사히 받았습니다. 무언가 따뜻한 시간이 흐르는 것 같은 느낌이 들었습니다. 2월에는 오래간만에 뵐 수 있을까 하고 기대했었습니다만 예정이 변경되어서 섭섭합니다. 도쿄 공항이 나리타에 이전하지 않았더라면 비록 일박一泊의 여정이라도 만나 뵐 수 있었는데요.

당지當地의 상황—오늘은 춘투春鬪의 교통 스트라이크로 철도(국·사철)가 거의 다 스톱하고 거리는 자동차가 가득 차고 있습니다. 신문은 대대적으로 보도하고 있습니다만, 시민은 이 연중행사화한 쟁의에 아주 익숙해서 정온靜穩합니다. 우리 직장(조사연구실)은 취재 현장이 아니어서 출근자도 거의 없기 때문에 지금 조용한 데스크에서 이 편지를 쓰고 있습니다. 어젯밤에 고려대 이호재李昊宰 교수를 처음으로 뵈었고, 오래간만에 서울 기분을 만끽했습니다. 동석한 일본인 세 사람(이 교수를 소개한 게이오대 조교수, 아시아경제연구소원, 마이니치신문 기자) 모두가 서울 유학 경험자로, 좌담이 시종 한국말로 진행했던 것도 더한층 서울을 상기하게 했을는지 모릅니다. 십 년 전이라면 도쿄에서 이런 모임이 이루어지는 것은 상상조차 못 했습니다. 조금씩이라도 무언가가 변해 가고 있는 것 같습니다. 그 젊은 연구자나 기자가 앞으로 일본 사회에서 발언력을 가질 날을 저 같은 늙은이로서는 기대하고 있습니다.

중국의 변모 그리고 이번의 중월전쟁中越戰爭 같은 사건은 여기 진보적 문화인들을 상당히 곤혹하게 했습니다. 이런 경험으로써 여학생 취미의 국제정치론이 차차 모습을 감춰, 자기 머리로 냉정히 사태를 인식하는 습성이 생겼으면 합니다. 그 위에 서서 진짜 이상주의가 나오면 젊은 사람에게도 살아갈 보람이 생기리라고 생각되는데요.

구주歐洲 제국諸國의 관계에 관한 선생의 감상에는 매우 깊은 인상을 받았습니다. 말씀하신 바와 같이 아시아는 더 시련을 겪어야 될는지 모릅니다. 그 글을 읽으면서 저는 다음 같은 감상을 가졌습니다. 동아시아는 20세기 후반에 접어들어도 여전히 화이적華夷的 세계관으로부터 벗어나지 못하는 상태에 있다. 유교문화의 골수에 스며든 화이관이 존속하는 한 국제정치 장리場裡에서는 서양에서 뒤떨어지고 축복받은 공존 양식을 세울 것은 어렵지 않을까…. 다만 이렇게 생각하기는 했습니다만, 그러면 그것을 초극할 만한 사상을 어디에 구하면 좋을까 하는 소리가 들려오는 것 같아서 무연憮然한 기분이 되었습니다.

쓸데없는 말씀을 늘어놓아서 죄송합니다. 부디 건강하시기를 빕니다. 별편으로 마루야마 마사오丸山眞男 저『전중과 전후의 사이戰中と戰後の間』를 보내 드렸습니다. 소납笑納해 주십시오.

79년 4월 26일
다나카 아키라 배

최정호 귀하

원고 청탁서를 배수拜受했습니다. 이번에는 계간지(*『현대사現代史』)를 발간하신다고요. 서울언론문화클럽의 열의와 패기가 여기까지 전해져 올 것 같습니다.

그런데 금번의 저에게 대한 원고 청탁은 모처럼입니다만 사퇴하고 싶습니다. 현재 한국전쟁과 한국문학을 테마로 한 글을 쓰려고 하면 아무래도 홍성원洪盛原 씨의 대하소설『남과 북』(전7권)이 빠질 수 없는데 저는 아직 두 권밖에 읽지 않았습니다. 그리고 속사俗事로 시달리는 지금의 형편으로는 물리적으로 독료讀了 집필하기가 어려울 겁니다. 따라서 죄송합니다만 이번에는 사양하지 않을 수 없습니다. 양해해 주시기 바랍니다.

요새 한국의 정세—신문을 펼 때마다 마음을 아프게 합니다. 칠십년대에 접어들면서부터 계속 올라온 '대한'의 성가聲價가 이것으로 떨어지는 것이 무념無念히 여겨집니다. 이북에서 이런 사태가 일어난 경우 사회주의 체제 수호란 기치를 들고 소련의 전차가 밀어닥칠 것이라고 생각하면 그렇지 않은 자유세계의 이점을 살려 주기를 절원切願하고 있습니다.

여기는 습기 많은 일본의 여름이 또다시 다가올 것 같습니다. 본의 아닌(*국회) 해산 소동으로 정치인들은 우왕좌왕하고 있습니다. 부식腐蝕이 밑바닥에서 자꾸 진행하고 있는 듯해서 마음이 가라앉지 못합니다.

자애自愛하시기를 빕니다.

80. 5. 24
다나카 배

1

崔禎鎬 貴下

원고 청탁서를 辭를 謝했습니다.
이번에는 書信 送을 辭退하신
다고요. 서울언론 문과 글읽의
열의와 패기가 여기까지 전해져
올 것 같습니다.

그런데 금번의 제에게 대한 원고
청탁은 모처럼임니다만 辭退
하고 싶습니다. 「현재 麗韓 民族과
韓國文學을 테에마로 한 글을
쓰려고 하면 아무래도 洪盛源씨의
大河小說「南과 北(全巻)」길수
없는데 저는 아직 두 천밖에 읽지
않았습니다. 그리고 俗事로 시달
리는 지금의 형편으로는 물리적으로

5-1

讀了. 執筆하기가 어려울 겁니다.
따라서 죄송합니다만 이번에는
사양하지 않을 수 없습니다. 諒解
해 주시기 바랍니다.

요새 한국의 정세— 신문을
펼때마다 마음을 아프게 합니다.
60年代에 접어들어면서부터
계속 올라온 「대한」의 序曲이 이
것으로 떨어지는 것이 틀림없이
여겨집니다. 「此北에서 이런 사태가
일어난 경우 民衆主義(社會主義)
이란 기치를 들고 蘇联의 戦車가
밀어닥칠 것이와요 생각하면
그렇지 않은 自由世界의 이점을
살려 주기를 대체하고 있습니다.

5-2

여기는
습기 많은 일본의 여름이 또다시
다가올 것 같습니다. 본의 아닌
解散騒動으로 政治人들은 右往
左往함이 있습니다. 廣報이 밑
바닥에서 자꾸 進行하고 있는
듯해서 마음이 가라앉지 못합니다.

自愛.하시기를 빕니다.

80.5.24

田中 緋

6-1

6-2

6—[도쿄 1989. 8. 17.]

근계謹啓.『계간 사상』을 보내 주셔서 감사합니다. 빨리 예장禮狀을 올려야 한다고 생각하면서 체조体調(*몸 상태)가 좋지 않아서(노병병진老病竝進?) 실례했습니다.

귀 논문은 흥미있게 읽었습니다. 연설조가 많은 논단에서 최 선생의 글은 항상 논리 명석성明晳性이 확보되어 있어 제 경화硬化된 머리에는 참으로 고마운 선물입니다.

초월超越 부재란 문제—이것은 동양 전체의 문제가 아닌가 합니다. 일본도 덴노天皇란 의사擬似 초월이 붕괴하면서부터 정신의 퇴락이 계속. 지금은 아시는 바와 같은 현상에 이르렀습니다. 요새는 (분하지만) '우리는 서구인보다 정신적 좌표점이 낮지 않은가' 하고 생각하기도 합니다. 나이 먹은 후에 이런 감상의 엄습을 받다니 정말로 슬픈 일입니다.

별편으로 변변치 못한 졸문이 실린 소책자를 보내 드리겠습니다.(이 잡지는 필자가 다 원고료 없이 쓰는 준準 동인지입니다)

신납哂納해 주십시오.

자애하심을 빌면서.

8월 17일

다나카 아키라

최정호 선생

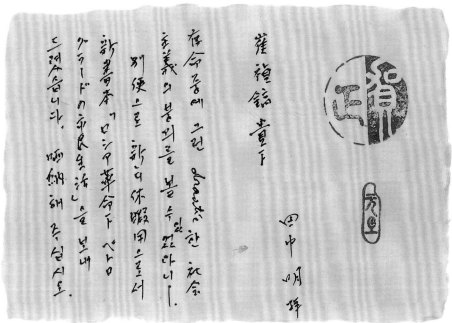

7–[도쿄 1975. 1. 10]

8–[도쿄 1990. 1. 1]

『울음의 문화 울음의 정치』, 어제 사노佐野 부인한테서 받았습니다. 고맙습니다. 처음으로 선생을 알았던 논문 「일본과 독일과 우리」가 실린 이 책을 소중히 읽고 싶습니다.

모든 일에 소원성취하시는 새해가 되기를 빌면서.

1월 10일 도쿄
다나카 아키라 배

다나카 아키라 배

최정호 귀하

존명存命 중에 그런 드라스틱drastic 한(*급격 철저한) 사회주의의 붕괴를 볼 수 있었다니….

별편으로 신년 휴가용으로서 신서본新書本 『러시아 혁명 당시 페트로그라드의 시민생활ロシア革命下ペトログラードの市民生活』을 보내 드렸습니다. 신납哂納해 주십시오.

송건호 宋建鎬, 1927-2001

崔兄 그間 安寧하십니까
崔兄의 博士 學位獲得을 우선 祝賀합니다. 崔兄의 이 기쁜 消息은 國內의 各 新聞에 報道되어 모두 話題가 되어 있읍니다. 오랫 동안 獨逸에서 修學한 보람 있어 마침내 螢雪의 功을 쌓은 것이지요. 그런데 나는 崔鍾洙 兄과 같은 Case로 지금 Berlin Institute(電話 184025)에 와 있읍니다. 이곳 地理에 어두어 崔兄을 一次 尋訪하려해도 못하고 있읍니다. 宿所도 鍾洙 兄이 있던 곳인데 내 Room No는 69입니다. 崔兄을 보고싶으니 連絡 좀 해주시오. 苦待합니다. 同行은 Korea Herald의 金用環씨 입니다. 宋建鎬.

Mr. Chung Ho CHOE
c/o Mrs. Dennis
6, Kensington Park Gardens
LONDON W 2
ENGLAND

1-1

1-[베를린 1968. 3. 13.]

최 형, 그간 안녕하십니까.
최 형의 박사학위 획득을 우선 축하합니다. 최 형의 이 기쁜 소식은 국내
의 각 신문에 보도되어 모두 화제가 되어 있습니다. 오랫동안 독일에서 수
학한 보람 있어 마침내 형설螢雪의 공功을 쌓은 것이지요. 그런데 나는 최
종수崔鍾洙 형과 같은 케이스로 지금 베를린 인스티튜트Berlin Institute(전화
184025)에 와 있습니다.
이곳 지리에 어두워 최 형을 일차 심방尋訪하려 해도 못 하고 있습니다. 숙
소도 종수 형이 있던 곳인데 내 룸 넘버는 69입니다. 최 형을 보고 싶으니
연락 좀 해 주시오. 고대합니다. 동행은『코리아 헤럴드Korea Herald』의 김용
환金用環 씨입니다.

송건호

1-2

수록필자 소개

김향안

본명은 변동림卞東琳. 서울 출신으로, 경기여자고등학교와 이화여자전문학교 영문과를 졸업했다. 1936년 시인 이상李箱과 결혼했으나 다음해 봄 과수가 된 뒤, 1944년 화가 수화樹話 김환기金煥基와 재혼했다. 1955년 김 화백의 프랑스 유학도 같이하고, 1964년부터는 김 화백과 같이 줄곧 뉴욕에서 살았다. 1974년 화가의 타계 후 1978년에 환기재단을 설립, 1992년에는 서울 부암동에 개인 기념미술관으로는 국내 최초로 환기미술관을 자비로 건립했다. 나는 1950년대 말, 그림과 함께 격조 높고 멋스러운 글로 대학시절부터 나를 매혹했던 김 화백 내외를 영등포 상도동 댁으로 초대받아 찾아 뵌 일이 있다. 두 분의 파리 생활과 뉴욕 생활의 중간기로, 다시 한동안 국내에서 활동하던 시절이었다. "내가 제일 싫어하는 직업이 뭔지 아시오? 신문기자요"라고 한 김환기 화백의 첫마디부터 내 마음에 쏙 들었다. 헤어질 때쯤 대청으로 난 방문을 열어 젖히니 그곳이 화실이었다. 벽 쪽에는 수많은 작품들이 도열하고 있었다. "내 그림 좋아하신다면서요? 한 점 가지고 가시오!" 김 화백의 뜻하지 않은 활수滑手의 제안을 십분 받아들이지 못했던 소심함을 나는 '평생' 후회하고 있다. 그로부터 근 반세기 후에 나는 뉴욕에서 혼자된 김향안 여사를 댁으로 찾아가 만나 뵈었다.(『사람을 그리다』, pp.473-479 참조)

윤이상

경상남도 산청 출신으로, 말년에 독일로 귀화한 20세기 한국 출신의 대표적 작곡가이다. 국내의 음악계, 교육계에서 활동하다가 1956년 파리를 거쳐 다음해 베를린음악대학에 입학, 보리스 블라허Boris Blacher 등을 사사하였다. 1958년 다름슈타트 현대음악제 참가를 계기로 유럽에서 점차 '이상 윤Isang Yun'이란 이름의 현대음악 작곡가로 주목을 받았다. 1963년 포드재단이 지원한 '아티스트 인 레지던스' 프로그램으로 베를린 시의 초빙을 받아 그곳에 정착했다. 당시 베를린에 살고 있던 나는 이때부터 윤이상 선생을 가까이하게 되었다. 이 시절부터 윤 선생은 생활도 안정돼, 십여 년이나 헤어져 있던 통영의 두 자녀도 독일로 데려오고 작곡가로서도 유럽에 점차 이름을 알리게 되는 활성적인 '이륙離陸'의 시기를 맞고 있었

1997년 12월, 뉴욕 맨해튼의 고 김환기金煥基 화백 화실에서 김향안 여사와 함께.

다. 바로 이 시기를 이른바 '동베를린 간첩사건'이 덮쳤다. 그러나 어떤 면에선, 이 불행한 사건은 작곡가 윤이상을 오히려 세계적으로 더욱 유명한 음악가로 만든 계기가 된 것으로도 보인다. 그 후의 활동과 업적에 대해서는 세상에 널리 알려진 대로이다. 문제는 그 불행한 '사건' 이후 음악가 윤이상이 국내에선 지나치게 정치화, 신화화됨으로 해서 비음악적인 영역에서 과다한, 때로는 불필요한 논쟁의 주제가 되고 있다는 사실이다. 그의 사후 십여 년이 지난 뒤에 다시 한번 「회상의 윤이상」이란 장문의 글을 내가 적어 본 것은 바로 그의 '탈정치화, 탈신화화'를 위한 하나의 시도였다.(좀 더 자세한 얘기는 『사람을 그리다』, pp. 595-614에 수록된 「작곡가 윤이상」 참조)

정수창

경상북도 영덕 출신으로, 경성고등상업학교를 졸업했다. 1945년 동양맥주(두산 그룹의 전신)에 입사하여, 상무, 전무, 사장을 거쳐 두산 그룹 회장을 두 차례나 역임하였다. '대한민국 전문 경영인 제1호'로 알려진 정 회장을, 1968년 삼성 그룹 이병철李秉喆 회장이 두산 그룹에서 '차출'해 잠시 삼성물산 사장으로 초빙한 일도 있다. 대한상공회의소 회장을 팔 년간 연임하였다. 한국미래학회에는 단체 회원인 기업의 대표로서, 그러나 어느 개인 정회원보다도 열심히 월례회 및 세미나에도 참석하시고 학회지에 논문도 투고해 주셨다. 공과 사가 분명해서 퇴근 후의 모임에 서울 시내의 웬만한 장소에는 걸어오는 모습을 자주 뵈었다. 제 이름 석 자조차 활자로 인쇄해 보내는 인사장이 흔해 빠진 요즈음 세상에서 많은 사람에게 해마다 가는 붓으로 연하장을 적어 보낸다는 것도 정 회장의 소탈하면서도 다정한 인품을 보여 주는 듯해서 여기에 모셨다.(『사람을 그리다』, pp.253-256 참조)

이석희

경기도 개풍 출신으로, 나의 서울대학교 철학과 선배이다. 경기고등학교 교사를 거쳐 1955년부터 1984년까지 중앙대학교 교수, 학장, 총장을 역임하였고, 퇴직 후에도 1993년까지 명예총장으로 있었다. 경기고등학교 재직 중 고건高建 전 총리 등 많은 제자들을 길러낸 가운데, 특히 김우중金宇中 대우 그룹 회장이 이 선생을 흠모하여 마지막까지 대우재단 이사장으로 모셨다. 과거 열암洌巖 박종홍朴鍾鴻 선생이 계셨을 때 연초가 되면 혜화동에 세배하러 오는 문하생 가운데서 좌장격인 대선배요, 그 많은 제자들한테는 웃어른이었던 이석희 선배도 열암 선생 앞에서는 누구보다 귀여움을 받는 어린이 같은 동안으로 돌아가 있는 것이 내 기억에 새롭다. 세상이 바뀌어, 애제자가 크게 일으켜 세운 자랑스러운 대기업이 하루아침에 무너지는, 대우 그룹의 몰락을 보아야 했던 말년은 쓸쓸해 보였다.

김상협

전라북도 부안 출신으로, 1942년 도쿄제국대학 정치학과를 졸업했다. 1946년부터 1982년까지 고려대학교 교수로 재직 중 총장을 두 차례 맡았다. 경희대학교, 연세대학교, 일본 와세다대학 등에서 명예법학박사학위를 수여받았고, 대한민국학술원 회원, 문교부 장관(1962), 국무총리(1982-1983), 대한적십자사 총재(1985-1991) 등을 역임했다. 1970년대

1993년 초 어느 출판기념회에서 김상협 전 총리(왼쪽)와 김경원 박사(오른쪽)와 함께.

초 도쿄의 한 연구소가 '한국에 있어 일본은 무엇인가?'라는 주제로 삼사일에 걸쳐 개최한 종합 심포지엄의 정치·경제 분야의 토론에 나는 고승제, 김점곤, 한배호 교수 등과 같이 참여한 일이 있다. 나중에 그 내용이 세권의 단행본으로 출간된 이 심포지엄에서 정치·경제 분야의 좌장을 맡은 김상협 선생과 나는 처음 지면을 나누고 그 뒤 많은 사랑을 받게 되었다. 김 총장의 저서로는 『모택동毛澤東 사상』 『지성과 야성』 등이 있다.(『사람을 그리다』, pp.261-264 참조)

김태길

아호는 우송牛松. 충청북도 중원 출신으로, 철학자요 수필 작가다. 1945년 도쿄제국대학 법학부를 중퇴하고, 1947년 서울대학교 철학과를 졸업했으며, 1960년 존스홉킨스대학에서 철학박사학위를 받았다. 서울대학교 교수, 한국철학회장, 대한민국학술원 회장 등 학문적 경력 외에, 수필문학진흥회장, 수필문우회장을 역임한 문인 경력, 거기에 정신문화연구원 창립부회장과 한국방송공사KBS 이사장 등의 행정 경력도 있다. 일본의 제삼고등학교와 도쿄제국대학에 진학한 수재이면서도 남다른 재주와 열정은 안으로 숨기고 밖으로는 언제나 온화한 모습에 외유내강의 학鶴과 같은 선비였다. 육 척 장신의 꺼벙한 몸으로 비치지만, 구순에 가깝도록 삼복 더위에도 야외에서 테니스를 쳤고, 돋보기도 없이 말년까지 신문을 읽었다. 꼭 백수百壽를 누릴 줄 알았는데 팔십구 세에 '요절'하신 것이 안타깝다. 새로 책이 나올 때마다 보내 주셨고 나도 보내 드렸다. 그 가운데서 무엇보다도 김 선생의 장편 수필 『체험과 사색』 상·하권은 한국현대사를 증언하는 보기드문 전기문학의 대작으로 나는 간직하고 있다.

윤덕선

아호는 일송一松. 평안남도 용강 출신으로, 의사이자 교육자이며, 나아가 수많은 의료기관과 교육기관을 설립하여 경영에도 탁월한 능력과 업적을 보였다. 평양고등보통학교를 거쳐 경성의학전문학교를 졸업했다. 성신대학교 의학부에서 교수(1956-1967) 생활 후 1974년에 성신의료재단 이사장에 취임하면서 한강성심병원, 강남성심병원, 춘천성심병원, 강동성심병원 등을 개원 확장하였다. 1982년엔 그의 아호를 딴 일송학원一松

學園을 설립했으며, 한림대학교를 창립 개교하고 발 빠르게 명문대로 키웠다. 체격이 우람한 호남형 신사로, 특히 교수들의 연구 활동 지원에 적극적이었다고 전한다. 나는 일송의 생전에 매주 수요일마다 외부 강사를 초청해 한림대학의 원로 교수들과 회식하는 오찬회 모임에 불려 나가 얘기를 하면서 윤덕선 이사장을 처음 뵙게 되었다. 최근 일송의 이십 주기에 맞춰 그의 아호를 딴 기념사업회에서 『한국현대사의 숨은 주춧돌―일송 윤덕선 평전』(2016)이 간행되었다.

김원용

아호는 삼불三佛. 평안북도 태천 출신의 고고미술사학자이다. 경성제국대학교 사학과를 졸업하고, 뉴욕대학에서 철학박사학위를 받았다. 1947년 국립박물관 학예관 등을 거쳐 1962년부터 1987년 정년까지 서울대학교 고고미술학과 교수로 재직했으며, 서울대학교 대학원장 및 박물관장, 국립박물관장 등을 역임했다. 그럼에도 뛰어난 솜씨가 있어 개인전 「삼불三佛 문인화전文人畵展」이 두 차례나 열리기도 했다. 삼불 선생 환갑의 해에 보내 주신 이 연하장에 닭과 개를 그려 "鷄鳴犬吠 一家泰安(닭 울고 개 짖으니 한 집안이 태평 안락하다)"이라고 적은 것은 선생이 임술년壬戌年 개띠 생이요 내가 계유년癸酉年 닭띠 생임에 빗댄 것이다.

안병무

평안남도 안주 출신으로, '민중신학民衆神學'의 창시자이자 인권운동가이다. 서울대학교 사회학과를 졸업하고, 1956년부터 1965년까지 독일 하이델베르크대학의 보른캄Günther Bornkamm 교수 밑에서 신학을 전공하여 신학박사학위를 받았다. 귀국 후 1970년부터 1987년까지 한국신학대학교 교수로 재직 중, 군부정권에 의해 두 차례 해직되고 두 차례 복직됐다. 그 사이 월간 『현존現存』의 창간 발행인, 한국신학연구소 창립 소장, 재단법인 '천원'(현 재단법인 '아우내') 이사장을 지냈다. 그의 민중신학을 소개하는 책으로는, 영문서 Reading Minjung Theology in the Twenty-First Century(한글판 『21세기 민중신학―세계의 신학자들 안병무를 말하다』도 나왔음) 외에 독일에서는 그의 저서 『문 밖에―교회와 민중』을 번역한

1962년 하이델베르크 근교에서 안병무 선생(왼쪽), 안유교 선생(오른쪽)과 함께.

Draussen vor dem Tor — Kirche und Minjung이 생전에(1986) 출판됐다. 부인은 평민당 부총재 등을 역임한 여성운동가 박영숙朴英淑 여사(1932-2013)이다. 1960년 초겨울, 내 유학의 첫 도시 하이델베르크에 도착했을 때 안 선생은 이미 독일 생활 오 년째로 여러 모로 대선배이셨다. 당시 하이델베르크 근교의 농가 이층에 사시면서 그의 '총각'(당시) 집에 후배들을 자주 초대해 주시고 한국 음식도 대접해 주셨다.

고병익

아호는 녹촌鹿邨. 경상북도 문경 출신으로, 서울대학교를 졸업하고 뮌헨대학에서 문학박사학위를 받았다. 『조선일보』 논설위원을 거쳐 서울대학교 교수·학장·총장, 대한민국학술원 회원, 정신문화연구원장, 방송통신위원장, 민족문화추진위원회 이사장 등 다양한 자리를 거쳤다. 처음 뵌 것은 내가 독일 유학을 떠나기 전 고 선생이 독일 유학에서 막 돌아와 조선일보사에 논설위원으로 계실 때였고, 말년에 자주 뵙게 된 건 선생이 내가 살던 강남의 같은 동네로 이사 오셔서 '이웃사촌'이 되면서이다. 더욱이 2002년 내가 녹십자사의 고 허영섭許永燮 회장과 함께 한독포럼을 창립해서 고 선생을 초대 의장으로 모시게 되면서는 긴 유럽 여행도 같이하는 등 가까이할 기회가 많았다. 선생과의 사사로운 인연에 관해서는 『거목의 그늘―녹촌鹿邨 고병익高柄翊 선생 추모문집』(2014)에 「계간 『현대사』와 한독 포럼」이라고 제한 졸문을 기고한 것이 있다.

천관우

충청북도 제천 출신의 언론인이자 사학자로, 서울대학교 문리과대학 사학과를 졸업했다. 내가 이십일 세에 『한국일보』 수습기자 시험을 치를 때 면접 나온 천 선생은, 당시 이십구 세의 약관으로 신문사 논설위원이었다. 거구의 체격에 급하면 붓으로 사설을 단숨에 휘갈기는 천 선생, 일찍부터 한문학과 역사학에서 당대의 천재라는 소문이 났다. 이후 『조선일보』 논설위원 및 편집국장, 『민국일보』 편집국장을 거쳐 1963년부터 『동아일보』 편집국장과 이사 및 주필을 지냈고, 민주수호국민협의회 공동대표, 민족통일중앙협의회 의장 등을 역임했다. 한국출판문화상, 금관문화훈장, 외솔상 등을 수상했다. 나는 『한국일보』 견습기자 시절 우연히 혜화동 로터리에서 천 선생을 만나 마시기 시작한 술을 통금시간이 되자 댁에까지 끌려가 철야 통음한 일이 있다. 그때부터, 소주를 대접으로 마시는 천 선생은 더불어 대작해서는 안 된다고 마음에 새겨 둔 세 분 가운데 한 분이었다.〔천관우 선생 추모문집 간행위원회, 『거인巨人 천관우』(일조각, 2011)에 수록된 내 글 「우리 시대의 언관 사관」 참조〕

이우성

아호는 벽사碧史. 경상남도 밀양 출신으로 어려서 배운 한학漢學을 바탕으로 문학, 역사, 철학을 아우른 국학 연구로 한국학을 대성한 거목이다. 모교인 성균관대학교에 삼십 년 재직하면서 대동문화연구원장, 대학원장을 역임했고, 정년퇴임 후에도 한국한문학연구회장, 퇴계학연구회장, 민족문화추진회(현 고전번역원) 회장 등을 두루 맡았다. 말년에는 실시학사實是學舍를 창립, 여기에 나의 고우故友인 엘지전자의 이헌조李憲祖 전 회장이 칠십억 원을 기부해 재단법인이 설립되면서 '실학연구총서' '실학번

1964년 인스부르크 동계올림픽이 끝난 뒤 스위스의 인터라켄에서 이한빈(왼쪽) 주 스위스 및 오스트리아 대사와 함께.

역총서' 등이 잇달아 출간되었다. 그러나 벽사는 서재에만 묻혀 있지 않고 사일구와 오일륙 직후의 국난에 즈음해선 직언으로 집권 권력에 간쟁諫諍함으로써 두 차례나 대학에서 해직되기도 한 참 선비였다. 나는 팔 년 동안 성균관대학교에서 벽사의 동료로 있었다. 당시 내가 어느 잡지의 편집주간으로 있었을 때 벽사에게 청탁한 원고를 받아 읽으며 그의 선비적 기개와 명문장에 낙루落淚했던 기억이 있다.

이한빈

아호는 덕산德山. 함경남도 함주 출생으로, 서울대학교 문리과대학 영문과를 거쳐 하버드대학 경영대학원에서 경영학석사학위를, 서울대학교에서 철학박사학위를 받았다. 그의 경력에는 여러 개의 '한국 최초'란 말이 따른다. 광복 후 최초의 장학생으로 미국에 유학한 그는 한국 최초의 하버드 엠비에이MBA로, 전란 중의 피란수도 부산에 귀국, 이십오 세의 약관으로 기획처 예산과장에 발탁되자 우리나라의 예산제도를 현대화하여 최초의 '테크노크라트'란 명성을 얻었다. 그 후 재무부 예산국장, 재무부 차관으로 승진하였다. 오일륙 군사정변 이후엔 국외로 '유배'돼 삼십대의 젊은 나이에 스위스, 오스트리아, 바티칸, 이시EC 대사 등을 겸임하다 1965년 퇴임하였고, 이후 학자, 교육자로 전신하여 서울대학교 행정대학원장, 숭실대학교 총장, 아주공업대학교 학장 등을 역임했다. 나와는 유럽의 대사 시절에 처음 만났고, 귀국 후 1968년 여름 우리는 한국미래학회를 설립하고 덕산이 초대 회장을, 내가 2대 회장을 맡았다. 1980년대 초 짧은 '서울의 봄' 동안 다시 정부에 출사, 부총리 겸 경제기획원 장관을 맡기도 했다. 이 선생의 보다 많은 서간은 『같이 내일을 그리던 어제―이한빈, 최정호의 왕복 서한집』(김형국 엮음, 시그마북스, 2007)을 참조.

조요한

함경북도 경성 출신으로, 서울대학교 철학과 및 동 대학원을 거쳐 함부르크대학에서 수학했으며, 숭실대학교에서 철학박사학위를 받았다. 1954

1995년 2월, 로마 교외 오스티아의 산타 모니카 묘비 앞에서 조요한 박사(오른쪽)와 함께.

년부터 숭실대학교 교수로 재직 중 1980년 정치적 이유로 해직되었다가 1984년에 복직되었다. 1989년 숭실대학교 총장을 지냈고, 퇴임 후 대한 민국학술원 회원(미학 분야), 한국방송공사 이사, 경제정의실천연합회 통일협회 이사장, 정부공직자윤리위원장 등을 역임했다. 주로 예술철학 을 연구하며 한국미의 정체성을 탐구하였으며, 예술철학과 미술사학을 강의하면서 학문적으로 예술과 철학의 조화를 추구하였다. 저서로『예술 철학』『아리스토텔레스의 시간론』『희랍철학의 기원에 있어서의 동방의 영향』『아리스토텔레스의 철학』『한국미의 조명』등이 있다. 서우철학상 曙宇哲學賞과 성곡학술상을 수상하였다. 김향안 여사와 집안 간에 가까워 환기재단과 환기미술관 설립에도 관여한 조 박사는, 김태길 선생이 문민 정부 수립 후 첫 한국방송공사 이사장으로 선임되면서 나랑 같이 이사직 을 맡은 것이 말년에 더욱 가까이할 수 있는 기회가 됐다.

정일영

경상북도 울산 출신으로, 서울대학교와 런던대학을 거쳐 제네바대학에서 국제법 전공으로 정치학박사학위를 받았다. 스위스·세네갈·포르투갈· 프랑스 대사, 외무부차관, 외교연구원장 등을 거쳐 유정회維政會 국회의 원, 국민대학교 총장, 세종연구소장 등을 역임하였다. 일찍이『한국일보』 와 장기영張基榮 창간 사주社主를 좋아해서, 나의 독일 유학 시절 스위스 대사로 있었던 정 대사와 자주 만나게 되었다. 장기영 씨 사후에는 그 아 호를 딴 백상재단百想財團의 이사장을 맡기도 했다. 본문에 수록한, 베른 에서 보낸 두번째 편지에 "non plus ultra"로 매주 나를 만난다고 한 것은 당시 내가『주간 한국』에 연재하던 '예藝'라는 시리즈를 애독하고 있다는 인사말이요, "체코 국민에의 격檄"은 "인간의 얼굴을 한 공산주의"를 표방 한 이른바 "프라하의 봄"을 1968년 8월 소련이 전차부대를 동원해 압살한 폭거에 항의해서 내가 체코 작가 파벨 K(코호후트) 씨에게 보낸 공개서 한을 읽었다는 격려의 말이다.

최석규

서울 출생으로, 나를 '철호'라는 아명으로 부르는 집안의 오촌 당숙이다.

연세대학교에서 철학 및 영문학을 공부한 뒤 파리5대학(르네 데카르트-소르본)에서 언어학자 마르티네스P. Martinez의 지도 아래 국가박사학위 를 받고 평생 파리의 국립과학연구센터C.N.R.S.에서 기능구조주의 음운론 을 연구했으며, 대학에도 출강했다. 음악에도 취미 이상의 소양이 있어 연 세대 졸업 무렵엔 바이올린 협주곡을 작곡하기도 했다. 그의 부음訃音을 전한 국내 한 일간지(『한겨레신문』)에선 그를 "서구 언어학계에 널리 알 려진 한국이 낳은 세계적 언어학자"라 보도하고 있었다.

다나카 아키라

일본의 대표적인 한국문학 번역가이자 한반도 전문가이다. 어린 시절을 서울에서 지내고, 도쿄대학 문학부 졸업 후『아사히신문朝日新聞』기자로 입사, 한국 특파원으로 서울에서 근무 중 짬을 내서 고려대학교에서 한국 문학을 공부했다. 귀국 후 다쿠쇼쿠대학拓殖大學 교수를 지냈다. 최인훈 崔仁勳의『광장』『시조時調』『판소리』등의 번역서 외에,『서울 실감록實感 錄』『조선단장朝鮮斷章』『한국의 '민족民族'과 '반일反日'』등 한반도에 관 한 여러 권의 저서도 냈다. 내가 1970년 여름 국치國恥 육십 주년을 맞으 며「일본과 독일과 우리」라는 글을 발표하자, 다나카 씨가 이와나미쇼텐 岩波書店에서 나온 잡지『분가쿠文學』에 소개하면서 서로 사귀게 되었다. 귀국 후 내게 보낸 편지는 모두 한글로만 적었다.

송건호

호는 청암靑巖. 충청북도 옥천 출생으로, 서울대학교 법과대학 행정학과 를 졸업했다. 1954년『조선일보』외신부 기자로 출발,『한국일보』『자유 신문』외신부장,『한국일보』논설위원 등을 거쳐『경향신문』편집국장을 역임하고 1969년『동아일보』로 옮겨 논설위원, 편집국장을 지냈다. 1974 년『동아일보』기자들의 10·24자유언론실천선언이 발표되자 언론사상 전례가 없는 '광고탄압'이란 당국의 보복이 있었고, 이후 기자들의 대량 해직사태가 일자 편집국장 직을 사임했다. 1980년 '김대중 내란음모 사 건'에 연루돼 구속되기도 했다. 1984년 해직 언론인들을 중심으로 설립한 민주언론운동협의회 의장으로 선임되었으며, 1988년엔 한겨레신문사 사 장이 되었고, 재선을 거쳐 회장을 역임하였다. 금관문화훈장, 한국언론학 회 언론상, 호암언론상, 심산학술상 등을 수상하였다. 나하고는 사일구 혁 명 전후 수년 동안 한국일보사에 근무하면서 조간신문의 고된 야근도 같 이하며 많은 얘기를 주고받았다.

박권상 朴權相, 1929-2014

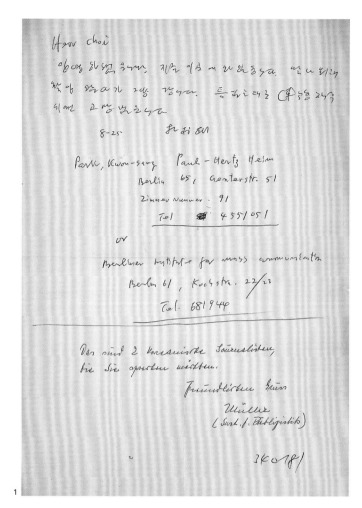

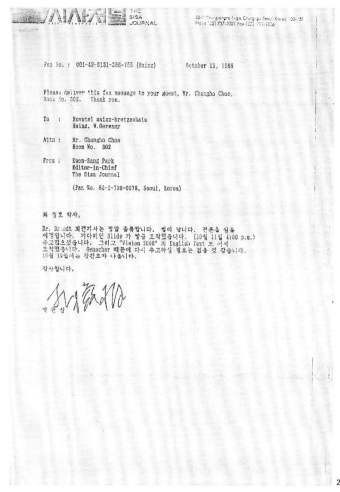

1―[베를린 1966. 8. 25.]

최 형

안녕하셨습니까. 지금 이곳에 와 있습니다. 만나 뵈려 찾아왔다가 그냥 갑니다. 틈 있는 대로 연락해 주시면 고맙겠습니다.

8. 25. 박권상

Park, Kwon-Sang Paul-Hertz Heim

Berlin 65, Genterstr. 51

Zimmernummer 91.

(Tel.―4551 051)

or

Berlin Institute for Mass Communication

Berlin 61, Kochstr. 22/23

(Tel.―681 944)

(생략)

2―[서울 1989. 10. 11.]

최정호 박사

빌리 브란트Dr. Brandt 회견 기사는 정말 훌륭합니다. 빛이 납니다. 전문을 실을 예정입니다. 기다리던 슬라이드가 방금 도착했습니다.(10월 11일 오후 4시) 수고 많으셨습니다.

그리고 『비전Vision 2000』의 잉글리시 텍스트도 어제 도착했습니다. 겐셔 H.-D. Genscher(*외무장관) 때문에 다시 수고하실 필요는 없을 것 같습니다. 10월 19일에는 창간호가 나옵니다.

감사합니다.

박권상

崔兄!

郵送해주신 華甲書·산다는 것의 名人들·한 권 고맙게
받았읍니다. 안녕하십니까.

김封金에 崔영식의 일을 보았을 때, 무슨 애쓰끔
관계의 청을 出版했나 하는 생각을 封을 뜯어 책이름
을 보고 놀랐고, 왜 보내주었나 하는 의문이 目次를
보고 둘러서 두번째 놀랐읍니다.

나선 나는 그 글을 (書師를 쓰신 가 선생)이란 글이
없었기에, 우선 저자 어느 시기의 것을 써준데 대해서
뒤늦게 고백하면서, 동서에 산다는 것의 名人들
이란글 일흠이 청춘에 잔리하게된 산실에 지구병을 찾
그설은 心情이 되었읍니다.

사람이란 제 자리에 있어야지, 나는
이름 什子네도 이런데도 그 책이름이 너무 무거움고,
정들리는 感일을시다. "야, 이건 너무 했구나!" 하고

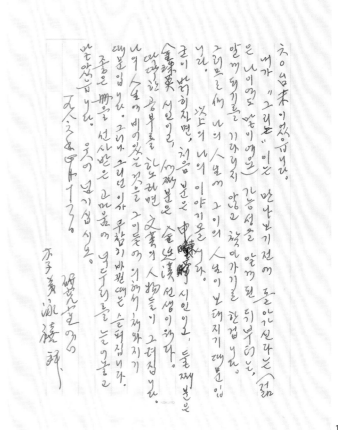

1-2   1-3

1-[서울 1986. 4. 16.]

최 선생

우송해 주신 저서 『산다는 것의 명인名人들』 한 권 고맙게 받았습니다. 안녕하십니까.

겉봉투에 최 박사의 이름을 보았을 때, 무슨 매스컴 관계의 책을 출판했나 하는 생각으로 봉을 뜯어 책 이름을 보고 놀랐고, 왜 보내 주었나 하는 의문이 목차를 보고 풀리면서 두번째 놀랐습니다.

사실 나는 그 글을(서평으로 쓰셨는가 본데) 읽은 일이 없었기에, 우선 지나간 어느 시기에 그것을 써 준 데 대해서 뒤늦게 고마워하면서, 동시에 '산다는 것의 명인들'이라는 이름의 책 속에 자리하게 된 사실에 쥐구멍을 찾고 싶은 심정이 되었습니다.

사람이란 제 분수에 맞는 제자리에 있어야지, 다만 이름 석 자뿐이라 하더라도 그 책 이름이 너무 무겁고 짓눌리는 감이올시다. '야, 이건 너무했구나!' 하고 한참 신음하다가 펜을 들었습니다.

「사람을 그리다」의 서문을 공감으로 읽었습니다. 최 선생에 대한 감사의 표시로 내 이야기를 적는다면, 나도 「사람을 그리다」의 두번째 뜻의 '그리다'로 살고 있습니다.

여러 해 전에 어느 시詩를 처음으로 접하여 너무도 감동했던 나머지 그 시인을 찾아 만나 보려 했더니 그 전해에 별세했다고 알고 크게 낙심했어요. 그 후 또 한 시인과 알게 될 것 같더니 존경하는 그이도 차 사고로 불의不意

에 떠나 버리더군요. 그 후부터는 '그리는' 이가 생기면 일면식 없는 분이라도 찾아가서 경의와 사랑을 표하기로 했지요. 언젠가는 어느 출판사에서 고료가 나왔기에 그것을 여비 삼아 그 자리에서 역으로 나가 부산까지 찾아가 무턱대고 경위를 말하고, 한잔 자리를 베풀고 올라왔지요. 그이는 지금 팔십 노령이고 그 당시는 육십대 말이었습니다.

내가 '그리는' 이는 만나 보기 전에 돌아가신다는(젊은 나이에도 말이에요) 가능성을 알게 된 뒤부터는 알게 되기를 기다리지 않고 찾아가기로 한 겁니다. 그럼으로써 나의 인생에 그이의 인생이 보태지기 때문입니다. 이상이 나의 이야기올시다.

굳이 밝히자면, 처음 분은 신동엽申東曄 시인이고, 둘째 분은 김수영金洙暎 시인이고, 셋째 분은 김정한金廷漢 선생이외다.

딱딱한 공부를 하노라면 문예文藝의 인물들이 그려집니다. 나의 인생에 비어 있는 것을 그이들에 의해서 채워지기 때문입니다. 그러나 그리던 이가 무참히 바뀔 때는 슬퍼집니다.

좋은 책을 선사받은 고마움에 넋두리를 늘어놓고 말았습니다. 웃어넘기십시오.

1986년 4월 16일 연구실에서

리 제弟 영희 배

성찬경 成贊慶, 1930-2013

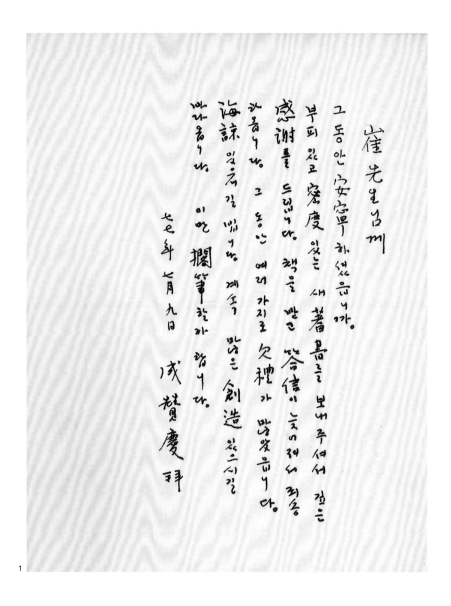

1-[서울 1977. 7. 9.]

최 선생님께
그동안 안녕하셨습니까.
부피있고 밀도있는 새 저서를 보내 주셔서 깊은 감사를 드립니다. 책을 받
고 답신이 늦어져서 죄송하옵니다. 그동안 여러 가지로 결례가 많았습니
다. 해량海諒 있으시길 빕니다. 계속 많은 창조 있으시길 바라옵니다. 이만
각필擱筆할까 합니다.

77년 7월 9일 성찬경 배

정신영 鄭信永, 1931-1962

Lieber Herr Choi!   12.9.1961

[handwritten letter]

1

1-[함부르크 1961. 12. 9.]

사랑하는 최 형!

백림伯林(*베를린)에서의 카드 감사히 받았습니다. 사진을 보니 장소도 장소려니와 샴페인 병마저 옆에 있어 저절로 덧없이 세월 보내던 백림 생각이 나고 '수잔네Susanne' 생각도 떠오릅니다. 하하.

아니, 장 사장(*장기영) 전보 받고 또 백림에 갔다니 최 형의 정력과 장 사장의 정력과 능히 대결하고도 남음이 있겠습니다.

나는 그 후 H시(*함부르크)에서 미션Mission 관계 두어서너 건 기사 써 보내고 그냥 계속 도서관에 나가는 평범한 생활을 하고 있습니다. 그동안 많은 활약을 마치고 지금쯤엔 슈바르츠발트에선가 편히 쉬리라고 믿습니다. 여기 사진 두 장 동봉하는데 그냥 골고루 이 크기로 해서 이렇게 되었으니 우선 그냥 사수査收하시고, 이다음 기회 있으면 네거티브는 갖고 있는 터이라 또 만듭시다.

좋은 기념이 되리라고 믿습니다. 서로 바빠서 자주 글을 못 주고받는다 하더라도, 또 혹시 자주 못 만나게 되더라도 서로의 짧은 기간에나마 얽은 정情을 깊이 간직해서 다음 기회에 정을 나눌 때까지 살려 둡시다.

이만 오늘은 우선 난필亂筆을 줄이고, 사진과 소식 전해 준 것을 감사히 여깁니다.

아듀Adieu!!

제弟 정신영

123

김철순 金哲淳, 1931-2004

1-[뮌헨 1962. 4. 6.]

친애하는 정호 형

그간도 안녕하시겠지요. 지난번 편지 대단히 감사하게 받았습니다. 아름다운 문장, 거기에 추어 주는 내용으로 된 형의 편지를 받을 때마다, 우리 둘은 한결같이 양심의 가책을 느끼곤 합니다. 그것은 우리 둘이 다 같이

형이 이야기한 바와는 너무도 떨어지는 실력과 능력을 가지고 있다는 것, 또한 노력도 않고 있다는 사실 때문입니다. 그래 형의 편지를 받을 때마다 우리는 좋기도 하며, 염치도 없어 그저 웃고만 있습니다.

형의 편지를 더 기뻐하는 것은 저보다 오히려 와이프 편인 것 같은 것이, 편지만 오면 먼저 읽는다고 아딘인가 하면, 언제 또 형에게 편지를 내냐고 성화가 대단합니다.

124

었습니다. Record 같이 바쁘신 Tonband 있으면 께 든다는
바랍니다, 하나 사놓고 나니, 음향이 별로 아닙니다 그래. 우
선 行을 못하게 되었지요.
이번 기회에 구경을 하고, 또 동차(?) 같다고 할 수 있고, 더
욱 오 또 樣을 볼 수 있었드라면 좋았을런데. 別 없었으
았으나. 이번 Wien 이나 가볼까 합니다. SA의 Wien 이 참 좋을
것으로 압니다.

오늘은 아침부터 부슬비가 나리고 있습니다. 혼자 있으면 퍽
우울한 날이 될런데 하고 얘로 이야기를 Wife 와 주고 받다가,
많은 생각이나 큰 뜻 없이 편지를 썼습니다.

안녕하나 氣와 건강을 찾고, 벗(?)네의 많은 ... 을 뜻있게
보내시며, 되도록 많은 ...을 찾고, 또 배워, 후의 일할
에 큰 활동할 수 있고 뛰어난 그릇이 되어주기를 들으러
바라고 있습니다. 또 무엇보다도 健에 留意하여,
더욱 큰 일을 하고 더욱 많은 공부를 하려 지장이 없게 하
기를 아울러 바랍니다.

Wife 가 兄께 우복(?)해 樣을 올려 달라고 합니다.
그럼 행복히 계시고, Berlin 에 아기네에 여행하면 꼭
一. 꼭 들려 주십시오.

弟

저는 집에 그저 앉아, (돈도 못 벌고) 책을 가끔 들여다보고 있는 생활은 전이나 다름없고, 와이프는 몸 건강히 공부도 잘하고 있습니다. 요즘은 「로젠카발리에Der Rosenkavalier」(*리하르트 슈트라우스의 오페라 「장미의 기사」)의 소피Sophie를 공부한다고, 가장 높은 음 치스Cis 내는 연습하는 것을 옆에서 듣고 있자면 웃음이 나옵니다.

재작일再昨日 학교 음악회에 「오셀로Othello」 중의 데스데모나Desdemona의 최후 장면Schlußszene을 노래했는데 그대로 잘했습니다. 바그너 협회Wagner Verband에서의 노래도 잘해서(잘했다고 말하는 것을 용서하십시오. 마누라를 추는 것이 좀 마음에 언짢으나, 형에게는 그렇게 말하고 싶고, 또 와이프도 좀 자랑을 하고 싶은 눈치니까), 추접은 떨지 않았습니다.

「침대 예찬」을 읽고 더욱 '행복감'을 느꼈습니다. 레마르크E. M. Remarque 소설 이야기를, 제가 그『개선문』을 읽고 괜히 감격한 생각이 납니다. 퍽 오

래 전인데, 전주에서 그것을 정신없이 읽고 그만 도취해서, 그때 바로 나온 책(제목은 기억하지 않는데 무슨 유대인 강제수용소Konzentrationslager에서 일어난 것을 쓴 소설이었는데)을 사서 읽은 생각이 납니다. 저도 이곳에서 소설을 읽고 싶은 생각이니, 뭣 좋은 것, 최근 읽은 것 있으면 하나 추천해 주십시오.

프랑크푸르트행(*한국 국보國寶 전시회를 보기 위해)은 이번에 취소했습니다. 따라서 하이델베르크도 후일에 들르고, 이제 우리는 형이 베를린에 가기 전에 이곳에 들를 수 있으면, 그때 만나기를 바라고 있습니다. 프랑크푸르트행 취소의 이유는, 그 돈으로 그만 녹음기를 하나 사고 말았습니다. 레코드 값이 비싸서 녹음기Tonband가 있으면 싸게 든다는 바람에 하나 사 놓고 나니 예산이 말이 아닙니다. 그래 우선 여행은 못 하게 되었지요. 이번 기회에 가서 구경도 하고 또 미술과장(*최순우崔淳雨)과도 만날 수 있고 더욱 형과 또 임林 형을 볼 수 있었더라면 좋았을 텐데, 별 도리가 없으니 이제 빈(*다음 순회전이 열리는 빈 전시회)에나 가 볼까 합니다. 5월의 빈이 참 좋을 것도 같고.

오늘은 아침부터 부슬비가 내리고 있습니다. 혼자 있으면 퍽 우울한 날일 텐데 하고 서로 이야기를 와이프와 주고받다가 형님의 생각이 나서 두서없이 편지를 썼습니다.

언제나 용기와 희망을 갖고 구주歐洲에서의 유학 생활을 뜻있게 보내시며, 되도록 많은 것을 보고, 또 배워, 한국의 앞날에 큰 봉사를 할 수 있는 뛰어난 그릇이 되어 주기를 우리는 바라고 있습니다. 또 무엇보다도 건강에도 유념하여 더욱 큰일을 하는 데, 더욱 많은 공부를 하는 데 지장이 없게 하기를 아울러 바랍니다.

와이프가 형에게 특별한 안부 인사를 올려 달라고 합니다.

그럼 안녕히 계시고, 베를린에 가기 전에 가능하면 꼭 일차 들러 주십시오.

제弟 철순 배

2-[뮌헨 1962. 5. 13.]

친애하는 정호 형

지난번 보내 준 엽서는 대단히 감사하게 받았습니다. 큰 뜻을 품고 그곳 백림伯林(*베를린)으로 건너가서 모든 것이 잘되고 있다니 축하합니다. 좋은 하숙도 구할 수 있다니 그것 또한 좋은 일이고. 교수는 만나 보셨겠지요. 많은 공부하시기를 진심으로 바라고 있습니다. 와이프도 형에게 안부를 전해 달라고 지금 옆에서 말하고 있습니다.

백림에서 사는 맛이 어떻습니까? 국제정치의 가장 어렵고, 또 시끄러운 문제의 중심지니, 그곳에서 살고 있다는 사실만으로도 많은 것을 보고 또 배울 수 있을 것이라 믿습니다. 그곳으로 옮긴 형의 결정은 확실히 현명한 것이라고 믿고 있습니다. 아무쪼록 좋은 경험 얻고, 또 많은 연구를 잘하십시오.

이제 강의가 시작되었겠지요. 언론학Publizistik을 하고 계시겠지요. 세미나에서 레퍼라트Referat(*레포트)는 언제쯤 발표하시는지?

우리는 여전합니다. 별 변화가 없습니다. 휴가는 눈 깜박할 사이에 지나고, 지난 월요일부터는 강의가 시작되어 학교에 나가 보고 있습니다. 늙은 학생이 그렇듯이 새 학기에의 큰 기대도 없어졌습니다. 그러나 그래서는 안 될 것이고, 없는 힘을 내서 열심히 내 볼까 하고 있습니다. 제들마이어H. Sedlmayr가 아주 좋은 강의를 하고 있습니다. 제이차대전 이후 구주歐洲의 예술사 방법 내지 연구의 변천을 하고 있습니다. 주週 세 시간—아마 상당히 정력을 기울여서 하고 있는 것 같습니다. 그리고 다른 강의들은 전이나 다름없습니다.

와이프는 공부를 그저 하고 있습니다. 어제부터 헤르티Hertie 백화점의 동아시아 주간Ostasiatische Woche에 가서 구경시켜 주고 돈을 벌고 있습니다. 이 주간 일을 하기로 했는데 별 하는 일은 없고 수입은 괜찮은 것 같습니다. 귀국 여비에 보탠다고 자기가 굳이 우겨 하는 것이라 어떻게 할 수도 없고, 일본, 중국, 인도 여학생들과 같이 일하고 있습니다.

오늘은 일요일인데 아침부터 우리나라와 같은 부슬비가 내리고 있습니다. 좀 우울한 날이지만, 와이프가 옆에 있으니 그런 기분을 알 수 없습니다. 둔감한 탓도 있고, 또 행복한 탓도 있겠지요. 백림에 좋은 규수는 없는지요?

그리고 함부르크 정 형(*정신영鄭信永)의 부고訃告를 듣고 참으로 놀랐습니다. 그 삼 주간 전쯤 우리에게 편지를 하고 금년 여름에는 뮌헨에 들르겠다고 했는데, 인생에 덧이 없다고 하지만 너무도 꿈 같은 일이었습니다.

그럼 안녕히 계십시오. 공부 많이 하시고 몸도 건강하기를 빌겠습니다. 또 와이프가 인사 올린다고.

제 철순 배

親愛하는 復龍君

지난번 보내준 葉書는 大端히 감사하게 받었읍니다. 공부를 끝고 그곳 伯林으로 건너 가서 모든것이 잘되고 있다니 安心 됩니다. 몸을 下宿로 바꿀수 있다니 그것 또한 좋을 일이고. 敎授는 만나 보셨겠지요. 많은 공부하시기를 衷心으로 바라고 있읍니다. Wife도 君에게 安否를 傳해달라고 옆에서 말하고 있읍니다.

伯林에서 사는 맛이 어떻읍니까? 國際政治의 가장 어렵고, 또 시끄러운 問題의 中心 이니, 그곳에서 살고 있다고 生覺 만으로도 많은것을 보고 또 배울수 있을것이라 믿습니다. 그곳으로 옮긴 君의 決斷은 賢明한 것이라고 믿고 있읍니다. 아무쪼록 좋은 經驗 얻고, 그 動을 利用을 잘 하십시요.

이제 강의가 시작되었겠지요. Publizistik 를 하고 계시겠지요. Seminar 에서 Referat는 언제쯤 發表 하시는지?

우리도 如前합니다. 別 일 이 없읍니다. 休暇는 눈 깜박 할사이에 지나고, 지난 月曜日부터 강의가 시작되어 學校에 나가고 있읍니다. 늙은 물통이 그렇듯이 새學期에의 큰 期待도 없어 졌읍니다. 그러나 그래위는 인젠 끝것이고, 없는 힘을 써서 熱心을 내 볼까 하고 있읍니다. Sedlmayr 가 아주 좋은 강의를 하고 있읍니다. 第二次 大戰 以後 現代의 藝術史 方法論 研究의 變遷 를 하고 있읍니다. (每 3時間) — 아마 相當히 勢力을 기울여히 하고 있는 것 같읍니다. 그리고 다른 강의들은 해야 다 죽었읍니다.

Wife 는 공부를 그저 하고 있읍니다. 어제 부터 Heitie 自覺君의 Ostasiatische Woche 에가서 구경 컸구로 돈을 벌고 있읍니다. 2週間 일을 하기로 했고 別로 하는일은 없고 나찬을 괜찮은것 같읍니다. 韓国 展覽에 보런다고 하고 구지 우겨 하라오니 어떻게 하잔수 없고. 日本, 中國, 印友 友들들과 같이 일하고 있읍니다.

오늘은 日曜日 인데 아침 부러 우리나라와 같은 봄늘비가 나리고 있읍니다. 좀 우울은 날이지만, Wife 가 옆에있으니 그런 氣分을 이겨없읍니다. 休息한 탓도 있고, 또 幸福한 탓도 있겠지요. 伯林에 좀 日氣도 있으리요?

그리고 Hamburg 鄭兄의 消息을 듣고 참으로 놀랐읍니다. 그 3週間 南쪽 우리에게 便紙를 하고 싶던 어름께 München 에 들리 갔다고 했던데. 人生에 덧이 없다 하지만, 너머도 빗같은 일이었음니다. 그럼 安寧히 계십시요. 공부 많이 하시고, 몸도 健康 하기를 빕니다.

또 Wife 가 人事 드린다.

松 雲從...

3-1

3-[뮌헨 1962. 7. 2.]

친애하는 정호 형 앞

이렇게 늦게야 소식 올리는 것을 용서해 주십시오.

그간 안녕하셨겠지요. 저희들도 여전합니다. 공부는 잘되고 있겠지요.

(중략)

우리는 그저 잘 있습니다. 와이프가 약 사 일 전 이곳 대학의 졸업 시험과 같은 예술가 국가고시Künstlerische Staatsprüfung를 치러 합격이 된 것 같습니다. 정식 발표는 7월 중순에 있으나 신생들을 통해 대개 들었습니다. 그리고 성적이 모든 교수의 평점 1(우수학점)을 받아 이제 앞으로 이 년 마이스터클라세Meisterklasse(*저명한 교수가 지도하는 마스터 클래스)에서 공부할 수 있게 되었습니다.

고향의 빙장聘丈의 임종이 다가오는 것 같습니다. 재작일再昨日 편지에 보니 모든 가족이 다 모여 그 순간을 기다리고 있다고 합니다. 그러니 와이프는 마음도 못 잡고 무척 걱정(소용없는 것이나)만 하고 있습니다. 그러나 할 수 없는 일이니 슬퍼해도 무엇하겠습니까. 일차 귀국하고자 했던 때부터 쭉 걱정만 하고 있으니 요즘은 몸이 퍽 쇠약해진 것 같아 걱정입니다.

3-2

그러나 직업이 노래니 슬퍼도 웃어야 하는 팔리아치Pagliacci(*광대라는 뜻으로, 레온카발로의 오페라) 노릇을 해야 되는 고민이 있습니다. 뭐 그동안도 하우스콘서트Hauskonzert, 이곳 아프로-아시아Afro-Asia(*아시아·아프리카) 학생회에서 노래를 해 달라고 하니 거절도 못 하고 그간 하다 어제는 안 했습니다. 이제 내일 학교의 음악회에서 이곳 학생의 작품 발표회에 노래를 하기로 했습니다.

한국 소식은 잘 듣고 계시겠지요. 『한국일보』의 애독자가 되었습니다. 대사관에서 『한국일보』를 이곳에 보내 주어 잘 이용하고 있습니다. 감사장感謝狀을 보내 주는 대신, 이곳 부스 클럽WUS Club에 세계 저명한 신문들과 같은 자리를 차지하고 있는 『한국』(*『한국일보』) 사진을 하나 찍어 장 사장(*장기영)에게 보내 주면 좋아하겠다는 생각을 혼자 해 봤습니다.

최일남崔一男 형은 『경향신문』에 문화부장대우로 갔다는 소식을 일전에 들었습니다. 무슨 연락이라도 있는지요.

그럼 오늘은 이만 줄이고, 심부름 잘 못하고, 그것도 이렇게 늦게 회답하는 것을 용서해 주기 빌면서 이만 줄입니다. 와이프가 형님께 특별히 인사 올려 달라고 합니다.

안녕히 계십시오.

제 철순 배

親愛하는 校銘兄 ⑤　　　　　　　　　　1962年 8月 19日

참 오래만입니다. 이렇게 늦게 붓을 들게된 辯解은 君子 들이니가 略하기로 합니다. 다만 저 역시 Seminar Arbeit 를 6月 中旬頃 부터 始作하여 약 一週前에 겨우 끝내서 兄님에게 提出했다는 苦衷이 있었다는것만 말씀드리겠습니다. 두번에 걸친 惠書 大海히 感謝하며 拜受했읍니다. Wife 도 兄께 問安 올린다고 합니다.

요즘은 어떻습니가? 그렇게 좋은 자리에서 일하수있게된것 兄의 平素에 勤勉하고 謙遜한 또 毅한 報償이라 생각하고 慶賀하고 있읍니다. 많은것을 實際로 잘 배울수있는 機會를 갖게된것을 우리도 같이 기뻐하고 있읍니다. 人事의 順序가 뒤바뀌었으나 故鄉에 계시는 尊大人丈께서 賀安하시겠지요.

우리는 잘 있읍니다. 저도 그대로 健康하고 공부하고 있으며, Wife 도 健康하고 있읍니다. 저는 放學中에 그저 이웃여서 공부나 함께 하고 있으며, 來 25日 부터 Salzburg 친구집에 Wife와 같이 약 一個月間 가서 쉴가하고 있읍니다. 그 친구는 前에도 兄에게 한번 이야기 한바 있지만 저와 같이 Archäologie 를 하는 猶太人學生인데 우리의 척 多情한 사이가 되어 벌써 一個月이 넘게 술 우리를 구경시켜주고 먹여주고 하고있읍니다. 그래서 우리들은 이웃 Bay-ern 의 많은도시들、경치를 구경하수 있었읍니다. 더욱 많은 옛날 敎會들을 보고 宗敎、基督敎의 中世的 모습、또 美術의 原型을 直接 볼수있는 機會를 갖게 되었읍니다. 放學중에 저는 그저 研究室에 나가서 공부하고 하고있읍니다. 공부에 재미를 부치고 있으며、 늦게 시작했으니 努力하면 못 할것 없지 않을가 하는 漠然한 希望을 갖고 공부하고 있읍니다.

Wife 는 前에나 다름없이 공부를 잘하고 있읍니다. 今年에는 聘丈의 招請로 여러가지 精神上의 衝動이 많아 공부를 그만두기로 했고 來年이나 바라보기로 했읍니다. 늘 그처럼 聲援해 주던 兄에게는 未安하다고 합니다. 今年에는 그대신 이곳에서 卒業을 했읍니다. künstlerische Staatsprüfung 에 合格하고 앞으로 계속 Meister-klasse 에서 二年는 공부할수있는 資格을 얻었읍니다. 그리고 여러곳에서 노래를 했읍니다. 3日前 이웃 Tegernsee 가의 Rottach-Egern 이라는 적은 Kurort 에서 Brahms 의 노래 4曲、R. Strauss 2曲 한국民謠、3曲을 불렀읍니다. 그곳에서 定期的으로 열리는 Rathauskonzert 였으나 約 300名쯤 있었을가 했고. 그중에는 經濟相 Erhard 夫妻도 있었읍니다. 來月 16日에는 Bad Reichenhall 하는 이웃에서는 또 Kurort 에서 아마 그곳 Orchester 와 Opernabend 를 찾게 되었읍니다. Leoncavallo 의 Bajazzo 중에서 오章唱、Butterfly, Mimi 의 Arie 를 부르기로 되었읍니다. 지난 9日 나 10日 장학금을 받아 Bayreuth 나 더 갔었지요. Tannhäuser 와 Parsifal 을 구경했다합니다.

한 가지 우리가 罪悚스럽게 생각하고 있는 것은 Nürnberg 에서 兄을 찾지 못한것

4-[뮌헨 1962. 8. 19.]

친애하는 정호 형

참 오랜만입니다. 이렇게 늦게 붓을 들게 된 변辨은 군자君子들이니까 약略하기로 합니다. 다만 저 역시 세미나 아르바이트를 6월 중순경부터 시작해서 약 일 주 전에 겨우 끝내서 선생에게 제출했다는 고충이 있었다는 것만 말씀 드리겠습니다. 두 번에 걸친 혜간惠簡 대단히 감사하게 배수拜受했습니다. 와이프도 형께 문안 올린다고 합니다.

요즘은 어떻습니까? 그렇게 좋은 자리에서 일할 수 있게 된 것, 형이 평소에 노력하고 근신謹愼한 당연한 보상이라 생각하고 경축하고 있습니다. 많은 것을 실제로 잘 배울 수 있는 기회를 갖게 된 것을 우리도 같이 기뻐하고 있습니다. 인사의 순서가 뒤바뀌었으나, 고향에 계시는 댁내 제절諸節이 균안하시겠지요.

우리는 잘 있습니다. 저도 그대로 만족하고 공부하고 있으며, 와이프도 잘하고 있습니다. 저는 방학 중에 그저 이곳에서 공부나 할까 하고 있으며, 내來 25일부터 잘츠부르크 친구 집에 와이프와 같이 약 일 주간 가서 쉴까 하고 있습니다. 그 친구는 전에도 형에게 한번 이야기한 바 있지만 저와 같이 고고학Archäologie 공부하는 독일 학생인데, 우리와 퍽 다정한 사이가 되어 벌써 일 년 반이 넘게 늘 우리를 구경시켜 주고 먹여 주고 있

습니다. 그래서 저희들은 이곳 바이에른의 많은 도시들, 경치를 구경할 수 있었습니다. 더욱 많은 옛날 교회들을 보고 종교―기독교의 중세적 모습, 또 예술의 원형을 직접 볼 수 있는 기회를 갖게 되었습니다. 방학 중에 저는 그저 연구실에 나가서 공부할까 하고 있습니다. 공부에 재미를 붙이고 있으며, 늦게 시작했으나 노력하면 못 할 것 없지 않은가 하는 막연한 희망적 낙관을 품고 공부하고 있습니다.

와이프는 전이나 다름없이 공부를 잘하고 있습니다. 금년에는 빙장聘丈의 작고作故로 여러 가지 정신적인 충격이 많아 콩쿠르는 그만두기로 했고 내년이나 바라보기로 했습니다. 늘 그처럼 성원해 주던 형에게도 미안하다고 합니다. 금년에는 그 대신 이곳에서 졸업을 했습니다. 예술가 국가고시künstlerische Staatsprüfung에 합격하고 앞으로 계속 마이스터클라세Meisterklasse에서 이 년 더 공부할 수 있는 자격을 얻었습니다. 그간도 작은 곳에서 노래를 했습니다. 삼 일 전 이곳 테게른 호수Tegernsee가의 로타흐 에게른Rottach-Egern이라는 작은 요양지Kurort에서 브람스J. Brahms의 노래 네 곡, 슈트라우스R. Strauss 두 곡, 한국민요 세 곡을 불렀습니다. 그곳에서 정기적으로 열리는 시청 음악회Rathauskonzert였는데 약 삼백 명쯤 왔을까 했고, 그중에는 경제상經濟相 에어하르트Ludwig Erhard 부처夫妻도 있었습니다. 내월來月 16일에는 바트라이헨할Bad Reichenhall이라는, 이곳에서는 큰 요양지에서 아마 그곳 오케스트라와 오페라의 밤Opernabend을 갖게 될 것입니다. 레온카발로R. Leoncavallo의 「바야초Bajazzo」 중에서 이중창, 「나비Butterfly」(*푸치니 오페라 「나비부인」), 미미Mimi(*푸치니 오페라 「라 보엠La Bohem」)의 아리아를 부르기로 되었습니다. 지난 9일과 10일 장학금을 받아 바이로이트Bayreuth(*바그너 축제 도시) 다녀왔지요. 「탄호이저Tannhäuser」와 「파르지팔Parsifal」을 구경했다 합니다.

한 가지 우리가 죄송스럽게 생각하고 있는 것은 뉘른베르크에서 형을 찾지 못한 것입니다. 와이프가 바이로이트에 갈 때 전기前記 독일 친구가 차로 우리와 같이 바이로이트에 갔었습니다. 그때 뉘른베르크에 들러 그곳 교회, 성채Brug를 구경했습니다. 그날 아침 형의 엽서를 받았는데, 마침 동행이 있어 우리만 별개로 행동할 수 없고 해서 오는 길에 형을 찾기로 했었지요. 저와 독일 학생은 와이프를 바이로이트에 내려 놓고 밤베르크를 구경하고 오는 길에 뉘른베르크를 다시 들르기로 했는데, 너무 늦어서(약 11시경) 못 찾고 말았습니다.

언제쯤 뮌헨에 나오게 되는지? 꼭 일차 만나 뵙고 싶습니다. 우리가 잘츠부르크 떠나기 전이든 다녀온 후든, 꼭 한번 와 주십사고 와이프가 더 원하고 있습니다. 꼭 오십시오. 호텔 예약 때문에 미리 통지하고.

형의 공부는 잘되고 있겠지요. 『민국民國』(*『민국일보』)이 그만두게 된 것은 신문을 통해 알고 있겠지요. 일남一男(*최일남) 형은 『경향』(*『경향신문』)으로 가 있는 것이 확실한 것 같습니다. 박권상朴權相 형은 『동아』(*『동아일보』)의 심의위원이 되어 기획도 하고 사설도 쓴다고… 임방현林芳鉉 형은 전이나 다름없이 『한국』(*『한국일보』)에 있다고 합니다.

형에게는 아직도 애인―약혼자가 없는지요. 너무도 선택을 엄격히 하는 것이나 아닌지? 정말로 한국에 약속한 처녀가 없다면, 이곳에 나와 있을 때 하나 정해 보는 것도 좋을 텐데요. 공부도 하고 실속(?)도 차리고 하는 것도 나쁘지 않을까 합니다만. 뮌헨에는 형에게 맞는 규수가 있을까 하고 생각해 보았습니다만, 형의 눈이 워낙 높아 합격할지 모르겠다는 것이 와이프의 의견(?)이었습니다.

親愛하는 漢鏡君 1963年 12月 20日

그間도 安寧하셨겠지요. 우리도 다 잘 있어요. 요즘은 날씨가 좀 추어서, 실내에 옹크리고 있을때가 많아요. 零下 13度까지 氣溫은 내려갑니다만, 石炭만 많이 때면 우리 방은 더웁니다. 여름 한철 겨울 날 일을 퍼 걱정하였었지만 다 잘 있어요. 숙속의 겨울도 그대로의 이름다운 뜻 솟아 있는 전나무에 눈이 쌓인것을 보면 아름답기 말없어요.

荊妻의 安產을 위한 兄의 좋은 下敎는 大端히 感謝하며 받고, 每日 實踐하고 있어요. 市內에 나가서 오래 걸어다니라 하며 우리 동네 숲속을 散策도 합니다. 多幸한것은 몸이 健康하여졌기 때문에 요즘도 늘 學校에 나갈 수 있다는 일이에요.

「한국일보」를 通하여 兄의 活躍相을 잘 알고 늘 마음 든든히 영광하고 있어요. 特히 炭鑛의 現地 踏査報告는 좋은, 우리나라에 至重 適切한 記事인줄 믿고 敬慕합니다. 헛된 希望을 품고, 移民이며 外國勞動이다 나서려 하는 우리나라의 知識屬에게 좋은 敎訓을 준것이라 믿고 있어요.

文學卒業者들이 모주하면 外國으로 肉體勞動하러 가겠으라 나섰었으나 마는, 젊은 一生에서 하지 아니하여고 길쏨生 일자리라 믿고, 파려는 것이 그들의 신세에 유익하겠지요. 苦痛이라 할곳도 없는 우리나라에서, 그래도 世界의 한구석에서 멀고 손 걸을 구친다 하니 그것 自體의 아픔을 論할 수는 없는 것 같아요. 그러나 우리는 모르기 때문에 외로움 받는 많은 사람들을 알

고 있어요. 生產工場에의 醵使라는 '海外派遣 技術者」, 도로 工事 人夫 노릇을 하는 中央廳의 前係長을 지낸 A氏, 苦學을 못이겨 逃亡친 訓練員들... 얼마나 많은 술을 現象이 알지 못하였었는가 때문에 우리들의 눈앞에서 벌어졌었을까. 그런 點에서 兄의 記事은 큰 意義를 지녔던 것이라 보고 있어요.

李應魯 先生 個人展은 이제 2, 3日 이면 끝나는 것 같습니다. 兄의 便紙를 받았을 때에는 畵伯 夫妻가 이미 아틀 떠난 뒤 있었어요. 展覽會를 처음 始作하는 날 밤에 權先生(軍公史大兄) 댁에 가서 人事드리고 또 좀 이것저것 여쭈어를 퍼 많이 하였으며, 그렇지 않아도 兄의 얘기가 술여 서않아 늘 程度로. — 제 바로 Paris로 떠나있다 합니다. 荊妻와 같이 人事 올리러 갔었으나, 畵伯이 계시지 아니하여 그대로 왔었어요. Süddeutsche Zeitung에 아주 좋은 評이 났었어요. (그 신문을 가질 것이 없어서 보내드리지 못하였으나마는) 李先生의 巴里 住所를 알려 주셔서 (年賀狀을 올리겠다하여) 感謝하겠어요. 李先生의 그림 自體에 對하여는 말은 問題가 있는것 같습니다. 對象을 直接 創造하는 抽象畵 (抽象畵 중에도 우리가 보고 싶어하는 具象的인 事物을 抽象한것이 아닌, 그 Ornamentik 슈어요. 그러한 그림 속에 있는 繪畵的인 말은 — 要素를 否定하라는것은 아닙니다 — 그것 自體로서의 色의 詩, 線의 劇이 있었지마는 — 精神的인 要素를, 島 作家의 내가 내게 주는 반응수있는 對話의 可能性를, 우리 東洋에서 畵法의 筆로 거던 氣韻을 어디서 찾을수 있을

까 더 생각해 보고자 합니다. 그림은 無聲詩라고 옛날 부터 말해오고 있습니다. 色이, 線이, 空間이 주는 韻律이 없는 게 아닙니다마는, 나는 외 그런지 그것 만으로는 滿足할 수 없는 것입니다.

세상이란 數千 數萬의 얼굴을 지니고 있는 한 덩어리 인것 같습니다. 우리는 이 面을 파면 그面대로의 眞理가 있으며, 다른 모로 보면 또 알마른지 그렇게 볼수있는 可能性이 있는 것 같습니다. 우리 집 窓門 앞의 「雪景」을 東洋과 西洋이 다르게 그려, 올랐으나았으며, 物理學, 地理學의 世界에의 우리 文學, 藝術에 이르러 가지 가지의 說明과 解釋이 可能하겠어요.

- 現代 藝術이, 아니 現代가 우리에게 보여 준 많은 새로운 面을, 우리의 삶을 더 潤澤하게 만들있었음에 틀림없습니다. 萬若 제가 나는 이러한 예술을 좀 理解할 수 있었을 것으로 믿고 있습니다. 李先生 作品에 對하여는 李先生이 經驗과 創意로서 그려낸 世界가 그 世界로서의 偉大한 값을 지니고 있으라 믿고 있어요. 그 世界는 다른 누구로 볼 수 없었고, 또 그려볼 수도 없는 당신 하나 만의 世界인 것 같습니다.

이렇게 저는 李先生의 그림이 하나의 世界人으로서, 하나의 人間으로서의 獨自的인 값을 지니고 있음을 讚揚하고 싶어요. 그러나 앞에 말씀하신 兄의 「韓國的인 것」, 우리의 「傳統」이라 하는 疑心이 나는 것 같습니다. 混沌속에 彷徨하는 現代 西歐文物에 휩쓸린 韓國을 모습을 그속에서 찾을 수 있는지 않을까요. 거기에 韓代의 證人으로서의 偉大함이 있지 않을까요.

前에도 언젠가 말씀 드린바 있는 來日의 西洋文明의 歐 消氣 조리의, 來日의 藝術의 설움의 크다의 作品, 이런 것을 생각해보면 새로운 (獨創的) 님이 하지 아니한것을 찾은것 보다는 오히려 人間의 本性에 닿는, 그러나 生의 根源에 다로 들어가는 勢力이 必要하겠지요. 窄소한 試圖의 틈바구니 에서 헤매던 것이, (傳統에의 歸依로다 나올 꺼 하라는 의문이 생기는 것입니다.

그러나 어쨌든 그이런 韓國畵壇이 國際舞台에 여러 活躍했으며, 또 그러므로 韓國의 存在를 世界에 誇示 할 수 있었겠어요. 自己는 한토의 作品을, 李 열을 해볼적이 못하며, 피람나는 勢力분의 이록한 님의 소중한 열매를 함 批評을 한다니 작지 않고 도려입니다.

李先生의 「無識」 하는 소리를 들을때, 나는 그 말하는 A씨에게 은 失望을 느꼈어요. 우리가 아는게 무엇입니까? 英語나 하고 獨逸말이나 한도것이 안다 것입니까? 生의 宇宙의 무엇에 對하여 어떻게 안다는 것인지? 글자를 읽을 줄 아는 것이 안다는 全部인 인줄로 착각하는 無識이 분명 했어요.

글자의 世界, 책의 世界를 벗어나지 못할때 (그것으로 充分하다면 모르리) 人生을 열기는 어려운것 말습니다 (어렇 前 신문에서 Sartre의 最近作 Les Mots에 對한 소개 報道를 읽었을 때의 느꼈든 일이지만). 荊에도 말씀 드렸으나, 우리는 알아야 라를을 아는게 至要한것 같습니다. 요즘 栗谷先生의 글을 읽으면서 느끼는 일이지만, 學問, 知識에 對한 明確한 槪念이 오늘 우리들의 敎育에는 缺한것 같습니다.

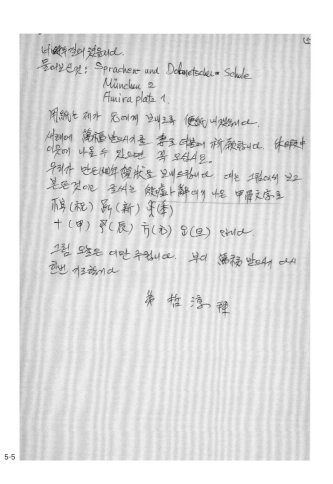

5-5

그러면 이곳 뮌헨에서 만나서 자세한 이야기들은 하기로 하고 오늘은 이만 줄입니다. 꼭 오십시오. 기다리고 있겠습니다.

제 철순 배

5–[뮌헨 1963. 12. 20.]

친애하는 정호 형

그간도 안녕하셨겠지요. 우리는 다 잘 있습니다. 요즘은 날씨가 좀 추워서 집 안에 웅크리고 있을 때가 많습니다. 영하 13도까지 기온은 내려갑니다만, 석탄만 많이 때면 우리 방은 더웁습니다. 여름 한철 겨울날 일을 퍽 걱정하였지만 닥치고 보니 견딜 만하고, 숲속의 겨울은 또 그대로의 아름다움이 있습니다. 주위가 온통 눈으로 덮여 있고, 울 곁에 우뚝 솟아 있는 전나무에 눈이 쌓인 것을 보면 아름답다는 생각이 날 때가 많습니다.

형처荊妻의 안산安産을 위한 형의 좋은 하교下敎는 대단히 감사하게 받고, 매일 실천하고 있습니다. 시내에 나가서 오래 걸어 다니기도 하고 우리 동네 숲속을 산책도 합니다. 다행한 것은 몸이 건강하여졌기 때문에 요즘도 늘 학교에 나갈 수 있다는 일입니다.

『한국일보』를 통하여 형의 활동상을 잘 알고 늘 마음 든든히 생각하고 있습니다. 특히 탄광의 현지답사 보고는 좋은, 우리나라에 중요 적절한 기사인 줄 믿고, 경하합니다. 헛된 희망을 품고 이민이다 외국 노동이다 나가려고 하는 우리나라의 지식층에게 좋은 교훈을 준 것이라 믿고 있습니다.

대학 졸업자들이 오죽하면 외국으로 육체노동 하러 가겠다고 나섰겠습니까마는, 짧은 일생에서 하지 아니하여도 될 고생이라면 미리 알고 피하는 것이 그들의 신세에 유익하겠지요. 일자리도 없고, 품팔이 할 곳도 없는 우리나라에서, 그래도 세계의 한구석에서 먹고 살 길을 주겠다 하니 그것 자체의 가부를 논할 수는 없는 것 같습니다. 그러나 우리는 몰랐기 때문에 괴로움을 받은 많은 사람들을 알고 있습니다. 생산공장에서 혹사되는 '해외 파견 기술자', 도로공사 인부 노릇을 하는 중앙청의 전 계장을 지낸 사람, 고생을 못 이겨 도망친 훈련원들… 얼마나 많은 슬픈 현상이 알지 못하였었기 때문에 우리들의 눈앞에서 벌어졌었습니까. 그런 점에서 형의 기사는 큰 의의를 지녔던 것이라 믿고 있습니다.

이응로李應魯 선생 개인전은 이제 이삼 일이면 끝나는 것 같습니다. 형의 편지를 받았었을 때에는 화백 부처夫妻가 이미 이곳을 떠난 뒤였습니다. 전람회를 처음 시작하는 날 밤에 권權 선생(남南 여사 부군夫君) 같이 가서 인사드리고 또 좀 이것저것 말씀을 들을 기회를 가졌었습니다. 그렇지 않아도 형의 이야기를 퍽 많이 하시면서 무척 칭찬하셨었습니다. 제가 슬며시 샘이 날 정도로. 뮌헨에 이 일간 머무르신 뒤 바로 파리로 떠나셨다 합니다. 형처와 같이 인사 올리러 갔었으나, 마침 화랑에 계시지 아니하여 그대로 왔습니다. 『쥐드도이체 차이퉁Süddeutsche Zeitung』에 아주 좋은 평이 났습니다.(그 신문을 지금 찾으니 없어서 보내 드리지 못합니다만) 이 선생의 파리 주소를 알려 주시면(연하장을 올릴까 하여) 감사하겠습니다.

이 선생의 그림 자체에 대하여는 많은 문제가 있을 것 같습니다. 대상을 직접 창조하는 추상화(추상화 중에도 우리가 보고 생각할 수 있는 구상적인 사물을 추상한 것이 아닌)가 장식술Ornamentik 이상 갈 수 있는 영역을 저는 인정할 능력이 없는 것 같습니다. 그러한 그림 속에 있는 회화적인 많은 요소를 부정하는 것은 아닙니다마는 —그것 자체로서의 음악이 있으며, 색色의 시詩, 선線의 극劇이 있겠지마는— 정신적인 요소, 즉 작가와 내가 서로 주고받을 수 있는 대화의 가능성을, 우리 동양에서 화법의 제일로 치던 기운氣韻을 어디서 찾을 수 있을까 더 생각해 보고자 합니다. 그림은 무성시無聲詩라고 옛날부터 말해 오고 있습니다. 색이, 선이, 공간이 주는 운율이 없는 게 아닙니다만, 나는 왜 그런지 그것만으로는 만족할 수 없는 것입니다.

세상이란 수천 수만의 얼굴을 지니고 있는 한 큰 덩어리인 것 같습니다. 우리는 이 면을 파면 그 면대로의 진리가 있으며, 다른 모로 보면 또 얼마든지 그렇게 볼 수 있는 가능성이 있는 것 같습니다. 우리 집 창문 앞의 '설경雪景'을 동양과 서양이 다르게 그리고, 읊었고, 보았으며, 물리학 지리학의 세계에서부터 문학 예술에 이르는 가지가지의 설명과 해석이 가능하겠지요.

현대예술이, 아니 현대가 우리에게 보여 준 많은 새로운 면은 우리의 삶을 더 윤택하게 만들었음에 틀림없습니다. 만약 제가 직접 창작할 수 있는 능력이 있었더라면, 그러한 경험이 있었더라면, 나는 이러한 예술을 좀 이해할 수 있었을 것으로 믿고 있습니다.

나의 입장은 대략 이상과 같습니다. 이 선생 작품에 대하여는 이 선생이 경험과 창의로써 그려낸 세계가 그 세계로서의 위대한 가치를 지니고 있다고 믿고 있습니다. 그 세계는 다른 누구도 볼 수 없었고, 또 그려낼 수도 친애하는 정호형, 8월 15일날 보내준 혜한은 참 감사하게 받었읍니다.
형의 글을 받을때 마다 저는 많은것을 배우곤 합니다. 많은것을 생각 하곤
합니다. 형처럼 좋은 생각과 넓은 지식을 갖게된것을 정말 감사 하고있읍
니다. 그러나 형의 편지를 받을때 마다 부끄럽게 생각하는것은, 형이
말하는 저와 진짜 저와는 워낙 다른 사람이라는 사실입니다. 전 칭찬을
받을 만한 아무런것도 지니고 있지 않으니 가요.
나역시 내 자신을 덥부러 형모고 모자라는 바를 얻버므릴 생각도 없고, 그럴 필요
도 없다고 느기고 있읍니다. 그러나 생각하면 생각 할수록 나는 바보 내노을
님을 수 없는 것 같습니다. 하는 좀팽이 지요. 그러나 나는 늦게나마 깨달은
바가 있다고 —— 그 깨달음이 큰 내용도 없는것이지만—— 생각하며, 위안을
받는 바보입니다. 그러나 아직도 확실한것을 잡지 못하였으므로, 나는 언제나
내 생각이 잘못되었었다는것을 고칠 준비가 되어 있읍니다. 이런 점에서
형이 내게 가르쳐준 많은 교훈을, 내것으로 만들었고 또 감사하고 있지요.
「제네바」에서 혹시 소식이 올까-하고 퍽 거다렸었지요. 그러나 우리는 언젠
가는 만나게 될 날이 올것을 믿고있지 않습니까? 나는 우리가 이「구라파」를
떠나기 전에 다시한번 만날수 있게 되리라 믿고 있읍니다.
형처는 9월 10일날 文이을 다리고 떠나기로 했어요. 형이 자당님께 보내드
릴 선물은 바로 보내주시기 바랍니다. 형이 어머님께 바치는 효성에
우리가 조금의 힘이 될수있다는 것은 기쁜 일입니다.
형의 편지를 읽고 저는 퍽 흥분 했었읍니다. 우리의 형제들을 위하여
서로 손을 잡고 일할수 없겠느냐는 말은 제게 더할 나위 없는 즐거움을,
힘을 주었읍니다. 나 같이 작은 사람을 잡으려는데 대한 감격이었으며,
서로 뜻을 같이 하는 하나의 친구가, 존경하고 남음이 있는 친구가
있다는 믿음이었읍니다. 그래도 4년간 교생 같은것을 해보며, 공부한 보람
을 느꼈었읍니다. 정말로, 정말로 감사-하고 있읍니다.
저 역시 우리 지식인을 위하여 내가 할수 있는게 없나 하는것을 여러가지 생
각해봤었읍니다. 내가 생각해본것은 더디 까지나 나혼자 만의 것이었었읍니다.
그러나 이제 兄의 말을 듣고 보니 같이 할수 있는 일이 있다는것을 느끼게
되었고, 또 그게 더 크다는것을 믿게되었읍니다. 나는 내 힘을 다 하여
노력 하여 보겠읍니다. 뜻었으니, 글을 쓰는 공부도 하여야 겠읍니다. 그래서
우리에게 기회가 온다면, 같이 한번 일을 해봅시다.
내가 혼자서 하고자 한것은 몇가지 됩니다. 첫째는 우리나라- 국사-의 해외임
니다. 전에도 뭇에게 말한바 있지만, <u>國史를 대학연구실에서 끄집어 내려</u>
<u>국민 전체를 위하여 쓰는것이며; 王이나 政治 중심이 아니라 국민의, 社會의 역사를;</u>
<u>지나가 버린것이 아니라 오늘도 우리속에서 살아있는 힘으로의; 오늘 그 내일</u>
<u>과의 연관 에서의 국사.....</u> 이런것을 생각하고 있지요. 그리고 兄에게 말한바 있는
<u>우리나라의 마음사. 정신사</u> 등의 연구 계획입니다. 그 동안 이것을 위한

6-1

134

6-2

을 느꼈습니다. 우리가 아는 게 무엇입니까? 영어나 하고 독일 말이나 한다는 것이 안다는 것입니까? 인생의, 우주의 무엇에 대하여 어떻게 안다는 것인지? 글자를 읽을 줄 아는 것이 안다는 전부인 줄로 착각하는 '무식'이 불쌍했습니다.

글자의 세계, 책의 세계를 벗어나지 못할 때 (그것도 또 잘 안다면 모르되) 인생을 알기는 어려운 것 같습니다.(며칠 전 신문에서 사르트르J. P. Sartre의 최근작 『말Les Mots』에 대한 소개 보도를 읽었을 때도 느꼈던 일이지만) 전에도 말씀드렸으나, 우리는 알아야 할 것을 아는 게 중요한 것 같습니다. 요즘 율곡栗谷 선생의 글을 읽으면서 느낀 일이지만, 학문, 지식에 대한 명확한 개념이 오늘 우리들의 교육에서는 없는 것 같습니다.

너무 길어졌습니다.

(중략)

새해에 만복 받으시기를 처妻와 더불어 기원합니다. 휴가 중 이곳에 나올 수 있으면 꼭 오십시오.

우리가 만든 (목탄) 연하장을 보내 드립니다. 대는 그림에서 보고 본뜬 것이고, 글씨는 은허복사殷墟卜辭에서 나온 갑골문자로,

'祝新年甲辰元旦'입니다.

그럼 오늘은 이만 줄입니다. 부디 만복 받으시기를 다시 한번 기도합니다.

제 철순 배

6-[뮌헨 1964. 9. 1.]

친애하는 정호 형

8월 15일날 보내 준 혜간惠簡은 참 감사하게 받았습니다. 형의 글을 받을 때마다 저는 많은 것을 배우곤 합니다. 많은 것을 생각하곤 합니다. 형처럼 좋은 생각과 넓은 지식을 갖게 된 것을 정말 감사하고 있습니다. 그러나 형의 편지를 받을 때마다 부끄럽게 생각하는 것은, 형이 말하는 저와 진짜 저와는 워낙 다른 사람이라는 사실입니다. 전 칭찬을 받을 만한 아무런 것도 지니고 있지 않으니까요.

나 역시 내 자신을 일부러 흠으로써 모자라는 바를 얼버무릴 생각도 없고, 그럴 필요도 없다고 느끼고 있습니다. 그러나 생각하면 생각할수록 나는 바보 이상을 넘을 수 없는 것 같습니다, 하는 좀팽이지요.

그러나 나는 늦게나마 깨달은 바가 있다고 —그 깨달음이 큰 내용도 없는 것이지만— 생각하며 위안을 받는 바보입니다. 그러나 아직도 확실한 것을 잡지 못하였으므로, 나는 언제나 내 생각이 잘못되었다는 것을 고칠 준비가 되어 있습니다. 이런 점에서 형이 내게 가르쳐 준 많은 교훈을, 내 것으로 만들었고 또 감사하고 있지요.

제네바에서 혹시 소식이 올까 하고 퍽 기다렸었지요. 그러나 우리는 언젠가는 만나게 될 날이 올 것을 믿고 있지 않습니까? 나는 우리가 이 구라파를 떠나기 전에 다시 한번 만날 수 있게 되리라 믿고 있습니다.

형처荊妻는 9월 10일날 문文이를 데리고 떠나기로 했어요. 형이 자당慈堂님께 보내 올릴 선물은 바로 보내 주시기 바랍니다. 형이 어머님께 바치는 효성에 우리가 조금의 힘이 될 수 있다는 것은 기쁜 일입니다.

형의 편지를 읽고 저는 퍽 흥분했었습니다. 우리의 형제들을 위하여 서로 손을 잡고 일할 수 없겠느냐는 말은 제게 더할 나위 없는 즐거움을, 힘을

없는 당신 하나만의 세계인 것입니다.

이렇게 저는 이 선생의 그림이 하나의 세계인으로서, 하나의 인간으로서의 독자적 경지를 지니고 있음을 찬양하고 싶습니다.

그러나 당신이 말씀하다시피 '한국적인 것' '우리의 전통 속에서 뽑아낸 정수'를 당신의 작품 속에서 찾아볼 수 있을까 하는 데는 의심이 나는 것입니다. 혼돈 속에 방황하는 현대 서구문물에 휩쓸린 한국의 모습을 그 속에서 찾을 수 있지 않을까요. 거기에 시대의 증인으로서의 위대함이 있지 않을까요.

전에도 언젠가 말씀드린 바 있는 내일의 서양문명의 구제자로서의, 내일의 예술의 길잡이로서의 작품, 이런 것을 생각해 보면 새롭고(독창적) 남이 하지 아니한 것을 찾는 것보다는 오히려 인간의 본성에 맞는, 그러나 생의 근원에 파고들어 가는 노력이 필요하겠지요. 착잡한 시도의 틈바구니에서 헤매는 것이 전통에의 귀의보다 나을까 하는 의문이 생기는 것입니다.

그러나 어쨌든 그 어떤 한국 화가가, 당신보다 국제무대에서 더 활약했으며, 또 그러므로 한국의 존재를 세계에 과시할 수 있었겠습니까. 자기는 한 톨의 작품을, 작은 일을 해 놓지 못하면서, 피땀 나는 노력 끝에 이룩한 남의 소중한 열매를 놓고 비평을 한다니, 되지 않는 소리입니다.

이 선생이 '무식'하다는 소리를 들을 때, 나는 그 말하는 사람에게 큰 실망

135

6-3

6-4

주었습니다. 나같이 작은 사람을 잡아 준 데 대한 감격이었으며, 서로 뜻을 같이하는 하나의 친구가, 존경하고도 남음이 있는 친구가 있다는 믿음이었습니다. 그래도 사 년간 고생 같은 것을 해 가며 공부한 보람을 느꼈었습니다. 정말로, 정말로 감사하고 있습니다.

저 역시 우리 지식인을 위하여 내가 할 수 있는 게 없나 하는 것을 여러 가지 생각해 봤습니다. 내가 생각해 본 것은 어디까지나 나 혼자만의 것이었습니다. 그러나 이제 형의 말을 듣고 보니 같이할 수 있는 일이 있다는 것을 느끼게 되었고, 또 그게 더 크다는 것을 믿게 되었습니다. 나는 내 힘을 다하여 노력하여 보겠습니다. 늦었으나, 글을 쓰는 공부도 하여야겠습니다. 그래서 우리에게 기회가 온다면, 같이 한번 일을 해 봅시다.

내가 혼자서 하고자 한 것이 몇 가지 됩니다. 첫째는 우리나라 국사國史의 해석입니다. 전에도 형에게 말한 바 있지만, 국사를 대학 연구실에서 끄집어내려 국민 전체를 위하여 쓰는 것이며; 왕王이나 정치 중심이 아니라 국민의, 사회의 역사를; 지나가 버린 것이 아니라 오늘도 우리 속에서 살아 있는 힘으로서의; 오늘과 내일과의 연관에서의 국사…. 이런 것을 생각하고 있지요. 그리고 형에게 말한 바 있는 우리나라의 미술사, 정신사 등의 연구 계획입니다. 그동안 이것을 위한 터를 좀 닦아 놓았지만, 아직도 부족합니다. 그리고 형이 왔을 때 이야기했던 우리나라 옛날 지명, 인명에 대한 몇 가지 연구. 우리나라 말의 악센트accent 에 대하여는 1962년 이숭녕

李崇寧 교수의 큰 논문이 나와 있었습니다.

그런데 형이 지난 2월 13일 이곳에 다녀갔을 때 내게 큰 것을 주었습니다. 그때 권 선생 댁에서 밀렌도르프P. G. von Möllendorf 이야기를 하지 않았어요? 난 그때까지는 그저 앞으로 우리나라에 가서 일할 준비나 하고 있었지, 구체적 연구는 하고 있지 않았지요.(옛날 이름을 빼놓고는) 그 뒤에, 지금부터 한 두어 달 전 나는 문득 형 이야기가 생각났어요. 그 당시, 그러니 19세기 후반에서 20세기 초의 세계는 한국을 어떻게 보았던가 하는 문제가 머리에 떠올랐어요. 구체적으로 그 당시의 신문, 잡지는 한국에 대하여 뭐라고 썼던가를 알고 싶어졌어요. 그래 디트리히Dietrich의 『잡지 목록 Zeitschrift Katalog』에 나오는 한국 관계 논문, 보도를 다 뽑아 놓았지요. 퍽 재미있는 게 많았어요. 1870년쯤부터 1945년까지 우선 뽑아서 적어 놓고 내게 관심을 주는 것들을 주문해서 읽고 메모도 하고 사진판도 만들어 놓고 있습니다. 그런데 그때 잡지는 없어진 것이 많이 있어 다 볼 수는 없습니다. 앞으로 비블리오그라피Bibliographie (*서지)같은 것을 만들어 놓아도 우리나라 근대사近代史 연구에 도움이 될 수 있을 것 같습니다만, 형도 혹시 그런 것을 보셨는지? 우리나라에서 그럼 어느 정도 그때 문헌을 참조하나 조사를 해 봤더니 잡지에 나오는 것을 인용한 것은 아직 못 봤는데요.(물론 따로 소개되었는지는 알 수 없으나) 형이 얻었다는 밀렌도르프 전기는 고병익高柄翊 씨가 번역을 했고, 오페르트E. Oppert의 『조선 기행Korea,

Das verschloßene Land』은 영역판을 한우근韓㳌劤 씨가 번역을 했더군요. 그런데 오페르트의 카탈로그를 찾아보니 『동아시아 편력 *Die ostasiatische Wanderung*』이란 책을 낸 게 있는데 뮌헨에는 없습니다. 혹 얻으면 재미있는 자료를 얻게 되지 않을까요.

이것을 뒤져 보는 동안 재미있는 것을, 아니 중요한 것을 몇 가지 알게 되었습니다. 합병合倂 이전의 왜인들의 횡포, 보물섬으로 서양에 소개된 한국, 그리고 국경 문제 등이었습니다.

국경 문제는 다른 어느 문제보다도 우리에게 중요한 것 같습니다. 1900년까지의 한만韓滿 국경은 압록강(과 두만강) 이북의 땅이었습니다. 압록강은 완전한 우리 것이었고, 압록강 이북에 중립지대가 있어 여기에는 중국인이 못 들어오게 되어 있다는 선교사의 기록이 있었습니다. 그 당시의 외국 지도를 보면 국경은 압록강 너머로 되어 있습니다.

백두산白頭山만 하더라도 요즘 대만서 나온 지도를 보면 우리나라 국경은 한참 남으로 내려가서야 하고, 언제 정했는지 우리나라 지도에는 압록강은 반으로 갈라서 그 중간이 국경으로 되어 있지 않아요? 간도, 백두산, 두만강, 압록강. 우리 선조들이 지켜 온 땅덩어리가 '똑똑한' 현대인의 손으로 없어지고 빼앗기고 있으니 말입니다. 중공中共에서 나온 지리책을 보니 "압록강 수풍발전소는 우리나라 삼대 공업소의 하나라"고 써 있습니다. 중공은 백두산은 제 것이라고는 해도 반을 갈라서 우리나라에 주고 있지만, 대만 친구들에겐 장백산長白山만 있고 백두산은 없어요.

여기에 형이 와서 말해 주던, 『런던 타임스London Times』에 나온 발전소의 귀속 문제, 배성동裵成東 씨가 말하던 압록강 이남 백 킬로미터 영토설이다 연관이 있는 것 같습니다. 우리는 내 땅을 지켜야겠습니다. 내일 몰려들 이리 떼들을 막을 마음의 무장이라도 해 봐야겠습니다. 지금은 그래도 나은 편입니다. 우리가 다시 나라를 뺏기는 날, 그 죄는 내게, 형에게, 우리 지식인들(형이 옳게 말했듯이)에게 있는 것입니다.

또 한 가지 좀 엉뚱한 계획을 하고 있는데, 그것은 어느 정도 되어 가면 이야기하겠어요. 너무 당돌한 것이라 나 자신도 의심하고 있는 것이며, 성취 가능성은 일 퍼센트 정도니까요.

지난번에 이야기한 파리, 런던에 가 보겠다는 것도 사실은 우리나라 근대사 관계의 자료 수집을 위한 계획이었지요. 비블리오그라피(잡지)는 언제 만나면 전부 보여 드리고 필요한 것은 나누어 드리겠어요.

신문에 대한 고견에 저 역시 별 이의가 없지만, 그러나 서울에서 내게 해 준 형의 충고, "좋은 신문을 하다 망하느니, 우선은 팔리는 신문을 만들어 자리를 닦아야 한다"는 진리는 어쩔 수 없는 게 아니겠어요? 누가 돈을 댈

수 있느냐가 문젤 텐데, 돈이 있으면 그걸 하고자 들지 않을 테고, 거기에 몇 사람의 힘으로써 하나의 이상이 실현되기는 어렵지 않을까요. 나는 그러기에 우리가 따로 뭘 새롭게 하느니보다, 지금 있는 신문이나 잡지사에 들어가서 점점 우리 뜻을 이룰 수 있는 길이 쉽고, 우리에게 할 수 있는 좋은 길이 아닌가 하는데요. 형은 『한국일보』를 다시 만들 수 있는 사람이라고 나는 믿고 있어요. 그 신문을 한번 맡아서 할 수 있는 날이 오면 오죽이나 좋겠어요. 그때가 오면 전 발을 벗고 나가서 잔심부름이라도 하겠습니다.

혹 돈이 내게 붙는다면 잡지를 하나 해 보고 싶은 생각은 있어요. 자그마한 반월간半月刊부터 서서히 키워 갈 길이 없나 하고 생각을 해 보고 있지요.

난 우리가 한문을 잘 알아야 되지만, 앞으로는 한글 전용을 하여야 될 줄로 믿고 있어요. 한문은 인문人文 계통 연구를 하는 사람은 꼭 배우고, 우리의 고전, 우리의 전통을 되살리는 데 힘을 기울여야 되겠지만, 일반 글엔 우리 한글만을 쓰는 게 모든 국민을 위하여 옳은 일이 아닌가 합니다. 어려운 한문자나 숙어는 외국어나 다름없는 것 같습니다. 모든 국민이 알아들을 수 있는 말로 못 할 생각이 무엇이 있겠습니까? 우리 연배 이상의 세대가 젖은 습관의 탈을 못 벗고, 편리네 뜻글이네 하지만, 결국은 한글로 돌아가지 않을까요. 물론 저는 이제까지 이어 온 우리 선조들의 한문을 내 것으로 믿고 있습니다. 나는 그것을 무엇보다도 소중하게 여깁니다. 그러나 오늘, 우리가 써야 할 말, 글은 다른 것이 아닐까요.

우리가 알아야 될 것을 되도록 많은 층에 알려 주는 게 얼마나 중요한 일입니까. 우리는 신문 제작에 있어 반드시 휴먼 인터레스트human interest의 상업적 추구를 그만둘 날이 와야 될 것 같습니다.

이다음은 다음 편지에 계속 쓰기로 하고 오늘은 이만 줄입니다. 취직 건, 힘을 써 주겠다니 고맙습니다.

마침 탄광 통역을 뽑는다는 소식을 듣고, 대사관 김동휘金東輝 씨에게 육 개월만 일 보게 해 달라는 신청을 냈습니다. 일이 잘될지 모르겠습니다. 일이 되면 9월 15일경부터 가서 일을 하여야 될 것도 같고, 안 되면 어디 또 딴 곳을 알아봐야겠습니다.

그럼 곧 선물을 보내 주시기 바랍니다.

형처와 우리 문文이가 같이 형에게 인사 올려 달라고 하고 있습니다.

안녕히 계십시오.

1964년 9월 1일
철순 올림

7-1

친애하는 정호 형,

지금 형 편지를 받고, 읽은 자리에서 이 글을 올립니다. 정말은, 제가 오래 전부터 형에게 편지를 내고자 했었어요. 그러나 제 미루는 성격 통에 늘 못 하고 말았습니다만. 편지 정말 감사했습니다. 더욱 대통령(*박정희)이 이곳에 올 때 뮌헨에 와서 만날 수 있게 된다는 데 그 무엇보다도 큰 기쁨입니다. 우리 같이 이야기할 수 있는 날이, 제가 또 형에게 많은 것을 배울 수 있는 날이 머지않았으니 말입니다.

저는 그간도 잘 있었어요. 우리 문이도 잘 크고 있다고 합니다. 여기서 갈 때는 하나도 못 했던 짓을(기는 것, 앉는 것, '엄마'를 부르는 것, 그리고 악수하자면 손을 내는 것) 많이 하게 되었다는 편지를 받았습니다. 형의 편지와 같이 아내의 편지도 왔어요. 제1회 독창회를 끝내고 한 것인데, 그저 잘한 것 같다고 합니다. 모두 마음으로 밀어 주는 분들의 —또 형의— 덕

택이라 믿고 있습니다.

저는 12월 22일 배로 마르세유를 떠나기로 거의 되었습니다. 그때까진 그래도 무엇 그동안 벌여 놓았던 것을 정리하여야겠습니다만.

신문에 난 형의 글은 쭉 읽고 있습니다. 저는 윤이상尹伊桑 씨를 형 글을 통해 퍽 사랑하게 되었습니다. 이 대사(*이한빈) 일은 참 섭섭하나, 우리의 사회엔, 우리의 정부는 아직 그런 훌륭한 사람을 알아줄 사람이 적은 게 더욱 섭섭하지요. 그러나 제 속에 든 게 확실하면, 그 사람은 어디를 가나, 무엇을 하나 틀림없는 것이라 믿고, 또 그러한 좋은 사람들이 그래도 용기를 내어 노력할 때, 봉사할 때 우리의 삶은, 우리의 앞날은 희망에 넘치는 것이겠지요.

전 언제나 세상 모든 일을 외수로 보지 않기로 했기 때문에, 저는 또 기다림 뒤에 오는 이루어짐을 믿기 때문에, 노력하는 사람, 애쓰는 사람의 앞길은 열릴 것이라고 믿고 있습니다.

저는 요즘 형에게 퍽 감사하고 있습니다.

7-2

지난번 보내 준 여행기를 저는 몇 번이나 읽었습니다. 그것은 형의 글이었으나, 형의 말이었으나, 제 마음이 되었습니다. 그 편지가, 그리고 또한 제게 준 많은 교훈이 어떻게 제 것이 되었나 하는 것을 형이 볼 수 있는 날이 오도록 애쓰겠습니다. 제가 가장 마음으로부터 존경하며, 또 사랑하고 있는 형에 대한 자랑을 형에게 보여 드릴 수 있는 날이, 행동으로 보여 드릴 수 있는 날이 오도록 힘쓰겠습니다.

형의 격려에 전 많은 힘을 얻었으며, 형의 충고에 전 거의 감기던 눈을 떴으며, 형의 칭찬에 앞으로 일할 수 있는 용기를 얻었습니다.

무전공無專攻을 전공하다 귀국할 제게 이제 남은 것은 일뿐입니다. 저는 죽습니다. 제가 '벌써' 할 때 죽게 될 것입니다.

그래도 그날, 제가 불완전하나마, 미흡하나마 웃으면서 남겨 주고 갈 몇 가지의 일이라도 하여야겠습니다.

제 앞날을 저는 희망에 차서 보듯이 저는 한국의 앞날을 낙관합니다. 형을 보고, 한국의 많은 노력하는 인간들을 보고 저는 우리가 살아 나갈 것을 믿는 거지요. 저는 사회를 탓할 처지가 못 됩니다. 제가 벌써 이 사회를 저렇게 침체하게 한 하나의 원인이 되었었으니까요. 형의 충고를 받아 한국만을 파지 않고, 내일을, 세계를 보며 일해 보겠습니다.

떠나기 전에 만날 수 있는 게 무엇보다도 기쁘며, 오늘은 이만 줄입니다. 제 유학 생활의 청산을 겸하여, 마지막 편지를 가기 전에 한 번 내겠습니다.

그럼….

11월 10일
제 철순 올림

139

구기성 丘冀星, 1931-2003

1-1

1−[본 1981. 12. 5.]

최 박사 귀하

편지가 서로 엇갈리는 바람에 몇 가지 연락이 불비不備한 점이 있어 붓을 든다는 것이 이렇게 늦어져서 미안하외다. 국제회관 건립 건이 잘 진행되어 나가는 듯한 감이 들어 반가우며, 1월달에 최 박사의 내독來獨이 실현되게 되어 기쁩니다. 김규택金圭澤 박사에게는 연하장을 별도로 보내겠으나, 이미 언급했던 것처럼 두 가지 출판물(① 독일 신문에 실린 한국에 관한 기사 목록과 ② 독일어권에서 나온 한국에 관한 문헌 목록)에 대한 지원

금으로서 예산이 허락되는 대로 오천 불 정도라도 책정해 주시면 이곳 한국학 진흥에 도움이 되겠소이다. 그간 이곳 한국연구협회Gesellschaft für Korea-Forschung의 사정이 상당히 바뀌었는데 참고로 하시도록 조목별 설명을 하겠습니다.

① 협회 내에서 그간 한국의 정치 정세와 관련된 토론이 젊은 사람들 사이에서 많이 있었고, 또 독일 내 한국학계의 친북괴적 경향 등의 영향을 받아 부회장으로서의 제弟의 활동에 지대한 제약을 받아 왔고,

② 학회의 인적 구성(간부진)에서 한국학을 대표하는 것은 제弟 일인一人에 불과함에도, 중요한 결정에 있어 현실 사정과 빗나가는 경우가 생길 정

140

—2—

—3—

1-2

1-3

도로 무자격unkompetent한 간부 일부의 발언권 행사가 제弟로 하여금 학회의 기능을 일시 중단하게 할 조치를 취하게 만들었는바,

③ 그것은 제弟가 한국학 분야에서의 활동을 별도로 전담키 위하여 '한국문화연구소Institut für Koreanische Kultur'를 12월 1일부로 신新 발족시키고,

④ 이제까지의 '한국연구협회'는 한국학 연구 내지 학술 활동의 전문자격Kompetenz이 없는, 오직 독일 측으로부터 자금 지원을 받도록 노력하는 기구로 탈바꿈토록 추진 중입니다.

⑤ 포크트K. Voigt 교수가 회장직을 사임하고 제弟가 협회도 대표하고 있으나, 궁극적인 목적으로는 그로부터 손을 떼고 한국문화연구소를 전적으로 육성해 나가려고 계획하고 있습니다.

'한국문화연구소'는 우선 제弟의 자택에 사무소를 두고 공익 단체로서 세무서의 허가를 얻긴 하였으나 그 운영은 제弟의 단독적인 주관하에 행해지도록 되어 있습니다. 행사는 물론 잡지 『한韓 문화Kultur magazin HAN』를 내려고 현재 진행 중이며, 제1호는 제가 돈을 대기로 하였습니다. 학술 논문에서 여러 가지 문화 소식, 번역(한국의 문학작품까지도), 한독 관계의 르포르타주 등에 이르기까지 다양한 내용을 갖게 될 이 잡지에 대해서 한국 측의 문화정책 담당자들도 관심을 갖게 되기를 희망합니다. 입지Standort는 독일과 한국 사이의 바로 중심genaue Mitte인데 정치 문제는 취급하지 않으려고 합니다. 제1호의 논문은 대부분 되어 있는데 최 박사가 주고 가신 독獨·일日 간의 과거 청산Vergangenheitsbewältigung에 관한 논문도 실으려고 생각하는바, 이에 대한 최 박사의 공식적인 동의를 요청합니다.

다만 두 가지 양해 사항이 전제가 되겠는데, 원고료를 드릴 수가 없는 실정인 것과, 한국과 일본 관계의 미묘한 감정 관계를 잘 모르는 독일 독자를 위하여 간단한 머리말Einleitung을 사회과학 담당 편집자Redakteur에게 쓰게 할 예정인데 이에 대한 최 박사의 양해가 필요한 것입니다. 한국문화와 한·독 간의 문화 교류에 대한 인포메이션Information을 광범위하게 취급하는 유례가 없는 구상인지라 기업상 큰 성과를 예측할 수는 없으나, 많이 읽히는 잡지가 되어 주리라는 기대는 하고 있지요. 연간 최소한 이 회, 가능하면 사 회에 걸쳐 내고 싶은데, 최소한 오천 마르크 내지 일만 마르크가 소요될 예정입니다. 국제문화협회와의 적극적인 협력과 지원을 희망하는데, 최 박사의 도움이 있으시면 감사하겠나이다.

그리고 독일에 오시면 이 연구소의 고문Berater으로서 많은 편달을 해 주시길 요망합니다.

(중략) 그럼 새해에 당지當地에서 만나기를 기대하면서 이만 총총하외다.

제弟 한별 배

2-1

2-[본 1983. 3. 13.]

경애하는 최 박사 귀하

일전에 전화 통화를 하고 『한韓』 제2권은 곧 송부하였습니다. 제가 두서 없었던 탓으로 그간 제대로 연락이 잘 안 된 점 미안하게 생각합니다.

오늘 김규택金圭澤 박사로부터 편지를 받았는데, 4월 20일에 당지當地에 오 겠다는 것입니다. 사실은 훔볼트재단Humboldt-Stiftung의 서울 총회Tagung 시 환영연Empfang이라도 열어 달라고 부탁 편지를 냈었는데 어렵게 된 것이 아닌가 추측합니다. 여하간 김 박사와는 이곳에서 만나게 되어 다행이긴 합니다. 호텔 건은 이곳 대사와 만나 이야기를 나눈 다음 처리하겠다고 전 해 주세요.

그 전에 이야기가 있었던 이곳 간행물에 대한 지원금 일만 마르크는 작년 말에 이르러서야 송금이 되어 와서, 이미 나온 간행물에 대한 오천 마르크 는 지급했고 제이의 간행물이 나오는 대로 잔여액도 지불하기로 해당 출 판사와 약속을 해 놓았습니다. 김 박사를 만나면 이야기 듣게 되겠지만, 이 제이의 간행물(문제의 인물 비알라스Bialas의 신문 제목 목록)이 작년 회계연도 말까지 나오지 않고 돈을 미리 안 준다고 나를 모함하는 등의 불 미한 사태가 있은 다음, 김 박사는 『한』을 사겠다는 명목으로 지원금을 송 금한 것인데, 제弟는 그 돈을 비알라스의 간행물 지원금으로 활용하기로 확약을 한 것입니다.

본에서 젊고 미숙한 사람들을 지원해 주려고 출발했던 사업이었는데, 김 박사에게도 누가 많이 가서 미안하게 생각합니다. 문제는 이 비알라스라는 자가(그 사이에 제弟의 도움까지 받고 정치학 박사가 되었음) 너무 야심이 많고 또 독일 아이들이 돈에 대해서 너무 민감하여 말썽을 많이 빚은 것입니다. 이런 자들(*기명 생략)에 대해서는 각별히 경계를 해야 될 줄 압니다. 비알라스는 독일 상공회의소Handelstag의 직원으로 한국에 거주하기 시작했는데, 이자들을 한국문화연구소 편집 진용의 핵심부에서 전부 제거했습니다. 원래 한국연구협회Gesellschaft für Korea-Forschung에서 의견이 맞지 않아 제弟가 탈퇴하고 한국문화연구소를 만들자 동 협회가 해체되게 되는 등 일련의 사태를 겪어야 했던 것과 관련이 있었는데, 한국문화연구소는 제弟의 교과서 프로젝트의 덕택으로 독일 전국에서 회원망을 확장하고 있으며, 삼 년 후면 경제적으로 완전 자립할 것으로 확신합니다.

국제문화협회에서 금년 가을에 나올 제3권을 지원해 줄 수 있다면 다행이겠습니다. 이것은 한독 수교 백 주년 특집이 되기 때문에, 최 박사의 옥고도 기대합니다. 전화로 연락하겠지만, 최 박사가 한국문화연구소를 위하여 학술 고문Wissenschaftlicher Beirat (최 박사 전공 분야에 대한)이 되어 주신다면 더욱 큰 기쁨이겠습니다. 이것은 제弟의 필생의 사업이며 독일 내에서도 날이 갈수록 인정을 받고 있어서 퍽 보람을 느끼고 있는 중이오니, 한국에서도 이에 대한 인식이 커지기를 기대합니다. 그럼 한국에서 최 박사와 온 가족이 복되고 건강히 지내시길 기원하며 이만 총총합니다.

제弟 구기성 배

박완서 朴婉緖, 1931-2011

1-1

존경하는 최정호 선생님께
보내주신 책 잘 받았습니다.
여러 지면에서 접한 적이 있는
글들인데도 한권으로 묶인 걸
읽으니 선생님다움이 더욱 거하고
분명하게 느껴져 많은 감동을
받았습니다. 아껴가며 정독하
겠습니다. 제 책 뒤늦게지만
보내드립니다.

박완서

1-2

1-[서울 2008.]

존경하는 최정호 선생님께
보내 주신 책 잘 받았습니다. 여러 지면에서 접한 적이 있는 글들인데도
한 권으로 묶인 걸 읽으니 선생님다움이 더욱 거하고 분명하게 느껴져 많
은 감동을 받았습니다. 아껴 가며 정독하겠습니다. 제 책 뒤늦게지만 보내
드립니다.

박완서

諸大路!

空中에서 날린 葉書를 받고는 對答할길 없어 허전했다. 果然 먼곳으로 가는구나 싶더니 江모퉁 女人의 監視를 받으며 쓴 이글을 받고보니 호상는 過히 멀지도 않구나 싶더라. 一週日間을 사이에두고 너이야기를 들을수 있기 때문이다. 어쩌면 서울에 같이 있을때 보다 자주 만날지도 모르지.

爲先 バケモノヤシキ라도 하나 믿어걸렸으니 安心이다. 어쩌면 그런곳이 너에게는 안성맞침 일는지도 모른다. 適度의 不安感, 刺戟 그러러 나는 想像이 잘되지 않는 넉카리溪谷 풀이 너로하여금 굴주깨나 읽을수 있는 雰圍氣를 만드러 줄것 같다. 가갈 잘하고 말고...

요지음 생각이 항상 그래서 그런지 검은 곳和國 留學生 이야기에 興味를 느낀다. 앞으로 大統領이 될만한 놈을 物色해서 사켜 두는것도 좋겠다. 菜語를 아는 놈이면 나에게 紹介도 해주고. 어디 그들에게 漠然한 繁華깨나 期待를 가지는것이 헌삼껫의 색씨 뿐이랴. 우리도 한목끼자.

하도 읽르기 致辭가 대단해서 권君은 キョウシュク 極시テ 아주 돼지 잡을것을 잘못했다고 이제와서 큰소리다. 아마 너 돌아 올쯤 돼지도 잡을수 있을게다. 아무리 되싶어 보아도 네가 떠나 가는것이 實感이 나지 않더니 막상 半島호텔 앞에서 汽車를 태울때는 눈물이 폭 쏟아 지려 하더라. 飛行場 에까지라도 나갈수 있었으면 싶었다. 네가 좋은 길을 떠나는데 네가 외로귀 해서 돌가보내고 뭔마니 心中에서 매질 했는지 모른다.

그때의 感懷를 나는 붓으로 그려 백수 없나보다. 그만두지.

이곳 모두 無事하다. 한길회 일은 아즉 總合을 맺지 못했다. 네 간다 는 에 한번 모여서 會規의 最終成案을 내고, 지난 번의 總合을 記錄했는 데. 鵬宗, 柏郁, 花植 그리고 나, 塾善의 다섯名만 나왔으니 �’이 되나. 總合을 못한 代身에 會規의 第一章 目的規程을 내가 提議해서 다음과 같이 고쳤다. 「本會는 新生塾라 더무러 안으로 會員 相互間의 親睦과 精進을 圖謀하고 나아가 民族의 將來를 爲한 靑年人의 使命을 覺醒 勵行 하는데 그 目的을 둔다」

다음 12月18日에 忘年會 兼하여 可及的이면 地方에 있는 者들까지 불러 온려 創立 總合을 하기로하고. 그前에 國內團体의 塾兄들에게 會規案과 經過報告를 알리기로 했다. 그리고 서울에 있는 塾生은 上記 네名이 分擔해서 出席을 責任지기로 했으니 앞으로는 좀 낫게 모일 것이다. 韓銀賣君은 12月初에나 結末이 날것 같더라.

이정린 新生塾을 정신 바짝 차려서 해내야 볼 참이다.

잊기前에 부닥인데. 韓銀 調査課에 있는 더 親旧는 그新 簡單히 紹介 받고 그다음에 한번 만났는데 이름을 잊었다.

너 떠나기 前에 朴先生 만나 뵈왔는지 確認을 못했다. 于一 만나 뵈웁지 못했으면 12月에 들어서 한번 朴先生을 찾아 뵈는 件이니 알려 달라.

오다음 便紙로 좀 그곳 詳細한 이야기 듣고싶으며 이 편지는 이것으로 마친다. 時間이 다되었다. 몸조심

11月23日 父書.

Hunjo Lee
Seoul, Korea
서울特別市 私書函 先山학교31/45우
朴鐘浩 至善社

Herrn Chungho Choe
by/Herrn K. Zillmann
Ziegelhausen / Heidelberg
Bachweg 9
WEST GERMANY

PAR AVION 항공우편
No.1
11月29日
AEROGRAMME

或 찾을 수도 있을 것이니 이곳을 알려다오.

늙은 이야기다마는 食事가 입에 맞는가 중요하다. 外國에서 제반 먹는 것이니 똑똑히 먹고 (여러모로) 몸이라도 튼튼하길 빈다.

요전에 發通을 모시고 집에서 저먹을 먹을때도 네 걱정에 飛行機에 쫓아오는 女人이 많이 섬섬하려만 이야기를 하더라. 나이 크의 계집하나 못 장만해서 쓰겠냐. 留學生中에서라도 빨리 하나 골라서 寫眞을 찍어 보내주면 適當히 흘긋해 주지.

또 생각나는대로 날話인에 너의 全州집住所를 적어 보내오.

便低쓴 時間이 있을는지 몰라도 쓰고싶은 마음은 있다

1-2

146

1—[서울 1960. 11. 23.]

제대로諸大路!

공중에서 날린 엽서를 받고는 대답할 길 없어 허전했다. 과연 먼 곳으로 가는구나 싶더니, 홍모紅毛의 여인의 감시를 받으며 쓴 이 글을 받고 보니 세상은 과히 멀지도 않구나 싶더라. 일주일 간을 사이에 두고 너 이야기를 들을 수 있기 때문이다. 어쩌면 서울에 같이 있을 때보다 자주 만날지도 모르지.

위선 도깨비집バケモノヤシキ이라도 하나 얻어걸렸으니 안심이다. 어쩌면 그런 곳이 너에게는 안성맞춤인지도 모른다. 적도適度의 불안감, 자극, 그리고서 나는 상상이 잘 되지 않는 네카르 계곡 등이 너로 하여금 글줄깨나 읽을 수 있는 분위기를 만들어 줄 것 같다. 가길 잘하고 말고….

요즈음 생각이 항상 그래서 그런지 검은 공화국(*아프리카) 유학생 이야기에 흥미를 느낀다. 앞으로 대통령이 될 만한 놈을 물색해서 사귀어 두는 것도 좋겠다.

영어를 아는 놈이면 나에게 소개도 해 주고. 어디 그들에게 막연한 번화繁華에의 기대를 가지는 것이 흰 살결의 색시뿐이더냐. 우리도 한몫 끼자.

하도 닭고기 치사致辭가 대단해서 권 군(*이헌조의 부인 권병현)은 공구스러워하며キョウシュクキワメマシテ 아주 돼지 잡을 것을 잘못했다고 이제 와서 큰소리다. 아마 너 돌아올 땐 돼지도 잡을 수 있을 게다. 아무리 되씹어 보아도 너가 떠나가는 것이 실감이 나지 않더니, 막상 반도호텔 앞에서 지프차를 태울 때는 눈물이 푹 쏟아지려 하더라. 비행장에까지라도 나갈 수 있었으면 싶었다. 네가 좋은 길을 떠나는데 내가 외로워해서 될까 보냐고 얼마나 심중心中에서 매질했는지 모른다. 그때의 감회를 나는 붓으로 그려낼 수 없나 보다. 그만두자.

이곳 모두 무사하다. 한길회 일은 아직 총회를 열지 못했다. 너 간 다음에 한번 모여서 회규會規의 최종 성안成案을 내고 지난번에 총회를 소집했는데, 학표(*이학표李學杓), 병욱(*문병욱文柄郁), 재식(*오재식吳植在) 그리고 나, 숙장塾長(*신생숙新生塾의 숙장 김일남金日男)의 다섯 명만 나왔으니 말이 되나. 총회는 못 한 대신에 회규의 제1장 목적 규정을 내가 제의해서 다음과 같이 고쳤다. "본회는 신생숙新生塾과 더불어 안으로 회원 상호간의 친목과 정진을 도모하고 나아가 민족의 장래를 위한 청년인의 사명을 각성여행覺醒勵行하는 데 그 목적을 둔다."

다음 12월 18일에 망년회 겸하여 가급적이면 지방에 있는 자들까지 불러 올려 창립총회를 하기로 하고, 그 전에 국내 국외의 숙생塾生들에게 회규안과 경과 등을 알리기로 했다. 그리고 서울에 있는 숙생은 상기上記 네 명이 분담해서 출석을 책임지기로 했으니 앞으로는 좀 낫게 모일 것이다. 한은韓銀(*한국은행) 매점賣店은 12월 초에나 결말이 날 것 같더라.

어쨌든 신생숙은 정신 바짝 차려서 해내어 볼 참이다. 잊기 전에 부탁인데, 한은 조사과에 있는 네 친구는 그날 간단히 소개받고 그다음에 한 번 만났는데 이름을 잊었다. 혹 찾을 일도 있을 것이니 이름을 알려다오.

늦은 이야기다마는 식사가 입에 맞는가 궁금하다. 외국에서 제발 먹는 것이나 똑똑히 먹고 (여러모로) 몸이라도 튼튼하길 빈다. 요전에 숙장을 모시고 집에서 저녁을 먹을 때도 네 갈 때 비행장에 쫓아오는 여인이 없어 섭섭하더란 이야기를 하더라. 나이 삼십에 계집 하나 못 장만해서 쓰겠나. 유학생 중에서라도 빨리 하나 골라서 사진을 찍어 보내 주면 적당히 선전해 주지.

또 생각나는 대로 부탁인데, 너의 전주全州 집 주소를 적어 보내다오. 편지 쓸 시간이 있을는지 몰라도 쓰고 싶은 마음은 있다.

너 떠나기 전에 박 선생(*박종홍) 만나 뵈었는지 확인을 못 했다. 만일 만나 뵈옵지 못했으면 12월에 들어서 한번 박 선생을 찾아뵈올 작정이니 알려 달라.

요다음 편지는 좀 그곳 상세한 이야기 듣고 싶으며, 이 편지는 이것으로 마친다. 시간이 다 되었다. 안녕.

11월 23일
헌조

2-[서울 1961. 7. 5.]

제대로諸大路

정말 너무 오랫동안 서로 적소積疎했다.

6월 24일에 부친 너의 요번 편지를 받을 때까지 내 딴엔 염치없는 이야기나 무척 기다렸다. 여행을 떠난다는 너의 먼저 편지를 받고 답장할 시간을 놓치고 새 주소로부터의 편지만 기다렸느니라. 모두 구실이긴 하지만….

그때, 너의 먼젓번 글을 받던 날, 마침 전주 형님이 상경하셔서 너에게 편지하려면 우타Uta(*하이델베르크 대학교 외국학생처 직원)에게 하면 된다는 말을 들었다. 참말이냐?

그동안에 어디를 어떻게 돌아다녔으며, 무엇을 보았고, 어떤 사람들을 만났는지 여행 후의 이야기는 한마디도 없느냐.

허기야 우리가 국내에서 겪고 있는 이 여행 같은 과정도 이야깃거리를 넘어서서 이야기하지 않을 수 없는 것들이라 띄엄띄엄 받아 볼 신문 조각만으로는 파악하기 힘들 것이다. 그래서 더욱 너의 심려Sorge의 방향이 바다 건너 이쪽으로 와 있음 직하다. 그러나 너의 문면文面으로 본다면 진수眞髓는 잡고, 호흡은 느끼고 있는 것 같다.

네가 반도호텔 앞에서 떠날 때 우리들이 예기 못 했던 바는 아니었다. 또 그 예기豫期를 넘어서서 결과에 대한 기대와 우려도 있었다. 또한 이 기대와 우려도 상금尙今토록 해소된 것은 아니다. 그러나 장래에 대한 우려는 역사의 과정에서 항상 뒤따른 것이고, 위선 기대를 강조하고 그 한 면에만 관심을 집중시키고 있는 것이 나의 심정이다.

우리나라 실정이 대수술을 요하였던 것만은 사실이고, 이미 수술을 과감히 시작한 이상 아무리 그 병인病因이 크고 환자의 체력이 문제되고 또 수술에 의한 고통이 따른다고 할지라도 집도의執刀醫의 능력과 양식에 기대하지 않고 어쩔까 보냐. 환자의 병심病心은 항상 집도의에 대한 불안감으로 해서 더욱 악화의 길을 걷는 법이다.

어쨌든 민족의 운명을 걸고 있는 것은 사실이고, 이미 이렇게 되고 보면, 걸고, 믿고, 밀고 나갈 수밖에 도리가 없다.

어떻게 하면 우리의 우려가 기우杞憂가 되고 기대만이 실현될 것인가가 문

2-3

제이다.

정치만의 문제가 아니다. 사일구는 그래도 정치인과 학생 이외의 많은 사람들에겐 생활의 근본에서 문제되지 못했다. 아니 이 점이 일 년이 지난 후 사일구가 방향을 갖추지 못하게 된 원인이기도 하다. 그에 비하여 요즈음은 사회 전반에 걸쳐서 생활상生活上 변혁을 가져오고 있다. 길을 가자면 위선 보도를 무시해 온 자기의 습성부터 경계해야 한다. 다방엔 싱거워 들어갈 생각이 없다. 우리네야 전에도 그랬다마는 더욱 막걸리집이 성업이다.

동원(*신동원申東元)이도, 성위(*강성위姜聲渭)도, 병욱(*문병욱文炳郁)이도, 임렬(*오임렬吳壬烈)이도 모두들 해면解免이다. 이 사람도 신고申告, 저 사람도 신고, 모두들 신고를 한다. 생활이 밑바닥부터 뒤흔들리고 있는 것이 사실이다. 그러나 이런 바람이 지나가고 새로운 질서가 잡히면 모두들 본래의 길로 되돌아가게 되는 것이다. 나도 신고를 했다. 영장이 나오면 한 삼 년 충실히 복무할 각오다.

양담배 피우는 사람은 완전히 없어졌다. 피워야 된다느니 어쩌니 시비하는 사람도 없거니와 감히 생각을 못 낸다.

사십여 일 동안에 국민들의 마음가짐이 현저하게 달라진 것만은 사실이고 그것만으로도 이대로 잘만 가면 성공이다.

정원을 초과해서 짐짝이 되어 합승을 타서 좋을 게 무엇이며, 양담배 커피가 없어서 못 산다고 생각할 근거가 어디 있단 말인가. 너와 항상 이야기해 온 것이지만 이 나라가 가난한 나라라는 것을 국민들이 좀 더 뼈저리게 실감할 필요가 있지 않느냐.

이야기하면 한없고 내 표현력도 부족하다. 다만 나 개인의 생각으로는 '자유'만이 우리 민족 자손만대의 복지를 가져온다고 생각할 필요가 없으리라 생각된다.

확실히 이것은 우리가 뽑을 수 있는 마지막 '패'다. 너무 경솔히 판단하지 말자.

먼젓번에 군산群山 출장을 갔다가 꼭 상경해야 할 시간에 수 시간 여유가 있어 여관에 누웠다가 불현듯이 전주행全州行 버스를 탔느라. 두 시간여 시골 구경도 하면서 너의 고향에 도착하니 마침 점심시간이라 형님을 뵈올 수가 없어 그냥 올라오고 말았다. 어떻게 서운하던지.

어머님께서 병환이 계신 줄 알았던들 무리를 해서라도 전주에서 자기로 하고 찾아뵈었을 게다. 형님은 서울서도 뵈올 수 있지만 어머님을 못 뵈옵고 온 것이 무엇보다 서운했다.

그래도 네가 자랑하던, 걸어 봄 직한 숲들도 멀리서 보았고, 전주비빔밥 한 그릇에 약주 한잔 맛있게 먹고 왔다. 약주 맛 확실히 좋더라.

근간에 박 선생(*박종홍)은 찾아뵙지 못했고, 김 선생(*김일남)은 이따금 오셔서 이야기하곤 한다. 재식(*오재식)이는 건재하고, 학표(*이학표) 마누라는 배가 부풀고, 상일[*이상일李相日]이는 성대成大까지 겸해서 나가고 있으며, 병욱이는 사직하고 정리가 끝나면 영장이 올 때까지 절에 들어가 책이나 보려고 하더라. 성위는 학교를 그만두었다고 장사 구멍 찾으러 다니고…. 동원, 임렬은 신문에서 인사 발령을 보았을 뿐이고 소식은 없다.

근데, 도대체 '열열熱熱한 안부 말'이란 무엇을 의미하는 것인가! 권 여사는 뭣도 모르고 좋아하더라마는 나는 심중心中 대단히 불안하다. '열열한' 뜻을 밝히지 않으면 우의에 지장이 있을 것이니 그리 알라. 하하. 목하 '열열한 안부 말'이 가내家內 토픽 뉴스며 구호이기도 하다.

헤겔G. W. F. Hegel의 『법철학』과 『정신현상학』 며칠 다니며 구해 봤으나 아직 찾지 못했다. 아주 고본古本 집을 더터서 있으면 부처 주마. 아마 시간이 걸릴 것 같다.

부디 뼈아프게 공부해 다오. 몸도 돌보고….

자칫하면 지나친 낭만에 흐르지 않을까 두렵다. 우타Uta와 어떻게 되어 가고 있는지 알려라.

쓰기 시작해 보니까 특별히 할 이야기도 없는데 항상 너에게 편지 쓸 것을 생각하면 가슴이 꽉 차 있다. 아마도 너는 '가타리테語り手(*말하는 쪽)', 나는 '키키테聽き手(*듣는 쪽)'이기 때문인가 봐. 이렇게 쓸 말이 싹 사라지다니.

나도 그동안에 좀 괴로운 일들이 연달아 일어났느라. 영선(*오영선吳永善)이가 회사를 그만두었다. 상세한 것은 편지로 쓰고 싶지 않다.

이만 쓰자. 네 편지나 기다리자.

7월 5일 헌조

옮긴 주소가 봉투의 주소이고, 사서함으로 해도 된다.

諸大路   62?   62 1.28   No.1 ○

[handwritten letter, page 3-1]

3-1

[handwritten letter, page 3-2]

3-2

3-[서울 1962. 1. 28.]

제대로諸大路

하이든Haydn의 「놀람Surprise」을 듣고 있다. 1월의 마지막 일요일이라 참으로 오래간만에 붓을 든다. 오늘 쓰지 않으면 또 새해의 새달은 허송하고 말 것이고 꼭 같은 후회를 되풀이하였을 게다. 여태껏 편지를 쓰고 싶던 마음과 뉘우침이 한결같이 되풀이되기만 했다.

작년에는 사건도 많았고 정신적 격동도 심했다. 스스로 정리할 수 없었기에 전달할 수도 없었던 게다.

네가 곁에라도 있었으면 막걸리라도 마실 수 있었으련만….

연말에 소형 포터블portable 전축을 하나 마련했느니라. 이것이 작년도의 물심양면에 있어서 유일한 소득이라고나 할까.

음악을 듣기 시작하면서 좀 안정을 회복한 셈이고, 또 이렇게 대화할 여유가 생긴 것이다. 남의 것같이 스테레오도 아니요 소리도 썩 좋은 것이 못된 데다가 레코드도 국산 복사판뿐이다. 그래도 나는 좋다.

레코드를 「합창 교향곡」으로 바꾸었다. 전곡全曲은 아마 너하고 같이 신생숙新生塾 시절에 '르네상스'에서 들은 것 같은 기억이 있고, 노래는, 합창은 얼마나 같이 불렸더냐.

듣고 있으면서 불현듯이 너의, 그 너 혼자만의 코멘트를 듣고 싶다. 대화의 반주 말이다.

몇 번 '프로이데Freude'를 소리 질러 보려고 하였으나 혼자서는 허사더라. 빨리 돌아오게 되면 막걸리 마시며 소리를 질러 보자, 싶다.

정초에 박 선생(*박종홍)을 가 뵈었다. 건강은 괜찮은 편이나 연세가 눈에 보이시더라. 너는 무엇을 전공하는지, 결정하였는지, 지도는 어느 교수로부터 받는지, 신문 일로 실없이 쫓아다니는 것이나 아닌지 걱정하시더라. 박 선생은 요번에 대학원장을 맡으셨다.

강성위姜聲淸 군이 풍문여고를 그만두게 되어 김규영金奎榮 선생의 권유로 동국대의 대학원에 가 있는데, 노자老子 강의 듣는 이야기에 자극을 받고 노자 몇 장을 읽고 있었느니라. 선생님께 그 말씀을 드렸더니 늙어서나 읽지 지금은 읽지 말라고 말리시더라.

나카무라 하지메中村元의 「동양인의 사유방법」을 읽어 보고, 거기에 빠져 있는 한국인의 것을 메꾸어 보라는 말씀이시더라. 그 후 자주 책방에 들른다마는 아직 구하지 못하고 있다.

이제 새삼스레 옳은 공부가 될까마는, 박 선생의 정년도 가까워 오고, 환갑이 아마 명년일 게다. 우리와 선후한 과科 출신들이, 젊은 사람끼리 기념 논문집이라도 하나 만들어 바치자는 이야기들이 돌고 있는 모양이고, 박종현朴琮炫 군은 출판까지 걱정하고 준비하고 있는 모양이라. 말은 하지 않았다마는 졸업 논문 쓰는 마음으로 간단한 잡문이라도 하나 써야 마음의 짐이 풀릴 것 같아서 이러쿵저러쿵 궁리 중이다. '출판비 일부 회사' 따위로서야 너무나 지난 내 청춘이 원통하지 않겠느냐.

김일남金日男 선생도 지난 한 해 고생이 막심하셨다. 사모님이 산후 영양실조로 돌아가실 뻔했고, 그것도 사후에야 알게 되었으니 김 선생의 마음을

150

炳郁이는 中央을 그만 두고 西海岸 가까운 어느 절간에 가 있는 것을 불러 내어 내 아四寸을 맡겨 지금 俗離山 法住寺이 들이 박혀 있다. 相一이가 얼마前에 다녀 왔는데 二月下旬에 내 아四寸 開學으로 下山하게 되면 同土建設員에 自願入隊한 作定이란다. 相一이도 行動을 같이 할 눈치다. 自願하면 一年으로서 兵役義務를 마치게 되것이기 때문이다.
學表는 結婚 벌써 生男하였고. 其他 塾生 健在하다.
鍾甲이가 飄然히 出現해서 기어이 大學을 마치고 水原商高에 新學期부터 勤務하기로 하고 下鄕했다. 그동안 大邱의 어느 輪送部隊에 있었다는 이야기더라. 年末에 仁洙와 집에 같이 와서 있는 술이라곤 다마시고 갔다.
哲學徒兼 工學徒인 東俊이는 라디오商에 徒弟 노릇을 하다가 이제 獨立해서 厚岩洞 옛 新生塾 넘어가는 고개 길모퉁이에서 獨立 開店했다. 主人兼 職工兼 販賣 兼 仕入兼 宿直으로서 完全 獨立이다. 어딜 나가면 그동안 臨時 休業이다.
各樣各色의 生態에 祖國의 實存을 分擔하고 있다.
二月에 들어 서면 炳郁이 下山을 기다려 한번 모일 것이다.
무엇을 해야 한것인가. 지난 한 해의 暗中摸索이 아즉도 繼續한다. 이대로 慣性에 몸을 맡껴 죽어 가고 싶지 않다. 더구나 祖國의 現實이 나에게 그렇게 寬大하여 아무렇게나 살다 죽는것을 容恕 한것 같지 않다. 天이 무엇을 要求하고 있는지 알길이 없다. 天이 무엇이건 나에게 期待하고 나에 賦課 한것이 있으리라 믿어 지면서도 그것의 具体的으로 무엇인가 볼수 없는

장님이 기미 안타 깝다. 어쩌면 天이 나에게 期待해 주기를 내가 바라고 있는지도 모른다. 그러기 때문에 具体的으로 무엇이 提示되지 않은채 이대로 지나가고 말것이 아닌가 하는 생각이 焦燥를 넘어서 恐怖로 化해 가고 있다.
나에게 使命이 있다면 그것이 아무리 고된 것일지라도 빨리 提示 되었으면 싶다. 설마 오늘의 내 狀態가 바로 그것이야 아니겠지. 그러나 그것도 모를 일이다. 지금 現在의 나에게 그무엇이 있는지도 모른다. 現在의 이 逃避가 強要되는 이 日常性 속에 本来的인 그 무엇이 있지 않을 까하는 하나의 示唆가 為先 焦燥를 扶植해 주기는 한다.
朴先生도 그런 비슷한 말씀으로서 나의 精神的 動搖를 批判 하시더라.
그러나 막상 진저리나는, 每日每日 똑 같이 珠璧 뭉고. 땀 흘리고 따리고, 휘몰려서 온 몸이 청 느러저서 돌아 오는 이 生産途에서 찾아 보자니 疲労가 앞선다. 이놈에 音楽도 充失지도 모른다.
「만남의 契機」가 外部이던 오느냐 內部이던 오느냐는 問題가 아니 그쪽에서던 꼭 있어야 되겠다. 너무 지치기 前에.
지치고, 疲労가 쌓이면 惰性이 생긴다. 惰性은 疲労의 果積으로된 甲각을 말하는 것인가 보다. 甲각을 한치 두치 눈기만 가고 날흐한 抵抗이 弱해서 이제나 無男한 碎氷艦를 마련하는 것 같다. 그 碎氷艦가 곧 무덤임을 안면서도 어쩔수 없다. 그러기 때문에 아즉도 그것을 부뿔하는 외손 「만남의 契機」가 안 오면 방퇴인 게다.

갚아 드리지 못하는 한恨이 크다. 근간 자주 연락이 없으니 또 무슨 일이 있지 않은가 마음 조인다.

재식(*오재식)이가 인도에서 열린 기독교세계대회를 비롯한 여러 회합에 다녀와 좋은 공부도 해 왔을 뿐만 아니라 유학의 기회도 마련되어 가는 것 같다. 독력獨力으로 그놈만큼 건전하게 개척해 나가는 사람이 없다. 뼈다귀가 확립되어 있다. 존경할 만하다.

그놈도 불운은 쫓아다녀, 도쿄까지 와서 부인 위독하다는 전보를 받고 귀국하여 비행장으로부터 병원 직행, 사흘 밤을 새우고 위선 생명을 건져 놓고 회사에 나타났더라. 삼사 일 전에 퇴원했다는 전화를 받았다.

병욱(*문병욱)이는 중앙(*『중앙일보』)을 그만두고 서해안 가까운 어느 절간에 가 있는 것을 불러내어, 내 외사촌을 맡겨 지금 속리산 법주사法住寺에 들어박혀 있다. 상일(*이상일)이가 얼마 전에 다녀왔는데 2월 하순에 내 외사촌 개학으로 하산下山하게 되면 국토건설원에 자원입대할 작정이란다. 상일이도 행동을 같이할 눈치다. 자원하면 일 년으로써 병역 의무를 마치게 되는 것이기 때문이다.

학표(*이학표)는 결혼, 벌써 생남生男하였고, 기타 숙생塾生 건재하다.

종갑(*김종갑金鍾甲)이가 표연히 출현해서 기어이 대학을 마치고 수원상고에 신학기부터 근무하기로 하고 하향下鄕했다. 그동안 대구의 어느 수송부대에 있었다는 이야기더라. 연말에 인수(*한인수韓仁洙)와 집에 같이 와서 있는 술이라곤 다 마시고 갔다.

철학도 겸 공학도인 동준(*노동준盧東俊)이는 라디오상商에 도제徒弟 노릇을 하다가 이제 독립해서 후암동 옛 신생숙新生塾 넘어가는 고개 길모퉁이에서 독립 개점開店했다. 주인 겸 직공 겸 판매 겸 사입仕入(*상품이나 원료를 구입해 두는 일) 겸 숙직으로서 완전 독립이다. 어딜 나가면 그동안 임시 휴업이다.

각양각색의 생태生態에 조국의 실존을 분담하고 있다.

2월에 들어서면 병욱이 하산을 기다려 한번 모일 것이다.

무엇을 해야 할 것인가. 지난 한 해의 암중모색이 아직도 계속된다. 이대로 관성에 몸을 맡겨 죽어 가고 싶지 않다. 더구나 조국의 현실이 나에게 그렇게 관대하여 아무렇게나 살다 죽는 것을 용서할 것 같지 않다. 천天이 무엇을 요구하고 있는지 알 길이 없다. 천이 무엇이건 나에게 기대하고 나에 부과할 것이 있으리라 믿어지면서도, 그것이 구체적으로 무엇인가 볼 수 없는 장님이기에 안타깝다. 어쩌면 천이 나에게 기대해 주기를 내가 바라고 있는지도 모른다. 그러기 때문에 구체적으로 무엇이 제시되지 않은 채 이대로 지나가고 말 것이 아닌가 하는 생각이 초조를 넘어서 공포로 화化해 가고 있다.

나에게 사명이 있다면, 그것이 아무리 고된 것일지라도 빨리 제시되었으면 싶다. 설마 오늘의 내 상태가 바로 그것이야 아니겠지. 그러나 그것도 모를 일이다. 지금 현재의 나에게 그 무엇이 있는지도 모른다. 현재의 이 도피가 강요되는 이 일상성 속에 본래적인 그 무엇이 있지 않을까 하는 하나의 시사示唆가 위선 초조를 불식해 주기는 한다. 박 선생도 그런 비슷한 말씀으로써 나의 정신적 동요를 비판하시더라.

3-5

조를 알고 싶었다. 그래서 악전樂典도 간단한 것을 읽어 보고 음악사音樂史도 한번 대략은 훑어보았느니라. 위선 인사를 치르고 성명을 물어본 셈이다.

과거 소박히 생각했던 표현 수단으로서의 음악 언어와는 아주 딴판이고, 그리 간단하게 나의 '말'이란 개념을 음악이나 미술에 적용할 수 없다는 것을 깨달았다. 하나의 소득. 그리고 각 민족에 특유한 음계. 비교음계학(?)적인 분야가 있다는 것을 알고 흥미를 느꼈다. 아직 이 정도의 소득뿐이다.

오늘은 이만 줄이자. 네 연하장 잘 받았고 다른 친구들에게도 전했다. 간단하게라도 몇 자 적어 보내지 않구….

미스 권(*이헌조의 부인 권병현)도 미스 권으로서 건재하시다.

편지 기다린다. 내가 못 해도 너는 자주해야 된다. 이유 없이 너는 자주 해야 한다.

1월 28일 헌조

4―[서울 1963. 4. 7.]

제대로諸大路!

"지금은 한밤중입니다."*

며칠을 두고, 아니 정확하게 말해서 소식을 전하지 못한 이래로 줄곧 생각해 온 기구起句이건만 끝내 하이재河二宰(*내 아호 '하이재何異哉'의 다른 필명)의 명구를 차용借用하고 말았다.

'독백의 대화'를 위하여 붓을 드는 게 얼마 만인지 기억도 까마득하다. 하마 잊어버릴 뻔한 식성食性이라 할까. 이러한 버릇이 정신적 자위란 뜻에서는 나도 이제 꽤 건강해진 모양이다. 그러나….

두루마기는 벗어젖히고 동저고리 바람으로 이야기하자. 이 얼마 만인가? 백림伯林(*베를린)으로 간 뒤로 한 번도 편지하지 못했다. 몸이 성한가, 무슨 공부를 하는가, 어떤 사람을 사귀는가, 여자는 새로 생겼는가, 하이델베르크의 아가씨가 쫓아다니는가, 춤은 늘었는가, 그 농땡이 버릇은 독일서도 못 고쳤는가, 궁금한 게 한두 가지가 아니지만 붓은 끝내 못 들었다. 알게 된 것은 굉장한 멋쟁이 연하장을 만드는 새 버릇이 생겼다는 것, 굵은 테 안경은 여전히 큰 코를 걸터 타고 있다는 것뿐이다. 요즈음 서울서도 많이 사용하는 필름 회사인 아그파AGFA에서 사람과 구경과 소식의 삼위일체로 된 엽서를 만든다는 것도 알았고, 아그파 덕분에 이렇게 마주 보고 이야기할 수 있다. 백만사百萬辭보다도 반가운 얼굴이다.

버티고 서는 자세며 목둘레의 굵은 악센트며 가슴을 털어 헤친 옷 맵시며 아무렇게나 움켜쥔 종이 조각까지 변함이 없다. 글씨도 그러하고….

엽서 한 장, 연하장 한 장 보내지 못한 나의 소식을 어찌 짐작이라도 했을까 싶다. 주소를 확신 못 하는 마음, 뼈에 저리게 느껴진다.

내가 판매부에서 금성사의 라디오를 팔고 있을 때, 네가 떠났지. 그 뒤 사무실을 동남빌딩이라고 옛날 수도극장, 지금의 스카라극장 가까이 있는 건물에 옮겨서 락희화학樂喜化學의 기획구매과를 한 삼 개월 맡아 보다가 작년 4월에 '한국케이블공업주식회사'라는 새 회사의 일을 보게 되었느니라. 이건 락희의 부정 축재 환수금으로써 짓는 것인데 국영이 될지 민영이 될지 명년 말까지 건설을 완료해 놓고 보아야 할 게다. 서독에서 이백 구십 오만 불 차관借款해서 안양에 공장을 지을 작정으로 요 며칠 내로 기계 주

그러나 막상 진저리나는, 매일매일 똑같이 주판 놓고 전화 받고 따지고 휘몰려서 온몸이 척 늘어져서 돌아오는 이 생활 속에서 찾아보자니 피로가 앞선다. 이럴 때 음악은 독毒일지도 모른다. '만남의 계기'가 외부에서 오느냐 내부에서 오느냐는 문제나, 어느 쪽에서든 꼭 있어야 되겠다. 너무 지치기 전에.

지치는 것이, 피로가 쌓이면 타성이 생긴다. 타성은 피로의 누적으로 된 갑각甲殼을 말하는 것인가 보다.

갑각은 한 치 두 치 늘어만 가고 생소한 저항에 대해서 언제나 안이한 피신처를 마련하는 것 같다. 그 피신처가 곧 무덤임을 알면서도 어쩔 수 없다. 그러기 때문에 아직도 그것을 자각하는 지금 '만남의 계기'가 안 오면 낭패인 게다.

두서 없는 이야기들이다. 좀 더 정리될 것으로 믿고 노력하고 있다. 지금 내 전축의 곡은 「운명」으로 바뀌었다. 아무도 두드려 주지 않는 문을 지키고 있을 뿐인가. 이야기를 돌리자.

음악은 두 가지 이유로써 듣기 시작했다.

하나는 '쌍화탕雙和湯'으로서, 또 하나는 '사물탕四物湯'으로서…. 지쳤을 때, 혼란이 극심할 때 위선 안정을 주어 때때로 불러들인다. 쌍화탕 나름이다.

그러나 쌍화탕은 옛날에도 마셨고, 지금도 너 간 뒤 많이 생긴 음악 홀Hall 같은 데를 가면 마실 수 있다. 꼭 전축이 필요했던 것은 '음악 언어'를 위해서다. 음악이 내 밥이 아닌 바에는 보약이라도 좋지 않으냐. 음악 언어의 구

152

諸大路!

「지금은 한밤중입니다만」

몇일을 두를, 아무도 確實하게 말해서 消息을 信하지 못한

以來로 줄곳 생각해온 起句이건만 끝내 짓二字이

名句을 借用한 말이었다.

「獨自의 對話」를 爲하여 붓을 드는게 얼마만인지

記憶도 가마득하다. 하마 잊어 버릴번한 食性이라

한갓, 이러한 버릇이 精神的 自慰란 뜻에서는 말

이제 꼴 廳健해진 모양이다. 그러나…

두루마기는 벗어 던추걸이 바람으로 이야기
하자! 이 일이 얼마만인가? 伯林으로 간 뒤로 한번도

便紙하지 못했다. 몸의 성한가, 무슨 공부를 하
는가, 어떤 사람을 사귀는가. 女子는 새로 생겼는가.

학이 될뻔하고 짤이 다니는 춤을 늘몃으로 가.
그동안 별옷은 獨逸서도 못고 첫눈가. 궁금한게

한두가지가 아니지만 붓을 끝내 못들었다.

제大코을 걸터된 안개된것은 광장한 멋장이

새버릇이 생겼던것도 있. 구름을 되 안정을

서도 많이 便用하는 필름 〈宮社〉인 AGFA에서

사람과 구경과, 諸恩의 三位一体로 된 葉書를 만든

다는 것도 알았고, AGFA德分의 이렇게

보고 이야기할수 있었다. 百萬辯보다 반가운

얼굴이다.

문을 끝내고 곧 건축에 착수할 것이다.

지금의 직위는 총무부장이다마는 기획을 주로 보고 있으니까 공장이 완성되면 공장을 맡을 가능성이 많다. 아직 확실치는 않다마는.

지금 사무실은 한일은행에서 새로 지은 건물로, 을지로 3가 네거리에 있다. 작년 4월에 부장이 되어서 곧 너에게 알리려 한 것이 어물어물 넘기고 말았다. 참, 회사 이름 가지고는 모를 게다마는 전선을 만드는 공장이다.

요즈음은 계산척計算尺을 선사받을 정도로 기술자 비스름한 것이 되어 가고 있느니라.

그밖에 변동은 지난겨울부터 마작麻雀을 배워서 가끔 열을 올리고, 금년 들어 간신히 전화를 하나 구하여 달았는데 72-7221번이다. 만약 몰래 귀국하거들랑 걸어라. 72국이란 건 너 있을 땐 없었지? 집은 하늘이 손바닥만 한 그 집에 살고 있고 애는 아직 없고 머리는 자꾸 굳어 가고….

권 여사는 살이 꽤 올랐느니라. 열렬하고 간곡한 안부의 여덕余德일 게다. 수일 전에 약 십여 일 기약하고 시골 내려가셨는데 가시면서 꼭 자기 안부도 빼지 말라는 부탁이었다.

신생숙新生塾 친구들 다 별 탈 없고 매 15일마다 만난다. 빅뉴스로는 종갑(*김종갑)이가 서울적십자사의 청소년 과장님이 되셔서 청년학도 지도에 바쁘니라.

병욱(*문병욱)이는 작년 일 년 국토건설원에 다녀와서 현재 대한문교스라이드사란 데서 편집을 보고 있고, 재식(*오재식)인 청년 기독교인의 유

망한 리더가 되었다. 규하(*조규하曺圭河)도 마작을 배웠다고 도전이 있어 한번 신혼집에 찾아가서 참패를 당하고 왔다. 자주 만나지는 못하느니라. 하는 일이 너무 달라서.

박 선생이 금년에 환갑이라는 이야기, 기념 논문집을 낼 작정이라는 것, 그리고 내 회사 이야기, 모두 너한테 알린 것 같기도 하고 알리려다가 못 쓴 것 같기도 하고 도무지 기억이 미덥지 못하다. 이걸 받고 궁금한 게 있으면 자세히 알려다오.

서울의 어수선한 공기는 신문을 통하여 다 알 테지. '너와 이야기하고 싶은 밤이 한두 밤이 아니었다.' 날이 갈수록 지나치게 속화俗化되는 자기가 무섭다. 이야기할 의욕이 나는 친구를 만나기 힘들다. 말없이 며칠을, 몇 달을 지나고 나면 말도 잊는다. 이따금 벗을 만나도 따라서 말이 없다. 그러면 더욱 소원疏遠해지는 악순환이다.

이따금 생각할 여유를 가졌으면 좋겠다마는, 그런 시간엔 주로 몸이 지치거나 마음이 지친다. 자신이 어떻게 끝을 맺을 것인가 전망이 서질 않는구나. 그런 가운데 시간은 가고.

한번 외국이라도 나가서 바깥 세계를 구경해 보았으면 싶다. 그렇다고 푸른 생生이 되돌아올 리 없겠다마는…. 이러구러 자신을 눌러 가며 살아가게 마련인가 싶다.

그러나 아직 자기에게 미련이 있다. 로맨티스트다운 미련이 말이다.

끝으로 주소 이야기.

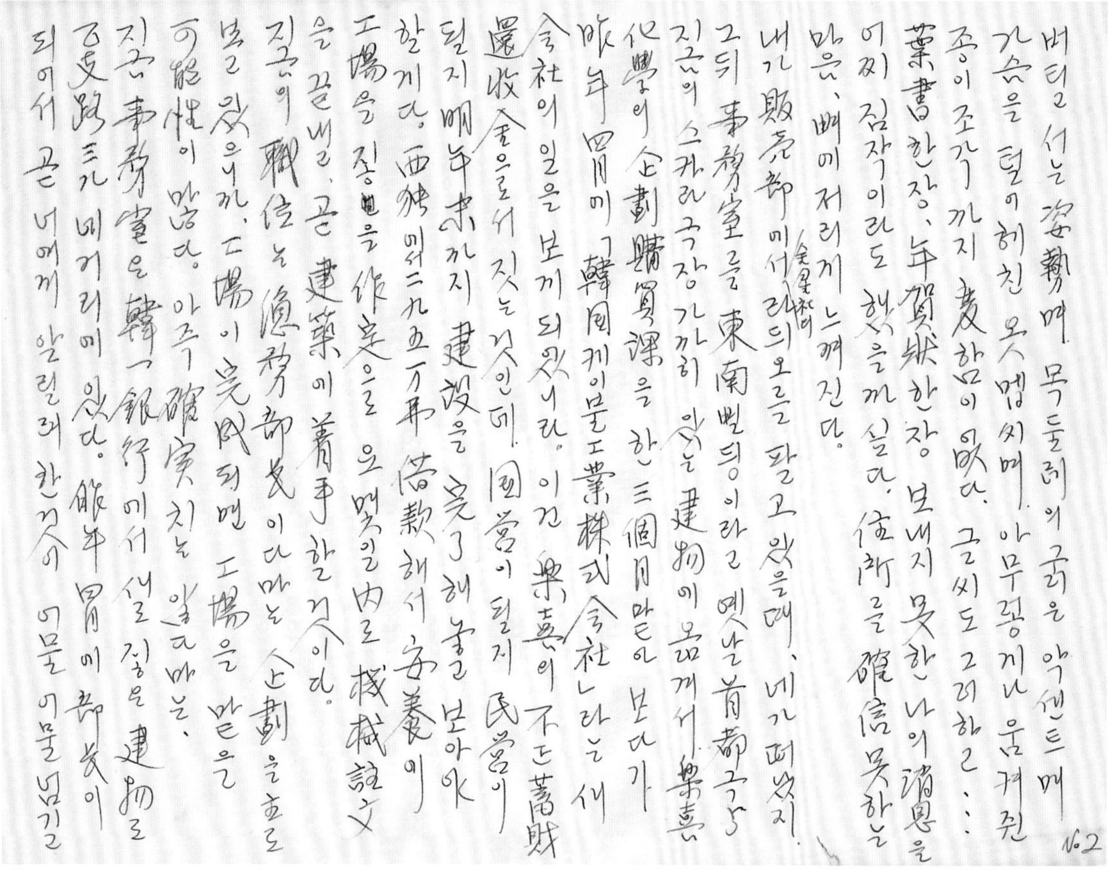

버티고 서는 姿勢며 목둘레의 굵이은 악센트며
가슴을 덮어 헤친 오스멜쉬며, 아무렇게나 움켜쥔
종이 조각까지 表함이 없다. 글씨도 그러하고…
葉書 한 장, 年賀狀 한 장 보내지 못한 나의 消息을
어찌 짐작이라도 했을까 싶다. 住所를 確信 못하는
마음, 때에 저리게 느껴진다.
내가 販売部에서(企劃部) 라디오를 팔고 있을 때, 네가 떠났지.
그뒤 事務室을 東南빌딩이라고 옛날 首都극장
지금의 스카라극장 가까이 있는 建物에 옮겨서 樂喜
化學의 企劃購買課를 한 三個月 맡아 보다가
昨年 四月에 「韓國케이블工業株式會社」라는 새
會社의 일을 보게 되었니라. 이건 樂喜의 不正蓄財
還收金으로서 짓는 것인데, 國營이 될지 民營이
될지 明年末까지 建設을 完了해 놓고 보아야
할게다. 西獨에서 二九五万弗 借款해서 安養에
工場을 짓을 作定으로 요 몇일 內로 機械註文
을 끝내고, 곧 建築에 着手할 것이다.
지금의 職位는 總務部長이다마는 企劃을 主로
보고 있으니까, 工場이 完成되면 工場을 맡을
可能性이 많다. 아주 確實치는 않다마는,
지금 事務室은 韓一銀行에서 새로 지은 建物로
乙支路三가 네거리에 있다. 昨年 四月에 部長이
되어서 곧 너에게 알릴려 한 것이 이달 이달 넘기고

4-2

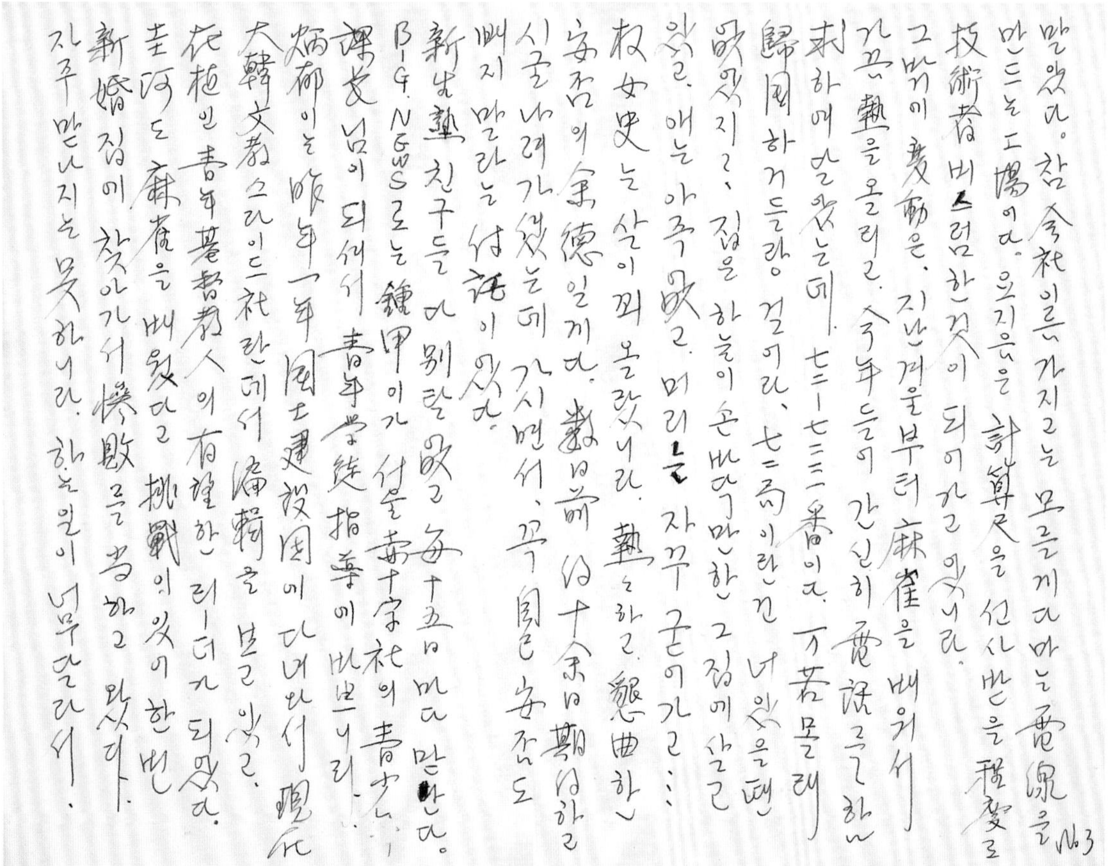

말았다. 참 會社 일은 가지고는 모르겠다마는 電線을
만드는 工場이다. 요지음은 計算尺을 신나 반을 程度로
技術者 비스럼한 것이 되어가고 있니라.
그밖에 變動은, 지난 겨울부터 麻雀을 배워서
가끔 熱을 올리고, 今年 들어 간신히 電話 [illegible]
求하여 놓았는데, 七三-七三三一番이다. 万若 몰래
歸國하거들랑, 걸어라. 七二局이란 건 너 있을 때
없었지, 집은 하늘이 손바닥만한 그 집에 살고
있고, 애는 아주 없고. 머리는 자꾸 준어가고…
叔母는 살이 쪄 올랐니라. 熱々하고 懇曲한
安否의 余德일게다. 數日前 十余日 期日하고
시골 내려가셨는데 가시면서, 꼭 自己 安否도
빼지 말라는 付託이었다.
新生塾 친구들 다 別탈없고, 每十五日 마다 만난다.
B.G.NEWS로는 鍾甲이가 서울赤十字社의 青少年
課長님이 되어서 青年學徒指導에 바쁘니라.
炳郁이는 昨年 一年 國土建設團에 다니다가 現在
大韓文教스라이드社란 데서 編輯을 보고 있고,
在植인 青年基督教人의 有望한 리-더가 되었다.
圭河도 麻雀을 배웠다고 挑戰의 뜻이 한번
新婚집에 찾아가서 惨敗를 當하고 왔었다.
자주 만나지는 못하니라. 하는 일이 너무 달라서.

4-3

朴兄님이 今年에 還甲이라는 이야기. 記念論文
集을 낼 子息이라는것, 그리고 내 술회 이야기
모두 내한테 쌀린것 같기도하고, 앗길려다가
못손것 같기도하고 도모지 記憶이 믿어덥지못하고
이길밤고 궁금하게까 이메 仔細히 알려다오.
서울의 아주친한 室氣는 新聞을 通하여 대강
되지 「너와 이야기 할 실을 밤이 한두밤이 아니었음」
날이 갈수록 지나치게 似心되는 宣을 밤이 무섭다.
이야기한 魂熱이 나는 친구를 만나기 힘들다.
많잖이 몇일을, 몇달을 지나 나면 만도 잇는. 그러면
이러군 벗을 떠나더 말이 엇다.
여주 珠遠 하지고. 要績還이다.
이따금 생각한 余慾을 가졌으면 좋았다 바는
그런 時間에 효로 못이 지치거나 마음이 지친다.
自身이 이렇게 끝을 맺으기 展望이 서질
않는구나. 그리 갓을러 時間을 가고.
한번 外間이라도 나거서 바깥 世界을 구경.
헤매오면 살주. 그렇다고 두군 난이 되도라온 괴
없었다마는... 이러구러 自身을 눌러가며
그리 아주 自己 깨어 未練이 마련인가 싶다.
로만티소트 다운 未練이 마련이다.

4-4

끝으로 住所 이야기.
네게 보낼 彩書 書送 他 內局 三一四号 樂喜化學
工業社가 ○一正確한 住所이다.
군의 直接 보낼려면
로交路 三ㅇ一ㅇ 主地
韓國刑이봉工業株式會社이.
주소이만 주리자. 밤도 같이 깊어 젔다.
너의 詳細한 이야기 듣고 실다.
便民로 잔주오잣다.
억지로라도 쓰오아. 생각이 떠오르거 보다. 아름으로는 꼭
○다음번에 寫真한장 보씨며.

田月夕日
安寧
寅相

4-5

네가 보낸 사서함 광화문국 314호 락희화학공업사樂喜化學工業社가 제일 정확한 주소이다.
군이 직접 보내려면, 을지로3가 116번지 한일을지빌딩 한국케이블공업주식회사이다.
그럼 이만 줄이자. 밤도 깊어졌다.
너의 상세한 이야기 듣고 싶다. 앞으로는 꼭 편지를 자주 쓰겠다.
억지로라도 써야 생각이 떠오를까 보다. 안녕.

4월 7일 헌조

요다음번엔 사진 한 장 보내마.

* 1950년대 말 어느 잡지에 나는 "지금은 한밤중입니다"라는 말로 시작되는 '소인 없는 편지'를 십 회에 걸쳐 '하이재河二宰'라는 필명으로 연재했다.

5-[서울 1964. 5. 7.]

제대로諸大路

어제 몇 자 써 부치고 나니 또 이야기가 하고 싶어지는구나. 얼마 전에 우리 사社를 사직한 여사원이 어제 자살했다는 이야기를 들었기 때문인가. 서로 알지 못하는 사람은 건물이 무너져 십여 명이 사상死傷되었다는 보도를 보고도 대단한 감흥을 못 느끼면서, 조석으로 대하던 사람이라서 충격이 크다는 것인가. 그렇다면 나의 인간에 대한 감도의 충실성이 아직 자기 중심을 벗어나지 못한 증거일 게다. 생사도 고락도 모두가 생각하기 나름이라. 살아 보려고 애쓰는 사람에게는 굳이 스스로 죽으려는 사람을 이해 못 하듯이, 죽음을 받아들이기에 인색하지 않은 사람은 또한 우리들의 이 구차한 삶을 비웃을지도 모를 일이다.
이승과 저승이란 것도 다만 차원을 달리하는 어떤 '장場'의 이동이라면 이곳과 저곳의 이주와 다를 게 없다. 요즈음도 아직 불이 가신 것은 아니다만 한동안 이곳 중간층(지적으로나 경제적으로나)들 사이에 브라질 이민 열병이 유행했니라. 너나 할 것 없이 잠재적 보균자 아닌 사람을 찾기 힘들 정도였다. 마치 곁에서 누가 고열로 신음하고 있을 때 자기도 모르게 어슬어슬 추워 오듯이 자꾸만 유사 환자가 생기게 마련이다. 나는 그렇지 않다고 장담 못 한다. 다만 남을 고치진 못할지언정 내 스스로라도 이염罹炎하지 않으려고 여러모로 예방을 하나 예방 조치란 행위 자체가 불안을 조성하는 것도 같다. 이 땅에 버티고 견디어야 할 이유, 그것은 단순한 의무감만으론 안 된다. 어떤 즐거움과 기대란 것이 따라야 한다. 기대가 타성으로 되어 가고 한정된 시간의 종점이 자꾸 다가옴을 굽어보면 어깨에 메어진 짐이 더욱 무겁기만 하다.
그래서 나는 차라리 플레이보이playboy를 지향한다. 결론이 이처럼 희화화되어도 조금도 우습지 않으니 탈이다.
요즈음 내가 진단키로, 나는 말초적 신경쇠약증과 단하허탈증丹下虛脫症에 걸려 있다. 뱃속 밑은 허전한 게 힘없이 침잠하기만 하고 말초신경은 극도로 날카로워 계집보다도 더 변덕이 심해졌다. 무엇 때문에 화를 내는지 나도 주위도 모른다. 아니, 역증을 낸다기보다 역증으로 오염된 대기 속에서 호흡하고 있는 것이 더 적절할는지도 모르지. 간혹 제정신이 돌아오면 미스 권이 안쓰럽다.

나는 살이 찌고 신경이 둔해지길 바랐다. 그러나 막상 몸이 나고 보니 둔해져야 하는 신경이 아주 삭아서 머리터럭만 한 심芯만 남은 셈이다. 신경을 굵게 하는 비방은 오직 신경을 많이 활용하는 것이지, 섣불리 쉽게 해서는 안 되는가 보다.
돈 안 되는 소리 많이 썼다. 사상思想도 평가 절하가 되어 가고 있다. 그럼.

5월 7일 헌조

6-[서울 1964. 6. 25.]

제대로諸大路

우연히도 계엄령이 펴진 날 네 편지를 받았다. 물론 그때의 착잡한 심정으로 붓을 들었다가 끝을 맺지 못하고 찢어 버렸다. 질서, 대일감정對日感情, 지성, 주권, 생활고 등등 한국 현상의 제각면諸刻面을 표현하는 여러 가지 추상명사가 머리를 제멋대로 스쳐 가는 가운데서도 네 말 이모저모 수긍이 가더라. 실상 나도 그러한 생각 밑에서 현재를 지탱하고 있는 것이다. 그러나 나의 이러한 생각의 산지産地가 곧 나의 안정된 생활환경이 아니냐. 만일 나도 실업을 당하고 하루 한두 끼 호구지책이 막연한 처지에 있다면 그래도 역시 동일한 생각을 할 수 있을 것인가. 그 점 자신이 없다. 대안 없는 반대 행위에 동조할 마음은 추호도 없으나 반항의식도 없이 고스란히 앉아서 질식하라고 그들에게 권할 수는 없는 것이다. 지성의 각성을 극도로 요청하는 상황이 도를 넘어서 지성의 마비를 초래하고 있는 것이다. 우리나라의 실정에선 객관적인 이성이란 있을 수 없다. 고되다. 못 살겠다고 하는 감성의 소용돌이만 판을 치고 있는 것이다. 무엇을 어떻게 생각하고 어떻게 행동하라고 교시하기 전에 먼저 무엇을 먹으라고 주어야 한다. 따라서 삼시 세 끼 꼬박꼬박 먹고 있는 나의 관점과 발언은 전혀 설득력을 상실하고 있는 것으로, 오히려 반감의 대상이 되기 마련이다.
과연 지금 내가 스스로 건전하고 정당한 생각이라고 내세우는 생각들이 현존 질서의 혜택을 받고 있는 나의 안전을 도모하는 자기중심의 생각에 불과한가의 여부를 따져 보다가, 가끔 철학이며 신앙 비슷한 것들을 생각해 보곤 하니라.
어떻게 해서라도 우리도 남부럽지 않게 살아갈 수 있어야 한다는 대전제 다음에 오는 것, 나는 근근이 먹고 살고 있다는 것만으로는 결론이 나오지 않을뿐더러 논리를 아주 뒤죽박죽으로 만들고 만다.
무언가 한 가지 출발점이라고 할까 지상 명제라고 할까. 이것만은 틀림없다는 무엇이 있어서 그것에 비추어 자기 생각이며 행동을 판단할 수 있는 것이 있어야겠다. 이십대에선 그런 것들이 너무 많아서 탈이더니, 날이 갈수록 밑바닥이 드러나고 말았다. 혹 공부를 안 하고 사색을 안 해서 그렇다고 생각도 해 보나 아직 한 가지 고집은 남아 있다. 오늘과 같은 현실에선 섣불리 생각하다간 생각 않는 것보다 못 하기 쉽다는 게다.
아무튼 당분간 암중모색이 계속될 것 같다. 여기서 헤어나지 못하면 애당초 쓸모없는 인간이었다고 자위할 수밖에.
그래 요즈음 건강은 어떠냐.
이곳은 별고 없다. 김일남金日男 선생의 생활이 딱한 모양이라. 친구들이 한번 찾아가야겠다고들 하고 있다. 그럼 이만.

6월 25일 헌조

어제 몇 字 써 부치고 나니 또 이야기가 하고 싶어지는구나,
얼마 前에 우리 社를 辞職한 女社員이 이제 自殺했다
나는 이야기를 들었기 때문인가. 설을 알기 못하는
사람은 建物이 문어저 十余名이 死傷되였다는 報道를
보도 大端한 感興를 못느끼면서 朝夕으로 對하던
사람이라서 衝撃이 크다는 것인가 그렇다면 나의 人
情한 程度의 忠実性이 아즉 自己史을 벗어
나지 못한 證據일 게다. 生死도 苦楽도 모두가
생각하기 나름이라. 살아보려고 애쓰는 사람에게는
죽이 스스로 죽으려는 사람을 理解 못하듯이 죽음을
받아드리기에 인색하지 않는 사람은 또한 우리들의
이구차한 삶을 비웃을지도 모를 일이다.

이 참한 感度의 忠実性이 아즉 ...
의 場이 移動이라면, 이곳과 저곳의 移住보다 다르게
없다. 이지음 안즉 불이 가신것을 아니다만, 한동안
이곳 中间層(知的으로나 金錢的으로나)들 程度에 부러질
移民热病이 流行했느니라. 너나 할것 없이 潜在的
保守高热로 呻吟하고 있느니 類似患者가 生기기마련이다
나는 그럴지 면정 내스스로라도 觀病賞하지 않으려 머리
이스스로라고 내 꾸지 오듯이 自己도 모르게 이스서서
못한지 민정 내스스로라도 罹病賞하지 않으려 머리
모로 子防을 하나 予防措置와 行為自体가 不安으로
助成하는것도 같다. 이땅에 버티고 견디어야 할 理由
그것은 單西한 義務感만으로 안된다. 이편 즉 끄을려
期待한 것이 따라와야 하나 하는 ...
限定된 胀間의 依存이 자꾸 덧이 옮을 香에 보면
어깨에 메여진 짐이 더욱 무겁기만 하다.
그래서 나는 차라리 PLAYBOY를 指向한다. 結論이
이처럼 載車的 되리고 조금도 웃읍지 않우 할이다.

나는 살이 찔고 神經이 鈍해지길 바란다. 그러나 막상
몸이 나르 붓나 鈍해저서 ... 神經이 아주 삭이서
머리억적만한 芯만 남으 심이다 神經을 굵개
하는 秋方은 오기 神經을 말이 話用하는것이지
서불리 쉬게 해서는 안되는것이다
돈안된 소리 많이 했다. 思想도 平西切下가
되어 갈 것이다. 그럼.
五月七日
進祖

Herm Chung Ho Chai
Berlin 19
Suarez Str. 15~17
Westamm Haus 321
WEST GERMANY

PAR AVION 항공우편

AÉROGRAMME
대한민국우편 1800
1964. 5. 7

Nothing may be contained in or attached to this letter.
이 항공봉함엽서에는 아무것도 넣지 못하며 다른 것도 붙이지 못합니다.

오지음 내가 診断커로 나는 未稍的 神経衰弱症과
丹下虚脱症이 겹려 있다. ...
힘없이 沈潜하기만 한 未稍神経은 惰度로
날카로 위 계집이 ... 두더되 ... 더 변덕스러 워 졌다.
무엇 때문인지 나도 周圍도 모른다. 아니
역증으로 변다가 보면 役증으로 要楽된 大気속에서
어깨에 吸服하고 있는 것이 이 適切한 理由지도 모르지
그래서 Miss 朴이 알수를 금다.
问或 제 정신이 돌이오 면 ...

偶然히도 戒嚴令이 펴진날 너의便紙를 받았다. 勿論
그때의 錯雜한 心情으로 붓을 들었다가 끝을 맺지
못하고 찢어 버렸다. 秩序·對한 感情·知性·主權生
活苦痛을 韓國現狀의 諸刻面을 表現하는 여러가지
抽象名詞가 머리를 제멋대로 서쳐가는 가운데서도
너말 이모저모 首肯이 가더라. 實相 나도 그러한
생각 밑에서 現在를 지탕하고 있는 것이다. 그러나
나의 이러한 생각이 産地가 곧 나의 安定된 生活環
境이 아니요. 万一 나도 失業을 當하고, 하로 한두끼
糊口조 策이 漠然한 處地에 있다면 그래도 亦是 同一
한 생각을 할수 있을가. 그곳 自信이 없다.
我棄의 歐이 있다는 것에 目睹한 마음은 秋毫도
없으나 그들에게 反抗意識도 反對行爲로 質問도
하라고 그들에게 勸하는 狀況이
賞醒을 極度로 要請하는 狀況이 度를 넘어서
知性이 마비된 容觀的인 理性이란 있을수 없다.
實情에선 感性의 소용도라만 된을
고되다. 못살겠다고 하는 感性이
치고 있다. 무엇을 이떻게 생각하고 이떻게
行動하고 敎示하기 前에 먼저 무엇을 이떻게
주의야한다. 三時 섯끼 꼬박꼬박 먹고 있는
나의 觀点은 善言은 喪失한 있는
것을 오히려 友感이 對象이 되기 마련이다.
果然 지금 내가 스스로 健全하고 正당한 생각이라
내세우는 생각들이 現存秩序의 更張을 받고 있는
나의 安全을 圖謀하는 自己中心에 성각의 不足한
가가 興奮을 따져보다가 가끔 哲學이며 信仰
비슷한 것들을 생각해 본고 하다.
어떻게 해서라도 우리도 담부렇지 않게 살아갈수
있의 이한가는 大前提마음에 오는 것, 나도 근근이
머고 살고 있다는 것만으로는 結論이 나오지 않을
뿐더러 論理를 앞주 되숙 박죽으로 만든다.

6-1

Herrn Chung Ho. Chai
Berlin 19
Suarez str. 15-17
Westann Haus 321
WEST GERMANY

PAR AVION 항공우편

1964. 6. 25

아무런 當分間 暗中摸索이 連續한 것 같다.
여기서 허허 벌판 몽하면 애닮은 초조와 있는 人間
이 있다고 自慰할수 밖에.
그리음 健康은 매우
이곳으로 別故 없다. 金日男 先生의 生活이 딱한
모양이다. 親舊들이 한번 찾아가 보려고들 하고
있었. 그럼이만.
六月 三五日
炳祖

무언가 한가지 出發点이라고 한가 로도는 命題라고
할까. 이것만을 들림었이 무모에 있어서 그것에
비추어 自己生活 二十代에선 行動을 判斷할수 있는가.
탈이 더러 날이 갈수록 믿바닥이 드러난 것같은
武공부를 안하고 思惠을 안해서 그렇다는식을
해보면 安주 한가지 固執은 남을 있고, 오늘 같은
現實에선 서불리 생각하다간 생각 없는 것보
못하기 쉽다고 끼다

6-2

7—[서울 1967. 5. 8.]

제대로諸大路

5월 1일의 편지 고맙다.

너는 그 만남이 늦었다고 하지만(야스퍼스나 '발견한 미국'이나) 뒤늦게 만난 대로의 그 '멋'이 나는 또한 부럽다. 부러워하는 내 마음을 싹 감추고, 점잖은 체, 충언을 합네 하고 말하자면 네 체구에서 풍기는 '멋'이 '멋'으로 그치고, 속차림은 단단히 해야 되지 않겠느냐고 할 만도 하다.

위선 무엇보다 급한 것이 대단치 않은 학위를 대단한 것으로 마음속에 다짐해 가며 논문의 수미首尾를 가다듬는 것인 줄 안다. 무슨 일이 있더라도 금년 내론 꼭 해야 하고, 꼭 돌아와야 한다.

나는 돌아와서 생활을 좀 간소화, 합리화—요컨대 편케 하자는 것이지만—해 보려고 집을 옮길 생각을 내어 보았으나, 회사 일이 새로 꾸미는 일이고 귀국 직후니만큼 매사가 번거로워 옮기는 것은 단념하고 칠, 도배나 해서 이삼 년은 그대로 머물기로 했다.

박 선생님(*박종홍)도 뒤늦게 재작일에야 찾아뵈었는데, 신관神觀은 옛날과 같지 못하나 걱정은 할 정도 아니고, 내면에 깊숙한 열기는 아직도 김이 무럭무럭 나는 듯하더라.

전전주前前週에 다리를 시험해 보시느라고 백운대白雲臺—너는 한 번도 못 올라가 본 곳이 아닌지? 물론 신생숙 시절에 같이 가서 중턱에서 바라본 일은 있겠지만— 백운대에 올라가 보시고 별일 없더라고 기뻐하시고 계시니 말이다. 매일 아침 성북동 약수터에 다니시는 모양이시더라.

미스 권 여전하고, 가사 총지배인으로서 근간엔 좀 바쁜 눈치더라만, 낭군님을 태양같이 생각하고 밝으나 어두우나 딴소리 안 하니 좋지 않으냐.

요번에 돌아오면서 전축을 마련했는데 제일 먼저 네가 갖다 준 「봄의 제전Rite of Spring」(*스트라빈스키의 곡)을 들어야 한다고 너에 유리한 충고도 가끔 하니라. 두고두고 즐길 수 있는 곡이더구나.

끝으로 한 가지 부탁하고 싶은 것은 「겨울 나그네冬の旅」(*슈베르트의 연가곡)와 「물방앗간의 아가씨水車小屋の娘」(*슈베르트의 연가곡)의 전 가사歌詞를 갖고 싶은데, 돌아올 때 책으로 사오든지, 타이프를 쳐서 보내 주든지 해다오. 가로 늦게 노래 공부와 독시獨詩 공부가 될 듯하다.

그보다 한잔 빨면서 리트Lied를 듣는 기분도 그럴싸하다. 부러우면 빨리 와서 장가를 드는 수밖에 없다. 이만 줄인다.

5월 8일 헌조

8-1

8─[서울 1968. 2. 19.]

제대로諸大路─최박崔博이라 불러야 옳을까!

2월 16일이란 내게 공교롭게도 두 가지 희소식이 전해졌다. 그 전날 저녁에 술을 마시고 늦게 들어가서 정신없이 쓰러졌기 때문에 네 학위 소식은 정확히는 17일 아침에 알았다마는 어쨌든 그날 네 편지가 왔고, 내가 맡은 카본 블랙 프로젝트Carbon Black Project의 정부 승인이 났느니라. 17일자 조간(『한국일보』)에 너에 관한 기사와 「카본·블랙 공장 건설을 위한 합작 투자 승인」이 함께 실렸지만 네 것이 기사로서는 압도적으로 커서 선뜻 눈에 띄었다.

장하다는 말은 항용 쓰는 말이지만 아무튼 속이 후련하다. 너는 너대로 애썼겠지만 욕심 많은 나로서는 안심의 기쁨과 함께 소위 만시지탄晩時之歎이란 감회가 드누나.

자당慈堂께서 얼마나 기뻐하시랴. 백씨伯氏도 세전歲前에 회사에 한 번 다녀가셨는데 그 후로는 아무 연락이 안 계시구나.

이곳 사생활은 전무변동全無變動이지만 회사는 지난 10월부터 바로 2월 초순까지 대변혁이 있었다. 나의 소속이 몇 차례 바뀌고 정신없는 이동 변동이 있다가 결국 카본·블랙 사업 담당으로 나는 낙착이 되었다.

전에 한번 말한 일이 있는 한미 간의 오십 퍼센트씩의 합작회사인데, 삼백만 불 정도밖에 안 되는 규모라 불만이 많았으나 실상 사내社內서 나밖에

맡을 사람이 없는 처지라 할 수 없이 맡고 보니 또한 애착이 간다. 새로운 경험이 될 것이기 때문에 밑져야 본전 셈치고 해 볼 양이다.

연초에 박 선생(*박종홍) 댁에 세배를 가서 네다섯 시간 양주를 마시며 이야기하다 왔는데 새삼 경외敬畏의 감이 들더라. 작년에 미국을 다녀오셨는데 주시찰점主視察點이 무언지 아니? '컴퓨터'이다. 세상의 흐름을 앞질러 보시고 민감히 반응하시는 데는 아직 젊음이 넘쳐 흐르더라.

참, 보내 준 책 잘 받았다. 아직 읽기 시작은 못 했다만(바로 이삼 일 전에 도착) 일독의 가치가 십분 있는 것으로 느꼈다.

영국에 가 있으면 편지 왕래가 어찌 될지 걱정이 한 가지요, 영국 색시 몇 몇이나 망칠까 궁금증이 둘째다. 서투른 자화상으로 가끔 낚여 들어오는 아가씨에 탐닉하는 네 버릇이 이젠 좀 안정이 될 법도 하다만….

'삐엘'이라고 하는 것이 정확한 호칭이 아닌 줄 안다마는 피카소P. Picasso의 〈앉아 있는 광대Sitting Harlequin〉의 자세가 어쩌면 너를 그렇게도 닮았느냐. 그러한 엽서를 애써 골라서 보내 준 네 심정은 모를 바 아니나, 이젠 탈피해도 누가 너를 나무랄 사람은 없을 거다. 아무쪼록 아직 총각이니 총각답게 싱싱한 풋내가 있어야 장가들기 쉽다. 다음 과제는 장가.

그럼 이만 쓴다. 형수도 잘 있으니 안심하라.

2월 19일 헌조

161

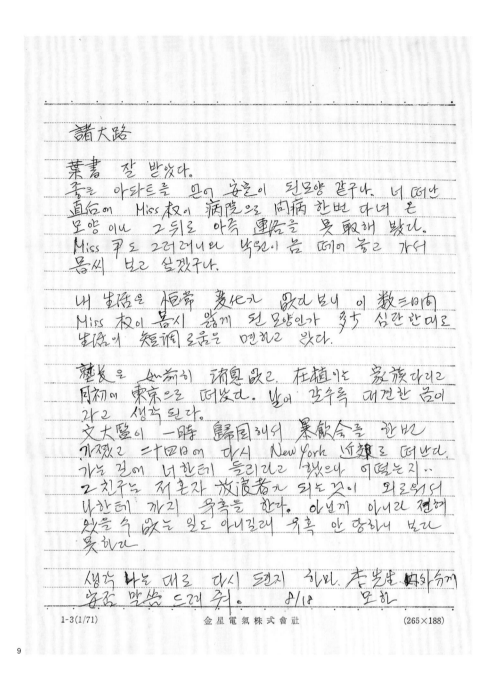

1-3(1/71)　　　金星電氣株式會社　　　(265×188)

9

9-[서울 1971. 8. 18.]

제대로諸大路

엽서 잘 받았다.

좋은 아파트를 얻어 안정이 된 모양 같구나. 너 떠난 직후에 미스 권이 병원으로 문병 한 번 다녀온 모양이나 그 뒤로 아직 연락을 못 취해 봤다. 미스 윤(*부인)도 그러려니와 낙원洛元(*아들)이 놈 떼어 놓고 가서 몹시 보고 싶겠구나.

내 생활은 항상 변화가 없다 보니 이 수삼 일간 미스 권이 몹시 앓게 된 모양인가 다소 심란한 대로 생활의 단조로움은 면하고 있다.

숙장塾長은 여전히 소식 없고 재식(*오재식)이는 가족 데리고 월초에 도쿄로 떠났다. 날이 갈수록 대견한 놈이라고 생각된다.

문 대감(문병욱文炳郁)이 일시 귀국해서 폭음회를 한 번 가졌고, 24일에 다시 뉴욕 근교로 떠난다. 가는 길에 너한테 들르라고 했으나 어떨는지…. 그 친구는 저 혼자 방랑자가 되는 것이 외로워서 나한테까지 유혹을 한다. 아닌 게 아니라 전혀 있을 수 없는 일도 아니기에 유혹 안 당하느니보다 못하다.

생각나는 대로 다시 편지하마. 이 선생(*이한빈) 내외분께 안부 말씀드려 줘.

8월 18일 모하慕何

이메일 문통文通을 통한 말년末年의 고우交友

[성남 2011. 3. 22.]

친구에게

'컴맹'을 벗어나려고 바둥거리던 초기에는 카드놀이에 빠져 밤을 새우곤 했지요. 요새는 늦게 사귄 '유튜브'로 또 그 꼴이 됐어요.

일본의 작곡가 다케미쓰 도루武滿徹가 죽은 뒤에 베를린 국립오페라에선 그의 친구 켄 나가노가 제작해서 무대에 올린 (다케미쓰가 작곡하지 않은 다케미쓰의 오페라)「마이 웨이 오브 뮤직 라이프My way of music life」가 공연된 것을 여행 중에 우연히 본 일이 있습니다. (켄 나가노는 일본계 4세 미국 지휘자로, 한국 작곡가 진은숙을 세계적으로 키운 멘토이기도 합니다.)

그 무대 작품이 젊은 날의 다케미쓰가 처음 음악적 감동에 젖었다는 장 르누아르 작사, 작곡의「Parlez moi d'amour(사랑의 말을 해 줘요)」란 상송으로 시작되는 것을 보고 나는 가벼운 흥분에 사로잡혔습니다. 그때 그 곡을 부른 가수가 뤼시엔 부아예.

그건 나도 십대 말의 육이오 전쟁 중에 들은 첫 상송이었고, 나는 이 상송 음반 등을 들고 나가 1950년대 중반의 동숭동 문리대 구내식당에서 여름 방학을 앞둔 7월 14일(프랑스대혁명 기념일)에 상송 음악 감상회를 개최한 일도 있었습니다.

그뿐만이 아닙니다. 유튜브는 내가 국민학교 입학을 전후해 처음 들은 클래식, 미샤 엘만 연주의「Souvenir」(Drdla 작곡), 국민학교 삼사학년 때 나를 고혹한 여배우 이향란(李香蘭, 본명 山口淑子)의 노래「소주蘇州의 밤」, 중학교 고학년 시절에 듣고 평생 못 잊는 대大샬리아핀의 노래「Persians love song」등을 그로부터 육십 년, 칠십 년이 지난 한 노인에게 다시 들려주고도 있습니다.

한때는 이 사람도 나라의 '미래를 현전現前'해 보겠다고 미래학회까지 같이 꾸며 보곤 했지요. 그런데 이제는 오직 자기의 '과거를 현전'해 보려는 사사로운 정회情懷에 묻히고 사는 노추老醜의 꼴불견이 됐습니다.

'인생의 황혼'에 접어들었다는 증거입니다. ('인생의 황혼'은 줄리앙 뒤비비에 감독 만년의 작품〈La fin de jour〉의 한국 제목으로, 우리가 육이오 전쟁 중 중학교 졸업할 무렵에 본 프랑스 명화입니다. 그 영화도 지금 유튜브를 통해 볼 수 있습니다.)

파일에 보내 드리는 소리들을 같이 한번 들어 봐 주시겠습니까.

노송정老松亭 거사居士

[서울 2011. 3. 23.]

노송정老松亭 거사居士

제대로諸大路가 컴맹에서 탈출하여 유튜브의 경지로 접어들었다기에 참으로 반가운 일이로구나 했지. 그러다가 나는 잘 알아듣지도 못하는 음악 이야기에 팔십 평생 응결된 운치韻致의 한 자락을 엿보는 듯하여 역시 제대로의 체취體臭가 풍기는구나 했다. 그런데 이향란李香蘭을 쫓아 소주蘇州의 밤을 헤매는 것까지는 좋은데, 느닷없이 "과거를 현전해 보려는 정회情懷에 묻히고 사는 노추老醜" 운운은 참 괴이하고 귀에 거슬린다. 나같이 병로

病老에 시달린 사람도 현전하는 시간에 몇 방울 남지 않은 심혈心血을 미래를 향해 쏟아붓고 있는데….

제대로는 소위 에스엔에스SNS라는 블로그Blog, 트위터Twitter, 카페Cafe 중에서 아마 비교적 중후한 채널인 블로그를 선호하고 또 눈과 귀를 함께 감미롭게 긁어 주는 유튜브U-tube에 빠지겠구나. 나는 상식적 잡담을 좋아하니까 트위터에 즐겨 들어가고 있다네. 아침에 서실書室에 나오면 먼저 메일을 점검하고 나면 트위터에 가서 트위팅Tweeting한다. 일본식 표현을 하자면 이도바타井戶端(*우물가) 사설僿說이지.

어떤 경로를 통하든 죽기 전에 자주 오가자꾸나.

모하慕何

[성남 2011. 3. 23.]

모하慕何

답장答章 고마우이!

역시 내 아픈 데를 찌르는군.

하기야 젊었을 때부터 모하가 미래지향적이요 진취적인 데 반해 나는 과거지향적이요 내공적內攻的인 자신을 늘 민망하게 여겨 왔다네.

다만 한 가지 하고 싶은 얘기는 '과거의 현전'이란 회억回憶의 기능은 개인이나 공동체에 다 같이 '아이덴티티'의 기반이 돼 준다는 사실이네. 민족 공동체도 결국은 민족이 체험한 기억의 공유에서 존립이 가능한 것처럼 (과거의 기억을 공유할 수 없을 때 어떤 혼란이 오느냐 하는 것은 우리가 오늘날 통감痛感하고 있지 않은가!?) 나이 먹으며 느끼는 것은, 한 인생의 아이덴티티도 살아온 삶의 회억, 곧 현전할 수 있는 과거의 총체가 아닌가 싶네.

잘못된 생각일까?

제대로諸大路

[서울 2011. 3. 25.]

하이재何異齋

답장答狀(한자를 잊어 가네. 答章이 아니지)을 바로 쓰지 않고 하루를 묵혔던 이유는 두 가지. 내 생각을 하루쯤 두어 가며 확인하고자 한 것과 하이재에게 하는 말이니 함부로 해서는 부끄러울 것 같아서요.

"'과거의 현전'이란 회억回憶의 기능은 개인이나 공동체에 다 같이 '아이덴티티'의 기반이 돼 준다"는 말은 깊이 공감하는 바라네. 다만 과거 체험의 축적을 더 소중히 생각하는 하이재와 새로운 체험에의 도전을 더욱 아끼는 나와의 차差라고나 할까? 실사회實社會에서 한평생 현전하는 문제와 부딪치며 그 해결책 모색에 피를 흘리고 뼈를 깎으면서 살아온 사람에겐 과거의 체험에서 기억하는 해결책보다는 새로운 발상의 모색이 더 습관화된 것 같아. 새 문門은 묵은 열쇠 가지고는 잘 열리지 않더라구.

"공동체의 아이덴티티 기반으로서의 체험"을 그러나 나는 매우 소중히 생각하네. 이유는 그것이 우리 윤리의 기반이 되는 것이 아니냐 싶어서요. 그런 점에서 나는 현대 서구의 궁극적 개인주의는 별로 구미가 안 맞네. 가끔 내 오염된 심령心靈에 물을 뿌려 주게. 혹시 아나? 죽기 전에 조금은 정화가 될는지. 가가呵呵.

모하慕何

[성남 2011. 3. 26.]

모하慕何

요즈음 마음에 걸리는 답답한 얘기 좀 해 봐야겠네. 어떤 비난이나 반론이 있어도 가까운 친구들에겐 해 두고 싶은 얘길세. 의외로 동조해 주는 사람도 적지 않더군.

나는 지진과 해일의 대재난에 고생하는 일본인에 대한 동정과 연민의 정에 있어 남에게 뒤진다곤 생각하진 않고 있네.

그럼에도 불구하고 요즈음 언론과 거리에서 벌이고 있는 의연금義捐金 출연出捐의 과당 경쟁은 이해할 수가 없네. 성남시에서는 추경예산追更豫算을 짜서 십여억 원을 내고 모 여교女校에서는 직원들 봉급에서 이천 원씩을 일괄 공제해서 의연금을 갹출한다는군.

상대국相對國이 칠레나 인도네시아 또는 미얀마처럼 우리보다 어려운 나라라면 나도 이해하고 같이 의연금을 내겠네. 그러나 일본이란 나라가 도대체 우리에게 경제적으로, 정치적으로, 그리고 무엇보다도 역사적으로 어떤 나라인가.

유럽의 학계 안팎에서 근년에 다시 '기억'의 화두話頭가 부상한 사실을 나는 나름대로 흥미있게 주목하고 있어. '기억의 정치'란 말도 들어 봤겠네. '과거의 현전'이란 독일인은 하고 일본인은 않고 있다고 말할 수 있는 것은 아니라네.

그것은 과거지향적인 개인이나 국민만 하고 미래지향적인 개인이나 국민은 않는다는 그러한 것도 아니라네. 논의의 핵심은 '어떤' 과거를 현전現前하고 '어떤' 과거는 소거消去하려 하느냐 하는 선택의 문제, 바로 과거의 경영, 곧 '기억의 정치'일세.

일본은 난징南京의, 진주만의, 그리고 관동대지진關東大地震 조선인 학살의 과거는 깨끗이 잊고, 그러나 '히로시마' '나가사키'의 과거는 그를 현전하려는 노력에 있어 패전 후 육십 년이 넘도록 관민官民, 여야與野, 보혁保革의 경계를 초월해서 일관하고 있는 것이 우리 눈에는 보이지 않는 것일까.

독일인이 아우슈비츠의 과거를 현전하는 노력을 차세대의 교육에까지 이어 간다고 해서 독일인이 모든 과거를 죄 기억하려는 것도 아니고, 더욱이 독일인이 반드시 과거지향적인 국민이라고 말할 수도 없네. 실은 일본인에게 있어서나 독일인에게 있어서나 '과거의 현전'은 그 자체가 미래 잉태적이요 그걸 의도하고도 있다는 것.

오늘은 이 말까지만 해 둬야겠군.

횡설수설이 길어져 미안하이.

제대로諸大路

[서울 2011. 3. 28.]

하이재何異齋

누가 자네의 그 심정을 비난하며, 또 누가 자네의 그 한일 간에 침잠한 과거의 기억과 때로는 그 기억의 현전에 대한 생각에 반론을 제기하겠는가? 나도 요즘 값싼 저널리즘의 광기 같은 의연금 모금운동에는 크게 우려하고 있다네. 사람에 측은지심惻隱之心이 있으니 저마다 조금씩 성금을 내는 것을 어찌 나무라겠는가마는, 자네 말대로 과거의 망각이 해일처럼 일어나는 것은 정말 아니지. 나는 그래서 한일 간의 갈등을 차세대의 화해로 풀어 가자는 말도 믿지 않는다네. 진정한 뉘우침을 보여야 할 것 같기도 하고…. 아무리 내가 미래에 눈이 현혹되어도 과거의 웅덩이를 헛디딜라구?

그럼 이만.

모하慕何

[성남 2011. 3. 30.]

모하慕何

철학과 동창으로 독일에 살고 있는 조화선趙華鮮을 기억하겠지. 근래 규태圭泰 유고遺稿 정리 문제로 가끔 연락을 하고 있네. 전번에 기념문집 『글벗』을 보내줬더니 특히 자네 글에 감명을 받은 모양— 이런 글을 적어 보냈더군.

"이헌조 씨의 글을 읽고 두 분이 젊었을 때 좋은 지도자들을 만나시고 엘리트 훈련을 받으신 사실(아마도 신생숙 생활을 가리키는 듯)을 처음 알았어요. 그러면 그렇지 싶었습니다."

규태 유고 정리란 다른 것이 아닐세. 젊은 시절에 고인이 내게 적어 보낸 육필肉筆 수제手製의 시집이 다섯 권 정도가 돼, 그의 환갑還甲을 기념해서 출판해 줄테니 그 인세수입印稅收入은 전액 우리 반상회(최일남, 김형국, 김성훈, 이인호 등)의 술값으로 쓰겠다고 약정을 했네. 그래서 나남출판사에 시고詩稿를 보내 인쇄 교정지를 뽑아 규태에게 보냈지. 한데, 글쎄 저자 자신이 내가 무슨 소리를 했는지 도무지 알아볼 수가 없다고 교정 보는 일을 미루다가 작고해 버렸어.

언젠가 조화선이 귀국했을 때 그 얘기를 했더니, 자기가 젊었을 때 규태와 자주 글을 주고받아 그 시절의 규태 글을 '해독解讀'할 수 있을 것 같으니 원고를 보내 보라 하더군. 조화선은 그때 작고 시인 전봉건全鳳健의 시집 『백 개의 태양』을 편집 발간하기 위해 귀국 중이라 자신에 넘쳐 있더군.

문제는 그사이 규태나 규태의 유족이나 출판사도 내가 보관하고 있다가 넘긴 규태의 수제 육필 시집 원고의 행방을 모른다는 거야. 다만 그 일부의 교정 인쇄지만(아마 전체의 이분의 일 혹은 삼분의 일?)을 규태 유족이 내게 보내왔기에 그거나마 조화선에게 보냈지.

어제 받은 독일서의 답장을 보니, 옛날 동숭동 연구실에서 이헌조 씨가 규태 씨의 시 한 편을 보여 주었는데 "요철凹凸 있게 살아온…"으로 시작되는 시라더군. 그걸 자네가 아직 보관하고 있다면 그것도 꼭 수록했으면 싶다는군.

오늘은 여기까지만.

제대로諸大路

[서울 2011. 4. 2.]

하이재何異齋

서로 말을 주고받을 물꼬를 트고 나니 자주 소식을 듣게 되는군. 내 서실書室 창 밖에는 백목련白木蓮이 딱 알맞게 피었네. 봄인가 보지?

나는 지난 월요일에 손아래 매부가 작고하고 곧 이어서 도쿄에 사는 의사 친구 야마다山田 씨 내외가 와서 어제까지 놀다가 갔기 때문에 몸이 녹초가 되도록 바빴다네. 피로에 감기 기운氣도 있어.

규태 군의 시를 열암洌巖 선생 연구실에서 내가 조화선 씨에게 보였다니, 까마득하게 잊고 있었네. 물론 그 쪽지도 어디 간 건지 찾을 수 없고 말이야. 여러 차례 이사를 했고 평생 병치레로 소중한 물건을 잘 간수하지도 못한다. 미안하다. 조화선 씨의 힘을 빌려 규태 시집을 낼 준비를 한다는 말은 전에도 들었는데, 손수 쓴 원고를 많이 분실했다니 아깝구나. 하루 빨리 책이 나오기를 비네.

조 씨와 연락 중에 내 안부도 좀 물어 주려무나. 그럼 이만.

모하慕何

이규태 李圭泰, 1933-2006

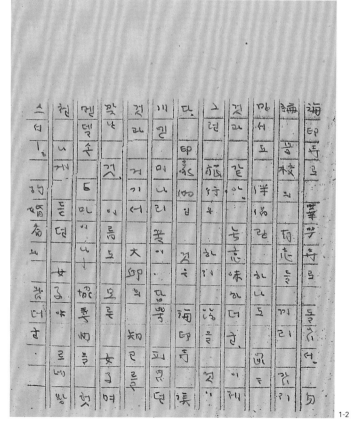

정호야

추석에 전주全州 왔었더라며? 돌아간단 말이지.(*군산으로) 돈도 여분이 있었단다. 요번 9월엔 보너스도 있고 해서 꽤 돈이 남았었다. 서울에다 계도 넣고, 계집아 동생에게 학비도 대 주고, 월부로 옷도 맞추었지. 그리고 기말에 서울에 가지 못한 것은 여행을 한 탓이다. 사 일간에 천오백 리. 술도 꽤 마셨다. 해인사海印寺로 화엄사華嚴寺로 돌았어. 물론 학교의 유지有志들끼리 갔지만서도 반려伴侶란 하나도 없는 것과 같아. 무의미하더군. 이제 그런 여행은 하지 않을 것이다. 인상적인 것은, 해인사 경내엔 미나리꽃이 담뿍 피었던 것과 거기서 대구의 지기知己를 만난 것. 이름도 모른 여자며, 멘델스존F. Mendelssohn 「E 마이너 협주곡」을 허천나게 듣던 여자야, 르네상스서…. 약혼자와 왔더군.

내 스케치북도 반 권쯤 차 간다. 너에게 보여 주고 싶다. 추억거리souvenir야. 피아노 레슨은 왕성하다. 한 단계 넘어섰어. 11월경부터는 화성학 공부는 무난할 것 같다. 일종 수도하는 마음이 들더라. 피아노 앞에 앉으면—하루 평균 한 시간쯤만 탄다. 요번 작품 몇 개 가렸는데 이런 것 너는 탐탁하게 여기지 않을 줄 안다. 어쩔 수 있나. 네가 이런 내 경향에 맞붙이게 네 쪽에서 애써야지. 그럼 또 쓸게.

적소積疎하였다.

내가 군산群山을 떠나던 날 네가 군산에 갔을 것이라는 말을 도중에서 규동(*이규동李揆東)에게 들었다. 내가 잘못 떠났다는 것을 후회하면서도 서울에 이르러 버렸단다. 전주全州에 가질 못하고 이렇게 한 것은 이 '금족禁足된 사슬'을 풀기 위함이었으나 여의如意케 되진 않는구나.

나이가 든다는 것이 이젠 중량으로 작용해 든다. 매사가 그렇단다. 사랑이라든가 하는 물상物象이 아닐수록 더 그렇지. 난 작년에 일어난 심적인 일이라든가 여러 모티프에 대하여 너하고 이야기하고 싶었고 이야기할 것이 많아 무척 너와 만날 것을 기다렸는데…. 시詩도 새로운 메타포였으며, 특히 나의 연애는 내포가 많으니 화제도 진진할 것 같고….

그러나 이것은 너에게 이야기하기 전에 비참하게 청산되어 버렸다. 왜 이같은 동기를 짐작할 수 있지 않냐. 그에게 준 내 시 작품을 모조리 물려 온다든가 해서. 이런 땐 네가 더 만나고 싶어진단다. 어떻게 하니….

아름다운 것을 빼앗기고 아름다운 것을 찾아 온 셈이지. 이 새가슴이 쓰라린 것은 그것이 탓이 아니라 된장찌개만 먹은 탓이겠지.

그리고 네게 반가운 소식으로, 불란서에 주문했던 네 책이 모두 왔다는 통지서를 들고 숙훈(*이숙훈李塾薰) 선생이 나를 찾아왔더라. 그래 같이 외대外大 빌딩에 찾으러 갔더니 정리가 덜 되었다고 24, 25일경 오라더라. 그것을 찾기 전에, 네가 어쩌란 말이 전해 오기까지 보류하기로 하고 이 선생과 갈렸어. 네가 쉬 올라오든지. 그렇지 않으면 어떻게 해서든지 내가 전해 주든지. 뭐라고 쉬 써서 보내라. 통지서는 이 선생이 갖고 있고, 값을 얼마 더 줘야 하는지는, 그리고 몇 권인지는 모른다.

난 2월 3일경 군산으로 내려갈 것이며 만약 네가 그 안에 올라오지 않는다면 군산에서라도 만날 수 있을는지….

난 여기 '르네상스'서 늘 소일한다. 요 일전엔 일남(*최일남)이와 명동에서 술을 나누고 진눈깨비 맞으며 쏘다녔지. 내 진학은 금 3월엔 재정난 때문에 어려울 것 같다. 연희延禧 화공과에 재적키로는 되었는데 내년쯤은 다닐 것이다. 직장도 옮겨야겠는데. 기말이어야 알 것 같아. 아무튼 유酉 해니 서기瑞氣가 차야 할 게 아니냐.

너나 나나.

그럼 유의有宜의 편지를 띄워라.

규태

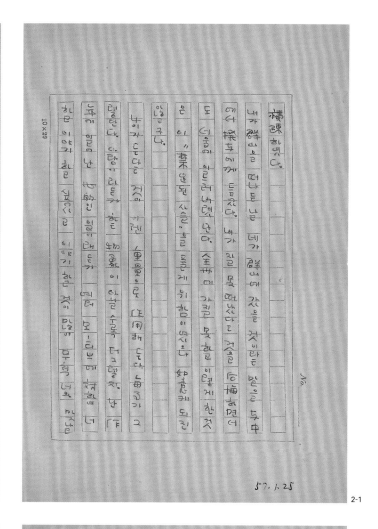

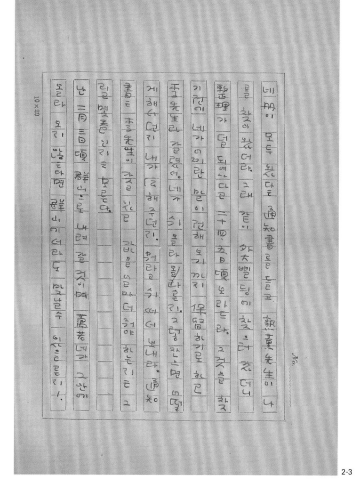

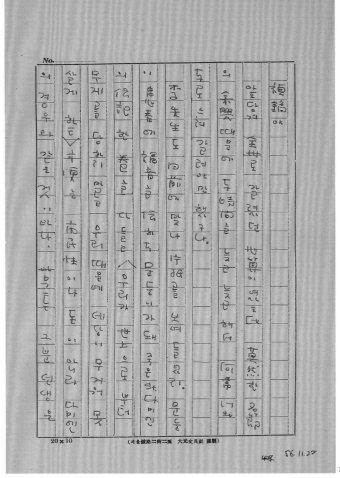

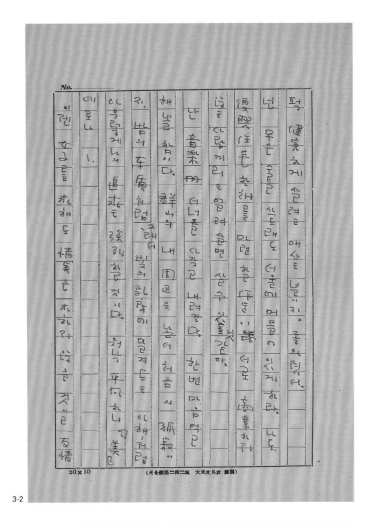

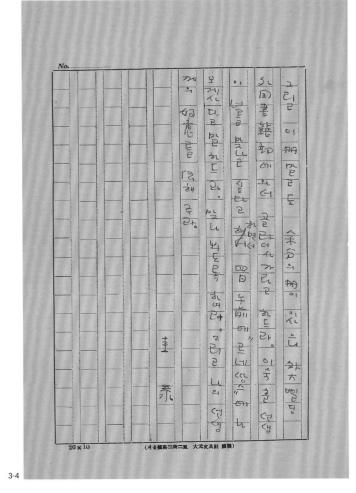

정호야

앞당겨 전주全州로 가려던 심산이었는데 막연한 명절의 여흥 때문에 차 시간을 늦고 늦고 해서 하상何嘗 너와 차로 스쳐 갈려야만 했구나.

이 선생도 일전에 만나 편지를 보여 드렸지. 문둥이 환자에 복음을 전하다 문둥이가 돼 죽은 성 다미엔의 전기 한 권을 사 들고 "우리가 세상으로부터 무게를 당하지 말고 우리 때문에 세상이 무거워 못 살게 하는" 방편은 시민성市民性이나 돈이 아니라 다미엔의 경우와 같은 것이라나. 아무튼 그분 선생은 퍽 건실하게 살려고 애쓰는 분이지. 좋아졌어.

넌 무슨 수를 쓰더라도 서울에 머물러 있게 하라. 나도 부흥주택 한 채를 마련할 작정이다. 서로 상업하지 않는 사람끼리는 어울려 살면 살 수 있을 것 같아.

난 음악 책 서너 권 사 갖고 내려간다. 한번 마음먹고 해 볼 참이다. 군산의 내 주변은 낯선 처음의 고적孤寂이지. 밤의 본질처럼. 그래서 빛의 유방에 달려드는 아해처럼 아무렇게나의 추구는 강렬할 것이다. 워낙 평범하니 '미美'에로나….

이젠 여자를 구해도 정실情實은 구하지 않을 것이고, 우정보다는 우의友誼—즉 동정이 내포되는 건 삼가야 돼.

이러면 나 때문에 세상이 무거워서 굉장히 앓을 거야. 소극적으로나마, 소규모나마 여러 온갖 부면部面에 될 수 있는 대로 빨리 질려 보자. 개인이나 개성이 소중하게 여겨지는 것은 이미 '옛' 같아. 내가 나를 이렇게 소홀히 여기고 거칠게 대하고(인종忍從, 자학自虐)한데, 나의 국외局外 어느 것이 더 낫게 대해 주리라곤 믿지 않으니…. 아무튼 정신의 자제自制가 나의 전 생활을 지배할 수 있는 능력과 그 자유와….

넌 바로 내게 편지해라. 시 작품 몇 보여 줄 테니.

그리고 이 책 말고도 여분의 책이 있으니 외대外大 빌딩 외국 서적부에 와서 골라서 사라고 하더라. 이숙훈李熟薰 선생이 너를 만나고 싶다고 하면서 4일 오전에 '르네상스'에 나오겠다고 말하더라. 만나 뵙도록 하여라. 그리고 나의 선생께의 호의를 전해 주라.

규태

편지 서두부터 답장을 재촉해 놓고 주소를 적지 않는 놈이 어디 있느냐. 그야 아무튼, 항상 가까이만 있을 것 같은 너를 상상하지도 못한 기만리幾萬里 밖의 내 공상 속에 생각하며 편지를 쓴다는 것이 이상스럽기만 하다. 어쩌면 내가 훈련소 있을 때 쓰던 편지만 같다. 하기야 약 이 년 만에 처음 쓰는 편지이기도 하지만….

여기 정세는 장경근張璟根(보석 중)의 일본 도피로 현玄 내무內務가 갈려 신현돈(무임소無任所) 씨가 들어앉고, 신민당(민주당 구파)은 이로써 만족지 못하고 예산안을 방해할 기세다. 23일 특별법(개헌안)이 통과되고 공민권 제한은 그 범위가 확대되었다.

유학생 환금 관계는 일체 폐지되었고(앞으로는 계속 유학생에게 특혜가 없어졌다) 귀국하는 학생의 여비에 한해서만 환금해 주기로 되었단다. 그러니까 종교 달러나 용역 달러 등 좀 값싼 달러로 이체해서 수학비修學費를 보내고들 있다더라.

나의 '뉴스'란 안경을 썼다는 것이 가장 크다뿐, 네가 상상할 수 있는 그저 그런 생활이다. 참 '펄 벅Pearl S. Buck'을 수행해서 '펄 벅'과 친해졌다는 것, 그리고 그 수행기가 '히트'했다는 것도 자랑이 되겠지. "내가 중국에서 이따금 볼 수 있던 매력적인 미소의 소유주"란 펄 벅의 이규태 인물평….

대구, 경주, 부산 등지로 같이 다니며 사진도 많이 찍었다.

요사이 신문은 또 특집 '붐'이 일어 부정기로 네 페이지씩 더 낸다.(『경향』은 타블로이드 여덟 면) 물론 장기영이가 시작한 것이고…. '미스 쇼이'는 더는 찢고 들어가지 못하고 또 물러나지도 못하고 있다. 유학 건은 별 수 없이 내년 가을에야만 되겠으니 지금부터 서둘 필요를 못 느낀다. 꼬박꼬박 저축은 하고 있고, 또 네가 떠나 버린 것이 커다란 자극이 되어 나도 유학하지 않고는 못 견디어나게끔 의욕이 굳어 있다.

너의 편지를 본 후로는 언제나 먹는 대포지만… 더 맛있게 먹을 수가 있더구나. 네가 독일서 보내 준 안주인 셈 치자. 독일의 지리풍속대계를 일부러 찾아 하이델베르크 대학의 모습을 보고 한참 네 생각을 했단다. 학교로 가는 길목에 큰 다리가 있더군. 르네상스 이전 그 대학에 전설의 인물 '파우스트'가 그 학교 학생이었다는 말도 들었다.(네 놈도 헬렌을 찾게 되겠지) 나는 너의 방이 어떻게 생겼는가에 대해서도 알고 싶고, 뭣하고 밥을 먹나, 여가를 어떻게 지내는가, 그곳 여자들 이야기 같은 것이 알고 싶구나. (중략) 미국만 같으면 그다지 먼 것 같은 거리감을 느끼지 않겠지만 독일, 더욱이 고성古城 속에서 공부하는 네가, 나로부터 먼 느낌이 아니라 너로부터 내가 먼 느낌이다.

우리 신문은 편평활자扁平活字로 개편했고, 송 국장(송지영未志英)은 동남아 여행 중…. 김현제金顯齊 씨는 병이 악화하여 위독하다고들 말하더라. 최근의 사회면 톱기사는 연대생들의 교내 문제가 '언더우드'니 '사우어' 이사장 등 미인들 집을 부수는 등 사회문제화되어 사일구 때 같은 큰 충돌이 있어 대량 검거되었다는 것, 그리고 비구니에게 불리한 판결이 내리자 여덟 명의 중이 할복자살(미수), 대법원에 연좌 난동하여 수백 명 검거되는 등… 싸움판이다.

아직 눈은 안 왔다. 신문의 내 시詩는 네가 떠나면서부터 신문을 떠났다. 자주 만나는 친구래야 너 빼어 놓고 누가 있겠느냐? 일남(*최일남)이하고

... 國民들로부터 ... 롭게해 ... 「民族」을 ... 놈이
... 있느냐 ... 가까이하는 ... 것들은
너를 상당히도 ... 百姓들속에 ... 체내
권리를 쓴다는 것이 ... 스럽기만하다
... 내가 辯護所에 있을때 쓰던 권리라는것도 ... 하기야
약 ... 만에 처음 쓰는 권리이기도 하니라만 ...

여기 情勢는 張勉択(張俊河)의 日本 ... 갈려 申翅湜(윤5王 ...) ... 없는 新民黨
(民主黨旧派)을 만족지 못하고 予算案을 방해할 기대도 ...
그러나 特赦法이 통과 되면 公民權制限을 ... 범위가 ...
... 學生 ... 一切 ... 되었고 (앞으로는 계속 ...
學生에게 ...) 反国하는 ... 도 ...
... 해 주기도 되었단다 그래서 學校에서 用役費用 ...
... 써 ... 로 ... 해서 ... 費를 보내 ...

나의 뉴스라 眠鏡을 ... 것이 가장 크다 ... 내
가 상당할때 그려 生각 이다 참 「달벽」을 수행해서
「달벽」과 친해 ... 것 그러고 그 階行记가 「획득 했다」는
것도 ... 인터 ... 지. ... 내가 中国에서 이따금 ... 수 있던
매력적인 微笑의 所有主라던 달벽의 ... 人物事 ...
... 등지를 ... 해 ... 서신도 없이 ...

은사이 新闻을 또 特輯 ... 이 부터서 구 표지로 데이리
... 면또 (子鄕을 ... 八面) 물론 張先生이가 시작
한 것이 ... 「미쓰 ○○」이는 어느곳 ... 들어가지 못하고 또
... 지도 못하고 있다 ... 別수 없이 ...
... 되겠느나 지금부터 ... 을 못느꼈고 ...
... 또 내가 ... 할 것이 커다란 ... 되어 나도
... 않는 못 견디어 ... 흥분이 ... 있다

너의 ... 를 본 후로는 언제나 ... 대로 ... 지만 ... 앗
... 수가 한 ... 내가 독일서 보내준 ... 인 ... 하고
독일의 지리 ... 大略를 ... 찾느 ... 하이델벨그大学의 모습을
... 한참에 ... 했단다 學校로 가는 길목에 ... 따라
가 있더구 ... 르네땅스 ... 그 大学의 ... 의 人物 「프로우스트」
그 ... 흥당이 있다는 말도 들었다 (네 ... 헤렌을 찾게되겠지)
나는 너의 방이 어떻게 생겼는가 에 대해서도 늘 궁실히 무엇한
... 먹니 金阪을 어떻게 지내느가 그곳 ... 들 이야기
... 것이 늘 궁실 ... 되겠지 ... 미국 만 같으
면 大学 그다지 ... 것 같은 ... 감을 느끼지 않겠지만
독일 어우의 ... 속에서 음악 하는 네가, 나로부터 ...
... 느낌이 아니라 너로부터 내게 ... 느낌이다

자주 만나는 친구래야 너 빼곤 또 누가 있겠느냐 一月이
차라 멀 ... 거리라 술 먹었는건 그래도 間에 超 (내 ... 몸 물어리)
... 잊이나 나 술 먹는 것 지켜 본 ... 것 ... (기회 보다 짐은 ...
을 겨울 책이나 면역해서 또 돈 좀 빌려 ... 女苑에 出暇部 ...
기 ... 에 먼저리 ... 나
2대 十二月, 설 즐거게 막 바지 우리 ... 이런 ...
나이에 나를 낳은 터 ... 대통 ... 독야따나 ...
새벽에 눈뜰 때 ... 느끼는 孤女感을 ... 보는 ...
... 한 ... 민족이다 新聞에도 ... 구 ...
... 비가 ... 을 네가 ... 운 ...
느껴도 ... 그럼 X마스 ... 나가 ...

AEROGRAMME

Herrn Choe 최정호
Bei: K. Zillmann
Zuzenhausen/Heidelberg
Bahnweg 9
Heidelberg, West Germany

Kyou Tae Rie
Chosun Ilbo
Seoul, Korea

PAR AVION 항공우편

11月 29日
(1966년)

우리 新聞도 偏輯 ... 로 明備했던 ... 特히 東南亞航行中 ...
金顯濬 ...는 병이 惡化되며 위독하다는 말이러라
최근의 ... 面 ... 起事는 近大生들의 校 ... 的 話가 「... 였고,
나 ... 의 ... 드 友人들 ... 을 무서는 듯 ... 되어 四~九
... 큰 충돌이 ... 天 ... 것 그러 또 ...
에게 그게를 解決히 내라고 ... 중이 ... 自殺(未遂) ...
法 ... 運座 ... 에 ... 걸쳐 되는 듯 ... 새로 판이다
이직 눈은 ... 않된다
新聞 ... 는 내가 떠나면 ... 부터 新聞을 ...

4-2

1960. 12. 29

조선일보
The Chosun Ilba
SEOUL, KOREA

朝鮮日報

5-1

열흘 거리로 술 먹는 것, 그리고 이따금 미스 조(*조화선趙華善)(네 안부 문더라) 남장하고 찾아와 나, 술 먹는 것 지켜본다는 것뿐….(기회 봐서 검은 손 좀 뻗쳐 보아야겠다) 올 겨울 책이나 번역해서 또 돈 좀 벌려 했더니 『여원女苑』에 출판부가 없어져 버렸다지 뭐냐.
그새 12월, 서른 고개의 막바지, 우리 아버지는 이만 한 나이에 나를 낳았을 텐데 대폿집, 극장만 돌아다니니…. 새벽에 눈 뜰 때마다 느끼는 불안감을 벌로 받으며 절제 없는 생활 연속이다. 신문에는 아직껏 권태를 못 느낀다. 내가 할 수 있는 일도 네가 원하는 것이 있으면 얼마든지 시켜라. 그럼 크리스마스 전에 내가 편지할 수 있게끔 하라.

5-[서울 1960. 12. 19.]

신춘문예 예심 관계로 편지가 늦었다. 아니 차근호車根鎬 씨의 소식을 전하기 위해 더 늦어졌는지도 모른다. 그 '4월의 동상'인가 뭣이 딴사람에게 결정되자 19일 밤 그 연구실에서 음독을 했단다. 죽지는 않았지만 오늘 현재 의식을 도로 못 찾고 압축 산소로써 숨을 쉬고 있더라.(수도의대부속병원) 이 소식을 약삭빠른 『민국일보』가 보도해서 살아나더라도 퍽 곤란하게 되어 버렸지….
형명숙邢明淑이 일곱 달 난 아들을 낳아 유리 속에 가두어 기르고 있고, 장수長水 친구인 기정(*유기정柳紀正)이가 17일 마산서 결혼했다. 규동(*이규동)이는 풋내기 약혼자(이대 약학과)를 데리고 가끔 찾아온다.
나도 산에 재미 붙여 공일마다 비봉碑峰이다 자주봉慈主峰이다 험한 코스를 골라 하루 즐긴다. 얼마나 숨이 가쁜지 주독酒毒이 빠지는 느낌이다. 등산 멤버는 매번 바뀐다. 특히 '암컷' 멤비가 번번이 바뀐다는 긴 희한한 일이거든.

5-2

임창수林昌洙 씨가 우리 부국장으로 왔다. 송지영宋志英 씨는 일본, 동남아를 여행 중이고(아마 우리 신문사에서 교포 스폰서로 동남아 전역에 걸친 광고, 텔레비전 회사 같은 걸 구상하고 그 프레임 워크Frame work로 여행하고 있다더라) 신문지대 인상이니 광고료 인상의 말이 나오고 있고, 내년 초부터 하루 12면이 나온다는 소문도 떠돈다.

비구승들이 자기네들에게 불리한 재판 결과를 보고 대법원 안에서 난동하고 할복자살 미수까지 하는 등 해서 대량 검거되더니, 지난 10일엔 박장로朴長老 교도 천여 명이 그들의 성화가 헛것이라고 보도했다는 이유로 동아일보사에 쳐들어가 내부를 모조리 흩어 놓아 말썽을 끌고 있다.

15일 밤엔 제주 떠난 목포 연락선을 납북(주모자 순천여고 교사)해 가다 잡혀 돌아오는 사건 등 연말 '홈런'이 막 터지고 있다.

시간 끝날 때마다 술 먹을 친구가 빈곤해서…. 이 세상엔 내 친구가 하나도 없는 것 같은 맘도 든다. 날씨가 추워서 ♡짓도 할 장소가 빈곤하고….

참, 내 '펄 벅Pearl Buck' 수행기는 경북, 전남 지방에서 부교재로 쓰겠다고 허락을 신청해 왔으며, 또 신구문화사에서 무슨 책 도중에 수록했다고 톡톡하게 원고료를 보내오는 등 인기가 나쁘지 않다. 별것도 없는데 왜 그런지 모르겠다. 그리고 신년도부터는 네 '소인消印 없는 편지' 식의 기획물을 4면에 쓰기로 했다. 몇 개월 쓰면 훌륭한 단행본이 될 것 아니냐. 그땐『여원女苑』의 네 것도 수록하도록 하마….

이 '아이디어'를 어느 출판사에서 제공해 주더군…. 빨리 돈 벌어서 공부를 더 한다는 것. 그것 없으면 차근호車根鎬 씨 짝 날지도 모를 일이다.

지도를 보니 하이델베르크는 49도선, 38선보다 10도가 북쪽이니 만주벌판 같은 추위겠지. 오버는 여기서 입던 것인지 모르겠다. 민요집은 신년 안으로 네 손 안에 닿을 것이다. 동봉한 사진은 '펄 벅'이 매력을 평가한 나의 미소가 값진 것….

크리스마스엔 쓸쓸하지 않겠구나.

19일 규태

6-1

6—[서울 1961. 1. 7]

광화문 우체국에다 편지를 부치고 돌아오니까 차근호車根鎬 씨가 죽었다는 소식이 기다리고 있더구나. 문화부 앞으로 유서 한 통 남겨 놓은 채…. '체스토프L. Chestov'의 말을 빌려 예술에 패배한 자기를 생전에 친했던 사람에게 용서를 빌고, 희망사 연구소의 전세 백만 환을 찾아 문총文總(*전국문화단체총연합회) 앞 대폿집 외상을 갚고, 뭣은 어떻고, 청산해 놓고, 자기가 죽거든 연구소에서 하룻밤 재운 다음 화장해 달라고 했더군. 부모 형제에게 용서를 빌고 친구들의 호의를 간직한 채 죽겠다고 맺었더라. 유서라곤 꼭 한 통….

유언대로 연구소에서 하룻밤 재우고 그곳에서 영결식을 올렸다.

크리스마스엔 규동(*이규동)이와 일남(*최일남)이하고 술을 마셨다. 장기영 씨는 서울 시장 선거에 민주당의 김상돈金相敦 씨와 대결했다가 대차大差로 낙선. 천관우千寬宇 라인(이목우李沐雨, 김성우金聖佑)은 『민국일보』에서 후퇴(인사에 관해서 내분이 있었던 모양)했다. 『한국일보』로 도로 간다는 말이 있다. 『민국일보』는 조동건趙東健 씨와 김진수(전 '합동'(*합동통신)의 편집국장) 씨가 '리더십'을 잡을 모양….

일전에 헌조(*이헌조)와 오랜만에 같이 만나 점심도 하고 너로부터 온 편지를 모두 읽었다. 나에게 온 편지도 읽어 주고….

나는 술을 같이 먹을 파트너 때문에 빈곤하다. 술을 많이 먹어도 골치가 아프지만 먹지 않아도 골치가 아프니 술은 먹어야겠고 같이 먹을 술 친구가 없다는 건 최근에 생긴 걱정이다. 월급은 적지만 이자가 나오고 있기

174

때문에 곗돈을 내고도 좀 쓸 수는 있지.

서울 집값이 많이 헐해졌다. 그 이유는 아무도 모른다. 형님이 집을 사려고 하니까 내 돈 좀 보태어 조그마한 걸로 두 개 사자고 벼르고 있다. 집 사 두었다 미국 갈 때 팔아먹으면 될 게 아니냐. 미국 가기 전에 일본에 갈 희망이 좀 있다. 좀 좋겠냐마는… (중략)

연말이래야 '보너스' 한 푼 없이 야근 근속이다. 이 편지를 쓰기 시작한 지 나흘이 걸렸다는 것도 그 청빈한 근로 덕택이다.

새해 한 닷새는 시골 가 있게 될 것이다. 마음 좀 가다듬어 책도 좀 사 봐야겠고 공부, 창작도 부지런히 해야겠다. 외국에 갈 준비의 삼 단계 공부를….

참, 넌 무슨 학과를 택했으며, 내게 권하고 싶은 학과에 대해서도 어드바이스advice해라.

"여기(독일) 와서 잘했다"는 너의 편지를 보고 흡족하기도 했지만, 한편 항상 내가 너로부터 느끼는 질투 비슷한 것(그것 때문에 내가 발전한 것)을 풍성하게 느꼈단다. 네 연하장도 받았다.

그리고 네가 여행했다는 '코스', 그리고 하이델베르크에 대한 풍광 소개한 책과 사진을 자세하게 읽었단다―조금 병적인 뜻에서 탐독했지. 부럽구나. 더욱이 백인 여학생 틈에서….

또 쓰마.

규태

175

7-1

7-[서울 1961. 5. 2.]

소식이 끊어진 지 오 개월째다. 너하고 사이에서 가장 오랜 격소隔疎랄 것이다. 그곳 물정에도 익고 하니까 이놈이 편지 않는다고 친구들끼리 투덜거리기도 했단다. 내 빼닫이(*서랍) 안에는 미완성의 독일행 편지들이 두서너 장이나 뒹굴고 있다. 행여 네가 주소를 옮겼을까 해서 못 그치고 만 것들이다. 네 잘못도 있다.

서울엔 물이 오르느라고 한창이다. 가로수가 그렇고 계집들이 그렇다. 유독 나만이 말라비틀어져 춘궁春窮 절정이다. 하나 붙어 있던 것마저 놓아 준 지 오래다. "정신적인 고자"라고 욕지거리를 퍼부으며 도망해 버렸다. 술과 등산의 피로로써 고자 아닌 '그 녀석'을 마비시키고 있단다.

일남(*최일남)이하고 자주 만나 술을 나눌 뿐 이곳 친구들과는 대개 얼리질 않는다. 규동(*이규동)이란 놈은 장가도 가지 않은 처가에 눌어붙어 만날 수도 없다.

돈은 그전보다 좀 부드러워졌는데도 사는 데 자극이 없으니까 글 한 줄 못 읽고 글 한 줄 못 짓고 평평하다. 한 보름 전에 한 보름 동안 절량絶糧 취재차 전라도를 한 바퀴 돌았다. '춘곤천리春困千里'란 고정란으로 보름을 연재했는데, 내 사진이 퍽 호평이었다.

한길회에 들라는 김일남 씨의 권유로(네 말도 있고 해서) 그 모임에 나가려고 했으나 출장이니 뭐니 걸려 아직 한 번도 나가질 못했다.

그리고 미스 조(*조화선)는 독일정부초청유학생시험에 홍일점 수위로 합격해서 수속을 서둘고 있더라마는, 그 '케이스'가 가는 수보다 못 가는 수가 많아 초조해 하고 있더라. 미스 장(*장효희張孝姬)도 여권까지 냈다는 말을 들었다. 문제의 여성들이 모두 "네 주변으로 끌려가도다!" (중략) 범죄의 봄이라지만 요사이처럼 살인 사건이 연달아서는 처세하기에 겁이 난다. 산에 같이 가는 예쁘장한 계집 하나 나에게 맘이 끌렸음인지 두어 번 만나 주었더니, 풋내기 청년 하나 나한테 찾아와 그녀가 자기 사모의 대상이라면서 눈물로 애소哀訴를 하더라. 속없이 궁한 즈음에 그 계집한테 달라붙었다간 치정 살인이 날지 누가 아느냐.
말을 듣자니 신문사 일을 보기로 했다는 게 사실인가 모르겠다. 신문 일을

보면서 공부 못 할 바 없고, 또 공부만 하고 돌아왔다고 신문 일을 못 본다는 법도 없지 않느냐. 나는 공부하고 싶어 죽겠다. 어느 목적보다도 생활 조건으로서 공부하고 싶어진다. 유학도 아직 어둡다. 겟돈은 6월에 찾는다. 백만 환대 재산가가 되긴 하지만 정신면에서는 나이가 그 값을 소비시켜 버린다. 너처럼 한 살 어려져 스물일곱 살이랬으면 또 몰라도….
또 쓰마.
규태

8-1

8-[서울 1961. 6. 12.]

오랜만이다. 알테 하이델베르크의 기사記事가 기양(*이기양李基陽)이로부터 보내와 네 생각을 했다. 나는 아무 일 없다. 어쩌면 등산이 요사이 내 생활의 전부인 것만 같다. 비를 맞으면서도 말이다. 짙은 안개가 산마루를 휘어 감는 선경仙境은 "남화南畵처럼 리얼리즘에 철저한 그림이 없다"고 느낄 정도….

거리엔 양담배가 없어졌고 다방에 커피가 없다. 백 환짜리 쌍화탕이 많이 팔리나 보더라. 몸차림들이 훨씬 수수해졌고 명동의 '명동다움'은 서리를 맞았다. 대폿집은 성해 간다. 이달 말이면 너 있을 때부터 넣어 왔던 오십만 환짜리 계를 탄다. 그걸 보태서 대폿집을 차릴까고 진실로 생각해 볼 정도고…. 유학은 가망이 옅어 간다. '외국 특파'면 돈을 보태서라도 나가 관록을 쌓을 심산이다. 자하문 밖에나 성북동 골짝에다 땅이나 한 백평 사 두어야겠다. 그다음에 돈을 모아 내 뜻에 맞는 집을 짓고 잔디를 깔고…. 네가 돌아왔을 때는 같이 살 수 있게끔…. 네 '창고'의 꿈처럼 허황한 것은 아니다.

또 연애를 할 것 같다. 하고 있는지도 모른다. 이번 여자는 몸도 크고 건강하고 적당히 미련하면서 또 적당히 영리하다. 얼굴은 귀염성이 흐르고 여

간 유머러스하지 않다. 집안도 좋고 돈이 있는 집 자식치고는 퍽 소탈하다. 그런 여자가 나를 몹시 따르는구나…. 비 오는 만국공원(인천)에서 아카시아 꽃을 따먹는다든가 밤 깊은 삼청공원의 성 돌에 앉아 손을 쥔 채 아무 말도 않는다든가…. 더 깊어지면 사진이나 하나 보내 주지, 자랑하고 싶으니까….

공무원 병역 기피자는 모조리 해고당했다. 공공단체나 회사도 그러고 있다. 신문사도 그리될 것이 거의 확실하다.

일남(*최일남)이란 놈도 여간 불안해하지 않더구나. 『한국일보』는 근 반수半數가 해당된다더군.

(중략)

기양이하고 자주 만나겠지. 그동안 밀렸던 고료를 수일 내로 여기 집에 보내 주겠다고 전해 주라. 기양이 누이동생이 날 찾아왔는데 기양이보다는 예쁘게 생겼더군….

맘 터놓고 이야기할 친구도 없고, 책도 구하기 어렵고, 영화도 그렇고, 술은 치질이 말기고, 정말 연애 같은 것이라도 없으면 굉장히 답답한 하루하루랄 것이다. 연애도 한두 번이 아니라 뭐….

그럼 또 쓰마.

9-1

HOTEL SHANKER
Kathmandu, Nepal.

9-2

8. Barley Fields and the Annapurna Ranges,
north of Pokhara.

崔 福 鎬
서울 종로구
韓國日報社 論説委員室

SEOUL, KOREA
(south)

9-[카트만두 1970. 3. 29.]

마치 내 인생의 방학만 같은 느낌이다.

너는 외국에 가도 문화의 정수精髓만을 훑는데, 나는 웬일인지 외국에 가도 원시의 정수만을 훑게 되는지 모르겠다.

카트만두 시중市中부터 산장 생활인 데다 고용한 요리인 셀파(직업 등산인)들도 원시의 선성善性을 지닌 듯한 에베레스트 산록의 산골 사람들이라 마치 내 고향 장수長水 사람들만 같다. 담배도 하시시라는 나뭇잎을 말

아 피우고 있다. 다분히 한국과의 비교문명적인 기행문이 가능해지길 바라고 케이스 스터디를 하고 있다. 4월 5일쯤부터 걷기 시작하여 두 달 동안 산 속에 있게 될 것 같다. 보고 싶은 건 마누라보다 아이들이다.

네 아들 이름이 뭐더라…. 미세스 최에게 안부 전해라. 이 엽서 받을 무렵이면 이 안나푸르나 앞을 걷고 있을 것이다.

카트만두에서 규태

정종욱 鄭鍾勖, 1933-1982

1

1—[바트고데스베르크 1968. 2. 13.]

하이재何異哉!

최 공의 카드는 참 반가웠네.

무엇보다도 오래 기다리던 희소식! 학위를 마치셨다니 마치 내 일처럼 기쁘고 반가웠네.

최 공의 심혈이 듬뿍 쏟아진 성과라 생각하니 더욱 축하의 마음을 표하고 싶네. "칠 년 만학의 감옥에서 방면된 형수刑囚의 심정"은 최 공만이 느끼는 심정이 아닐 터이니까 자위하소서. 이제 머지않아 귀국이 따르리라 생각하는데 그 계획은 여하한지?

제弟의 귀국 문제는 한국에서의 직장 문제가 아직 해결되지 않고 있어서 아무래도 조금 연기될 것같이 생각되네. 모 사립대학의 시간강사 자리는 있는 모양이네마는 별로 마음 내키지 않군. 현재 서울대학에도 교섭 중이네만 아직 확실한 성과는 없다네. 우리들의 귀국 전에 한번 만나서 오랫동안 나누지 못한 회포를 나누고 싶은 마음 간절하네만 어디 뜻대로 되겠는

가? 아마 나는 오는 3월부터 실업자Arbeitlos가 될 것 같군. 과도기적인 직업Übergangsbeschäftigung으로서 한국의 신문사나 통신사의 특파원 자리라도 있다면 특히 문화 학술 면에 치중해서 글을 써 보고 싶은 의욕도 없지 않네마는, 경력이 없는 제弟에게 누가 그런 자리를 주겠는가?

최 공께서 말씀하신 위스키는 제弟가 반 상자를 인수하겠네. 오래 알콜 없이 지내 왔는데 덕분에 잘되었네. 다만 최 공께서 신辛 통신관에게 그 요지를 알려 주시면 감사하겠네. 제弟도 만나면 이야기하겠네. 나머지 반 상자는 제弟가 보내 드리겠네.

아마 월말에는 다른 곳으로 이사하게 되겠는데 옮기면 또 알리겠네. 집에 전화는 없고, 참고로 본 대학의 법철학연구소 전화번호를 드리겠네. Bonn 603-6737. 저녁 7시 반에서 10시까지는 대개 이곳에 있네.

다시 한번 형의 학위를 축하하면서.

정종욱 배

2-1

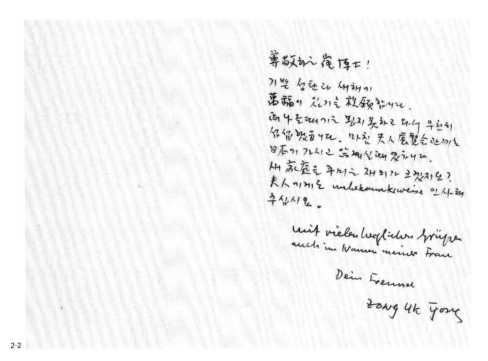

2-2

2-[본 1969. 12.]

경애하는 최 박사

기쁜 성탄과 새해에 만복이 있기를 축원합니다.

떠나올 때에는 뵙지 못하고 와서 무한히 섭섭했습니다. 마침 부인 전람회
관계로 일본에 가시고 안 계실 때였습니다. 새 가정을 꾸미는 재미가 크겠
지요?

부인에게도 면식은 없지만unbekannterweise 인사해 주십시오.

제 아내의 이름으로도 함께 인사드립니다Mit vielen Gruessen auch im Namen meiner
Frau.

당신의 친구 정종욱

MAX-PLANCK-INSTITUT
FÜR AUSLÄNDISCHES UND INTERNATIONALES
STRAFRECHT

Direktoren: Professor Dr. Dr. h. c. mult. Hans-Heinrich Jescheck · Professor Dr. Günther Kaiser

D-7800 Freiburg im Breisgau
Günterstalstraße 73
Telefon (0761) 70 81-1
Telex 7721 426 MPIS

3

3-[프라이부르크 1981. 1. 30.]

최정호 교수님께

기간其間도 유익한 체독滯獨 생활을 보내고 계시리라 생각합니다. 전화로 최 공의 목소리를 들으니 반갑기 그지없었습니다.

뮌헨의 방 문제를 알아보았는데 별로 좋은 묘안이 없는 것 같습니다. 뮌헨의 교외에 한국인 신학생神學生 집에 방이 하나 있을 것 같다고 하는데, 회답 편지를 동봉하오니 잘 검토해 보시고 결정하시기를 바랍니다.

내가 의뢰한 분은 고려대 대학, 대학원을 나오고 현재 독일학술교류재단 DAAD 장학생으로 와 있습니다. 전공은 법철학과 형법.

프라이부르크에 오시게 되면 연락 주시기 바랍니다. 소생이 한번 가 뵈었으면 좋겠는데 어린 애들 때문에 이곳을 뜰 수가 없습니다. 양해 있으시길 빕니다.

2월 8일부터 12일까지는 연구소에 행사가 있어서 좀 번잡할 것 같습니다만, 그 이외에는 시간을 낼 수 있으니 한번 들르시기를 바랍니다. 구정舊情을 새롭히는 의미에서 말입니다.

그럼 건강하시고 안녕히 계십시오.

정종욱 배
1981. 1. 30.

4

4-[프라이부르크 1981. 8. 6.]

최 공

7월 25일자로 주신 공한公翰과 사신私信 그리고 지난 3월 이곳에 오셨을 때
찍은 사진 두 매 다 반갑게 받아 보았소.
공한과 더불어 사신을 동봉해 주신 것은 공의 따뜻한 우정을 전해 주는 것
이었소. 회신이 이렇게 늦어진 것은 그간 가족 동반 약 삼 주일 휴가여행
을 다녀온 탓이오. 양해해 주시기 바라오.
내來 16일부터 약 이십 일간 한국국제문화협회의 문화사절의 사명을 띠
고 방독訪獨하시게 된다는 소식을 기쁘게 접했소. 지금까지 어떤 개인들의
이니셔티브initiative와 인터레스트interest에 의하여 산발적으로 있었던 한독
문화학술교류가 김규택金圭澤 신新 회장에 의하여 강조점을 얻게 된 것은

진심으로 환영하고 싶소. 제가 한국국제문화협회와 공의 투철한 양국의
문화 교류의 목표와 사명에 조금이라도 힘이 될 수 있다면 미력하나마 기
꺼이 도와 드리겠소. 김규택 회장은 지난 1977년 황 장관(*황산덕黃山德)
수행 시에 본에서 잠깐 뵌 적이 있는데 안부해 주시기 바라오. 다만 지금
이곳은 휴가철이라 어느 정도 관계 인사들과 연락이 닿을지 걱정스럽소.
바쁘신 중에도 영부인 동반, 제弟의 어머님을 찾아 주신 것 잊지 않겠소.
공의 영부인게 나의 감사의 말씀 전해 주시오.
그럼 이곳에 도착하시는 대로 연락 주시기를 바라면서 오늘은 이만 각필
하겠소.
공의 건승을 빕니다.

정종욱 배
프라이부르크에서 1981. 8. 6.

184

장을병 張乙炳, 1933-2009

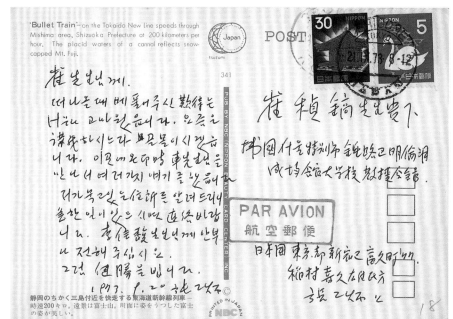

1-[도쿄 1973. 9. 20.]

최 선생님께

떠나올 때 베풀어 주신 환대는 너무나 고마웠습니다.

요즈음은 강의하시느라 골몰이시겠습니다.

이곳에 온 즉시 차 선생님(*차기벽車基璧)을 만나서 여러 가지 얘기를 했습
니다.

제가 묵고 있는 주소를 알려 드리니 급한 일이 있으시면 연락 바랍니다.

이신복李信馥 선생님께 안부나 전해 주십시오.

그럼 건승을 빕니다.

1973. 9. 20. 장을병

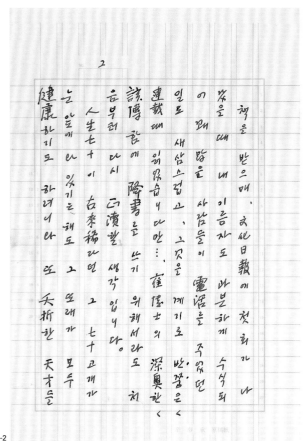

1-2

1-1

1-3

1-[성남 1999.]

최정호 박사께

뵌 지가 꽤 되었다 싶었는데 역저力著『우리가 살아 온 20세기』를 받게 되어 기쁘기가 한량없었습니다.

연세대 언론홍보대학원에 강의를 나갈 때마다 원장실에 들르게는 되지만 최 박사가 없으니 적막강산寂寞江山이요 때로는 무주공산無主空山이기도 합니다.

책을 받으며,『문화일보』에 첫 회가 나갔을 때 내 이름자도 과분하게 수식되어 꽤 많은 사람들이 전화를 주었던 일도 새삼스럽고, 그것을 계기로 반쯤은 연재 때 읽었습니다만…. 최 박사의 심오한 해박함에 항서降書를 쓰기 위해서라도 처음부터 다시 정독할 생각입니다.

인생 칠십이 고래희古來稀라던 그 칠십 고개가 눈앞에 와 있기는 해도, 그 또래가 모두 건강하기도 하려니와, 또 요절한 천재들을 생각하면 행운을 누렸다는 생각도 드는 요즈음입니다.

최 박사, 더 좋은 일 많이 합시다.

건승을 빌면서, 고맙습니다.

기묘년 신춘新春에
신봉승 합장

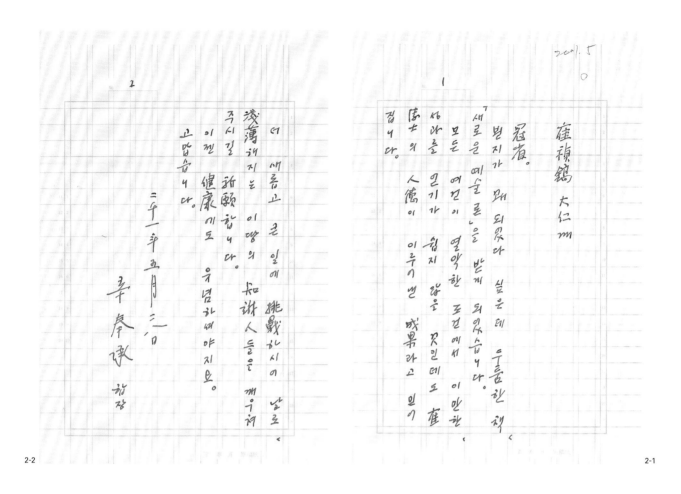

2-[성남 2001. 5. 28.]

최정호 대인大仁께
관생冠省.
뵌 지가 꽤 되었다 싶은데 두툼한 책『새로운 예술론』을 받게 되었습니다.
모든 여건이 열악한 조건에서 이만한 성과를 얻기가 쉽지 않은 것인데도,
최 박사의 인덕人德이 이루어낸 성과라고 믿어집니다.
더 새롭고 큰일에 도전하시어 날로 천박해지는 이 땅의 지식인들을 깨우쳐
주시길 기원합니다.
이젠 건강에도 유념하셔야지요.
고맙습니다.

2001년 5월 28일
신봉승 합장

3-[성남 2005. 11. 28.]

최정호 박사께
뵌 지가 꽤 되었다 싶었는데 대역저大力著『세계공연예술기행』을 받게 되
었습니다. 아무리 해박該博의 최 박이라 해도 엄청난 역작이 아닐 수 없습
니다. 그간의 노고에 치하를 드립니다.
책은 잘 받았는데 소설가 최일남崔一男 형의 것과 제 것이 바뀌어 배달이
되었습니다. 아침에 최 형에게 전화했더니 껄껄 웃으며 그것도 기념이니
그대로 갖자고 해서 파대 웃음(*파안대소破顔大笑) 쳤습니다.
이젠 도리 없으니 건강에 유념하시기 바랍니다. 졸저 한 권 동봉합니다.

2005년 11월 28일
초당艸堂 신봉승 합장

崔禎鎬博士께

본지가 꽤 되었나 싶었는데 大方著
「세계 공연예술기행」을 받게 되었습니다. 아
무리 該博의 崔博이라 해도 얼핏 보는 勞
作이 아닐 수 없습니다. 그간의 勞苦에
敬賀를 드립니다.

뼈를 깎는 努力 小說家 崔一男 先의

2

꿈과 꿈이 바꾸의 배반이 되었습니
다. 아침에 崔兄에게 電話 걸었더니 껄껄
웃으며 그것도 記念이니 그대로 갖자고
해서 끝내 웃음 첫습니다.

이젠 도리없으니 健康에 유념하시기
바랍니다. 拙著 보낸 同封합니다.

二〇〇五年十一月二八日
   비堂 辛奉承 합장

崔禎鎬博士께

歲月 참 빠르다는 느낌입니다. 본지
도 꽤 된 것 같고요. 보내주신 書
書翰集 「얼」이 내일은 그리움의 제도 往復
잘 받았으며 읽었습니다. 60年代 初에
이른바 青春物 시나리오의 매만져 제가
도 무엇인가, 유념에서도 그 知的인
듬이 있었다는 사실이 무척 鶯異로움

2

고, 또 부끄럽다는 생각이 듭니다.
그리고 그대의 書翰들이 兩쪽 모두
소신이 담아 있다는 事實도 感動的
이지요. 아무튼 山밖습니다. 笑納하십
시오.

近者 논산 同封합니다.
健勝을 빕니다.

二〇〇七年二月一三日
   비堂 辛奉承 합장

188

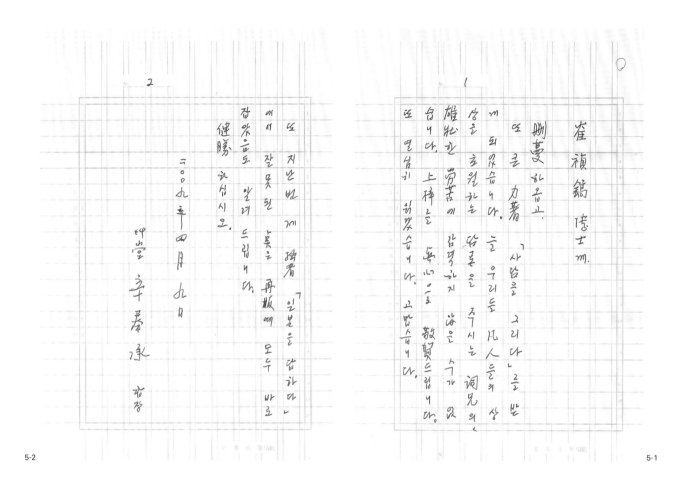

5-2   5-1

4-[성남 2007. 2. 13.]

최정호 박사께

세월 참 빠르다는 느낌입니다. 뵌 지도 꽤 된 것 같고요. 보내 주신 왕복 서한집 『같이 내일을 그리던 어제』는 잘 받아서 읽었습니다. 1960년대 초엔 제가 이른바 청춘물 시나리오에 매달려 있었을 무렵인데, 유럽에서는 그런 지적知的 흐름이 있었다는 사실이 무척 경이롭고 또 부끄럽다는 생각이 들었습니다. 그리고 그때의 서한들이 양쪽 모두 고스란히 남아 있다는 사실도 감동적이고요. 아무튼 고맙습니다.

근저近著 한 권 동봉합니다. 소납笑納하십시오. 건승을 빕니다.

2007년 2월 13일

초당 신봉승 합장

5-[성남 2009. 4. 9.]

최정호 박사께

산만刪蔓하옵고,

또 큰 역저 『사람을 그리다』를 받게 되었습니다. 늘 우리들 범인凡人들의 상상을 초월하는 담론을 주시는 사형詞兄의 웅장한 노고에 감격하지 않을 수가 없습니다. 상재上梓를 진심으로 경하드립니다. 또 열심히 읽겠습니다.

또 지난번 제 졸저 『일본을 답하다』에서 잘못된 점은 재판 때 모두 바로잡았음도 알려드립니다.

건승하십시오.

2009년 4월 9일

초당 신봉승 합장

김경원 金瓊元, 1936-2012

1-1

1-2

1-[서울 1978. 4. 21.]

최 형

고맙습니다.

감명 깊게 들었습니다.

다만, 현 단계에서 공해, 또는 심미성의 문제를 '제기하는' 것이 경제 발전 단계를 무시한 환상론이라는 것이, 제가 뜻한 바는 아닙니다.

문제는 제기되어야 합니다. 그러나 문제를 역사적 퍼스펙티브perspective를 갖고 제기하는 것과, 그것에 이데올로기적인 옵세션obsession을 느끼는 일과는 다른 일로 생각됩니다. 오늘 최 형이 발표해 주신 것은 문제를 역사의 흐름 속에서 제기한 것이라고 생각합니다.

먼저 가 봐야 할 데가 있어서, 실례합니다.

김경원

To Dr. Chungho Choe
School of Communication, DS-40
Fax: (206) 543-9285

3. 260 社會科學院
Institute of Social Sciences

최정호 교수님

FAX로 보내주신 편지, 반갑게 받어 보았습니다.

「사상」 여름호에 좋은 필자들을 소개해 주셔서 고맙습니다.
특히 한수산씨의 글, 좋았습니다.

Hughes의 Sophisticated Rebel은 아직 국내에
소개된점 같지 않습니다. 「서평」를 준비 주시면 큰
도움이 되겠습니다. 가을호 원고마감은 7월 15일니다.

계울호 (이데오르기 문제) 편집이 역시 어렵습니다.
외국지성인 (필자), 또는 번역연재할만한 선는 글 또는 자료등,
좋은 아이디어를 기대하고 있습니다.

그럼 곧 뵙게 되기를 기대하면서 이만
줄이겠습니다.

6월 8일 (금요일)

김경원 올림

住所 : 大韓民國 서울市 中區 南大門路 5街 526
(大宇財團빌딩 1601호)
電話 : (774) 9891-3, 5, 6, 팩스 : (774) 9894

Address: 526, Namdaemun-ro 5ka Chungku, Seoul, Korea
(#1601, Daewoo Foundation Bldg.)
Telephone: (774) 9891-3, 5, 6, Fax: (774) 9894

2

2-[서울 1990. 6. 8.]

최정호 교수님

팩스로 보내 주신 편지 반갑게 받아 보았습니다.

『사상』 여름호에 좋은 필자들을 소개해 주셔서 고맙습니다. 특히 한수산
韓水山 씨의 글 좋았습니다.

휴스S. Hughes의 『단순치 않은 반역자들Sophisticated Rebel』은 아직 국내에 소개
된 것 같지 않습니다. 서평을 준비해 주시면 큰 도움이 되겠습니다. 가을
호 원고 마감일은 7월 15일입니다.

겨울호 (이데올로기 문제) 편집이 역시 어렵습니다. 외국 지성인(필자),
또는 번역 연재할 만한 글 또는 자료 등, 좋은 아이디어를 기대하고 있습
니다.

그럼 곧 뵙게 되기를 기대하면서 이만 줄이겠습니다.

6월 8일 (금요일)
김경원 올림

황인정 黃仁政, 1936-2007

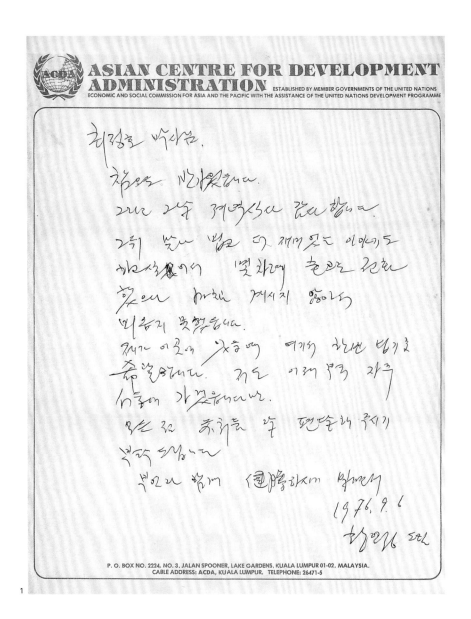

1

1-[말레이시아, 쿠알라룸푸르 1976. 9. 6.]

최정호 박사님
참으로 반가웠습니다. 그리고 그날 저녁식사 감사합니다.
그 뒤 만나 뵙고 더 재미있는 이야기도 하고 싶어서 몇 차례 댁으로
전화했으나 마침 계시지 않아서 뵈옵지 못했습니다.
제가 이곳에 있을 때 여기서 한번 뵙기를 희망합니다. 저도 이제부터 자주
서울에 가겠습니다만.
모든 점 전처럼 잘 편달해 주시기 부탁드립니다.
부인과 함께 건승하시기 빌면서.

1976. 9. 6.
황인정 드림

한창기 韓彰琪, 1936–1997

1–[서울]

최 박사님,

서재필 박사의 '자서전'을 읽으면서 여러 번이나 눈시울을 적셨습니다. 제가 보기에는 이 책이 자서전이기보다는 김도태 씨에 의한 '전기'였고, 서 박사님의 일생을, 객관적이고 사실적으로, 충분히 기술하지는 못 했더군요. 그러나 비록 부분적인 사실의 관찰도 날 감격시키기에는 충분했습니다.

누군가가 이 책과, 미국에 아직도 거주할 것으로 짐작되는 따님(들)의 증언과, 그분을 알고 가깝게 모시던 다른 사람들의 기억과, 그 밖에 가능한 자료들을 모아, 그의 전기를 적어야 할 것 같습니다. 제가 해야 한다고 느끼는 일은 이 전기를 출판하는 일입니다.

평소에 늘 품어 온 그 어른께 대한 사랑과 존경의 마음이 이 책을 읽고 더 두터워졌습니다. 말만 듣고 오랫동안에 걸쳐 찾아 헤매다가 최 박사에게서 받아 읽어 보니, 과연 그분은 한 세기를 앞질러 세상에 나오신 어른이셨습니다. 부디 잘 보관하십시오. 저에게 쾌히 빌려 주셨음을 고마워하고 있습니다.

이제 『젊은이, 젊은 놈들』을 읽을 차례가 왔습니다.

한창기

1977년 4월 30일

관악구 동작동 반포 아파트
90동 403호
최 정호 박사님

최 박사님,

보내 주신 "스승의 길"은 잘 받아 보았습니다.

부지런히 읽고 많이 배우겠습니다. 그리고, 앞으로
소중히 간직하겠습니다.

박 선생님에 대한 최 박사의 존경심이야 평소부터 익히
잘 알아 온 터이지만, 그 동안에 그토록 많은 정성을
쏟아 이런 훌륭한 책을 편찬하신 것이야말로 놀라운 업
적입니다.

다시, 감사합니다.

한 창기 올림

2

2-[서울 1977. 4. 30.]

최 박사님,
보내 주신 『스승의 길』은 잘 받아 보았습니다.
부지런히 읽고 많이 배우겠습니다. 그리고 앞으로 소중히 간직하겠습니다.

박 선생님(*박종홍)에 대한 최 박사의 존경심이야 평소부터 익히 잘 알아온 터이지만, 그동안에 그토록 많은 정성을 쏟아 이런 훌륭한 책을 편찬하신 것이야말로 놀라운 업적입니다.
다시, 감사합니다.

한창기 올림

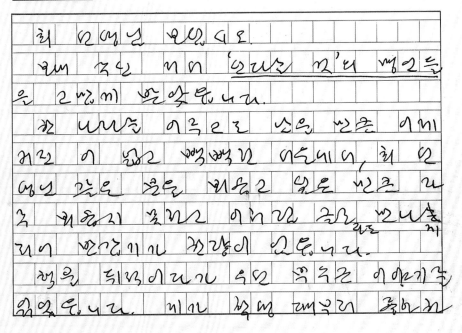

3-1

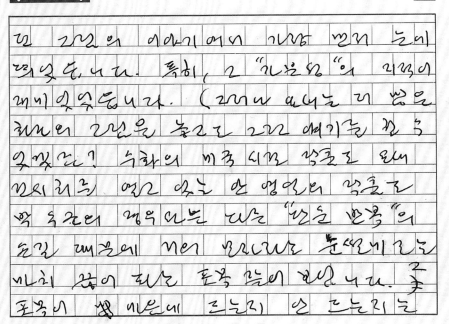

3-2

3-3

3-[서울 1986. 4. 14.]

최 선생님 보십시오.

보내 주신 저서 『'산다는 것'의 명인들』을 고맙게 받았습니다.

한 나라를 이루고도 남을 만큼 이제 커진 이 넓고 빽빽한 서울에서, 최 선생님 같은 분을 뵈옵고 싶은 만큼 자주 뵈옵지 못하고 이처럼 글로라도 만나게 되어 반갑기가 한량이 없습니다.

책을 뒤적이다가 우선 박수근朴壽根 이야기를 읽었습니다. 제가 학생 때부터 좋아하던 그림의 이야기여서 가장 먼저 눈에 띄었습니다. 특히, 그 '가분성'의 지적이 재미있었습니다. (그러나 요새는 더 많은 화가의 그림을 놓고도 그런 얘기를 할 수 있겠죠? 수화樹話의 미국 시절 작품도, 요새 전시회를 열고 있는 안영일安榮—의 작품도 박수근의 경우와는 다른 '단순 반

복'의 손길 때문에 저의 모자라는 눈썰미로는 마치 끊어 파는 포목같이 보입니다. 그 포목이 마음에 드는지 안 드는지는 제쳐 놓고 드리는 말씀입니다.)

이 책 속의 다른 글들도, 과거에 최 선생님의 다른 책을 받고도 그리했듯이, 열심히 읽어 공부하겠습니다. 뵈옵고 싶지만 여건의 제약으로 그리하지 못하는 분을 오래 붙들고 그의 정리된 생각을 음미하는 방법으론 그의 책을 읽는 것보다 더 '약삭빠른' 수는 없을 듯합니다.

감사하면서, 이만 줄이옵니다.

1986년 4월 14일
한창기 올림

최정호 선생님께

김영태 金榮泰, 1936-2007

1

2

2-[서울 1979. 12. 13.]

허수아비같이 살고 있지요! 푸른 하늘 아래. 비몽사몽非夢似夢.
새해 복 많이!Bonne Année

1979 초개草芥

1-[서울 1982. 6. 22]

최정호 선생
편지 반갑습니다. 가끔 『조선일보』에 쓰신 글이 나오면 열 일 제치고 읽어
보곤 합니다. 글은 자기 스타일이 있어야 되는 건데(최 선생처럼) 나는 아
직도 그게 안 됩니다. 모두가 두루뭉수리입니다.
7월 9일 스페인으로 떠날 것 같습니다. 로드리고J. Rodrigo 나 타레가F. Tárrega
의 기타 곡을 좋아하는 편입니다. 타레가의 「눈물」이란 기타 곡을 어디서
듣고 잠깐 멍해진 기억이 납니다. 5월 20일부터 '공간'에서 전람회(?)를
가졌습니다. 작은 소품들…. 6월 26일부터 7월 5일, 대구 사랑마당에서 전
시가 됩니다. 토요일(26일) 내려가서 앉아 있다 올 예정입니다.
강석희姜碩熙도 그간 두어 번 만났고, 오늘 '음악방' 모임이 있습니다. 돼먹
지 않은 무용평도 끄적거리곤 합니다. 71년 독일문화원 전시 때의 치졸한
그림을 잘만H. Sallmann이 가지고 있었는지는 몰랐습니다. 〈라벨의 죽음〉은
기억이 안 납니다.
딜레탕트로 낙인이 찍혔으니 이렇게 살다가 저렇게 꺼진들 대숩니까? B
나 아이들도 편지가 안 옵니다. 뿔대가 나서 나도 안 보냅니다. 스페인에
가서 새로운 걸 만나면 내 머릿속이 근질거리고 무엇을 토해낼지 아직 미
지수입니다. 하루아침은 깜깜하고 그다음 날은 밝고, 그게 내 생활입니다.
브장송에 들르면 옛 친구(경이)를 만날지? 가끔 소식 주시기를.

초개

사노 요코 佐野洋子, 1938-2010

いつになったら、私はあなたに話しかけるのをやめるのでしょう。

（今朝もい事思いつきました。中年というのは男盛りという言葉に置き変えなさい。）

私は今、あなたに人生で本当に無駄で南な時期なんだと思います。手紙はこれ程邪魔じゃないわね。

私はスイスがどこにあるのかしら、と思ったりどうして印刷してありました。私はスイスは水色かと思ったらどうで、フランスは紫色です。誰かきめるんだろ。

そして、私はいい名ならしい茶色がいいと思ったのにクリーム色で、その前の土地をきらって、そこに行って笑おうと思っている。

名前と現実がどんなに違うか。それで旅行する事にしました。

私の友達に花型小百合というのもいて、名前を忘れぬ名前を持たた人がいる許ど、親はあんまり美しい名前を子供につけるのはやめた方がいいと私は友達が子供を産むたびにそれとなく忠告する許ど。このごろの日本の若い親は銀座のバーの店の名前の様な、変でこんな名前をつけるのが流行しています。朱美ちゃんとか、香織（かおり）とか。

日本には昔、太郎とか、熊五郎とか。又人とか、花子とか「とめ」から巴里ちゃんなんていうのもいるのよ。

私、音楽のわからない。私が、バッハを聞く。何だか白い地図を見ている様旅行をするけど。どうぞ、誰にもふれないでね。そんな風にして地図って見ると面白いですわ。いつか、私、あんまり無教養だから、さて。それは、田地の表札に似合われないと思えるのかも知れない。とかいい名前があるのに、もう誰も使わない、きっと。から、太郎とか、熊五郎とか。

な気がした事あります。そしていつか夢を見た事もります。山に行く道に迷ってしまったら、私は靴のゆか、ら地図を出してひろげて見たら、実物大の地図だったんです。私はたとひざをたたきそうだ、これを道の上に置き、地図の上を歩いていく夢みました。

気持で地図を見ると地球は平べったいんだと思、私は平べたい地図を見ると地球は丸いと思い、小さい地図見ると東京は近いと思ひ大きな地図見ると東京は遠い、と思ひ。どうしてこんなに頭が悪いんだろう。時々とても頭のいい人が居て、クルリャんのくせに始めてニューヨークに行った事を書いてあったのを読んだ事あります。彼は行った事ない都市の道を全部知っているんだそう。そんな人東京の道のわからない事は百年運転手に道を教えた事ない御し、そば屋の出前持（家へ注文のそばをとどける）になったら東京の道もわからない事は百年住んでも絶望的です。

ベルリンには路地があります。私、道は、街は、路地をその多くのか、とても美しい路地が、とても美しく曲って、細くて曲って囲狭い路地が好きです。知らない街の路地をこもってゆきます。ある時はとても家の戸でこんでいしく思っちゃいます。

る路地を入るていったら、とても暗くて細い路地で曲って突然路地の向うに海か広がっていた事かありました。そんな所か、するとヨーロッパにも沢山あるでしょうね。それから好きなの坂道です。坂道もベルリンにはあいりますん、ゆるやかな坂道のある街も好きです。私本当に不便なものばかり好きですね。

198

1-3

親愛なる近い様へ
一九六七、六、九
あなたの仕事が成功することを祈っているわたしより。

私の友達に1人レオナルドマップを作る人が居ます。彼は一年中奥さんと犬を車に乗せて、日本中の道を調べて歩き、地図にない道を地図に描き加え、ある時、地図にある道を直す仕事をしています。ある時、地図にある山の中の誰も居ない道で車が穴の中に落ちて、夜中なので、一時間も二時間も穴をひろげて車を出そうとしたけど、誰も誰も来ないんですって。もう絶望して、ふと山の上を見上げると木の間から月が見えたので、と思い。大声できれいきれいと声の限り呼んだけど、声がかれてもう声が出ない程呼んだのに、誰も来てくれないかと、たんだって。それで、もう一度よく見たら、お月さんだったんだって。地図作るのは重労働なんだなあ。

19日の朝、ミュンヘンに出発する予定です。本当に本当に成功する様に。

邪魔した事、あやまる予定です。又、手紙書いてもいいですか。手紙はそんな邪魔じゃないわね。こんな馬鹿馬鹿しい手紙はお仕事の邪魔になりないわよね。どうか、お仕事をお続け下さい。何だか、あなたが本当に近い様な予感がします。こういう予感がします。わたし有名人が嫌いだから困っちゃうなあ。

1-[베를린 1967. 6. 9.]

언제쯤 되면 나는 당신에게 말을 거는 것을 그만두게 될까요.
(오늘 아침 좋은 것을 생각해냈습니다. 중년이라는 것은 남자의 한창때라는 말로 바꾸시도록)
당신은 지금 대단히 중요하고 바쁜 시기라고 생각합니다. 편지는 그다지 방해되진 않겠죠.
어제 지도를 사 와서 처음으로 자세히 살펴보았습니다.
나는 스위스가 어디에 있는 건지 몰랐던 것입니다. 나는 스위스는 푸른 물색인가 했더니 핑크로 인쇄되어 있었습니다. 독일은 지저분한 차색茶色인가 했더니 크림색이고 프랑스는 보라색입니다. 누가 정하는 것일까. 그리고 나는 이름이 좋은 땅을 찾아서 거기를 여행하기로 했습니다. 그리고 거기에 가서 이름과 현실이 어떻게 다른가 확인해서 배를 잡고 웃어 볼까 합니다.
나의 친구 가운데 하나가타 사유리花型小百合라는 속을 알 수 없는 이름을 가진 사람이 있지만, 부모는 너무 아름다운 이름을 아이들에게 붙이지 않는 것이 좋다고 나는 친구들이 아이를 낳을 때마다 슬며시 충고를 하거든요. 하지만 요즘의 일본의 젊은 부모 사이에는 긴자銀座의 바 이름 같은 별난 이름을 붙이는 것이 유행하고 있습니다.
아카오朱尾라든가, 가오리香織라든가, 파리巴里라든가 하는 따위의 이름도 있다구요.

일본에는 옛날부터 다로太郎라든지, 구마고로熊小郎라든지, 마타하치又八라든지, 하나코花子라든지, 도메라든지, 좋은 이름이 있건만 이제 아무도 쓰지 않아요. 분명 주택단지의 문패에 어울리지 않는다고 생각하고 있는지 모르지요.
그건 그렇다 치고, 나는 너무나 교양이 없기 때문에 그런 식으로 여행을 하지만 제발 누구에게도 말하지 않기예요.
지도란 보고 있으면 재미있네요. 언젠가 나, 음악을 모르는 내가 바흐를 듣고 뭔가 하얀 지도를 보고 있는 것 같은 느낌이 든 적이 있었습니다. 그리고 언젠가 꿈을 꾼 적이 있습니다. 산에 가서 길을 잃었기 때문에 가방 속에서 지도를 꺼내 펴 보았더니 실물 크기의 지도였던 것입니다. 나는 무릎을 치며, 그렇지! 이것을 길 위에 놓고 지도 위를 걸으면 되겠다고 생각하며, 근사한 기분으로 지도 위를 걸어가는 꿈을 꾸었습니다.
나는 펴 놓은 지도를 보면 지구는 편편하다고 생각하고 지구의地球儀를 보면 지구는 둥글다고 생각하며, 작은 지도를 보면 도쿄는 가깝다고 느끼고 큰 지도를 보면 도쿄는 멀다고 느낍니다. 어쩌면 이토록 머리가 나쁠까.
때때로 대단히 머리가 좋은 사람이 있어서 이탈리아 사람인 주제에 처음으로 뉴욕에 가서 처음으로 탄 뉴욕의 택시 운전사에게 길을 가르쳐 주었다고 쓴 것을 읽은 적이 있습니다. 그는 가 본 적이 없는 도시의 길을 죄다 알고 있다나. 그런 사람이 도쿄에 와서 '소바야'(*메밀국수집)의 데마에 모치(*배달원)쯤 했으면 대단히 좋겠다 생각됩니다. 도쿄의 길 못 찾기는 백 년 살아도 절망적입니다.

베를린은 골목이 없군요. 나는 길은, 거리는, 골목길을 대단히 좋아합니다. 낯선 거리의 골목길을 기웃거리는 것이 대단히 즐겁습니다. 좁고 꼬부라지고 속 깊은 골목길이 대단히 아름답다고 생각해 버리곤 합니다. 언젠가 집들이 아주 빽빽이 들어선 골목길에 들어갔더니 몹시 어둡고 좁은 골목으로 꼬부라져 있는데 갑자기 골목 저편에 바다가 펼쳐져 있던 적이 있었습니다. 그런 곳이 반드시 유럽에도 많이 있지 않겠어요?

그다음으로 좋아하는 게 고갯길입니다. 고갯길도 베를린에는 없죠. 완만한 고갯길이 있는 거리를 좋아합니다.

나는 정말이지 불편한 것만 좋아하죠? 나의 친구 중에 로드 맵을 만드는 사람이 있습니다. 그는 일 년 내내 부인과 개를 자동차에 태우고 온 일본의 길을 조사하고 다니면서 지도에 없는 길을 지도에 그려 넣고, 지도에는 있는데도 없는 길을 바로잡는 일을 하고 있습니다. 어느 때 지도에 없는 산 속의, 아무도 없는 길에서 자동차가 구멍에 빠져 버려, 밤중이어서, 하여튼 삽으로 구멍을 넓혀 자동차를 빼내려고 했지만, 두 시간이나 파헤쳐도 자동차는 뺄 수가 없고 아무도, 아무도 오지 않더래요. 그냥 절망이 돼서 문득 산 위를 올려다보니 나무 사이로 불빛이 보여서 기적인가 싶어 큰소리로 '어이 어이' 하고 목청껏 불렀지만 목이 쉬어서 더 이상 소리가 안 나올 때까지 불렀는데도 누구도 대답해 주지 않더래요. 그래서 다시 한번 자세히 보았더니 그 불빛, 달님이었답니다. 나, 그 얘기 몹시 좋아합니다. 지도를 만드는 건 중노동인가 봐요.

19일의 아침에 밀라노로 출발할 예정입니다.

당신의 하는 일이 성공하도록 정말로 정말로 빌고 있습니다.

방해드린 것 용서해 주세요.

이런 바보스런 편지는 방해가 되지는 않겠죠? 부디 일을 계속해 주세요.

웬일인지 당신이 정말로 가까운 장래에 훌륭한 사람이 될 것 같은 예감이 듭니다. 난 유명한 사람이 싫기 때문에 낭패로군요.

1967. 6. 9.

2—[베를린 1971. 8. 21.]

웬지 당신 일이 몹시 마음에 걸립니다. 안녕하신가요.

내가 베를린을 떠날 때까지 날마다 아주 시시한 편지를 써 보낸다면 방해가 될까요. 정말인즉 훌륭한, 시시하지 않은 편지를 쓰고 싶지만 나란, 안 되나 보죠….

여자는 본질적으로 과거를 좇는 동물이라고 누군가 위대한 인물이 말씀하시지만, 전적으로 그렇다고 생각하기 때문에 여자는 정치가로 걸맞지 않고 그리고 갖가지의 미래 비전이 필요한 직업에 걸맞지 않겠죠.

아무래도 여자란 여자라는 것 이외에 무엇에도 걸맞지 않은 쓸모없는 생물인가 보죠? 난 여자가 남자와 같은 인간이라고는 아무리 생각해도 납득이 가지 않아. 난 남녀동권을 부르짖은 사람은 무언가 잘못돼 있는 게 아닌가 생각해. '나는 인간이다. 인간이다' 하고 인간의 권리를 주장하는 여자는 나와 전혀 관계없는 사람의 일처럼 생각이 들어 멍하니 바라볼 뿐이야. 아무리 보부아르s. de Beauvoir가 위대해도 나는 보부아르 같은 건 되고 싶지 않고 좀 더 아름다운, 좀 더 바보스럽고, 좀 더 성적 매력이 있고, 좀 더 감정이 문란한 여자 쪽이 훨씬 좋아. 여자를 인간으로 만들다니, 얼마나 아까운 일이야! 그건 커다란 쇼핑백을 조각조각 잘라서 작은 지갑 여러 개를 만드는 것 같은 수작으로, 그런 짓은 남자한테 맡겨 두면 돼. 남에게 맡겨 두면 될 일을 주제넘게 나서서 모자라는 여자가 될 건 없지 않아?

난 언젠가 '여자는 인간이 아닌, 여자이다' 하는 논문을 쓸 거야. 인권을 부여한다는 것은 여자를 망치는 일이야. 좀 더 여자를 정말로 여자로서 존경해야 된다는 논문을 쓰겠어. 하지만 난 정말로 뭔가 착실히 목적이 있는 건 쓸 수가 없어요. 예를 들면 '일전에는 맛있는 대접을 해 주서서 고맙습니다' 하는 엽서를 쓰려고 생각하고 있는 동안 종이가 모자라게 돼 버려 '일전에는 맛있는 대접을 해 주서서 고맙습니다'라는 게 어디로 달아나 버렸어요. 정말로 나는 한 번도 쓸모있어 본 적이 없어.

간혹 몹시 쓸모있는 사람이 있지만 언제나 자신이 쓸모있는 인간이라고 자각할 수 있다는 건 황홀하고 기막힌 기분이겠죠.

나는 많은 여자 친구들로부터 눈이 부실 정도로 멋있고 무서운 여자를 많이 배웠어요. 그래서 착하고 지루한 여자나 제법 교활한 여자나 결국은 다 같이 기막히게 무섭다고 생각합니다.

여자 친구들이란 이해할 수가 없는 것이고, 이해 같은 걸 받으면 곤혹스러워 하기 때문에 하는 수 없이 무언가를 느끼는 수밖에는 방법이 없습니다. 그래도 나는 많은, 많은 친구의 멋있는 여자 모습을 많이 보고 오싹오싹해지죠.

그리고 대개의 경우 남자는 여자를 대단히 훌륭하게 오해해 주어서, 그 오해가 하도 엉뚱하게도 멋이 있어서 여자는 차츰 그 오해된 자신에 접근하려고 해서, 마지막에는 영락없이 정말 그런 여자가 되어 버리면, 세상은 저도 모르게 잘돼 가서 한탕하게 되는지 몰라.

내 친구 중에 '여자는 둔갑할 권리를 갖는' 동물이라는 철학을 가진 사람이 있어서, 그녀는 자신의 얼굴을 마치 무한하다 할 만큼 갖고 있습니다. 오늘은 클레오파트라냐 내일은 양귀비냐 하고 거울과 화장품으로 후닥닥 발라 바꿔 치우고선 정말로 어제와 다른 사람이 되어 버리곤 해요. 나는 황홀경에 빠져 도깨비를 구경하고 있었지만 참으로 절묘한 짓이었습니

③
O.D

何かしら あなたの事がとても気にかかります。元気ですか。私がベルリンを発ってから、毎日はとても下らない手紙を書いたらお邪魔でしょうか。本当は立派な下らなくない手紙書きたいけど私えだめね。

女は本質的に過ぎを追う動物であると何やら偉いんかの为まうけれども、全くそうだと思うから。女は政治家に何かないし、それから色々の未来のごとの少要な職業に何かないんだね。全く女って女である以外に何にも何かない、無駄な生き物ですね。私が男と同じ人間であると女を全くくら考えても納得がいかない。私男女同権とかとえほん何か間違っていたんじゃないかと思う。私は人間である人間であると人間の権利を主張する女をく関係ない人の事す様な気がしてぼんやりなからしまう。いくらボーボワールが偉くても、私はボーボワールになんがかり近くなくて、もう少しされて、もう少し馬鹿でもう少し色気があく、もう少し情が乱れている女の方がよっぽど気がおけも…。女を人間に仕立てるなんて。何ともつまらない事かと。大きな買物代役をえるズメに卯えて小さな賊布を沢山結ふ様なもんで、えんな事男にまかしておけばいい。人にまかしておけばいいいもの出しゃばって不似合に毎る事ないじゃない。私何というか。女は人間でない女であるという論文を書こう。人権を与える事は女を減ぼす事である

もっと女を本当に女として尊敬すべきだという論文を書こう。でも私本当に何かちゃんと目的のあるもの書けなくて、倒へばこの間ごろそう下さてありがとうという葉書書こうと思って、書こうと思っているうちに紙が足りなくなっちゃって、この間は時々とても役に立つ人が居るけど、いつも見かの役に立つ人間だと自覚出来ることは、うっとりと素敵な気分だろうね。

私は沢山の女の友達から目のくらむ様な素的でおそろしい女を沢山教えてもらった。そして善良で、退屈ななりも。りかにも悪がしこい女も女の友達は理解する事か出来なくて、理解なんてされたら迷惑で、何となく感じるよ以外に方法がなかったです。それでも私は沢山の森の友達の素晴結局同じ様に素晴らしくおそろいと思います。らしら女を沢山見て。ぞくぞくしちゃう。そして、大がいの場合男は女をとても上手に誤解してくれて。その誤解かあんまり完ぺきもなく素晴らしいので、女は次第にその誤解の自分に近づこうとかて、こしまいにはすっかり本当にそんな女になるしますたら、去の中は全となくうまく行こう。一もうあかりという事になるのかしら。私の支達に女は化ける権利を持った動物であるという

2-1

2-2

2-3

哲学をもった人からして。彼女は、自分の顔をまるで無限に
持えています。今日はクレオパトラか、明日は陽妃かと鏡
と化粧のみで、パッパとつけ変えて、本当に昨日とち
がう人になっちゃうんです。私のほうっとりと化け物を見物
したけど。何とも絶妙なものであります。私とてもうらや
ましかったです。それから、もう一人の友達は、まるでい
くて、とても似散が少なくて、あんまり笑わなくて、あんまりおこらな
くて、十年前も今も間違

える人か絶対にいなくて、いつもじわりじわりと自動物に
近づき、じわりじわりと自分のコーナーにひき入れ、全く
同じ顔して、じわりじわりと相手をかんがらめにして。
少しもまわず、ヘレりとその人に会え、私時々そんに
している。私が今えうしと一言えれ、いつもびっくりこち
やったけど。私はいつも彼女が同じ顔しているので、とても興へ
の事は関係ないわねと。それくると、いつもびっくりこち
やったけど。私はいつも彼女が同じ顔しているので、とても興へ
味があります。

それから、とてもおこせりで小さくて、純情な友達が、
とてもプレーボーイの男にほれちゃて、その男はその友達
のことなんか好きじゃなくて、この彼女もそれを失ってい
ても、その男が、君の声とても好きだと言ったそうで
す。それで、どっかの海辺で、彼女は涙をながしながら、一日
中しゃべり続けて、男は一日中中聞き続けたそうです。
私もその友達とても好きです。細い声で、目をパチパチさせてい
ついてって。細い声でとても好きです。首が細くて小さいぶかって
いつも涙がにまって

来そうで、少し大き目の洋服がとてもよく似合っていまし
た。

それから、ちっとも美人じゃないのに自分を美人だと
信じ込んじゃっている友達も居ました。彼女はごはんを
食べる時もいかにも美人らしく食べ、男の子に対して
はとても子高くないふりで、とても上品に歩き、道を歩
いてて、ガラスがあると、かならず自分の姿をうつして見て
さえも信じている。とても自分の姿をうつして見て
電車の中でもガラスをじっと見て、うつっている自分
を見て、話しかけても横目でガラスの自分を見るの
です。でも彼女金持ちでハンサムでぐうたらな男と結
婚して、とても不倖になりました。でも私彼女からレス
と学校の廊下を歩くのを見えるのは好きでした。
それから、とても男を振ること好きな友達も居ま
した。かならず自分から男を振るのをゆう感じして、男の方
からその気になるとパッと振るのが、何とも感心
です。そのタイミングの良さとすごくいいタイミングで振るの
ですが。私なども彼女を排難する事
出来ませんでした。女の中に誰にでも彼女の様な気
持ちがあるのです。それを彼女は計算でなく本能でや
っていましたし、私は一種の生理作用だと思えまし
た。彼女は本能的に優しかったし、本能的に残酷で
した。そして全ての拒否権を使いたかったでしょうが。拒
否権を使いたかったのも女の特質ではないでしょうが。
私は彼女から一番沢山の女を見せてもらったかもた。

2-4

れました。私はその彼女が失恋した時、この前なえ
達が拒否された時二人で抱き合えオンオン泣き
ました。私は汽車に乗えはるばる京都まで行
き一日中とびこもて泣いてる友達とオンオン泣
きました。そしてその間にごはんを作って食べそれ
かすむと又スォンオン泣き又夜ごはんを作って又泣
いたのです。それからさらに彼女は残酷になった様
だしさらに拒否的になりました。今とても彼女に
会いたい。

それから、昔、私をとてもいじめた反友だった。
私は彼女をいじめたという意識から、一生解放さ
れないだろうと思う。彼女は私の幼なな友達のガール
フレンドでした。十人の私は幼なな友達に対しては、私の方
が絶対敵かあると思えたので、いつもわかまで
気まにふるまえいました。そして彼女の存在をうとまし
く思えいました。でも彼女はとても私をいつも私
の身方になえくれて、私の欠点先もとてもかばえくれ
ました。それから又私の腹を立てき私は彼女を仲间外
れにしたり、ひどいことを言え泣かせたりしました。
今彼女は、その私の幼なな友達の奥さんになえいます。
女のとてもいい奥さんになえいます。でもいつも私は
昔彼女をいじめたという事に責められています。
とてもはずかしえて、主人にも彼女を昔いじめた事
事か出来ません。私と主人は毎週土曜の恋彼籍

2-5

の家に行え、後中までしゃべるか、彼筆を家に呼ん
でさわぐのが習慣になえいます。彼女は夏中私の澤
服を着て、これは冬中私のセーターを着てい
ます。でも時々、私は顔を上げられない程はずか
し、彼女はまた私の中に最も多くの女のいや
しさを見て私と好きでいてくれる彼女に、私は
尊敬を持えています。今彼女にもとても会いたい。
彼女が私の珠序をとりもどしてくれる様な気がす
る。誰か何をとえも一番いやらしい女は私だろう
と思ひます。
それから私は自分のすぐ下の妹が好きです。
私は小さい時妹を本当によくいじめた。気かついたら
すっかり一人前の女子学生になえ、お化粧なんぞをして
いる姿を見て、妹が悪人なんかも居ました。なよなよした体つきで、とても気
が強くて泣き虫でおこさんぼで、あわてん坊で
ずく話かうまくて妹が休み家に帰
てくると、妹は一人で手ぶり身ぶり
して家中あんぐりとにあけて彼女の顔をじいと
見つめて三時间です。下の小さな妹などは、ほれぼれと
お姉さんの話をきくために、ぴったり彼女にくっついて
歩きます。私の様に意地悪くないし妹の中にぴたっ
と座え生きています。適当という事を知っている
様で、私の事を軽蔑しています、とても明るくえ、ちゃ
ミ、だけど、私がにえている女の中で、何故か彼女か

2-6

203

2-7

一番人間の悲しみについて知った。そういる様な気がする。
高っても年下の妹が、何故か人間の悲しみについて、
とても敏感な心を持って、そんな敏感な心を持たねばならない事か、誰にでも愛さ
れると思う事があるけど、誰にでも愛さ
れている妹を見ると少し安心します。
また沢山の沢山の私の友達
女は女の方がいいんだ。
間違っても人間なんかになるんじゃないぞ。
女は常に、愛に何を流れて行くんだと思
います。
もしも男か女を愛したら一緒に流れて行かな
くちゃ駄目なのかもしれません。
でもわかりません。私はいつでもそう
なのかもしれない。でも違うのとも思うので、
いいえ違うとも思うので、何でも明
確かな答が出ないまゝ、何年も年を取るみたいです。

다. 난 몹시도 부러워했습니다.

그리고 또 한 사람의 친구는 마치 언제나 같은 얼굴을 하고, 그리 웃지도 않고, 그리 화내지도 않고 아주 말수가 적어서, 십 년 전이나 지금이나 잘 못 알아보는 사람이 절대로 없고, 언제나 한 걸음 한 걸음 착실히 목적물에 다가가서 한 걸음 한 걸음 착실히 자기 코너에 끌어들여 똑같은 얼굴을 하고 한 걸음 한 걸음 착실히 상대를 꼼짝달싹 못 하게 몰고 가서는 조금도 떠들지 않고 날름 먹어 치워 버리고, 그러고서도 같은 얼굴을 하고 있어요. 난 때때로 그 사람을 만나 내가 수다스럽게 지껄이다 지칠 무렵 "아, 그래" 하고 한마디 하고 "하지만 남의 일이야 상관없지" 하게 되면 언제나 놀라 버리지만, 난 언제나 그녀가 같은 얼굴을 하고 있기 때문에 대단히 흥미가 있었습니다.

그리고 대단히 수다스럽고, 작고, 순정적인 친구가 아주 플레이보이의 남자에게 반했는데, 그 남자는 그 친구 같은 건 좋아하지 않았고 그녀도 그것을 알고 있었지요. 그런데 그 남자가 "네 목소리가 아주 좋아"라고 했던 모양입니다. 그래서 어딘가의 해변에서 그녀는 눈물을 흘리면서 종일 계속해 지껄이고 남자는 종일 계속해 들었던 모양입니다.

난 그 친구가 몹시 좋아요. 목이 가느다랗고 작은 혹이 하나 붙어 있어서 가느다란 목소리로, 눈을 깜짝깜짝 하면 언제나 눈물이 나올 것 같고 조금은 큼직한 양복이 아주 잘 어울리고 있습니다.

그리고 또 조금도 미인이 아닌데도 자기를 미인이라고 믿고 있는 친구도 있었습니다. 그녀는 밥을 먹을 때도 어디까지나 미인답게 먹고, 남자 아이들에 대해서는 몹시 거드름을 피우며 자기는 화장실에 가는 것마저도 믿지 않는 모습으로 대단히 점잖게 걷고, 길을 걷다가 유리창이 있으면 반드시 자기 모습을 비쳐 보고, 전차 안에서도 유리창을 쳐다보면서 거기 비친 자신을 보고, 말을 걸어도 옆눈으로 유리에 비친 자신을 보고 있답니다. 그렇지만 그녀는 부자고 핸섬하고 바보 같은 무지렁이와 결혼해서 몹시 불행해졌습니다. 하지만 나는 그녀가 얌전 빼고 학교 복도를 음전하게 걷는 모습을 보는 걸 좋아했습니다.

그리고 아주 남자를 차 버리기를 좋아하는 친구도 있었습니다. 반드시 자기 쪽에서 남자를 유혹해서, 남자 쪽이 그럴 기분이 되면 '홱' 하고 딱 좋은 타이밍에 차 버리는 것입니다. 그 타이밍의 기막힘과 잔혹함은 아무럼 감동적이라고까지 할 만합니다. 나는 그렇지만 그녀를 비난할 수는 없었습니다. 여자에게는 누구나 그녀와 같은 속내가 있는 것입니다. 그것을 그녀는 계산이 아니라 본능으로 하고 있어서 나는 일종의 생리작용이라고 생각했습니다. 그녀는 본능적으로 다정했으며 본능적으로 잔혹했습니다. 그리고 모든 것에 거부권을 행사하고 싶어 했습니다. 거부권을 행사하고 싶어 하는 것도 여자의 특성이 아니겠어요? 나는 그녀에게서 가장 많이 여자를 구경할 수 있었는지도 모르겠군요.

나는 그런 그녀가 실연했을 때, 이 잔혹한 친구가 거부당했을 때 둘이서 끌어안고 엉엉 울었습니다. 나는 기차를 타고 멀리 교토까지 가서 하루 종일 틀어박혀서 울고 있는 친구와 엉엉 울었습니다. 그리고 그 사이에 밥을 지어먹고 그것이 끝나자 또다시 엉엉 울고, 다시 저녁밥을 짓고 또 울었던 것입니다. 그로부터 더욱 그녀는 잔혹해진 모양이고 더욱 거부적으로 되었습니다. 지금 그녀를 몹시 만나고 싶네요.

그리고 옛날 내가 몹시 괴롭힌 친구가 있었어. 나는 그녀를 괴롭혔다는 의식에서 평생 해방되지 못하리라고 생각해. 그녀는 내 어릴 적 친구의 걸프렌드였습니다. 열여덟의 나는 어릴 적 친구에 대해서는 나한테 절대적인 권리가 있는 것으로 생각하고 있어서 언제나 내 뜻대로, 내 멋대로 하고 있었어. 그리고 그녀의 존재를 귀찮게 생각하고 있었습니다. 그런데도 그녀는 몹시 나를 좋아해서 언제나 내 편이 되어 주고 나의 결점도 아주 잘 감싸 주었습니다. 그것이 또 나를 화나게 해서 나는 그녀를 따돌리거나 심한 말을 해서 울리곤 했습니다.

지금 그녀는 그 소꿉친구의 아내가 되어 있습니다. 아주 좋은 아내가 되어 있습니다. 그리고 지금 나는 그녀의 아주 좋은 친구가 되어 있습니다. 그러나 언제나 나는 옛날에 그녀를 괴롭혔다는 사실에 가책을 받고 있습니다. 너무나 부끄러워 남편에게도 그녀를 옛날 괴롭혔다는 말을 못 하고 있습니다. 저와 남편은 매주 토요일 밤 그들 집에 가서 밤늦게까지 지껄이거나, 그들을 집으로 불러서 떠드는 것이 습관이 되어 있습니다. 그녀는 여름 동안 나의 양복을 입고, 나는 겨울 동안 그녀의 스웨터를 입고 있습니다. 하지만 나는 때때로 얼굴을 들 수 없을 정도로 부끄러워요. 그녀는 틀림없이 내 속에서 가장 많은 여자의 밉살스러움을 보았으리라고 생각해. 그 말할 수 없이 미운 여자다움을 인정하고 나를 좋아해 주는 그녀에게 나는 존경심을 품고 있어. 지금 그녀와도 몹시 만나고 싶네요. 그녀가 나의 질서를 회복시켜 줄 것 같은 생각이 드네. 누가 뭐라고 해도 가장 밉살스러운 여자는 나라고 생각됩니다.

그러곤 나는 내 바로 아래 여동생을 좋아해요. 나는 어릴 때 여동생을 정말로 많이 괴롭혔어. 그러다 정신을 차려 보니 어느새 완전히 의젓한 여학생이 되어 있어 화장 같은 것도 하고 연인 같은 것도 있었습니다. 나긋나긋한 몸매로 매우 기가 세고, 울보이고, 수다쟁이고, 머리가 좋고, 덤벙대고, 젠가쿠렌全學連(*좌익 학생단체)입니다. 아주 얘기 솜씨가 좋아서 여동생이 휴일에 집에 돌아오면 혼자서 손짓, 몸짓, 해설까지 곁들여 얘기를 해서 온 식구가 멍하니 입을 벌리고 그녀의 얼굴을 빠져든 듯 쳐다보고 있노라면 세 시간입니다. 그 아래 작은 여동생 아이는 온전히 황홀해져서 언니의 얘기를 듣기 위해 여기 조르르, 저기 조르르 붙어 다닙니다. 나처럼 심술궂지 않으며 세상에 빈틈없이 맞게 살고 있습니다. '적당'이란 것을 알고 있는 듯 나 같은 건 경멸하고 있습니다. 대단히 밝고 차밍하지만 내가 알고 있는 여자 가운데선 왠지 그녀가 가장 인간의 슬픔에 대하여 알고 있는 것 같은 느낌이 들어. 여섯 살이나 나이 어린 여동생이 왠지 인간의 슬픔에 대해 가장 민감한 마음을 갖고 있다는 것을 느껴요. 그런 민감한 마음을 갖지 않을 수 없는 것을 매우 가엾다고 생각하는 일도 있지만, 누구에게나 사랑받는 여동생을 보면 조금 안심이 됩니다.

훨씬 더 많은, 많은 나의 친구들.

여자는 여자인 대로 좋은 거야.

잘못돼도 인간 같은 것은 되지 말아야 해.

그리고 여자는 항상 사랑을 향해서 흘러간다고 생각합니다.

혹시나 남자가 여자를 사랑하게 되면 함께 흘러가지 않으면 안 되는지도 모르겠네요.

하지만 모르겠어요. 나는 언제나 '그런지도 모른다. 하지만 틀린지도 모른다'고 생각하기 때문에 아무것도 명확한 답이 나오지 않은 채 몇 년이고 나이를 먹는 것 같아요.

親愛なるミスター崔

78.11.5

私は、とうとう40才になりました。
私は、自分が18の時、30の女は何か楽しみな事があると思ったことを、反省しています。
ミスター崔が40の時、私はミスター崔はすい分大人なんだと尊敬していましたが、私もミスター崔も本当は40になってみると、ミスター崔も本当は大人ではなかったのではないか。
人間の本性はそんなに成長したり変化したりせずに、かぎりなく、自分に近づいてゆくだけなんだろうと思って、ミスター崔が、これから先どんなに出世しても、ミスター崔がお金持になっても、世界中の女達がミスター崔に言いよるようになっても、びっくりしたりしない様にいたします。

とても楽しみにしていたミスター崔の「ハルツ紀行」を本当に送って下さって、ありがとうございます。
私は、すぐには返事も書けない程でした。
私は、あの時程、自分が韓国語が出来ないことを残念に思ったことはありません。
そしてミスター崔を今、昔のどの時よりも（私は今より十一年も若若いミスター崔を知っているのに）若々しいと感じたことは

3-1

3 - [도쿄 1978. 11. 5.]

내가 드디어 마흔이 되었어요.
나는 내가 열여덟일 때 서른이 된 여자는 무슨 재미가 있을까 생각했던 것을 반성하고 있습니다.
미스터 최가 마흔일 때 나는 미스터 최는 상당히 어른이라고 존경하고 있었지만, 내가 마흔이 돼 보니까 미스터 최도 실은 그다지 어른이 아니었던 게 아니냐, 인간의 본성이란 그리 성장하거나 변화하거나 하진 않고 끝없이 이 자기에 가까이 가는 것일 뿐이리라고 생각하면서 미스터 최가 앞으로 아무리 출세를 한다 해도, 부자가 된다 해도, 온 세상의 여자들이 미스터 최에게 달려든다 해도 놀라거나 하진 않을 것입니다.
무척이나 기다리던 미스터 최의 『하르츠 기행』을 정말 보내 주셔서 감사합니다.
나는 금방은 답장조차 쓸 수 없을 정도였습니다. 나는 이때처럼 내가 한국말을 못 한다는 걸 아쉬워해 본 일은 없었어요.
그리고 미스터 최를 지금, 지난날의 어느 때보다(나는 지금보다도 십일 년이나 젊었던 미스터 최를 알고 있는데도) 젊음에 넘쳐 있다고 느끼고 있어요. 그리고 무엇보다도 나는 미스터 최의 젊음을 질투했습니다.
'인간의 젊음이란 로마네스크한 이미지네이션뿐이로구나' 하고 마음속에서 생각합니다. 나는 마치 나이 젊은 연인이 생긴 듯한 기분이 듭니다.

내가 그처럼 아름다운 이야기에 필적할 아름다운 그림을 그릴 수 있을까요?
그래, 언젠가는 미스터 최가 역시 질투해 줄 만한 로마네스크한 세계를 그려 보겠다고 생각하고 있습니다.
정말 감사해요.
미스터 최를 알게 된 것을 마음속에서부터 기뻐하고 있습니다.
미스터 최가 일찍부터 나의 서툰 글을 칭찬해 주셔서 일본에서도 요즈음 나는 서툰 그림 이외에 서툰 글을 쓰곤 합니다.
그러다가 내 에세이집이라도 나온다면 어찌할까요?
인간이란 부끄러움을 모르는 존재이지요.
세계를 주름잡고 다니는 미스터 최가 다시금 세계를 돌아다니는 기회가 코앞으로 다가와서 그 국물이라도 얻어먹게 된다면 얼마나 좋을까요. 이번만은 제발 도쿄에 많은 일정을 잡아 주시기를…. 도쿄만이 아니라 조금쯤은 그처럼 싫어하는 일본에도 아름다운 곳이랑 있을지 모르겠으니(또 다시 일본에 대한 욕설 거리만 늘어나게 될지도 모르겠지만) 욕설조차도 이해의 일종이기 때문에 욕설 거리를 많이 장만해 주신다면 좋으려니 하고 생각합니다.
도쿄에 도착하시면 절대로, 반드시 전화를 걸어 주시기를.
친애하는 미스터 최 님.

사노 요코

ありません。そして、何よりも私はミスター雀の若さを嫉妬したのです。

人間の若さとはロマネスクなイマジネーションだけなのだと心から思います。

私はまるで幼年若い悪人が出来た様な気がいたします。

私にあの様な美しい物語に（応酬する）美しい絵など描けるでしょうか。

そして、いつか、ミスター雀のやはり嫉妬して下さる様なロマネスクな世界を表はしたいと思えています。

本当にありがとうございます。

ミスター雀とお知り合いになれたことを心から喜んでおります。

ミスター雀が、早くから、私の下手な文章をほめて下さったので、日本でも近頃は私は下手な絵の外に下手な文章を書ったりしています。

そうすると私のエッセイ集など出来たらどうりたしましょう。

人間は恥知らずなものです。

世界をまたにかけるミスター雀が、又こしても世界を股でお歩きになる期会が真近かに迫って来て、そのおこぼれをいただけたら、どんなに嬉しいでしょう。ことどばかりはどうか、東京に沢山の日程をお作り下さいます様に。東京ばかりではなく、少し位はこのいやな日本にも美しいところであるかも知れませんか。（又、日本の悪口がふえるばかりかも知れませんか）悪口の種を沢山作って下さったらよいのにと思います。悪口の一種ですから、悪口だって、理解の一種ですから、悪口だって、理解

東京にお着きになったら、絶対にかならず電話を下さいます様に。

親愛なるミスター雀様

佐野洋子

207

ミスタ崔
お元気でいらっしゃいますか。谷川さんの韓国行きが、実現
出来なくて、残念でした。あまり急でしたので、一度は引き受
けた事をすまなかった、だと申しておりますので、私がミスタ崔に
もう一度お伝えいたします。
それで、とても助かりましたと申すのは父上の徹三氏が、道で転
ばれて、又入院致し、少し騒動がありました。それはもうあれも九十三才
ですので、心配いたり戻ったり入院したりで今日
又、自宅に戻られました。
徹三氏は俊太郎氏一人で、その俊太
郎氏一人が全て面倒を見ておられま
す。私は十月の中旬に、谷川俊太郎氏と共に居て、同じ屋敷の
中で暮す様になって、毎日徹三氏のお姿を二階の窓から
ちらりちらりとながめておりました。徹三氏は一生学問だけで、
俗世間の事など、お目にもとまらない様で、そのへんの
猫と同じ様に、私などは思っておられない様です。
九十三才で、去年一冊二冊と本を出され、一冊は九十にして惑う
というもので、一冊は生涯一書生というのです。
私は九十三才の美男子とい
うものを始めて知りました。女は美人に値打があるが男は
不細工でもよいと永い年月思っていましたが、徹三氏を知って
始めて、男は美親に値打があると認識をあらためました。
先日までは、お一人で地下鉄に乗って銀座まで出かけてお出でになって
いましたが、あたりの人もはらはらして気配するのに自然にふるまい、
たじろぐ事もなく、知らないでつっぱしって行くのを止めに、あわてて気持ち
にさせられて、とても美しい気配です。お見かけに実に、
気の様に発散致します。多分今日本で一番美しい人間だと
私は感心しておりました。徹三氏がお亡くなりになると日本は醜い

4-1

4-[도쿄 1989. 1. 9.]

미스터 최
안녕하세요. 다니카와谷川俊太郎 씨의 한국행이 실현되지 못해서 서운합니다. 너무 황급해서 초청을 일단 수락해 버린 것이 미안하게 됐다고 말하고 있으니 내가 미스터 최에게 다시 한번 그 말을 전합니다.
그래도 오히려 그게 다행이었다 하는 것은, 그의 부친인 데쓰조谷川徹三 씨가 거리에서 넘어져 입원하시는 소동이 있었던 것입니다. 아무래도 구십삼 세여서 걱정을 했습니다. 입원하셨다간 퇴원하시고 입원하셨다가 오늘은 또 집으로 돌아오셨습니다. 데쓰조 씨는 부인을 잃으시고 자식은 슌타로 혼자로, 그 슌타로 씨는 부인과 십 년 가까이 별거하고 있어서 데쓰조 씨는 슌타로 씨 혼자서 모든 걸 돌보고 있습니다. 나는 10월 중순에 다니카와 슌타로 씨와 동거하며 같은 저택 안에서 살고 있어서 매일 데쓰조 씨의 모습을 이층의 창에서 잠깐잠깐 뵙곤 했습니다. 데쓰조 씨는 평생 학문만을 하신 분으로 속세의 잡사雜事엔 일절 인연을 끊고 사시기 때문에 나 같은 건 눈에도 띄지 않으신 모양으로, 어디 요 근방의 고양이나 마찬가지로밖에 보지 않고 계시는 듯해요.
구십삼 세의 나이로 지난해엔 두 권의 책을 내놓으셨습니다. 한 권은『구십에 흔들린다九十而惑』, 또 한 권은『평생 한 서생生涯 一書生』입니다. 나는 구십삼 세의 미남자美男子라는 것을 처음 알았습니다. 여자는 미인에 값어치가 있으나 남자는 못생겨도 좋다고 오랫동안 생각하고 있었으나, 데쓰조 씨를 알게 되면서 처음으로 남자에게도 미모가 값어치가 있다고 인식을 새로이 하게 됐어요.
요 전날까지는 혼자서 지하철을 타시고 긴자銀座까지 나가시곤 했습니다

人間だけはなくなるでしょう。先日来日なくった時、徹三氏にお会
いになったら、徹三氏はどんなに喜ばれたことでしょう。何しろ九十三才
ですからね。病院で原稿の手入れをなさっていたが
はところ九十三才ですからね。私も九十位まで生きたらミスター崔
の知性と美貌などの様にになっているでしょう。
そういう事で谷川さんと韓国に行けなかったのは残念でしたが、
今年はもしかしたらアメリカに行かれるようで、東京にお寄り
になられたら是非お電話下さい。
それから、私は大変幸せです。幸せになろうと思って生きて
来なかったので少し変な気持です。幸せになるためには幸せになり
たいなどと思わない事ですので、誰かにその必要がある人に教えてあげ
て下さい。
幸せの内容は朝起きて隣に居る好きな男にかみつく事です。
好きな男がとても才能のある詩人の場合、その詩を読むと欲情し
て、又かみつく事が出来ます。

一九八九年一月九日

佐野洋子

お手紙有難うございました。お気を悪くされたのではないかと
不安に思っておりましたので、安心しました。父の病気の事を
考えて、うかがっていれば又よかったかもしれないかと
します。むしろ運がよかったのかもしれません。今年もニューヨークで
お会い出来るのを楽しみにしております。天皇が亡くなって
日本の新聞、テレビは室室一色の二内、佐野さんは日本人は
デメリとよんでいます。私は生きる不快感でおちこんでいます。
お元気で。

4-2

만, 주위 사람들이 잠시 발걸음을 멈출 정도로 아름다운 기운이 감돌아 자연히 공손한 기분에 젖게 되는데, 게다가 옷매무새며 몸짓이 엘레강스해서 지성이 마릴린 먼로의 에로티시즘처럼 발산하고 있습니다. 아마도 일본에서 가장 아름다운 인간이라고 나는 감탄하고 있습니다. 데쓰조 씨가 돌아가신다면 일본은 보기 흉한 인간만이 있게 되겠지요. 지난번 일본에 오셨을 때 데쓰조 씨를 만나셨다면 데쓰조 씨가 얼마나 기뻐하셨을까…. 아무렴 구십삼 세인걸요. 병원에서 원고를 손보고 계셨지만 아무래도 구십삼 세예요. 나도 구십 정도까지 산다면 미스터 최의 지성과 미모는 어떻게 돼 있을까….

이런 사연으로 다니카와 씨와 한국에 갈 수 없었던 것은 서운했습니다만, 올해엔 어쩌면 미국에 가시게 되나요? 도쿄에 들르신다면 꼭 전화 주세요.

그리고… 나는 매우 행복해요. 나는 행복해져야겠다고 생각하며 살아오진 않았기 때문에 좀 이상한 기분이에요. 행복해지기 위해선 행복해지고 싶다는 따위 생각을 하지 않는 것이오니, 누군가 그럴 필요가 있는 사람에게 가르쳐 주세요.

행복의 내용이란 아침에 일어나 옆에 있는 좋아하는 사내를 달려들어 물어뜯는 것입니다. 좋아하는 사내가 아주 재능있는 시인의 경우 그 시를 읽으면 욕정이 일어 또 물어뜯을 수가 있습니다.

1989년 1월 9일
사노 요코

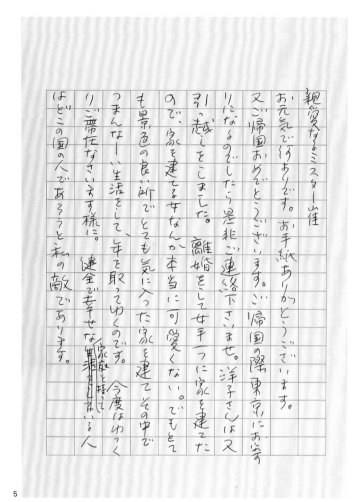

5-[도쿄 1999.]

6-[도쿄 2008.]

친애하는 미스터 최

안녕하세요. 편지 고맙습니다.

다시 귀국하신다니 축하드립니다. 귀국하실 때 도쿄에도 들르신다면 아무쪼록 연락 주세요. 요코 상은 또 이사를 했습니다. 이혼을 하고 여자 손 하나로 집을 지었는데, 집을 짓는 여자란 정말 예쁘지가 않아. 하지만 아주 경치가 좋은 곳에다 아주 마음에 드는 집을 짓고 그 속에서 시시한 생활을 하며 나이를 먹어 가지요. 이번에는 느긋하게 체재하시기를. 건전하고 행복한 가정을 가진 사람은 어느 나라 사람이건 나의 적입니다.

사노 요코

친애하는 미스터 최

늦어졌군요.

안녕하시리라 믿습니다.

임플란트를 하고 배용준 씨처럼 이빨을 내보이며 웃음을 이어 가면서 행복한 일생이 되시기를.

오래 살아 주세요.

이미 하느님과 부처님이 돼 버린
사노 요코

발터 모어 Walter Mohr, 1939-1974

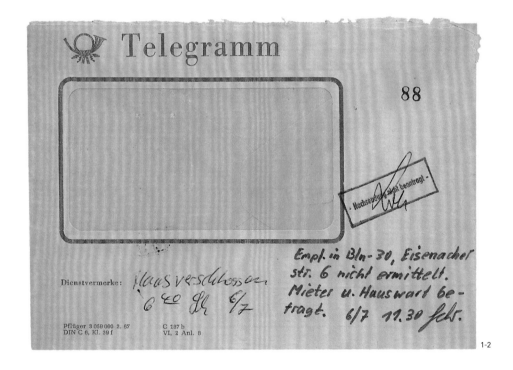

1-[브뤼셀 1967]

부디 살아 있다는 징표만이라도 GIB LEBENSZEICHEN BITTE —모어 MOHR

권삼윤 權三允, 1951-2009

1-1

1-2

1-[서울 1979. 10. 18.]

최 교수님 배상

가을이 깊어 갑니다. 귀뚜라미의 울음소리가 밤의 정적을 깨뜨려 줍니다. 마치 어릴 때 시골에서처럼.

「80일간의 세계일주」, 그 첫 회를 잘 읽었습니다. 상황의 논리로써 현실을 파악하려는 태도에 식상했기에 현실을, 현실적인 것을 사상捨象하고 근본에의 접근을 통해서 구명하려는 태도는 오늘에 와서 더더욱 절실해진 것 같습니다.

중화민국中華民國의 화華를 봅니다. '華'는 '和'와 통합니다. 아니 '和'를 통해서 얻어지는 결정結晶을 말하는 것 같습니다. 중국은 일시적으로는 자기들이 말하는 이민족夷民族에 지배를 당한 적은 있지만 광대한 대륙에 문화적 정통성을 갖고 장구한 역사를 지켜 올 수 있었던 것은 바로 용광로와 같은 국민성이 작용했던 것은 아닐까 합니다. 마치 대장장이가 용광로에서 철鐵을 연마하듯이, 모든 이질적인 요소를 수용, 하나의 새로운 독창적 문화의 창달을 통해서 더더욱 우월해질 수가 있었기 때문에 말입니다.

이는 '和', 바로 하모니입니다.

인간이 민주주의로의 발전 과정에서 현재까지 가장 뛰어난 발명품이 있다면 대의제도代議制度가 아닌가 합니다. 대의제도는 국민적 의사의 용광로이니 말입니다. 좋은 대장장이나 용광로라면, 설령 그 속에 필요 없는 불순물이 들어 있다 할지라도 함께 녹여서 원하는 철을 만드는 것이며, 또 그렇게 해야 하는 것입니다.

오늘의 정치가 연출하는 모습은 이 불순물(?)을 그냥 집어내어 밖으로 던져 버리는 대장장이를 연상케 합니다. 원리적으로만 본다면 우리의 용광로 운용법상에 이렇게 불순물을 밖으로 던지도록 허용되어 있다는 자체가 하나의 모순이 아닐까 하는 것입니다. 이는 용광로의 허약성을 노정露呈하는 결과이며, 대장장이가 자신의 실력이 별 보잘것없다는 것을 폭로하는 것 이외에는 아무것도 아니기 때문입니다.

'和'는 본래 수요口와 공급禾의 일치를 통해서 균형을 이루는 동작 내지는 유지된 상태를 나타냅니다. 다시 말해서 치자治者가 국민적 수요를 자원의 최적 배분을 통하여 충족시킴으로써 나타나는 상승적 효과를 지칭하는 말입니다. 왜 치자의 덕목으로 단정하느냐 하면 공급의 요체인 화禾는 본디 중국처럼 동양적 수력사회水力社會에 있어서는 비트포겔K. A. Wittfogel이 이야기하듯이 권력자가 관장할 수밖에 없기 때문에 권력자가 백성의 요

212

權力者가 管掌할 수 밖에 없기 때문에 權力者가 百姓의 要求에 應해서만 和가 可能하다고 보았기 때문입니다.

政治란 말을 그 語源的으로만 본다면 東洋에서는 治者와 被治者와의 敵對的 關係로 파악되는 데 比하여 西洋의 Politic 은 直接民主政治의 요람인 그리스의 polis 에서 由來되었다고 믿기에 構成員 全体의 意思가 重要視 되고 그 의사에 따라서 政治가 行하여지는 것이기에 敵對的이라고 보라는 補足的 關係로 파악되는 것입니다. 이는 또한 歐美言語에 있어서 오른쪽이라는 말과 權利라는 말과 올바르다는 말이 같은 모습을 갖고 있는 것도 우연의 일치가 아닌 것이 바로 politic 과 polis 의 關係를 雄辯으로 나타내 주고 있습니다. 즉, 贊成과 不贊成을 直接民主政治에 있어서는 오른손을 들어서 意思表示를 하게 되며 이렇게 意思表示를 할 수 있어야만 옳다는 것으로 풀이 되기 때문입니다. 따라서 西洋에서의 調和는 오케스트라에서 처럼 各奏者가 아무런 구애를 받지 않고 제 音을 낼수 있을 때 가장 훌륭한 演奏가 될 수 있듯이 構成員의 自由와 權利의 伸張에 따라서 可能할 수 있고 東洋에 있어서는 前記한 바와 같이 治者의 施惠에 따라서 左右된다고 보는 것입니다.

教授任.

政治가 人間이 複數로 存在하면서 갖게된 어쩔 수 없는 必要惡이라고 할지라도 理解와 共感, 說得의 터전에서 政治는 洗練될 수 있다고 믿고 싶습니다.

언젠가 教授任께서는 오스트리아의 中立化가 이루어졌던 벨베데레 城 露臺의 奇蹟을 Non Plus Ultra 라고 命名하면서 우리도 갖고 싶다고 얘기하신 것을 記憶하고 있습니다. 『芸術과 政治』의 序頭에서도 밝혔듯이 어차피 芸術과 政治는 脈을 같이 하는 것일진대 政治와 芸術의 關係가 癒着이 아니라 政治가 芸術에 寄與하고 芸術이 政治에 寄與하는 調和스런 共存은 可能하다고 보는 것입니다. 많은 말씀을 듣고 싶습니다.

멀지 않은 時間內에 그러한 터전을 일구는 데 拍車를 加하기 爲해서만 입니다.

밤이 깊어갑니다
健康한 새벽을 기원하면서

1979. 10. 18
牛耳계곡에서
權三允 올림.

구에 응해서만 화和가 가능하다고 보았기 때문입니다.

정치란 말을 그 어원적으로만 본다면, 동양에서는 치자治者와 피치자被治者와의 적대적 관계로 파악되는 데 비하여, 서양의 폴리틱Politic 은 직접민주정치의 요람인 그리스의 폴리스polis 에서 유래되었다고 믿기에 구성원 전체의 의사가 중요시되고, 그 의사에 따라서 정치가 행하여지는 것이기에 적대적이라고 보기보다는 보족적補足的 관계로 파악되는 것입니다. 이는 또한 구미歐美 언어에 있어서 오른쪽이라는 말과 권리라는 말과 올바르다는 말이 같은 모습을 갖고 있는 것도 우연의 일치가 아닌 것이, 바로 폴리틱과 폴리스의 관계를 웅변으로 나타내 주고 있습니다. 즉, 찬성과 불찬성을 직접민주정치에 있어서는 오른손을 들어서 의사표시를 하게 되며, 이렇게 의사표시를 할 수 있어야만 옳다는 것으로 풀이되기 때문입니다. 따라서 서양에서의 조화는 오케스트라에서처럼 각 주자奏者가 아무런 구애를 받지 않고 제 음을 낼 수 있을 때 가장 훌륭한 연주가 될 수 있듯이, 구성원의 자유와 권리의 신장에 따라서 가능할 수 있고, 동양에 있어서는 전기前記한 바와 같이 치자의 시혜에 따라서 좌우된다고 보는 것입니다.

교수님, 정치가 인간이 복수複數로 존재하면서 갖게 된 어쩔 수 없는 필요악이라고 할지라도, 이해와 공감, 설득의 터전에서 정치는 세련될 수 있다고 믿고 싶습니다.

언젠가 교수님께서는 오스트리아의 중립화가 이루어졌던 벨베데레 성 노대露臺의 기적을 넌 플러스 울트라Non Plus Ultra 라고 명명命名하면서 우리도 갖고 싶다고 얘기하신 것을 기억하고 있습니다. 『예술과 정치』의 서두에서도 밝혔듯이, 어차피 예술과 정치는 맥을 같이하는 것일진대, 정치와 예술의 관계가 유착이 아니라 정치가 예술에 기여하고 예술이 정치에 기여하는 조화스런 공존은 가능하다고 믿는 것입니다. 많은 말씀을 듣고 싶습니다.

멀지 않은 시간 내에 그러한 터전을 일구는 데 박차를 가하기 위해서 말입니다.

밤이 깊어 갑니다.

건강한 새벽을 기원하면서.

1979. 10. 18.
우이牛耳 계곡에서
권삼윤 올림

2-[서울 1981. 11. 11.]

최 교수님에게

편지와 함께 보내 주신 두 권의 책 잘 받아 보았습니다. 지상紙上에서 출판 소식을 읽은 바 있었으나 차일피일하다가 오늘에 이르렀습니다. 역부러 보내 주신 후의厚意에 감사함을 느낍니다.

주말을 이용하여 읽어 보았습니다. 두 권의 책에서 공통되는 요소가 있다면 시간이라는 개념인 것 같습니다.

흐르는 시간을 인간이 캘린더를 만들어 굳이 하루하루를 셈하지 않더라도 그 흐름의 작동은 마찬가지겠지만, 왜 이를 금을 그어서 표시를 할까요. 기록하기 위해서일까요. 변화를 부르기 위해서일까요. 그러면서도 순간을 살면서 영원을 얘기하고 영원을 느끼는 것은 또 무슨 조화일까요. 어디에선가 읽은 기억이 납니다.

김열규金烈圭 씨가 쓴 「한국인의 한恨」에서인가, 한국인은 진혼곡이라는 사인死人의 원귀를 달래는 절차 내지는 행위가 없어, 사인의 원귀가 우리 주위를 유영하다가 적당한 계기를 만나 하강하는 것이라는 것을.

'진혼곡'은 그런 의미에서 뜻있다 할 것이나 엘리엇T. S. Eliot의 "나의 시작은 나의 끝My beginning is my end"이라든가, "인생은 계속되며 순간은 저마다 새 출발한다"라는 말을 기억하게 된다면, 진혼곡은 너무나 많이 불러야 되는 것이 아닌가. 따라서 불러야 될 실익이 없지 않겠는가 합니다.

합니다

「사랑한다는 것은 읽으면서 過去(Gewesen)은 역시 本質(Wesen)이 아닌가 하는 생각을 해봤습니다. 왜냐하면 50年代 末에 쓴 글에서 우러나는 냄새와 70年代와 80年代 初半에 쓰신 글의 그것이 本質的으로 같은 軌에 있었다는 생각을 지워버릴 수가 없었기 때문입니다. 寡聞의 所致일지는 모르겠습니다.
50年代 末, 20代 後半 그때의 思考는 그 以前과의 絕綠에서 이룩의 진것이 아니라, 훨씬 以前 부터의 思考, 想念의 堆積일 수 밖에 없으며, 지금의 글 내지는 思考는 어쩔수 없이 20代 末의 그것에 다시 20年間의 그것이 堆積된 것의 總和가 아니겠는가 하는 것입니다.

軌跡은 순환하는 것일까요.
씨앗은 나무가 되어 비록 그 형태를 달리 하였을 망정 그 나무속이 다시 새로운 生命을 치한 씨앗(gene)을 잉태하고 있는 것과 마찬가지 입니다.

그런 意味에서 過去는 特히 모든 義務와 責任. 갈등으로 부터 벗어난 自由의 時節이었던 過去는 精神的 故鄕일 수가 있는 것입니다.
이때의 故鄕에의 復歸는 過去指向的이 아니라 未来指向的일 수가 있는 것입니다.

「사랑한다는 것」을 읽은 所感을 적는다는 것이 어째 딴곳으로 흐른것 같습니다.

3-2

사랑한다는 것은 모든것을 베풀수 있다는 데서 느긋해 질수가 있고 사랑한다는 것은 또한 기대고싶고 어리광을 부리고 싶다는 데서 따스한 느낌이 듭니다.

진작부터 한번 뵙고 싶었던 차에 대포 한잔 하시자는 교수님의 제의는 가뭄의 단비격입니다. 제가 교수님의 댁 전화번호를 전화번호부에서 찾을수 있으니 다음주 중으로 한번 전화드리겠습니다. 혹시 도움이 될까 해서 저의 사무실 직통전화번호를 알려드릴가 합니다. 762-6134 입니다.

그럼 다음에 또 소식 드리기로 하고 오늘은 이만 줄이겠습니다.
건강하십시오.

1981. 11. 11.
권삼윤 올림.

3-3

『사랑한다는 것』을 읽으면서 과거$_{Gewesen}$는 역시 본질$_{Wesen}$이 아닌가 하는 생각을 해 봤습니다. 왜냐하면 1950년대 말에 쓴 글에서 우러나는 냄새와 1970년대와 1980년대 초반에 쓰신 글의 그것이 본질적으로 같은 궤軌에 있다는 생각을 지워 버릴 수가 없었기 때문입니다. 과문의 소치일지는 모르겠습니다.

1950년대 말, 이십대 후반 그때의 사고는 그 이전과의 절연에서 이루어진 것이 아니라, 훨씬 이전부터의 사고, 상념의 퇴적일 수밖에 없으며, 지금의 글 내지는 사고는 어쩔 수 없이 이십대 말의 그것에 다시 이십 년간의 그것이 퇴적된 것의 총화가 아니겠는가 하는 것입니다.

궤적은 순환하는 것일까요.

씨앗은 나무가 되어 비록 그 형태를 달리하였을망정, 그 나무 속에 다시 새로운 생명을 위한 씨앗$_{gene}$을 잉태하고 있는 것과 마찬가지입니다.

그런 의미에서 과거는, 특히 모든 의무와 책임, 갈등으로부터 벗어난 자유의 시절이었던 과거는 정신적 고향일 수가 있는 것입니다. 이때의 고향에의 복귀는 과거지향적이 아니라 미래지향적일 수가 있는 것입니다.

『사랑한다는 것』을 읽은 소감을 적는다는 것이 어째 딴 곳으로 흐른 것 같습니다. 사랑한다는 것은 모든 것을 베풀 수 있다는 데서 느긋해질 수가 있고, 사랑한다는 것은 또한 기대고 싶고 어리광을 부리고 싶다는 데서 따스한 느낌이 듭니다.

진작부터 한번 뵙고 싶었던 차에 대포 한잔 하시자는 교수님의 제의는 가뭄에 단비 격입니다. 제가 교수님의 댁 전화번호를 전화번호부에서 찾을 수 있으니, 다음 주 중으로 한번 전화드리겠습니다. 혹시 도움이 될까 해서 저의 사무실 직통 전화번호를 알려 드릴까 합니다. 762-6134입니다.

그럼 다음에 또 소식 드리기로 하고 오늘은 이만 줄이겠습니다.

건강하십시오.

1981. 11. 11.

권삼윤 올림

崔 敎授任에게.

오랫만에 소식 전합니다.
紙上을 통하여 유럽 各州 다녀오신 것 알았습니다.
계획하셨던 일들에 많은 精進 있었을 걸로 믿습니다.

空間에 대해서 잠시 생각해 보았습니다.
우리는 空間을 自己空間과 共同空間으로 區分하고 있는 樣
生活하고 있습니다. 신발을 벗고 活動하는 곳은
自己空間이고 신발을 신고 活動하는 곳은 共同空間으로.
그리하여 自己空間은 所重하고 청결하게 가꾸나 共同空間에
대해서는 그렇지가 못합니다. 방바닥에 담뱃재나 휴지를
버리지는 않으나 음식점의 마룻바닥은 온통 쓰레기 투성
입니다. 우리에게 있어서 淸掃는 自己空間에 있는 쓰레기를
共同空間으로 移動시키는 作業인 것입니다.

그러나 西洋人에게 있어서는 自己空間과 共同空間의 區分이
우리처럼 確然한 것 같지가 않습니다. 이는 신발을 벗고
있는 곳은 다만 침대 위에서 밖에 없으니 當然한 것이라
볼수도 있습니다. 신발을 신고 생활하는 空間도 모두 소중히,
청결히 가꾸는 것입니다.

그들이 區分하는 것이 있다면 自己空間과 他人空間과의
區分입니다. 自己支配下의 空間이냐 他人支配下의 空間이냐
의 區分뿐입니다.

西洋人들은 모든 空間을 신발을 신고 다님으로 해서

3-1

3-[서울 1982. 2. 14.]

최 교수님에게
오랫만에 소식 전합니다.
지상紙上을 통하여 유럽 여행 다녀오신 것 알았습니다. 계획하셨던 일들에 많은 정진 있었을 걸로 믿습니다.
공간에 대해서 잠시 생각해 보았습니다. 우리는 공간을 자기 공간과 공동 공간으로 구분하고 있는 양 생활하고 있습니다. 신발을 벗고 활동하는 곳은 자기 공간이고 신발을 신고 활동하는 곳은 공동 공간으로, 그리하여 자기 공간은 소중하고 정결하게 가꾸나 공동 공간에 대해서는 그렇지가 못합니다. 방바닥에 담뱃재나 휴지를 버리지는 않으나, 음식점의 마룻바닥은 온통 쓰레기투성이입니다. 우리에게 있어서 청소는 자기 공간에 있는 쓰레기를 공동 공간으로 이동시키는 작업인 것입니다.

그러나 서양인에게 있어서는 자기 공간과 공동 공간의 구분이 우리처럼 확연한 것 같지가 않습니다. 이는 신발을 벗고 있는 곳은 다만 침대 위에 서밖에 없으니 당연한 것이라 볼 수도 있습니다. 신발을 신고 생활하는 공간도 모두 소중히, 청결히 가꾸는 것입니다.

그들이 구분하는 것이 있다면 자기 공간과 타인 공간과의 구분입니다. 자기 지배하의 공간이냐, 타인 지배하의 공간이냐의 구분뿐입니다.

서양인들은 모든 공간을 신발을 신고 다님으로 해서 모든 공간을 동적動的 공간으로 만들었습니다. 그리하여 취락 구조는 도로를 중심으로 발달히고 활동적 커뮤니케이션(트랜스포테이션 포함)이 되었습니다. 반면 우리

216

모든 空間을 動的空間으로 만들었습니다. 그리하여 취락구조는 道路를 中心으로 發達하고 活動的 커뮤니케이션(트랜스포메이션 信號)이 되었습니다. 反面 우리는 靜的 空間이 퍽 친숙한 편이며 취락구조도 廣場이나 街路面中心이 아니라 洞里單位로 이룩되었으며 都市의 道路率도 낮으며 그만큼 커뮤니케이션의 非動化(inactive)가 이룩되었습니다.

이러한 非動的 커뮤니케이션 현상은 王이나 사또가 命令을 下達한 때에도 똑같은말을 몇 단계 되풀이 해야 했던 것이며 문창호지를 사이에 두고 은연히 對話했던 意思傳達体系는 經濟的 流通構造까지도 複雜化 시켰던 것입니다.

우리는 以心傳心을 重히 여겼고 때론 눈치가 發達했지만 그들은 對話(dialog), 심포지움을 重히 여겼고 vis a vis 커뮤니케이션을 崇尙했습니다. 그들의 文化는 人間 相互間의 約束인 文字와 言語를 通한 logos的 文化인 反面 우리의 그것은 人間의 感性이 分化되는 pathos的 文化라 이름 할 수도 있을 것 같습니다.

自己空間과 他人空間과의 對照, 여기에 動的 概念이 添加되어 動的空間이 創造되었습니다. 여기서 人間의 굴레(몸), 머물고 있는 곳으로부터 떠나라(지드), 自由, 프론티어, 解放이라는 概念들이 생겨났습니다. 이러한 概念과 廣場文化가 結合하는 곳이 民主主義가 存在하게 되었던 것 같습니다.

그러나 우리가 갖고 있던 靜的 空間下에서는

李朝의 性理學이 空間(宇宙)에 對하여 많은 論議를 거듭 했지만 西洋에서 問題가 되었던 自由라는 槪念은 發達하지 못했던 것 같습니다.

靜的 社會体系가 動的 社會体系로 탈바꿈하지 못한 實情에서 人口의 急速한 都市集中에 따른 社會的 混亂은 社會가 上昇하는 期待를 充足시키지 못함으로 해서 더욱 더 度를 더해간 것입니다.

여기서 우리가 重要視 해야 할것이 있다면 logos 文化와 pathos 文化의 優劣을 論하는 것이 아니라 動的 커뮤니케이션과 넓은 空間을 바라 볼 수 있는 世界觀이 아닐까 합니다. 勿論 時間에 對한 槪念에서도 그 地坪을 넓혀야 할 것입니다.

Köln 大聖堂의 築造에 百余年이 넘게 걸렸으나 原設計者의 案이 전혀 修正되지 않고 完成 되었다는 逸話에서 우리는 原設計者의 長期的 眼目과 後繼者의 傳承意識, 이 두가지를 본 받아야 할 것입니다.

空間과 時間이라는 座標를 꿰뚫고 極端 問題의 核에 接近하려는 姿勢가 아쉽습니다.

지금 紙上을 오가는 政策當局의 政策樹立과 그 執行間의 갈등을 보고 몇가지 생각을 적어 보았습니다.
82. 2. 14.
권 삼윤 올림.

는 정적靜的 공간에 퍽 친숙한 편이며, 취락 구조도 광장이나 가로街路 중심이 아니라 동리 단위로 이루어졌으며, 도시의 도로율도 낮으며, 그만큼 커뮤니케이션의 비동화非動化, inactive가 이루어졌습니다.

이러한 비동화 커뮤니케이션 현상은 왕이나 사또가 명령을 하달할 때에도 똑같은 말을 몇 단계 되풀이해야 했던 것이며, 문창호지를 사이에 두고 은연히 대화했던 의사전달체계는 경제적 유통 구조까지도 복잡화시켰던 것입니다.

우리는 이심전심以心傳心을 중히 여겼고 때론 눈치가 발달했지만, 그들은 대화dialog, 심포지엄을 중히 여겼고, 대면vis-à-vis 커뮤니케이션을 숭상했습니다. 그들의 문화는 인간 상호 간의 약속인 문자와 언어를 통한 로고스logos적 문화인 반면, 우리의 그것은 인간의 감성이 분화되는 파토스pathos적 문화라 이름할 수도 있을 것 같습니다.

자기 공간과 타인 공간과의 대조, 여기에 동적 개념이 첨가되어 동적 공간이 창조되었습니다. 여기서 인간의 굴레(몸S. Maugham), 머물고 있는 곳으로부터 떠나라(지드A. Gide), 자유, 프론티어, 해방이라는 개념들이 생겨났습니다. 이러한 개념과 광장 문화가 결합하는 곳에 민주주의가 존재하게 되었던 것 같습니다.

그러나 우리가 갖고 있던 정적 공간하에서는 이조李朝의 성리학이 공간(우주)에 대하여 많은 논의를 거듭했지만, 서양에서 문제가 되었던 자유라는 개념은 발달하지 못했던 것 같습니다.

정적 사회체계가 동적 사회체계로 탈바꿈하지 못한 실정에서 인구의 급속한 도시 집중에 따른 사회적 혼란은 사회가 상승하는 기대를 충족시키지 못함으로 해서 더욱더 도度를 더해 간 것입니다.

여기서 우리가 중요시해야 할 것이 있다면 로고스 문화와 파토스 문화의 우열을 논하는 것이 아니라, 동적 커뮤니케이션과 넓은 공간을 바라볼 수 있는 세계관이 아닐까 합니다. 물론 시간에 대한 개념에서도 그 지평을 넓혀야 할 것입니다.

쾰른 대성당의 축조에 백여 년이 넘게 걸렸으나 원설계자의 안案이 전혀 수정되지 않고 완성되었다는 일화에서 우리는 원설계자의 장기적 안목과 후계자의 전승 의식, 이 두 가지를 본받아야 할 것입니다.

공간과 시간이라는 좌표를 꿰뚫고 항상 문제의 핵에 접근하려는 자세가 아쉽습니다.

지금 지상紙上을 오가는 정책 당국의 정책 수립과 그 집행 간의 갈등을 보고 몇 가지 생각을 적어 보았습니다.

1982. 2. 14.
권삼윤 올림

4-1

4-[서울 1982. 9. 13.]

최 교수님에게 드립니다.
가을이 성큼 다가왔습니다.
가을 '추秋'자는 곡식禾이 불같이 익어 간다火는 것을 나타내는 것이랍니다. 도시 생활에 젖어 있어 들판의 곡식이 어떻게 익어 가는지, 코스모스가 피어 있는지 잘 알지 못하고 하루하루를 보내고 있습니다.
직장 생활이 갈수록 힘들어 가지만, 더욱 안타까운 것은 자연의 의미를 모르고 세월은 그냥 흘려 보내야 한다는 것입니다.
보내 주신 바이로이트 축제 극장이 그려져 있는 엽서 잘 받아 보았습니다. 엽서를 받고 답장을 드린다는 것이 차일피일 하다가 마침 9월 5일자 편지를 받고서야 겨우 펜을 들게 되었습니다.
여름방학을 맞아 많은 여행을 하신 것으로 알고 있습니다. 이곳 신문에서도 바이로이트 및 액상프로방스 축제, 베를린 필 창단 백 주년 기념행사 등에 대하여 조그만 지면을 할애해 소개한 적이 있었습니다. 작년 교수님께서 기고하신 정도는 못 되었습니다. 올해도 그런 기회를 제공하실 계획은 없으신지요. 기다려집니다.
이곳의 여름은 일본의 역사 교과서 왜곡 문제와 독립기념관 건립이 중요한 주제가 되어 버린 것 같습니다. 인간이 순환의 궤적이 아니라 역사를 갖는다고 하는 것이 얼마나 중요하며 어려운 것인가를 조금은 깨달은 것 같습니다. 역사에는 두 가지 문제기 있는 것 같습니다. 하나는 역사에 무엇을 담을 것인가 하는 것이고, 다른 하나는 담겨져 있는 역사를 어떻게 해석할 것인가 하는 것이 바로 그것입니다. 그러나 이들은 결국 갈라질 수 없는 성질을 갖고 있는 것이라는 것을 알 것도 같습니다.

요즘은 온 인류의 축제라 부르는 올림픽 경기에 대하여 자료를 모아서 읽고 있습니다. 그중에는 88올림픽 한국 유치가 결정된 1981년 바덴바덴 총회 리포트도 포함되어 있습니다. 이러한 자료들을 통하여 독일의 유명한 삼대 올림픽 대가―고대 올림피아 유적을 발굴하여 근대 올림픽 부활에 결정적인 역할을 한 에른스트 쿠르티우스Ernst Curtius, 1936년 베를린 올림픽 대회 유치와 준비에 한몫을 한 카를 디엠Carl Diem, 1972년 뮌헨 올림픽 대회 유치와 준비를 위하여 뮌헨 대회 조직위원장을 역임했고 1981년 바덴바덴 올림픽 총회 준비 조직위원장이었던 빌리 다우메Willi Daume에 대해서도 알게 되었습니다.

고대 올림픽은 그리스라는 지역적인 범위에서 노예와 여성을 제외한 시민만을 그 대상으로 하는 제한적인 것이었다면, 쿠베르탱P. Coubertin이 제창한 근대 올림픽은 세계 시민이 한자리에 모여 기氣와 미美를 겨룬다는 것이 그 차이점일 것 같습니다. 따라서 근대 올림픽 대회는 전 세계 시민을 가족처럼 반겨 줄 수 있어야 하고, 또 참가한 선수들이 갖고 있는 잠재 역량을 충분히 발휘할 수 있도록 시설과 분위기가 가꾸어져야 할 것입니다. 우리의 서울 대회도 그러한 각도에서 준비 운영되기를 바랄 뿐입니다. 올림픽 대회를 유치했다는 사실 자체가 바로 스포츠 일등국을 말하는 것은 결코 아니니까 말입니다.

내일까지 서울 잠실 야구장에서는 세계 아마추어 야구대회가 열리게 됩니다. 들리는 이야기로는 우리나라 선수가 싸우지 않는 경기장에는 관중이 거우 이삼백 명을 헤아린다니 선수 관리 문제가 아니라 관중 관리에 문제가 있는 듯합니다.

이 편지를 쓰면서 오늘 받아 본 편지의 전면을 보고 있습니다. 거기에는 이렇게 스탬프가 찍혀 있습니다.

München―Stadt weltberühmter Biere(뮌헨―세계적으로 유명한 맥주의 도시)

슈바빙에서 커다란 잔에 맥주 마시던 기억이 되살아납니다. 독일의 친구가 10월 맥주제 때에 다시 오면 좋겠다고 하던 이야기도 생각납니다.

10월이 다가오고 있습니다. 즐거운 뮌헨 생활을 계속하시기를 멀리서 빌겠습니다.

가족 모두 건강하시기를 기원합니다.

9월 13일 저녁
권삼윤 올림

최 교수님께.

83년을 맞이한지도 벌써 한달이 다되어갑니다.
겨울날씨 답게 차갑던 날씨도 이제부터 제법 풀어진것 같습니다.
퇴근을 하면서 보면 포장집의 자욱한 연기독이 공장어 익어가는
내음과 군고구마장수의 모습에서 겨울의 정감을 느끼게 됩니다.

그동안 안녕하셨웠니까.
오랜만에 소식을 드리게 되어 죄송한 감이 앞섭니다.
서울의 저희 가족은 모두 잘 있습니다.
며칠전 오명철 군과 통화해 본결과. 아직 교수님께선
귀국준비를 하지 않았을 것이라는 결론을 얻고 이렇게 글월을 드리는
것입니다.
오군은 그동안 직장을 옮겠다더군요. 이야기는 교수님께서도
잘 알고계실것 같아 생략하겠습니다.

生物化學이 있어서 DNA. RNA 등에 대한 연구가 깊어갈수록
人間의 生命根源에 대한 우리의 疑問은 깊어만 갑니다.
또한 人間의 能力이 開發되면 될수록 人間 그 自體에
대한 우리의 의문도 다양해져 갑니다.
人間의 知識이 늘어갈수록 聖域에 대한 우리의 執着은
강해지는 것 같습니다. 그것는 人間이 갖고 있는 宿命이
아닌가 합니다. 그것은 聖域에 文明의 發祥과
發展의 論理가 숨겨져 있는 것이기 때문일가요.

日本의 文化史家 柳 宗玄은 "聖域 앞에 선 자의 마음는
淨化 된다고 했습니다. 또한 "淨化란 人間을 보의 原點에,

5-1

5—[서울 1983. 1. 25.]

최 교수님께
83년을 맞이한 지도 벌써 한 달이 다 되어 갑니다.
겨울 날씨답게 차갑던 날씨도 어제부터 제법 풀어진 것 같습니다. 퇴근을 하면서 보면 포장집의 자욱한 연기 속에 곰장어 익어 가는 내음과 군고구마 장수의 모습에서 겨울의 정감을 느끼게 됩니다.
그동안 안녕하셨습니까.
오랜만에 소식을 드리게 되어 죄송한 감이 앞섭니다.
서울의 저희 가족은 모두 잘 있습니다.
며칠 전 오명철吳明哲 군과 통화해 본 결과, 아직 교수님께선 귀국 준비를 하지 않았을 것이라는 결론을 얻고 이렇게 글월을 드리는 것입니다.
오 군은 그동안 직장을 옮겼다더군요. 이야기는 교수님께서도 잘 알고 계실 것 같아 생략하겠습니다.
생물 화학에 있어서 디엔에이DNA, 아르엔에이RNA 등에 대한 연구가 깊어 갈수록 인간의 생명 근원에 대한 우리의 의문은 깊어만 갑니다. 또한 인간의 능력이 개발되면 될수록 인간 그 자체에 대한 우리의 의문도 다양해져 갑니다.
인간의 지식이 늘어 갈수록 성역에 대한 우리의 집착은 강해지는 것 같습니다. 그것은 인간이 갖고 있는 숙명이 아닌가 합니다. 그것은 성역에 문명의 발상과 발전의 논리가 숨겨져 있는 것이기 때문일까요.
일본의 문화사가文化史家 야나기 무네모토柳宗玄는 "성역 앞에 선 자의 마음

은 정화된다"고 했습니다. 또한 "정화란 인간을 생生의 원점에, 문화의 원점에 이끌어 가는 것을 말한다"라고 했습니다.

'문화의 원형을 찾아서'가 83년을 맞는 저의 주제입니다. 그 하나의 방편으로서 아테네에서 시작하여 로마, 베네치아, 밀라노, 니스, 마르세유, 바르셀로나, 마드리드, 리스본, 지브롤터, 카사블랑카, 알지에, 카르타고, 벵가지, 알렉산드리아, 카이로, 수에즈, 예루살렘, 다마스쿠스, 팔레스티나, 앙카라로 해서 이스탄불에서 끝나는 지중해 기행을 기획하고 있습니다.

서구 문명의 본바탕인 지중해의 구석구석을 돌면서 그들의 사고의 바탕과 과거의 역사가 오늘에 어떻게 전달되고 있는지를 살펴보면서 우리 문화의 원형은 무엇인지, 인간이 갖고 있는 궁극적인 의문에 한번 접근해 보고자 합니다.

지난해부터 여행 가이드와 기초 자료를 수집하고 있습니다. 물론 현지에서의 의사소통 문제와 자금 동원 문제 등이 있습니다. 의사소통 문제는 대학에서 배운 서반아西班牙가 조금 도움이 될 것 같고, 요즘 그리스어와 이태리어 회화 책을 구해서 보고 있습니다.

자세한 이야기는 만나 뵙고 드리면서 많은 조언을 구하고자 합니다. 언제쯤 서울에 도착하게 되시는지 연락해 주십시오.

그럼 건강하시고 안녕히 계십시오.

1983. 1. 25.
권삼윤 올림

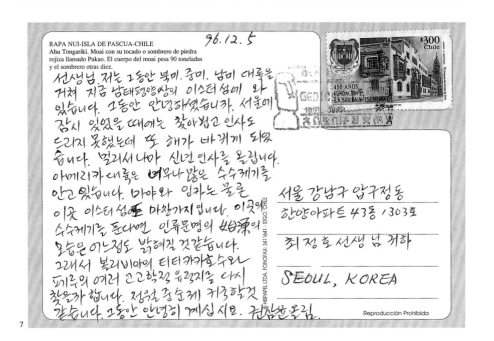

6-[서울 1993. 12.]

7-[이스터 섬 1996. 12. 5.]

선생님, 여러 분들의 축복 속에 선생님의 화갑기념논문집 봉정식이 끝나게 되어 매우 기쁩니다. 총과 칼로써 개방과 개항을 강요했던 19세기 말, 20세기 초와는 달리, 경제력을 바탕으로 협상과, 협상의 결과로서의 문서를 기초로 개방을 요구하는 새로운 시대를 맞이하게 되어 말과 글의 힘을 새삼 느끼게 됩니다. 이러한 때에 말과 글의 중요성을 일깨워 주신 선생님에게 감사드립니다.

또 다른 육십Another Sixty의 원년元年이 되는 새해에도 늘 건강하시길 기원합니다.

1993년 12월 권삼윤 올림

선생님, 저는 그동안 북미, 중미, 남미 대륙을 거쳐 지금 남태평양상의 이스터 섬에 와 있습니다. 그동안 안녕하셨습니까. 서울에 잠시 있었을 때에도 찾아뵙고 인사도 드리지 못했는데 또 해가 바뀌게 되었습니다. 멀리서나마 신년 인사를 올립니다.

아메리카 대륙은 너무나 많은 수수께끼를 안고 있습니다. 마야와 잉카는 물론, 이곳 이스터 섬도 마찬가지입니다. 이곳의 수수께끼를 푼다면 인류문명의 시원始原의 모습은 어느 정도 밝혀질 것 같습니다. 그래서 볼리비아의 티티카카 호수와 페루의 여러 고고학적 유적지를 다시 찾을까 합니다. 정월 중순께 귀국할 것 같습니다. 그동안 안녕히 계십시오.

권삼윤 올림

수록필자 소개

박권상

전라북도 부안 출신으로, 서울대학교 문리과대학 영문학과를 졸업하고, 미국 노스웨스턴대학에서 신문학석사학위를 받았으며, '니만 펠로'로 하버드대학에서 수학했다. 언론계엔 합동통신 기자로 출발, 이후 세계통신 정치부장,『한국일보』논설위원,『동아일보』논설위원을 거쳐 편집국장, 주영국특파원, 논설주간을 지냈으며, 1980년 신군부의 등장으로 강제 해직되었다. 이후 해외에서 연구원 생활을 하다 주간『시사저널』창간 주필로 언론계에 복귀하였다. 김대중 정부 출범 이후 한국방송공사KBS 사장에 취임하였고, 2003년 임기를 일 년 앞두고 퇴직하였다. 저서로『영국을 생각한다』『미국을 생각한다』『자유언론의 명제』『윗물이 맑은 사회를』등이 있고, 독립신문상, 제1회 중앙대학교 언론문화상, 인촌상 언론문화 부문 등을 수상하였다. 1959년 박 선배가 대학교 이학년, 내가 구제舊制 중학교 사학년 때 같은 병원에 입원하면서부터 알게 된 이후의 긴 애기에 대해서는『영원한 저널리스트 박권상을 생각한다』(박권상기념회 엮음, 상상나무, 2015)에 실린 내 글「정치저널리즘을 천직으로 살다」에 적었다.

리영희

평안북도 운산 출신으로, 해양대학교를 졸업하고 영어교사로 근무 중 한국전쟁이 발발하자 통역장교로 칠 년간 복무 후 육군 소령으로 제대하였다. 합동통신 기자로 언론계에 발을 들여『조선일보』및 합동통신 외신부장을 역임했다. 미국 노스웨스턴대학 대학원에서 신문학 연수를 받았으며, 1972년부터 한양대학교 교수로 재직 중 박정희朴正熙 정권에 의해 1976년 해직, 1980년 복직, 같은 해 전두환全斗煥 정권에 의해 다시 해직, 1984년 복직 등, 군부정권에 의해 네 번 해직되고 다섯 차례 구속당했다. 리영희와 시인 김지하金芝河의 투옥은 당시 국제적으로 군부정권하의 한국 인권 상황을 보여 주는 상징적 사건이 되었다. 지난 2000년 '신문의 날'에 한국기자협회가 행한 조사는 가장 존경받는 현존 기자로 리영희를 뽑았다. 저서로 열두 권의『리영희 저작집』이 있다. 늦봄통일상, 만해상, 심산상, 단재언론상, 한겨레통일문화상 등을 수상하였다. 그와 나는, 두 사람 다 언론과 대학의 두 세계를 살았다는 인연보다도, 서로의 이념적 지향에 아랑곳없이 나는 이 교수의 어떤 힘에도 매수되지 않은 독립적인 처신과 파고드는 탐구정신을 지식인으로 평가하며 사귀어 왔다.

성찬경

충청남도 예산 태생으로, 서울대학교 및 동 대학원 영문과를 졸업하고, 미국 아이오와대학 국제창작계획 회원으로 참가, 동 대학에서 창작명예회원 자격을 얻었다. 성균관대학교 교수 및 명예교수를 지냈다. 1956년『문학예술』에「미열」「궁」「프리즘」을 발표하며 등단한 이후, '60년대 사화집' 동인으로 활동하였다. 1966년 첫 시집『화형둔주곡』발간 이래『벌레 소리송』『시간음』『영혼의 눈 육체의 눈』『황홀한 초록빛』『그리움의 끝을 찾아서』『소나무를 기림』『묵극』『거리가 우주를 장난감으로 만든다』등의 시집을 발간하였다. 그 밖에도「삶과 은유가 만나는 소리—최원규의 '자음송'을 통하여」「예언적 서정의 서—구상 근작시집 '까마귀'」「21세기를 여는 새로운 실험시」등 한국 현대시에 대한 평론 활동도 했다. 성찬경 시인은 1974년 나의 처녀 저작『예藝—non plus ultra』가 나왔을 때,

1961년 8월, 베를린 장벽 구축의 현장을 취재하다 만난 정신영 동아일보 특파원(오른쪽)과 함께 베를린 올림픽 스타디움에서.

일면식도 없는 사람의 책에 대한 장문의 깊이 있는 서평을 적어 월간 잡지에 기고해서 나를 감동시켰고, 이후 사귐을 트게 됐다.

정신영

강원도 통천 출신으로, 서울대학교 법과대학을 졸업하고 독일 함부르크대학에 유학하였으나, 박사학위 과정을 마치기 직전에 병사하였다.『동아일보』기자 출신으로 유럽 특파원으로 활약하기도 한 그는, 정주영 현대그룹 회장의 동기로, 정 회장은 못다 이룬 아우의 뜻을 애석히 여겨 정신영 기자가 회원으로 있던 관훈클럽에 거액의 기금을 출연하고, 신영연구기금도 설립했다. 베를린 장벽이 설치되던 운명의 1961년 8월, 이 위기의 도시를 뒤늦게 방문한 아데나워 수상의 기자회견장에서 그를 뜻밖에 만났다. 당시 나는 독일에 온 지 일 년도 안 되는 애송이였다면, 정 형은 곧 학업을 마치고 귀국 채비를 하던 대선배 격이었다. 더 자세한 얘기를 나는 관훈클럽에서 발간한『기자 정신영—그의 생애, 우정 그리고 학문』(1993)에「베를린 1961년 8월—정신영 형과의 해후」라는 제목으로 적어 놓은 게 있다.(『사람을 그리다』, pp.725-731에 재수록)

김철순

전라북도 전주 출신으로, 서울대학교 문리과대학 정치학과 및 대학원을 졸업하고『민국일보』창간에 참여했으며, 독일 뮌헨대학에서 고대미술사를 연구했다.『한국일보』논설위원, 오양연구소 소장을 지냈고, 1970년대 초에 서울 인사동에서 화랑을 운영하기도 했다. 한국 민화民畵를 처음으로 전문가적인 시야에서 발굴 수집하여 그 학문적 체계화에 선구적 기여를 하였다. 저서로『한국민화론고韓國民畵論考』(1991)가 있고, 그 밖에「한국미술사」를『공간空間』지에,「한국무용사」를『춤』지에 장기 연재한 미정고未定稿가 있다. 부인은 서울대학교 음악대학 박노경朴魯慶 명예교수이다. 나에겐 고향의 선배이자 대학의 동문 선배요 유학생활에도 고락을 같이한 선배인 김철순 형은 독일에 있을 때나 귀국 후에나 언제나 나를 친동기처럼 따뜻하게 보살펴 주었다.(『사람을 그리다』, pp.761-776에 수록된「김철순 박노경 부부」참조)

구기성

충청남도 서천 출생으로, 아호는 한별. 서울대학교 문리과대학 독문학과를 졸업하고, 베를린자유대학에서 독문학박사학위를 받았다. 귀국 후 서울대학교, 숙명여자대학교 등에서 독문학을 강의했고, 1972년 본대학 동양학부에 한국어학과가 창설되자 교수로 부임하여, 정년퇴임 때까지 약 삼십 년 동안 재직하였다. 독일 작가 라이너 마리아 릴케, 헤르만 헤세, 레마르크 등의 작품을 번역했고, 독일어로 한국문화 잡지 『한HAN』을 발간하였다. 베를린 유학 시절을 같이했고 본을 방문할 때마다 자주 만나던 구 교수가 독일에서 독일어로 한국문화 잡지 『한』을 발간하면서 그 자문위원을 맡게 된 나는, 그 어려운 재정 문제 타개를 위해서도 같이 노력을 했다.

박완서

경기도 개풍 출신으로, 숙명여자고등학교를 거쳐 1950년 서울대학교 문리과대학 국문과에 입학했으나 그해 발발한 육이오 전쟁으로 중퇴하였다. 생계를 위해 미군부대에서 일하다 만난 화가 박수근朴壽根을 모델로 쓴 소설 「나목裸木」이 1970년 『여성동아』 장편소설 공모에 당선되어, 다섯 아이를 둔 사십 세의 전업주부로 등단하였다. 이때부터 "바로 옆에 앉아 있는 사람에게 자신의 개인사를 털어놓고 있는 듯한" 작품으로 사람을 끌어들이는 '우리 시대의 탁월한 이야기꾼' 박완서의 문학세계가 펼쳐진다. 한국문학작가상, 이상문학상, 대한민국문학상, 중앙문화대상, 현대문학상, 동인문학상, 대산문학상, 만해문학상 등을 수상했다. 박 여사와 지면을 나눈 것은 1984년 어느 잡지의 100호 기념 특집 대담을 같이하게 된 것이 처음이었고, 말년에는 칠순 이상의 노인들을 위해 명지학원이 설립한 '태평관기영회太平舘耆英會'의 같은 회원이 돼서 이따금 뵈었다.

이헌조

아호는 모하慕何. 경상남도 의령 출신으로, 경기고등학교와 서울대학교 철학과를 졸업했다. 1957년 럭키화학(현 엘지화학)에 입사하여 이듬해 엘지전자의 전신인 금성사 창립 멤버로 참여한 이래, 금성사 사장, 엘지전자 회장 등을 역임하며 한국 전자산업의 발전을 이끈 전문경영인으로 활약하였고, 엘지인화원장을 끝으로 1998년 일선에서 물러났다. 회사 재임 시 '붉은 신호면 선다'는 원칙 우선, '빈대를 잡기 위해 초가삼간도 태운다'는 품질 우선의 경영철학을 추구하여, 엘지전자를 한국의 대표적인 전자기업으로 키우는 데 기여하였다. 말년에 한국 실학의 연구 발전을 위해 사재 팔십여억 원의 거금을 실시학사實是學舍에 기부하였다. 실시학사는 그로부터 공익재단으로 전환하고 '모하실학논문상慕何實學論文賞'을 제정하기도 했다. 한편 한문학에도 조예가 깊은 그는 한시漢詩 동호 모임인 난사蘭社에도 참여 지원하였으며, 스스로 한시집 『동서남북삼십년東西南北三十年』 『화왕산火旺山』 등을 내놓았다. 그가 만일 대학에 남았다면 한국철학에 큰 기여를 했을 것이라는 주위의 아쉬움도 컸으나, 그는 대학을 떠나서도 기업과 학계에 다 같이 큰 공헌을 한 셈이다. 서울대 문리과대학 철학과 동기이자 재학 중엔 사설 수양기관인 신생숙新生塾에도 제1기로 같이 입숙했던 그는, 한국미래학회의 창립에도 발기인으로 동참해 주었다. 우리 시대의 스승으로 함께 모시던 박종홍 선생이 돌아가셨을 때엔 그가 희사한 자금으로 내가 선생의 언행록 『스승의 길』을 엮었으며, 『박종

1960년 10월 말, 내가 독일 유학을 떠나던 날 서울의 반도 호텔(지금의 롯데 호텔 자리) 앞에 송별 나온 지인들. 왼쪽부터 이헌조 군, 나, 김일남 숙장, 한 사람 건너 숙장 사모님, 이학표 군.(위)
1950년대 후반의 어느 일요일, 덕수궁에서 금성사 판매과장 이헌조(왼쪽)와 이규태(가운데) 일병과 함께.(아래)

홍 전집』(전7권)의 편찬에도 동참해 주었다. 우리의 우의에 대해서는 그가 쓴 글 「제대로諸大路와 나」(『글벗-최정호 희수기념문집』, 2009) 참조.

이규태

전라북도 장수 출신으로, 소개가 필요 없는 『조선일보』의 대기자大記者(1959-2006)이다. 그는 앞으로 쉽게 깨기 어려운 수많은 기록을 남긴 언론인이자 저술가이다. 1961년 방한한 미국의 노벨상 수상작가 펄 벅Pearl S. Buck 여사를 수행하면서 눈이 뜬 '우리 것'에 대한 평생 탐구는 '이규태 한국학'의 대동맥을 구축했다. 그 시작이 1968년부터 육십 회를 이어 간 첫 연재 '개화백경開化百景'으로, 그것은 한국 신문사상 가장 긴 전면 시리즈로 알려졌으며, 해외 육십삼 개 대학 연구소에서 한국학 자료로 쓰이고 있다고 전한다. 1975년부터 집필이 시작된 장편 연재 '한국인의 의식구조'는 이내 여덟 권으로 엮어져 나온 책이 초장기超長期 베스트셀러가 됐고, 1983년에 시작해 타계 직전까지 장장 이십삼 년 동안 육천칠백 회

1960년 늦가을, 한국을 방문한 미국의 노벨상 수상 작가 펄 벅 여사를
경주로 안내하던 이규태 조선일보 기자.(위)
1950년대 중반, 전주시 정동 거리에서 이규태(오른쪽)와 함께.(아래)

서독 유학 초기였던 1961년 초봄, 정종욱(오른쪽) 동문과 함께 본 대학 교정에서.

를 넘기도록 이어 간 우리 것의 모든 것을 다룬 칼럼 '이규태 코너'는 국내
외를 막론하고 좀체 보기 드문 '글의 대장정'이라 할 것이다. 생전에 이미
백이십 권의 책을 낸 그를 두고 "세상엔 이규태의 독자보다 독자 아닌 사
람을 찾기가 어렵다"는 말까지 회자되었다. 우리가 전주사범학교에 입학
하자마자 시골서 올라온 중학교 일학년생 이규태 군은 공책에 만년필로
적은 시집들을 이따금 내게 주곤 했다. 그 바람에, 나는 평생 이규태의 부
지런한 독자는 되지 못했어도 그의 최초의 독자였음을 자랑으로 삼고 있
다.(『사람을 그리다』, pp.439-445에 수록된 「이규태 대기자」 참조)

정종욱
내 독일 유학 시절의 가까운 동갑 친구이다. 서울대학교 법과대학 졸업

후 1950년대 말에 독일로 유학하여, 본대학에서 독일 형법학의 대가 벨첼
Hans Welzel 교수 밑에서 법학박사학위를 받았다. 잠시 귀국했으나 비교형
법학의 국제연구기관인 프라이부르크의 막스 플랑크 연구소에서 초빙을
받아 동양 담당 주임연구원으로 활약하다 오십을 넘기지 못하고 요절하
였다. 생전에 형법학 및 법철학에 관한 많은 논문을 발표하여 독일과 일본
학계에서 주목을 받았고, 그가 일본을 방문하면 『아사히신문』 등에 특집
기사가 실리는 등 오히려 한국에서보다 외국에서 유명인이 되곤 했다. 철
학과 문학에도 조예가 깊어, 술이 거나하면 곧잘 괴테며 브레히트 등의 시
를 원어로 암송하곤 했다. 요리 솜씨도 뛰어난 거구의 미식가로, 그의 수
제 요리를 자주 대접받은 내가 그에 대한 '보답'으로 '웅천熊川'이란 아호
를 지어 주었더니, 처음에는 저어하다가 점차 그를 즐겨 쓰는 듯했다.

장을병
강원도 삼척 출생으로, 성균관대학교 정치학과를 졸업하고 동 대학원에
서 정치학박사학위를 받았다. 성균관대학교 신문방송학과를 창설하여 고
군분투 중에 내가 일 년 반 만에 뒤늦게 합류했다. 그러나 나는 당시 신문
사 논설위원직을 겸임하고 있어 큰 도움을 주지 못했음을 늘 미안하게 여
기고 있었으나, 장 교수는 전혀 내색하지 않고 받아들여 주었다. 그는 교
수 재직 중 신군부에 의해 강제 해직당했다가 복직되어 총장에 취임되었
다. 정계에도 진출해서 개혁신당 대표, 민주통합당 공동대표, 국민신당 창
당준비위원장, 새정치국민회의 부총재를 지냈고, 환경운동연합 공동대
표, 한국정신문화연구원장, 한국정의구현연구원장 등을 역임했다. 저서
로 『한국정치론』 『민주주의와 언론』 『정치적 커뮤니케이션론』 등이 있다.

2000년 초가을, 신봉승 선생(왼쪽)과 함께 그의 고향 강릉에서.

신봉승

아호는 초당草堂. 강원도 강릉 출신으로, 유난히 문인들이 많은 계유생癸酉生 중에서도 초당은 고은, 이규태와 더불어 생전에 백 권 이상의 책을 쏟아 내놓은 우리 시대의 대표적인 박학강기博學强記의 저술가였다. 시, 소설, 평론, 시나리오(영화, 방송드라마) 등 모든 장르를 아울러 한국 문학인의 지평을 넓혔다는 평가도 듣는 그는, 그러나 무엇보다도 사극 작가로서 아무도 근접할 수 없는 독보적인 고지를 지키고 있었다. 특히 국역되기 이전의『조선왕조실록』전권의 원전을 통독하고 집필하여 팔 년 동안 방영된 장기 연속 텔레비전 사극「조선왕조 500년」은 우리 왕조실록을 '셰익스피어 스케일의 드라마'로 꾸며내서 세상에 보여 주었다. 그럼으로써 딱딱한 국사國史를 전 국민적인 차원에서 흥미진진하게 다가가게 한 계몽적 역할까지 수행한 것으로 평가된다. 술과 친구를 좋아하고 화제가 풍부해서 그와의 사귐은 언제나 즐거운 추억을 남겼다.

김경원

평안남도 진남포 출생으로, 서울대학교 법과대학 재학 중 도미 유학하여, 윌리엄스대학을 거쳐 하버드대학에서 정치학박사학위를 받았다. 캐나다 요크대학, 미국 뉴욕대학 교수를 거쳐 귀국 후 고려대학교 교수로 재직 중 박정희朴正熙 대통령 국제정치 담당 특별보좌관에 발탁되었다. 1980년 국가보위비상대책위원회 위원, 같은 해 전두환全斗煥 대통령의 비서실장이 된 후 유엔 대사, 미국 대사를 역임하고, 퇴임 후 김준엽金俊燁 박사가 설립한 사회과학원 원장에 취임하였다. 1989년 김인준, 안병영, 최상룡, 최정호, 한상진, 한승주 등과 함께 계간지『사상思想』을 창간, 2004년 폐간 때까지 편집인으로 있었다. 그는 훌륭한 국제정치학자, 직업외교관일 뿐만 아니라, 빼어난 칼럼니스트, 잡지 편집인이기도 했다. 음악에도 조예가 깊어, 내가 직접 들어 보진 못했으나 피아니스트로서도 상당한 수준에 있었다 하며, 한국 바그너협회를 창설하여 초대 회장을 맡기도 했다. 음악이나 정치에 관해서 그와 얘기하면 우리는 생각의 파장波長이 맞아 대화가 즐거울 때가 많았다.

황인정

경상북도 김천 출신으로, 서울대학교와 동 행정대학원을 거쳐 미국 피츠버그대학에서 정치경제학박사학위를 받았다. 원래 재무부 예산국, 경제기획원 기획국에 근무한 테크노크라트로, 1968년부터 1976년까지 서울대학교 행정대학원 교수로 재직하던 기간 외엔 유엔아시아개발행정연구원 주임교수, 한국개발연구원 국제교류센터 소장, 산업연구원장, 한국개발연구원장, 정부투자기관경영평가단장, 건교부민자유치심의위원장, 전국시도연구협의회장 등 요직을 두루 맡으며 은사 이한빈李漢彬 박사와 더불어 우리나라 개발 정책의 실무와 이론 양면에 걸쳐 많은 기여를 했다. 한국미래학회에는 창립 초부터 적극 동참하여 학회의 초대 총무간사로 있던 나를 크게 도와주었다. 미래학회의 초창기에 한국과학기술연구원 KIST과 공동으로 추진했던 연구 프로젝트 '서기 2000년의 한국'의 작업에도 황 박사는 중추적인 역할을 담당했다. 비정기적으로 간행되는 학회지 제호를 '미래를 묻는다'로 한 것도 황 박사의 아이디어에 의한 것이다.

한창기

전라남도 보성 출생으로, 서울대학교 법과대학 및 동 신문대학원을 졸업했다. 미국의 인사이클로피디어 브리태니커 사社에서 발간한 영문판『브리태니커 백과사전』의 한국 보급에 큰 성공을 거둬 한국 브리태니커회사 탄생에 결정적 역할을 하며 사장이 되었다. 한편 월간 문화종합잡지『뿌리깊은나무』와『샘이깊은물』을 창간, 한글 전용, 가로쓰기, 일본식 잡지 편집의 탈피에 큰 기여를 하고 현대적이면서 토착적인, 전위적이면서 서민적인, 일관된 문화적 시각에서 편집의 혁신을 밀어붙여 우리나라 잡지에 한창기 마크의 '뉴저널리즘'을 불러일으켰다. 한창기 사장과 내가 언제부터 의기투합해서 사귀게 되었는지는 기억이 감감하다. 분명한 것은 내가『뿌리깊은나무』의 창간에 맞춰 편집위원으로 이 년 동안 참여하기 전부터 브리태니커 사에서 비매품으로 발행하던 잡지『배움나무』의 편집에도 자문을 청해 와 만나기 시작했다는 사실이다. 신군부의 등장으로 잡지가 강제 폐간된 뒤엔 출판 활동에 진력,『동국여지승람東國輿地勝覽』이후 처음 나온 이 땅의 본격적 인문지리서 '한국의 발견' 열한 권을 완간하였다.(거기에 수록한 내 글「전라북도의 문화」를 그는 무척이나 좋아해 주었다) 그는 계속해서 '뿌리깊은나무 민중자서전' 스무 권을 간행하여 둘 다 한국출판문화상을 수상하였다. 한편, 전통음악의 채집, 정리, 기록, 해설, 보급에도 앞장서, 그를 정리한 녹음 전집 〈뿌리깊은나무 산조 전집〉 〈뿌리깊은나무 슬픈 소리〉 〈브리태니커 팔도소리 전집〉 〈해남 강강술래〉 등을 제작하여 그 중 〈브리태니커 판소리 전집〉으로 한국방송공사KBS 국악대상을 받았다. 그 밖에 한글학회 공로상을 받았고, 사후에 보관문화훈장이 추서되었다. 그의 고향 벌교에서 가까운 도읍 순천에는 그의 소장품과 유품을 상설 전시하는 '뿌리깊은나무박물관'이 있다.『사람을 그리다』(pp.265-268)에 실린「이 땅에 뿌리 둔 모든 것을 사랑한 세계인 한창기 사장」참조.

김영태

아호는 조개草芥. 서울 출신으로, 홍익대학교 미술대학을 졸업했다. 1959년『사상계』에 시「시련의 사과나무」「설경」「꽃씨를 받아 둔다」가 추천

되어 등단했고, 이후 많은 시집과 화집 등을 내놓았으며, 거기에는 마종기馬鍾基, 황동규黃東奎와 더불어 낸 삼인 시집『평균율平均律』1·2도 있다. 그 밖에 무용평론집으로『갈색 몸매들, 아름다운 우산들』(1985)도 있다. 현대문학상, 시인협회상, 서울신문사 제정 예술평론상, 허행초상虛行抄賞 등을 수상하였다. 그가 타계하자 그를 기려 '김영태무용가상'이 제정되었다. 글에서뿐만 아니라 아호에서도 자기 비하를 일삼는 '초개'는 남들이 탐내는 권력이나 재력에는 전혀 욕심이 없고 언제나 낮은 자세로 인생의 멋과 맛을 즐기며 살았다. 내가 이따금 이곳저곳에 적은 잡문들을 무척이나 좋아해, 찾아와서 사귐을 트고 자주 술도 마셨다. 삶과 예술의 뭇 장르를 넘나들며 바람처럼 자유롭게 살다가 담배 연기처럼 소리없이 사라져 버렸다.

사노 요코

중국 베이징 출생의 일본 여류 작가, 수필가, 화가이다. 도쿄 무사시노미술대학武藏野美術大學 디자인과를 졸업하고, 베를린 미술대학에서 판화를 공부했다. 그림책 작가로 데뷔하여, 대표작이자 베스트셀러인『100만 번 산 고양이』는 일본에서도 수십 년 동안 판을 거듭하는 스테디셀러가 되었고, 한국을 포함해 많은 나라에서 번역되었다. 수필가로서도 2004년 저서『하느님도 부처님도 안 계십니다』로 고바야시히데오상小林秀雄賞을 수상하기도 했고, 2009년엔 일본 덴노天皇 이름으로 수여하는 '자수포장紫綬褒章'을 받기도 했다. 한 출판사 조사에 의하면 2009년 당시 사노의 저술은 공저를 포함해 백칠십삼 권에 이른다고 했다. 한국에도 스무 권 가까운 번역서가 있다. 타계 후 추모특집 잡지(文藝別冊: 佐野洋子 追悼總特輯)가 나오고 엔에이치케이NHK에 기록영화가 방영되기도 했다. 나는 1960년대의 베를린 시절부터 그녀를 알게 되었고, 그로부터 사십 년 동안 문통文通을 해 왔다. 시인 다니카와 슌타로谷川俊太郎가 그녀의 두번째 부군이다. 2017년 3월 일본의 쿠온출판사에서는 내게 보낸 사노 요코의 서한집을『친애하는 미스터 최—이웃나라 친구에게 보낸 편지親愛なるミスータ崔—隣の國の友への手紙』라는 제목으로 출간했다.

발터 모어

헤르만 헤세의 고향 칼브 출신의 발터는, 금발의 파란 눈에 누구에게나 친절하고 예의 바른 전형적인 '좋은 독일 젊은이'였다. 내 하이델베르크 유학 시절에 만난 독일 친구로, 그의 부인 트루델 또한 내 오랜 여자친구여서 우리들의 우정은 중복됐다. 국가고시를 치러 대학을 나온 뒤 외교관이 됐다. 첫 임지任地인 벨기에 근무 중 서독과 한국에서 이른바 '동베를린 간첩사건'이 터지면서 연일 유럽 신문에 한국 학생이 잠적한다는 기사가 쏟아지자, 발터는 내 신변의 안위가 염려돼 지급전보至急電報를 쳐 왔다. 부디 "살아 있다는 징표만이라도"라는 이 세 마디 전보 문자는 나를 눈물겹도록 감동시켰다. 귀국 후, 그가 모스크바의 대사관으로 발령받아 부임 직후 병사했다는 소식은 충격이었다. 내 책『정치와 예술』(민음사, 1977; 시그마프레스, 2005)에 수록된 글「소련 속의 러시아」는 '발터 모어를 추모하며'라고 밝혀 헌정한 에세이이다.

권삼윤

한국외국어대학교를 졸업하고, (주)대한재보험에 근무하던 시절부터 내게 부지런하게 '독자의 편지'를 보내와 사귀게 되었다. 얼마 후 그는 좋은 직장을 자원 사직하고, 그 퇴직금으로 세계 문명의 근원지를 답사해 보겠다는 거창한 기획을 편지로 알려 왔다. 그건 내게 젊은 세대의 새로운 준동을 느끼게 해 주는 것 같은 음신音信이었다. 그 뜻을 실천해 그는 머지않아 역사여행가, 문명비평가라는 타이틀을 갖는 프리랜서가 되어 이십여 년에 걸쳐 고대문명의 발상지, 유네스코 지정 세계문화유산, 각국의 유명 박물관과 미술관 등을 두루 답사하여 여러 권의 책을 남겼으나 너무 일찍 가 버렸다.『태어나는 문명』『꿈꾸는 여유, 그리스』『성서의 땅으로 가다』『자존심의 문명, 이슬람의 힘』『문명은 디자인이다』등의 저서가 있다.

낙수落穗, 그 밖의 편지

책을 엮고 나서 빠뜨린 몇 가지 서찰에 미련이 남는다. 내가 받은 고인故人들의 글월만을 엮기로 한 이 책에는 들어갈 수 없는 것이 마땅하지만 그냥 버려 두기에는 아깝다 싶은 서찰들이다. 첫번째 경우는 나에게 보낸 편지이기는 하나 보낸 이의 얼굴도 지금의 생사도 모르는 분한테서 받은 편지다. 그럼에도 불구하고 내겐 여태껏 받아 본 편지 가운데서 유난히 고맙고 반갑고 멋있는 편지라 생각되고 있기에 이 부록에 올렸다. 1990년 여름, 내가 미국 시애틀의 워싱턴대학에 방문교수로 있을 때, 일이 있어 뉴욕에 며칠 여행을 갔다가 마지막 날 밤 링컨센터의 음악회를 구경하고 돌아오는 택시에서 지갑을 잃어버렸다. 현금과 신용카드 등이 들어 있던 지갑 속에는 내 이름이 적힌 대학 도서관 출입증도 들어 있었다. 빈털터리가 돼 심란한 마음으로 시애틀에 돌아온 며칠 후 나는 잃어버린 지갑과 함께 이 편지를 받았다.

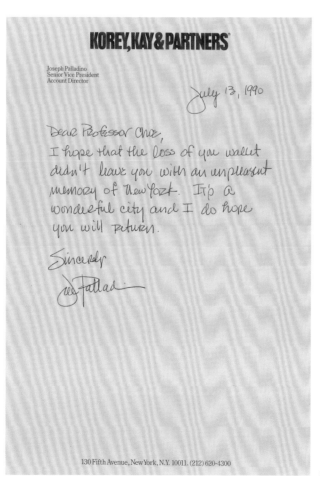

[뉴욕 1990. 7. 13.]

친애하는 최 교수님
지갑을 잃어버린 것으로 뉴욕에 대한
불쾌한 기억을 남기지 않기 바랍니다.
뉴욕은 기막히게 좋은 도시입니다.
다시 돌아오시기를 바라며,
J. 팔라디노

또 다른 경우는 고인들의 사연이기는 하나 나하고는 아무 상관없는 편지다. 일본의 시인 다니카와 슌타로谷川俊太郎(1931-)의 아버지인 철학자 다니카와 데쓰조谷川徹三(1895-1989)가 별세한 후 나는 도쿄에 간 김에 문상을 했다. 일본에서는 고인의 유품 가타미形見을 친족이나 친지들에게 나눠 준다는 풍습을 그때 처음 알았다. 고인의 장서는 고향의 대학에 기증하고 서한들은 고인이 총장으로 있었던 호세이대학法政大學에 기증한다고 했다. 그러나 그 전에, 슌타로는 아무 편지나 갖고 싶은 것이 있으면 아버지의 '가타미'로 내게 주겠다는 것이었다. 그래서 그의 선친이 애용했다는 자기 술잔과 함께 얻어 온 것이 이 두 엽서이다.(나는 '간이 작아서' 차마 두터운 편지들을 집어 올 수가 없었다)

하나는 근대 일본 철학을 대표하는 교토학파京都學派의 원조 니시다 기타로西田幾多郎의 같은 제자이자, 젊은 학생 시절엔 슌타로의 어머니에게 서로 구애한 라이벌이기도 했던 친구 미키 기요시三木清(1897-1945)의 엽서. 미키가 1922년 7월 출판인 이와나미 시게오岩波茂雄의 장학생으로 독일에 유학한 첫 기착지 하이델베르크에서 부친 것이다. 흥미로운 것은 1922년이라면 바이마르 공화국 초기의 살인적인 인플레이션이 고개를 들 무렵이라 엽서의 우표가 이미 오십삼 마르크로 뛰고 있었다는 사실, 그리고 당시 볼셰비키 혁명 후의 소련은 내전 상태라 우편물은 대서양을 배로 건너 북미 대륙을 철도로 횡단해서 다시 태평양을 배로 건너 일본에 배달되는 대장정을 했다는 사실이다. 그리고 처음 접한 미키의 필적, 그것은 나를 매료했던 미키 문체의 정연한 논리와 스타카토식 레토릭rhetoric을 가시적으로 형상화하고 있는 것만 같다.

다른 하나는 스승 니시다 기타로가 가마쿠라에서 다니카와에게 보낸 엽서이다. 짧은 문면에도 일본의 유명한 별장지대 가루이자와輕井澤 얘기가 나오고, 미키三木 얘기가 나오고, 니시다의 호세이대학 강연에 청강생 수를 백 명은 넘지 않도록 해 달라는 내용 등이 흥미롭다.

[하이델베르크 1922. 7. 20.]

베를린에서 하이델베르크로 왔습니다.
다음 학기엔 이곳에서 공부하려고 합니다.
이달 말에는 아베 지로阿部次郎 군도
여기로 옵니다. 하숙이 정해졌기 때문에
아무튼 알려 드립니다.
기요시

[가마쿠라 9. 5.]

올 여름엔 북北가루이자와 쪽으로
나오신다더니 벌써 돌아가셨는가요.
지난번 미키三木 군에게 잘 말해
두었습니다만 나는 오늘 안으로
돌아가려고 하니 호세이대학에 관한
일은 그렇게 해 주기를 바랍니다.
그리고 사람 수는 너무 많으면
곤란하기 때문에 백 명을
넘지 않도록. 총총.
니시다 기타로

　사족을 덧붙이자면 니시다가 살다가 죽은 가마쿠라에는 니시다, 이와나미, 다니카와를
비롯하여 20세기 일본문화를 빛낸 기라성 같은 작가, 교수, 평론가 들의 네크로폴리스 '동
경사묘원東慶寺墓苑'이 있어 내외국인의 관광명소가 되고 있다.

최정호崔禎鎬는 1933년 전주 출생으로, 서울대학교 철학과를 졸업하고
베를린자유대학교에서 철학박사학위를 받았다. 평생 언론과 학계의
두 세계를 살아온 그는, 『한국일보』 기자·특파원·논설위원,
『중앙일보』와 『조선일보』의 논설위원, 『동아일보』 대기자를 역임하는 한편,
성균관대학교와 연세대학교 교수를 거쳐 울산대학교 석좌교수를 역임하였고,
한국언론학회 회장, 한국미래학회 회장, 한독포럼 공동의장도 지냈다.
저서로 『한국의 문화유산』 『세계의 공연예술기행』 『사람을 그리다』
『복에 관한 담론』 『우리는 어떤 시대를 살고 있는가』 등 다수가 있다.
서간에 나오는 하이재何異齋, 제대로諸大路, 노송정老松亭 등은
모두 최정호의 아호이다.

편지
나와 인연 맺은 쉰다섯 분의 서간

최정호

초판 1쇄 발행 2017년 9월 10일
발행인 李起雄 발행처 悅話堂
전화 031-955-7000 팩스 031-955-7010
경기도 파주시 광인사길 25 파주출판도시
www.youlhwadang.co.kr yhdp@youlhwadang.co.kr
등록번호 제10-74호 등록일자 1971년 7월 2일
편집 조윤형 박미 조민지 디자인 공미경
인쇄 제책 (주)상지사피앤비

값은 뒤표지에 있습니다.
ISBN 978-89-301-0589-7

Letters from 55 Persons ⓒ 2017 by Choe Chungho
Published by Youlhwadang Publishers, Printed in Korea

이 도서의 국립중앙도서관 출판시노서목록(CIP)은
e-CIP 홈페이지(http://www.nl.go.kr/ecip)에서
이용하실 수 있습니다.(CIP제어번호: CIP2017015539)